陳映真全集

19

2000

—

2001

人間

目次

二〇〇〇年

七月

魯迅與我
在日本「文明淺說」班的講話　7

鵝仔——歐坦生作品集・序　13

八月

從歷史最沉鬱的黑暗中釋放
寫在北市馬場町紀念公園落成前夕　25

九月

關於台灣「社會性質」的進一步討論
答陳芳明先生　34

一份深情厚意
談梁正居的紀錄攝影　83

沉思
讀李遠哲先生〈從當家做主到和平、繁榮、民主的未來〉的隨想　86

掌燈
訪問歐坦生先生 103
十月
紀念台灣光復，反對作為帝國主義奴才的反華言行 117
經濟全球化和文化的自主防禦 123
十二月
陳芳明歷史三階段論和台灣新文學史論可以休矣！
結束爭論的話 137
鼓舞 199
天高地厚
讀高行健先生受獎辭的隨想 207
二〇〇一年
一月
台獨派・皇民遺老和日本右派的構圖 220
《台灣論》之暴言及其共犯構造 225
一個台灣人的軌跡・序 240

二月

「台灣論」或「皇民論」？ 245
評《台灣論》漫畫的軍國主義

宿命的寂寞 252
悼念戴國煇先生

沒有「幽靈」，只有心中之鬼 257

三月

《台灣論》和「共犯結構」 272

四月

李友邦先生紀念文集・序文 279

五月

「文學台獨」面面觀・序 285

台灣新文學思潮史綱・序言 290

六月

消失在歷史迷霧中的作家身影・序 296

忠孝公園 304

論「文學台獨」 400

魯迅與我

在日本「文明淺說」班的講話

同學們，晚上好！為了使你們聽得清楚，我說話慢一點。有同學說不用說得慢。那好！

語言是彼此互相了解的很重要的工具。中日兩個民族在歷史上有過非常親密的關係，我們曾經有過非常好的關係，也曾經有過非常不幸的關係。而如果中日兩國人民能夠理解彼此的語言，通過語言來增進彼此的理解、彼此的友誼和彼此的團結，那麼我們便能夠使這兩個偉大的民族攜手並進，為兩國的和平、東亞的和平和世界的和平做出貢獻。所以看到你們這麼認真地學習漢語，我心情充滿了喜樂。因為你們可能是將來我們兩個民族和平與友好的最尖端的戰士。

剛才橫地先生要我介紹我讀魯迅的經過。不必我介紹，魯迅是中國非常了不起的文學家和思想家。可是在舊中國，魯迅被反動的、專制的國民政府看成是危險的作家。他的書不能自由地流通，不能自由地販賣。這種情形到了國民政府撤退到台灣以後更加嚴重，很多人僅僅因為書架上有魯迅的書，就可能被抓走，判刑坐牢。

我接觸魯迅是在我小學五、六年級的時候。為什麼那個時候能接觸到魯迅呢？一九四五年，台灣光復，光復以後，因為台灣曾受到日本統治，所以很多知識分子不能讀漢語，也不能說漢語，可是他們有一種很大的願望和喜悅，要學習祖國的語言。過去，是日本人統治的時候，漢語被強迫地奪走了，被強迫去學習日語，現在台灣解放了，光復了，大家都很高興。可是因為幾十年沒有學過漢語，所以大家很熱心學習漢語。

這個時候，台灣有一個著名的作家叫作楊逵。他是台灣的一個進步作家，在日據時代他不但寫小說，也參加了對抗日本帝國主義的社會運動，特別是農民運動。台灣解放以後，也就是說光復以後，為了要使台灣的知識分子能夠很快地學習漢語，他出版了魯迅的《阿Q正傳》。我還記得那本書，是這樣長形的，每頁上欄是漢語吧，下欄是日語，這樣地，知識分子能夠讀日語，也能夠對照起來，跟漢語互相對照，用這樣的方式，去認識漢語、學習漢語。

我的父親也非常熱心學漢語，所以他買了很多這樣的書。可是到了一九五〇年的時候，國民政府開始鎮壓在台灣的地下的共產黨，鎮壓有進步思想的知識分子，所以從一九五〇年到一九五二年發動了國家的暴力（白色恐怖），抓走了很多的知識分子，很多的年輕人。大約有四千到五千人被槍斃，大概有八千到一萬兩千人被判徒刑。在那樣的時代，很多人被抓走了，很多像《阿Q正傳》的書被沒收了，很多沒有被抓去的人，凡是家裡有魯迅或者其他進步作家的書的人，都偷偷地把許多書都燒掉了。

我的父親也一樣。他燒了很多很多書。可是不知道為什麼，他沒有把《阿Q正傳》這個小小的本子燒掉。他還有一本魯迅的《吶喊》，你們知道這個小說集吧？我父親把《吶喊》壓在書架上成排的其他書本的背後。有一次，我偶然地發現了深壓在群書背後的這一本《吶喊》，坐在那兒看。那個時候我才小學五年級還是六年級。我當然讀不懂《吶喊》，可是我唯一印象深刻的就是阿Q，因為那個老頭很有意思，很滑稽，所以我記得阿Q。

後來我上中學，有一次就把父親的《吶喊》偷偷地帶走了。後來，我差不多每年至少都要讀一次。隨著我的年齡漸漸增大，我對阿Q、對魯迅的理解也漸漸地多了。阿Q或者魯迅給我的影響很大。作為一個文學家，作為一個思想家，我想魯迅先生一定沒有想到，他死了以後，在遙遠的台灣，有一個少年讀了他的書，不知不覺地就走上創作與思想的道路。

後來，魯迅的思想、魯迅的文學，由於各種各樣的原因，使人的思想產生了很大的變化。我到舊書店去找別的魯迅著作，他還有《彷徨》，還有《朝花夕拾》，還有一大堆，我去找。當然，找不全，找不齊。可是就在找的時候，我發現了別的作家，像茅盾，像巴金，使我在台灣與大陸已經分斷的情況下，透過魯迅和別的三十年代的作家理解了中國，理解了中國的革命，理解了中國的道路。

可是這也給我帶來了很大的麻煩。我在一九六八年被國民黨抓走了，因為我跟我的朋友一起看魯迅的書，一起談論魯迅的文學。他們判了我十年徒刑。一九六八年我三十一歲，還沒有討老婆。好在沒有討老婆，要不然就很麻煩，這樣到了一九七五年，國民黨辦大赦，我才又回到社會。

所以一直到今天，有一些評論家認為：我的文學的語言比較特別。我就想：如果我的語言，寫的語言，果真有一點特點，大概有幾個原因，一個是我受到以魯迅為主的中國三十年代文學的影響。它是我接觸的最早的文學的語言。這是一個原因。

第二個原因，我當時也在舊書店找到很多日文書，也是關於社會主義呀，比較進步的思想。為了想要知道、認識、理解這些書，我拼命地查辭典。所以我的語言有一點受到日語的影響。日語跟中文之間有一個很有趣的關係，凡是從日語翻譯過來的漢語，都有一種很特別的味道，是吧？我讀了一點日語，也開始會用日語來思維、思想，所以它會影響我的語言，我的寫作語言。

第三個原因，可能是我讀大學的時候，讀的是外國文學系，所以外文特別是英語，就是西歐的語言，可能也對我的語言產生關係。總而言之，一直到今天，我非常尊敬也很崇拜魯迅，雖然他讓我吃到苦頭。

我一直有一個疑問：魯迅的〈狂人日記〉。〈狂人日記〉在我看來，早在一九一八年，魯迅就能以極為成熟的白話漢語寫這麼好的小說了。文學的語言的成熟，有一個漫長的過程，總是從比較不那麼流暢，不那麼成熟的語言經過幾代作家的嘗試，才逐漸變成成熟的優美的文學的語言，這是一般的例子。可是魯迅，早在一九一八年，忽然之間像一座高山忽然拔地而起。他的語言非常的完美，作為白話文，我的看法，甚至今人都很少超過他。我不懂這個道理，因為跟魯迅同時代的其他的作家寫的白話文，並不是那樣成熟。甚至像巴金和其他的人都存在著一些問題，可是只有魯迅，在我看來，他的文章至今一個字也不能改，一個逗點、一個句點都不能改。這真是我們中國新文學史上的一個奇案。

我剛剛聽說我們的課程，就曾以魯迅的短文作為教材，我覺得這是一個很好的方式，比我小時候學習漢語的時候更好。我記得我的漢語課本裡只有一篇魯迅的散文，叫〈鴨的喜劇〉，短短的。除那篇以外就再也沒有了。一個民族的語文教材，一定是收集了很多自己民族最優秀作家的作品，和這種最好的作品來教給自己民族的後代。可是台灣因為政治關係，中國三十年代文學作品從語文教材中消失禁絕了，所以我們整整好幾代人，都跟中國的新文學傳統斷絕。我非常讚賞我們的課用我們中國最好的文學家的文學作品當作教材。我覺得你們比我幸福。

好，就說這些吧。謝謝你們！

二〇〇〇年七月十八日，星期二，於婦人會館

初刊二〇〇一年三月《魯迅研究月刊》（北京）第三期

鵝仔——歐坦生作品集・序

我們重新「發現」了作家歐坦生先生（以下敬稱略去）的曲折，在本書附錄曾健民先生的〈撥開歷史的迷霧〉中，有詳細的報告。歐坦生的再發現，在包括台灣在內的中國戰後初期文學史上，有重要的歷史意義和現實意義；是台灣戰後初期新文學史上令人驚喜的重大的發現。

一個文學家的重要歷史意義，首先來自他作為一個文學作家的藝術與審美的評價。事隔半個世紀，閱讀歐坦生寫作於台灣、發表於當時上海著名全國性文學刊物《文藝春秋》上的〈沉醉〉（一九四七）、〈十八響〉（一九四八）和〈鵝仔〉（一九四八），即使只從小說創作藝術的側面看，無疑都是十分重要的作品。

作為這本小說集的標題作品〈鵝仔〉，寫一個大型生產機關中、本省籍貧困工人的小孩阿通，因他所飼養的一隻心愛的鵝闖進外省籍「處長」公館，被處長太太藉故扣下了鵝，聲言必須拿一千元來贖，卻在當夜被恣意宰殺待客。阿通以他單純的、少不更事的義憤，奮力反抗，遭到處長調來的（本地人）警衛一頓毒打、私刑關押。阿通出於對正義的執著而來的憤怒和反抗，看到自己的父親、姐姐在嚴酷的生活面前，不能不枉屈自己以求活的悲楚的現實，以小兒最大的憤恨與挫辱感的絕叫，被迫向非理的權力低頭，在姐姐流淚的抱擁和父親被侮辱的沮喪身影中，幼小的阿通第一次狠狠地撞上了殘酷的階級與強權所構築的、成人世界的冷牆。

歐坦生藉著塑造一個少不更事的少年——而不是批判現實主義小說常見的一個敢於鬥爭的成人英雄，展開〈鵝仔〉的故事。而即使塑造這樣一個少年人物，歐坦生仍然從生活的本身和生活中的人的形象去創造這令人難忘的少年。阿通，一個貧困工人的兒子，他熱愛包括他父親、瞎了眼的母親和友愛的長姐在內的艱難的家庭。他和一切少年兒童一樣，熱愛自己飼養的寵物。鵝仔不但是他的伴侶、朋友，也是他的美好的夢想。他像當時的鄉下孩子一樣，把髒話當成驚嘆詞來用。他對一樹被私產化了的芒果垂涎欲滴。他善良、正直，他的少不更事的、純粹的是非和正義感，驅迫他在不義的成人世界一步步走向絕境。

歐坦生塑造這樣一個少年人物阿通，不是通過平面的描寫，而是透過阿通與小說中其他人物的交動中，以及不同情境中的反應，去呈現和發展阿通的性格與形象。他在鵝仔被扣事件的發展中，逐步發現了平時形象高大，敢於為是非打架的父親，竟在威暴的權力面前痛苦地退縮、卑屈，阿通始而困惑，進而不齒和惱怒。他在處長太太蠻橫扣下鵝仔時，奮力抗議，既表現了他對鵝仔的珍愛，也第一次表現了一個少年對不義不公的不能妥協的抗議精神。這種無從退讓的嫉惡的性格，在他拿了一千元在處長太太輝煌的客廳中，面對一室酒足飯飽的外省管理者階層的仕女而大聲斥責時；在他被一群警衛圍毆毒打而咬牙不哭不喊，直到倒地時；在他被他所不能理解的、成人世界以強凌弱的鐵律所強迫，不能不向非理低頭而發出淒厲的絕叫的場景與動作中，歐坦生向我們呈現了一個被強權恣意凌辱，卻敢於對暴力表示不齒與憎惡的、鮮活的、動人心肺的人物：少年阿通。

人物、情境和事件的互動，一方面使讀者看到人物阿通成長和轉變，一方面也使故事的情節在一連串矛盾衝突的運動中發展，形成有機的結構。在一連串人物、情境的交動中，阿通由一個天真快樂，不更世事、懷有強烈的、素樸的正義感和是非心的孩子，幾經嚴重的打擊、失望、懷疑、憎恨和心靈的蹂躪，含著至大的悲憤，認識了權力的威暴。姐弟流淚相擁，淚眼中看見父親受凌辱後沮喪的身影的一刻，阿通初時只一心為了要贖回鵝仔不能如意而埋怨過父親和長姐的心，至此徹底理解了受苦的人只能共同面對相同的命運。通過人物深刻、合理的變化，歐坦生以藝術形象創造了一個立體的、活生生的，令人難忘的角色。也正是透過這樣一個活的角色，推動了他與其他人物與情境的交互運動，構成了扣鵝↓鵝死↓攤牌↓毒打↓含恨屈服這樣一個層層疊疊，一步步走向破局，令人驚悚的悲劇性結局這樣一個密實有機的小說結構。

和所有傑出的小說作品一樣，〈鵝仔〉表達了清晰的主題思想。也和一切傑出的文學作品一樣，小說〈鵝仔〉的主題思想是透過形象的思維——而不是理論邏輯的思維表現出來。依據朱雙一教授的研究（見本書附錄朱雙一：〈歐坦生、《文藝春秋》和光復後台灣文學的若干問題〉），早在一九四二年，歐坦生在題為〈女人〉的小說中，就表現了他對弱小者的同情，對以強凌弱的糾彈和對機關官僚體制中小公務員的勢利眼、「殘忍凶狠」與冷酷的批判。歐坦生從十九歲時發表的〈女人〉，一直到二十五歲在台灣寫成的〈鵝仔〉，這種對官僚驕慢冷酷，以官勢凌人的批判和對於被屈辱者、被踐踏者的深厚同情，一直都是歐坦生突出的主題。而歐坦生來到台灣後的重要作品〈沉醉〉、〈十八響〉和〈鵝仔〉都以更成熟的藝術性，表現了這個一貫的主題。只是在特殊的歷史條件下，即在一九四七年二月事件後，台灣民眾反官僚的民主自治運動以武裝鎮壓收場、島內的省籍矛盾激化的背景下，歐坦生的〈沉醉〉（一九四七年十一月）、〈鵝仔〉（一九四八年十月）彰明昭著地以藝術形式表現了當時一部分在台進步的省外知識分子抨擊惡政，站在台灣人民的立場，力求民族團結的動人的努力。

在小說藝術中，成功的對白不但能生動地表現人物的心境、思想、感情、階級、性格與文化社會背景，有時也能深入表現小說中的時代氛圍與歷史情境。歐坦生在〈沉醉〉和〈鵝仔〉兩篇以戰後台灣為背景的小說中，使用了大量的台灣閩南方言，以及被台灣方言吸收的日語。雖然有一些閩南語的漢語表記不無問題（例如以「囝仔」為「金男」，以「弓蕉」為「金蕉」），卻生動地表現了以台灣鄉土為背景的語言特色，以具體的創作實踐，體現了以白話漢語共同語為基礎，吸納台灣地方鄉土語言這樣一個在一九四七年迄四九年間台灣新文學建設論議中提出的有關台灣新文學的語言方針，並且生動表現了光復初年台灣本地人與來台省外人士間的遇合。

此外，故事中的處長太太在回應阿通「（不要說叫警衛來，）叫天皇來也不怕」的話時，指責台灣人「亡國奴」的心態；故事中外省來台官僚動輒脫口說「這班討厭的台灣人」；阿通大鬧處長家，酒醉飯飽的外省仕女不由得議論起「家庭教育」（謂台灣人沒有家教）、「本地人的劣根性」；描寫處長太太「用標準的『中國話』說『你給我滾出去！』」。這些寫實卻又寓意深遠的人物對白，不止如實地表現了二二八事變後若干省外官僚幹部的統治者心態，和對於本地人的歧視和階級偏見，也表現出千言萬語所不能道盡的、事變後特殊歷史情境下省外與省內同胞間令人痛心的、人為的隔閡。

歐坦生小說藝術最突出的成績，是他善於運用嘲諷的手法，加深了悲愴的效果。嘲諷（irony）不單指敘述上的冷嘲熱諷或雙關語之類的語言的嘲諷。偉大的希臘悲劇〈伊底帕斯王〉描寫一個正直、在探索真實上毫不苟且的高貴靈魂伊底帕斯，恰恰因他那正直、高貴的情操，毫不容情地一步步揭開了他那被詛咒的、弒父淫母的黑暗命運的真相，在至大的哀痛中，自己剜瞎雙眼，把自己從王位放逐出去，浪跡天涯，文學評論稱為「戲劇嘲諷」(dramatic irony)，即觀眾在戲到一半，已經領會到伊底帕斯所受到的黑暗的咀咒，惟獨舞台上的伊底帕斯茫然無知，在崇高過人的性格驅使下，執意究明他所不堪負荷的命運的真相，而把戲劇推向震人心肺的悲劇結局。

少年阿通以他那成人社會與生活中所不能有的正直，以及對於是非正義不能妥協的信念，一次又一次向著那在強權的威暴下絕無是非正義，弱小者必須枉屈自己的尊嚴、折辱真理向暴力屈服的世界，奮力頂撞，大聲抗議。當讀者已看出這種力量懸殊的鬥爭已不可為，權力的暴虐不可戰勝時，我們仍然看見那弱小的少年阿通死命地抓住是非心與正義感毫不鬆手，在父親、長姐甚至全世界都在暴力之前遺棄了他的時候，少年阿通猶以正義的憤怒向黑暗的勢力投槍，而終至於以慘厲的絕叫，受到至大的挫辱，頹然倒下。這個滿嘴髒話的鄉下小孩，在這時成了人格、理想高於常人的英雄。而正因其崇高與高大異於常凡，當他被冷酷、骯髒的現實所打殺時，才產生震撼人心的悲劇效果，從而使〈鵝仔〉所透露的主題思想，以萬鈞之力，擊打了人們卑汙懦弱的心靈。

人們也能在〈沉醉〉中看出歐坦生的嘲諷的手法。台灣少女佣人阿錦為一個在二二八事變中被毆成傷的外省楊姓公務員看護養傷，日久生情。但楊自始只是逢場作戲，事變後留下甜言蜜語，南下就職，而阿錦對楊的甜蜜許諾深信不疑。楊為了擺脫阿錦，串同一位也是外省公務員朱先生欺騙阿錦謂楊先生搭船回廈門，純情執著的阿錦幾乎六神無主，獨自奔向基隆碼頭，發現並無開往廈門的客船。這時朱先生又騙她楊已搭機飛上海為與阿錦成婚請示父母，阿錦於是又沉緬在終必破局的美夢裡。讀者很快就知道楊和朱都是光復後來台的單身公務員，和呂赫若在〈冬夜〉中描寫的外省商人一樣，善於玩弄和欺騙本地少女，騙人感情，汙人清白，虛辭騙婚，但獨獨故事中的純真痴情的阿錦被蒙在鼓裡，使讀者預見到阿錦所必不能面對的最終的破局。一個善良純潔的少女，恰恰因她的善良與純情而一步步被逼上無從逃遁的絕境，產生了悲劇的震撼效果，從而使歐坦生對台灣人民的同情，以及歐坦生對部分來台接收人員的欺罔、自私和愚妄所做嚴厲的糾彈，形象地、深刻地留在我們的思維與感性。

很有一些人常常志得意滿地說，經過了一九七八年的鄉土文學論爭，到了八〇年代，有別於中國文學的、獨自的「台灣文學」，以堂堂的「台灣文學」的名義宣告了成立。但在現實上，這「台灣文學」在理論、定義上模糊，也難於找到實踐了這一意義上的、在藝術上較好的「台灣文學」作品。

但是事實上，早在一九四八年，在台灣的省內外進步作家和評論家就進行過一場廣泛的討論，對於台灣文學的成立條件、台灣文學的歷史和性質，以及台灣文學的定義等，做了深刻嚴謹的論述。而其中最有系統的提法，莫過於著名作家楊逵先生的意見。

楊逵的台灣文學論有一個發展歷程。一九四八年三月，在一場「如何建立台灣新文學」的座談中，楊逵認為文學應該「表現人民真實的心情」，「發出吶喊，叫醒國家」。他深以當時二二八慘案後台灣文化界和文學界一片恐懼與噤默為「卑怯可恥」，因此主張在台灣的省內和省外作家「團結打成一片」，消滅省內和省外同胞間的隔閡，以「重建作為中國新文學一環的台灣文學」。這時期的楊逵，把台灣文學的建設，當成消弭二二八事件後省內外同胞間的隔閡的手段，並且強調這樣的台灣文學的歸屬性，是「中國新文學的一環」。

同年四月，楊逵在《台灣新生報．橋》副刊主催的一場在台北的座談會中強調，作家要「深入（台灣的）生活」，「到（台灣）人民中去」，堅持省內和省外作家（能超越二二八事變的創傷）要「相互團結」，並且特別要省外作家力爭到台灣人民中去，而另一方面給本省作家打氣，不要因二二八事變「消沉」下去。這時的楊逵的台灣文學論則著重作家——特別是省外作家深入台灣民眾的生活中去，再次呼喚在四七年三月大屠之後，省內和省外作家要克服悲憤與恐懼，堅持相互理解和相互間的民族團結，「痛快表現人民的苦悶」。

同年六月二十五日，楊逵發表了〈「台灣文學」問答〉重要講話。針對於當時在中國文學概念下，「台灣文學」概念能不能成立的爭論，楊逵主張，在「台灣是中國的一省，台灣不能切離中國」的基礎認識上，應該看到台灣的生活——從而看到台灣文學皆自有其特殊性。這特殊性源於：日本半世紀殖民統治，使台灣在「自然、政治、經濟、社會、生活和教育」上發生了「大變化」，導致思想和感情上的改變，形成光復後省內人士與省外人士間的「隔閡」，造成同胞間的「鴻溝」。台灣的光復本來是填補這民族隔閡的好機會，但二二八事變使這民族團結的機會「失落」了，大陸來的「不肖貪官奸商擴大了這（民族隔閡的）鴻溝」。雖然，當時在民間層次上，進步的省內外人士在「無不同意台灣是中國的一省，台灣不能切離中國」的共識上，莫不「為填補此鴻溝而努力」。楊逵接著主張，在這樣的背景下，大凡要對「台灣的文學運動以至廣泛的文化運動想貢獻一點的人」，「必須深刻的瞭解台灣的歷史、台灣人的生活、習慣、感情而與台灣民眾站在一起」。而台灣文學就是為了民族團結，表現台灣歷史，站在台灣人民的立場去表現台灣人民的生活和思想感情的文學，在當時具體條件下，甚有「需要」。接著，楊逵說道：

去（一九四七）年十一月號的《文藝春秋》曾有邊疆文學特輯。其中一篇以台灣為背景的〈沉醉〉是「台灣文學」的一篇好樣本。

楊逵具體地推舉了歐坦生的小說〈沉醉〉，來說明他的「台灣文學」的概念：所謂「台灣文學」，就是站在台灣人民群眾的立場，深入生活，表現台灣人民群眾的思想感情與生活，在當時二二八事件後能起到超越二二八陰影，促進民族理解與團結作用的文學。

以楊逵對「台灣文學」所下的深刻、具有時代意義的定義來看，歐坦生的〈沉醉〉和〈鵝仔〉確實可以稱為優秀的「台灣文學」作品。楊逵的台灣文學論豐富說明了〈沉醉〉，而作品〈沉醉〉又以藝術創作，具體實踐了楊逵的「台灣文學」論。但從時間上看，一九四七年十一月歐坦生發表〈沉醉〉時，楊逵尚未提出他的「台灣文學」論。一九四八年六月，當楊逵提出最完整的「台灣文學」論，八月又在《銀鈴會第一次聯誼會特刊》上主張「台灣文學」的目標在發展「對台灣人民生活有密切關係、描寫台灣現實的作品」。九月，楊在他自己主編的《台灣文學》上刊出了〈沉醉〉，並在編者按語中說：「認識台灣現實，反映台灣現實，表現台灣人民的生活感情思想動向，是建立台灣文學最堅強基礎。」嗣後的四八年十月，歐坦生發表了傑作〈鵝仔〉。但據歐坦生說，他在一九四七年十一月就從基隆中學遷到台南烏樹林糖廠附設小學應聘當校長，在陬遠的鄉下，資訊隔絕，和台北文壇完全迢隔，到了轟轟烈烈的、從四七年十一月到四九年三月間的《台灣新生報．橋》副刊上的文學論爭，他都茫然無知的程度，自然也不知道楊逵曾經在議論中將他的〈沉醉〉揚揄為楊逵概念上的「台灣文學」的「好樣本」。

儘管這樣，四七年二月慘變之後，在大陸的《文匯報》、《正言報》、《申報》、《立報》等，都曾發表專論，指責陳儀當局官僚腐敗惡政，抨擊武裝鎮壓的慘酷，要求撫恤賠償。同時，在台灣，有心的、進步的本省和外省文學家、評論家如楊逵、賴明弘、林曙光、蕭荻、陳大禹、葉石濤、歌雷、雷石榆、駱駝英和其他許多人，都在呼喚著台灣文學的重建；都號召作家到台灣的生活與人民中去尋求文學創作的題材；都在召喚本省籍作家更多地負起建設與創作台灣文學的責任，都在呼籲省內和省外作家與文化人的真誠團結，共同把台灣文學建設成作為中國文學之一環。

而儘管歐坦生不曾在台灣遇見楊逵；儘管沒有參與台灣文學爭論的盛事，但歐坦生卻以他傑出的小說〈沉醉〉和〈鵝仔〉，與稍前的呂赫若的〈冬夜〉，以及簡國賢的戲劇〈壁〉一道，以突出的藝術形象和深刻的思想，記錄和反映了一九四六年到一九四八年間台灣社會與生活的不毛與荒廢，強烈地企盼著人間的解放、民主、正義與團結，從而為光復初年的台灣新文學的殿堂獻上了黃金一般的收穫。

一九四九年四月六日，楊逵、雷石榆、歌雷連同數十個台北師院和台大的民主學生被捕。十二月，基隆中學校長鍾浩東案發，揭開了漫長的白色恐怖時代。歐坦生的名字和作品從台灣文壇中突然消失，改以「丁樹南」的筆名從事文學理論的譯作。五十年物換星移，情勢變易，歐坦生和他優秀的作品終又重見天日。

這本小說集收錄了一九四六年到一九四八年間歐坦生先生以本名發表的、從〈泥坑〉一直到〈鵝仔〉的六篇小說，作為我們重新發現一位「台灣文學」作家的喜悅的獻禮。另外，也收入發表於一九五一年、以筆名「丁樹南」發表的一篇小說〈章旭先生〉，使歐坦生和他在五〇年代後的分身丁樹南同台亮相。

在附錄部分，我們刊出了清華大學呂正惠教授和廈門大學台研所朱雙一教授的評論文章。我們也刊出了曾健民先生敘述尋索一度在歷史的煙塵中隱遁的歐坦生的曲曲折折的文章。我們希望這有助於更深入地理解歐坦生和他的作品。

我們以極大的喜悅，藉著這本小說集的出版，把傑出的作家歐坦生先生迎接到台灣的中國文學歷史早已為他預備好的、光耀的座位上。

是敬以為序。

二〇〇〇年七月廿六日

初刊二〇〇〇年十月人間出版社《鵝仔——歐坦生作品集》（歐坦生著）

從歷史最沉鬱的黑暗中釋放
寫在北市馬場町紀念公園落成前夕

我時常想，人生像是由許多個圈圈，偶然地串連起來的一條鏈子。一個圈圈和另一個圈串結起來的時候，是頗為偶然的，然而一旦串成了一條鏈子，就成了一條與任何別的鏈條都不一樣的鎖鏈——一個獨特的人生。

禁錮青春熱血的高牆

十三歲，我小學即將畢業的那一年，屋後水井對過的房子搬來一家外省人，是一對夫妻、一個剛生下來的嬰兒和一個小姑。住了約莫半年，幾個男人來帶走穿著陰丹士林旗袍，留著短髮的，我稱她為「陸姐姐」的小姑。後來聽說嬰兒母親的丈夫，陸姐姐的哥哥，也在同一時間在南部糖廠裡被帶走了，兩人就此再也沒回來過。

第二年，我考上台北C中。從鶯歌鎮坐火車通學到達台北站，總是七點方過。我時而會看見一部憲兵大卡車戛然停在剪票口對面，跳下兩個憲兵，在車站大樓上貼上告示。告示上寫著一些人參加了「奸匪」，要「顛覆政府」，已於當日清晨槍決。就在C中旁邊，就是當時青島東路上的軍法處看守所。C中三年間，我總是打從那拉著鐵蒺藜的、高高的圍牆下走過，時不時看見鄉下來的老婦，提著食物在衛兵室外等著登記去會見或者丈夫，或者兒女。

大學二、三年級，我開始流連於舊書店，買三〇年代文學作品和社會科學舊書。我常在買下來的舊書扉頁或書背上看到書本所有者的簽名、蓋章；在內頁看到中文或日文的眉批。深夜掩卷，我不由得想起初中時代走過無數次的、高高的圍牆。我但願那舊書的主人仍然在高牆裡的囹圄中活著，而不是絕命刑場。

一九六八年，三十歲的我突然和一批朋友被捕入獄。在當時西門町一個秘密拘留所的押房裡，聽著一牆之隔的西門町的人車之聲，我又想起了少年時走過的那堵高牆，只是自己已經不可思議地被送進了冷牆的裡面。

一九七〇年，我和一大批政治犯在重兵戒備下押送到台東泰源監獄。就在那兒，我第一次遇見了從五〇年代初就被投獄，倖免刑死，在獄中已二十年上下的政治犯。我想起了陸家兄妹，想起了我苦心收集，又一夕被情治機關沒收的舊書上的簽名、印章和眉批，想起了在那一堵高牆裡面讓青春在漫長的囹圄歲月裡，在噤啞中消蝕的良心的囚人。

陸家姐姐、台北站前的告示、那一堵冷冷的高牆、三〇年代舊書的世界，與在獄中和五〇年代恐怖的耳語中的人活生生地相會，難道不像一個圈圈又一個圈圈，偶然地咬串起來，形成了我的無可如何的人生……。

屈打成招、羅織入罪者不計其數

我入獄的時候已經是六〇年代末了。但是我彷彿從開始迅猛的經濟發展的社會被推落到寂靜發霉的墓室。在那裡生活著早已被紅塵湮滅和遺忘的、一批在五〇年代恐怖的屠殺、拷問的浩劫中倖活下來的人們。據最保守的估計，五〇年代被處決的政治犯有四千人上下；被判處有期和無期徒刑的，總計在八千人上下。但台灣省文獻會的調查，個案可多達二萬餘件。

這些被政府以「奸匪」、「匪諜」、「叛亂犯」的罪名處決和投獄的人們之中，有文學家、大學教授、教員、新聞記者、醫師、大學生、知識分子、市民和日據時代的工農運動家等。單以文學界說，台灣著名作家楊逵早在一九四九年四月被捕。所幸他被捕在《懲治叛亂條例》尚未公布施行之時，免去一死，但也坐了十二年牢後才得出獄。但光復前後重要台灣作家簡國賢、朱點人、呂赫若和藍明谷就沒有那麼幸運了。呂赫若死於逃亡中的蛇吻，其他三人皆橫屍馬場町刑場。一直到最近，我才知道我在獄中見過的鄭天宇、姚勇來、路世坤等竟是來台前抗戰勝利前後早已知名於福州的文學家。

在極端反共宣傳下，這一、兩萬遭到刑殺、拷問和投獄的人們，被宣傳為共產黨人。但依事後向國民黨屈服的台灣地下黨領袖蔡孝乾的供狀，當時台灣真正有組織關係的地下黨人尚不足一千人。但現實上被國府戴上「匪諜」罪名遭到殺害與監禁的人數卻總共多達一萬兩千到兩萬多人。當然，這其中有屈打成招、羅織入罪的冤、假、錯案，無計其數，但也包括了大量的進步人士和民主人士。這些籍不分本省外省，民族不分原住民和漢族的進步人士及民主人士，和在國共內戰背景下當時全中國民主人士與進步分子一樣，主張戰後的中國應和平建國，停止內戰，增進地方自治，推行民主，反對獨裁政治，保障基本人權。台灣的進步人士的主張，除了依當時全國共同的民主要求，也提出反對內戰蔓延台灣，台灣高度民主自治的具體主張。楊逵甚至在他的《和平宣言》中，著重強調了省內外同胞的團結，反對當時極少數人醞釀的台灣獨立和台灣託管的主張。

二次大戰後世界各地有成千上萬的民主主義者遭屠殺

對於這樣的歷史事件，一般人往往簡單地歸咎於國府「殘暴的獨裁統治」，歸咎於國府「外來政權」的「再殖民」統治。國府固然對五〇年代大規模人權蹂躪事件負有不能旁貸的責任，但我們也應該從戰後世界史的角度加以分析。

二次大戰結束之後不久，東西冷戰態勢不斷地升高。而隨著美國勢力在全世界的擴大，為了保護美國的經濟、政治、軍事和外交利益，在美國勢力影響所及的第三世界，到處樹立了嚴重破壞人權、踐踏民主主義的反共軍事獨裁政權。據美國重要思想家諾・卓姆斯基(N. Chomsky)與艾・赫爾曼(E. Herman)的研究，早在一九四八年的南韓、四九年的希臘和土耳其，美國支持甚至一定程度內參與對「左派」、進步勢力的冷酷清洗，殺害人數以萬人計。卓姆斯基的研究指出，從一九五〇年代經六〇年代到八〇年代，美國扶助、支持、強化了尼加拉瓜、阿根廷、巴拉圭、烏拉圭、瓜地馬拉、智利、巴西、印尼、伊朗等國家建立軍事性高度獨裁政權，形成戰後來勢凶猛的「新法西斯主義」(neo-fascism)政權林立的瘟疫。在這些國家，無數的進步的、民主主義的、民族主義的律師、工會領袖、學者、記者、神職人員、文學家、藝術家和市民，被軍政府集體屠殺、暗殺、拷打致死，非法秘密逮捕、拷訊、處決和投獄，引起

「國際特赦協會」的嚴重關切。在東亞，自韓國、台灣以至菲律賓，形成了以恐怖政治維持「穩定」與「安全」的高度戒嚴警察體制，長達數十年之久。二十世紀歷史中一個突出的現象，是國際冷戰和各國左右內戰的雙重結構，將「穩定」與「安全」無限上綱，在各地進行了由國家政權和國際強權深入干預下，推動了大規模、政策性、組織性的人權蹂躪；非法的、秘密的逮捕、拷訊、處決、投獄，甚至秘密的集體屠殺、拷打致死和政治暗殺，使百數十萬人死於非命。卓姆斯基指出，一九六五年印尼的肅清運動，殺害了五、六十萬人，血流成河！據「國際特赦協會」統計，從一九七〇年到七五年，瓜地馬拉處決了一萬五千名政治異己者；阿根廷在一九七〇年，一年就處決了一千名政治犯；從一九七四到七七年，獨裁伊朗關押了估計兩萬五千到十萬政治犯，而這樣的政權都獲有國際強權的外交、政治、經濟和軍事上堅定的支持。

人類開始對上個世紀的愚行反省

物換星移，在時間的沖洗下，長期隱藏、封鎖的人權罪案終竟顯露了出來，要求人們無可逃遁地去面對。八〇年代末，韓國一些研究者已開始冒死調查一九四八年濟州島大屠殺慘案。九〇年代中，一九八〇年五月韓國光州慘案正式平反，犧牲者平反、建立犧牲者紀念墓園，追究盧泰愚、全斗煥的罪行。最近，美韓雙方合作調查韓戰期間美軍在韓國老君里集體殺害韓國良民事件。前數年，瓜地馬拉和烏拉圭政府開始清理軍事獨裁時代政府的人權罪案，邀請專家發掘多處對政治異己者集體屠殺的萬人坑，研究集體屠殺的真相，由政府公開謝罪，並發放高額賠償金。不久之前，連美國都對某一個中南美國家，就當年支持軍事獨裁政府造成大規模人權事件，公開表示了「遺憾」。這是世紀之交人類對上一世紀殘暴的愚行的重大反省，有提醒人們永不再為任何政治、信仰和意識形態犯下駭人的、野蠻殺戮和大規模人權破壞事件的儆醒作用，意義深遠。

一九九五年，政府對二二八事變進行了處理。雖然在具體上存在著不少政治的、學術的、歷史的問題，但基本上平反了二月事件，政府道了歉，並發放了「補償金」，開放了二二八歷史真相究明的空間。

一九九八年開始依據《戒嚴時期不當匪諜叛亂犯審判案件補償條例》展開的「補償」作業，存在著不容忽視的問題：（一）政府堅持以國共內戰意識形態觀點面對五〇年代白色恐怖造成的大規模人權事件，而一仍以白色恐怖犧牲者與被害者為「匪諜」、「叛亂犯」，甚至以「排除條款」對犧牲者與被害人施行二度審判，施加「補償」上的政治、意識形態歧視；（二）五〇年代白色恐怖犧牲者與受害者仍然不能從意識形態汙名（「匪諜」、「叛亂犯」）的壓迫下獲得解放，更遑論由政府平反道歉，公開究明五〇年代政治肅清歷史實相，設立紀念館，而「補償金」——不是「賠償金」——仍然確立了犧牲者與受害者遭到汙名化，再度斷罪的嚴重政治歧視，有待於進一步解決。

「馬場町」是當代槍決政治犯的斷腸刑場

正是在這樣的背景下，台北市政府將在今年八月廿五日至廿六日舉辦圍繞在馬場町紀念公園落成活動的一系列文化行事，引起社會各界、特別是五〇年代政治受難人和其家屬們的高度關心。依〈活動建議書〉，承攬籌畫單位把五〇年代的風雷定位為「改革運動慘遭政治肅清的命運」；是「用生命的真愛來表達對國家與社會的大愛」的挫折，把當年的犧牲者和受害者理解為「滿懷理想、對國家社稷寄予厚望的青年知識分子……有遠大的抱負……卻因此斷送了寶貴的青春」的一代人。這不能不說是台北市政府以一個首善的地方自治體，以地方政府的層次，宣告了對於五〇年代犧牲者和受害者的汙名之去除，在政治史上有劃時代的意義。

「馬場町」是當年槍決無數政治犯的斷腸的刑場。多少青年曾在多少個冷寂的凌晨，應槍聲仆倒在這一塊新店溪旁的沙地上，讓他們激動的熱血汩汩流盡，讓他們一生只許開花一次的青春，殞滅於大化之中。如今，台北市政府把這個慟哭的沙丘，整建成寬敞美麗的紀念公園，第一次使受到長期咒詛的五〇年代歷史得到初步解放，使破碎受苦的心靈得到安慰，為民族的進一步團結準備了條件。市政府此舉，將長留於一切祈望和平與友愛的人們的心中。

但是我們仍然企盼有那樣的一天，政府能有勇氣為那一個特殊歷史時代的大規模、國家發動的組織性暴力所造成的重大人權破壞事件，公開謝罪，並在這罪己的基礎上，全面平反，開放真相究明的學術研究，把「補償金」正名為「賠償金」，賠償適當的精神與物質的損害。唯有這樣，才能使我們的社會從歷史中最沉鬱的黑暗裡得到釋放，獲得心靈、道德的自由與和平。

初刊二〇〇〇年八月二十三日《聯合報．副刊》第三十七版
另載二〇〇〇年十月《海外學人》（聖蓋博）三一〇期

關於台灣「社會性質」的進一步討論

答陳芳明先生

陳芳明先生（以下禮稱略）在他的回應文章〈馬克思主義有那麼嚴重嗎？〉（《聯合文學》，一九〇期）的最後，不無怯怯地希望今後的討論「能夠就文學論文學」。事實上，首先主張決不能「就文學論文學」的人，恰恰是陳芳明自己。他不是這樣說過的嗎？「要建構一部台灣新文學史，就不能只是停留在文學作品的美學分析」上，而「應該注意到作家、作品在每個歷史階段與其所處的時代社會之間的互動關係」。在他的另外一篇文章（陳芳明〈後殖民或後現代：戰後台灣文學史的一個解釋〉，《書寫台灣：文學史、後殖民、與後現代》，劉紀蕙、周英雄編，麥田出版社，台北，二〇〇〇年四月）也說，「文學的歷史解釋，並不能脫離作家與作品所賴以孕育的社會而進行建構。戰後台灣文學史的評價與解釋，也應放在台灣歷史發展的脈絡中來看待。」他又說，要「精確」、「眉清目秀」地「解釋」台灣新文學，「恐怕需要把文學與政治、經濟、社會等各層面的發展結合起來」。而如今陳芳明卻忽而要求「就文學論文學」，還指責我「把台灣文學史的討論，刻意引導到台灣社會性質史論的檢討上」，而據說社會性質史論竟「與馬克思主義拉不上關係」。此外，他並且還能理直氣壯地說，他寫「台灣新文學史」「並不是在探討台灣社會性質的演變史，也不是在追問台灣政治經濟的發展史」！他竟也可以忘了，提出「建構」台灣新文學史，應先「究明」「台灣社會」「的性質」，從而提出「殖民地社會」、「再殖民社會」、「後殖民社會」三個不同「社會性質」「演變史」的，不是別人，正是陳芳明自己。

陳芳明為什麼這樣不惜以這個月之我打倒上個月之我？這是因為經過批判，他自己比誰都明白，他完全不曾懂得的、以不同「歷史階段與其所處的時代社會」與「作家、作品」「之間的互動關係」去解釋文學，即「建構」文學史；以「社會」「性質」、以「台灣歷史發展的脈絡」「解釋」文學之論，在真正的文藝社會學、以及以不同階段的社會性質和相應的上層建築分析和解釋文學藝術的、馬克思主義文藝理論的面前，他是怎麼也無法繼續蒙混欺世下去，從而企圖轉換方向，冀以脫身。而「這是可以理解的」。

為了使陳芳明認真面對知識問題，不要逃遁，不能不把社會性質理論再說得淺白一些。

社會性質論，只有馬克思主義的一家，自始就沒有別的分號。人類改造自然的能力在物質上的標示，就是「生產工具」。生產工具從石器、銅鐵器、鐵耕到現代大機械的推移，造成各階段不同的「生產力」。而勞動者則是在生產力中起主要作用的要素（因為生產工具的製造和改進，是透過勞動者的勞動實現的）。勞動者和以生產工具為主的勞動資料的總和，便是不同時代的生產力的內容。

在人類的生產過程中，從事生產的人與人之間形成了社會關係，即所謂「生產關係」。生產關係回答這些問題：「生產資料」（土地、森林、礦產、生產工具、廠房、資本等）歸誰所有？由誰支配——全社會成員所有，或者歸某些個人、某個集團、階級所支配，從而藉以支配其他群體、集團和階級？而不同階段的人的生產力（與石器、鐵器、鐵耕與手工工具、現代機械相應的生產力）和不同階段的生產關係（原始社會的公有公分、奴隸主對奴隸勞動的暴力支配、資本家所有制和資本對生產資料的支配關係）的總和與統一，稱為「生產方式」。不同的生產力和生產關係，形成「原始公社」的、「奴隸制」的、「封建制」和「資本主義」的生產方式，同時表現為原始公社的、奴隸制的、封建的和現代資本主義等不同的「社會性質」（或社會形態、社會構成體）。

生產關係的總體，是一個社會的「經濟基礎」。在這經濟基礎之上，樹立著與之相適應的「上層建築」，即法律的、政治的、宗教的、藝術的或哲學的——即意識形態的系統。「不是人們的意識形態決定人們的存在，相反，是人們的社會存在決定人們的意識。」不同的社會生產方式，因其相應的、不同的社會生產關係，形成不同的經濟基礎，從而有相應的、不同的上層建築，也就是包括文學藝術在內的意識形態體系。文學藝術是一個社會的社會意識形態的重要組成部分。於是從不同的生產方式的不同經濟基礎，去分析和解釋與經濟基礎相應的上層建築中的文學與藝術，就成了馬克思主義的、歷史唯物主義的文藝社會學的主要內容。

因此，不曾徹底地懂得社會生產方式論，即社會性質（形態、構成體）理論，而只是一知半解地說研究文學「不能只是停留在文學作品的美學分析」；一知半解地說研究文學要「注意到作家、作品在每個歷史階段與其所處的時代社會之間的互動關係」就一定會不旋踵而要別人「就文學論文學」、要別人不把「文學史的討論引導到社會性質史論的檢討上」了。

正是把「文學史的討論」「引導到」「社會性質史論的檢討上」，馬克思主義的文藝理論家、「發生學的結構主義」一派的文藝社會學家魯・哥德曼，就著重作品和社會結構、以及特定社會集團、階級的思想體系之間對應關係的研究。他從西歐資本主義發展史來分析西方現代小說的發展，並區分出與資本主義發展三階段相應的、西方小說發展的三階段，即建立在自由競爭資本主義時期的「個人主義」小說（寫積極奮進的個人，細密的個人的心理分析與描寫）；獨占資本主義時代的、表現了人的危機和失落的小說（如卡夫卡、喬哀斯、普魯斯等人的作品），和國家獨占資本主義時代，小說創作力趨向於消萎的小說（人物從小說中消失，即今人所說「後現代」小說）。這與今人菲・詹明遜著名的、與資本主義三階段相適應的文學現象論遙相呼應，即以一八四八—一八九〇年相應於自由競爭資本主義時代的浪漫主義文學；一八九〇—一九四〇年代相應於獨占資本主義階段的現實主義和自然主義文學，以及獨占資本主義奔向帝國主義時代的現代主義各派的文學；一九四〇年以迄今日，相應於獨占資本主義奔向國家獨占主義階段，五〇年代後發展為跨國資本，乃至今日資本全球化，即「晚期資本主義」（別的理論家也稱為「後工業時代」或「國家獨占資本主義」時代），則有喪失歷史、甚至喪失對意義、創造性之追求的、高度商品化文藝的「後現代主義文化（文學）現象」。哥德曼和詹明遜都在社會結構中去尋求與文藝結構之間的聯繫；都在「社會史」、「社會性質史論」的框架中尋求對文藝作品和作家更深刻的理解與分析，堅持不「就文學論文學」，卻為文學的研究和理解開拓了廣大的縱深。

陳芳明發表在六月號和八月號《聯合文學》的文章，充分說明陳芳明近來多處提出的台灣社會性質分期——從而是台灣文學史分期論，是完全不懂得社會性質理論的瞎說。在社會性質理論（即社會生產方式論、社會形態理論，等等）的專門領域中，他已完全喪失了討論的資格，至為明顯。在台灣極端反共的思想學術環境下，不懂馬克思主義、不懂馬克思主義的社會發展理論，非但不為可恥，反而是一種令人同情的哀痛。但陳芳明硬不承認自己的無知，猶強自曲辭飾辯，學風頹墮，莫此為甚。陳芳明說他「歡迎」我「繼續提出批評」，而本於真理越辯越明之義，就陳芳明提出的若干根本性問題，再展開討論。

一、關於日據「殖民地社會論」及相關問題的批判

前文說過，在人類漫長的社會生產方式——亦即社會生產力與生產諸關係的統一體——的發展史中，有原始社會、奴隸社會、封建社會和資本主義社會各階段，卻沒有作為社會發展過程中必由的一個稱之為「殖民地社會」的社會生產方式（社會形態或社會性質）。只有在西方先進資本主義向獨占資本主義發展，進入帝國主義階段，向亞、非、拉諸前資本主義社會擴張，割占為殖民地之後，使這些前資本主義社會原有的各種生產方式（從民族共同體到封建社會）發生了變化，使原來的社會生產方式遭到帝國主義引來的資本制生產的破壞，又受其制約，無法自然、自主地演化和發展。這些社會在政治上、主權上不獨立或半獨立，在社會經濟上一面扈從於殖民母國的再生產構造，一面其傳統社會崩解而又受到強權壓抑，停滯半途，無法自然發展，形成殖民地（或半殖民地）半封建社會。離開殖民地化後土著社會的具體的社會經濟內容，單獨的「殖民地」概念不能以一個社會生產方式（社會形態、性質）而存在。這我在以前批評陳芳明的文章中也詳細說過了。陳芳明問：「殖民地社會的存在，是一個客觀的事實，為什麼必須根據馬克思主義來定義？」陳芳明此問，猶如問：「太陽明明每天自東方升起、西方下沉，太陽繞著地球轉『是一個客觀的事實』，為什麼『必須根據』天文學的知識，說地球繞著太陽轉？」陳

芳明在社會形態理論上是個全然的外行人。

關於馬克思主義和殖民地概念

馬克思一直要到他的晚年才看見資本主義的現代帝國主義擴張。但他從英國在印度的殖民統治收集的資料，發展了他的「亞細亞生產方式」論。人們可以說馬克思討論殖民主義不多，但不能說「馬克思主義理論……並沒有在帝國主義與殖民地之間的關係演繹出更為充實的解釋」，因為列寧主義關於帝國主義、關於殖民地的理論恰恰是馬克思主義在帝國主義時代的重要發展。「殖民地」的概念，絕不待馬克思、列寧提出，早在十八世紀或更早，西方重商主義擴張時代，西方就有「殖民地」的概念。但是恰恰是列寧，最早提出了中國是「『半殖民地』和『半封建的農業國家』」之論，分別以外鑠的（半）殖民地性質和本身因淪為殖民地而「半封建」化的性質，來說明一〇年代到二〇年代的中國社會（列寧〈社會主義革命和民族自決權〉，一九一六；〈中國的民主主義和民粹主義〉，一九一二）。據李曙新的研究，受到列寧和其所指導下的共產國際的影響，我國的馬克思主義者們，才經過了一定的歷程，進一步完善了中國社會是「半殖民地．半封建」性質的理論（呂振羽〈中國社會形勢發展的諸階段〉，一九三三；毛澤東〈中國革命和中國共產黨〉，一九三九）。

關於殖民地性和封建性

陳芳明有這滑稽的邏輯，說什麼陳映真主張日據台灣社會性質是「殖民地．半封建社會」，那是因為一旦「台灣被定義為殖民地社會，則其經濟基礎、社會結構、生活方式就與中國社會出現巨大的區隔」，不能和「半殖民地．半封建」的當時中國社會「相呼應」。

查陳芳明自己從來不曾從「經濟基礎、社會結構、生活方式」對他所稱的日據台灣「殖民地社會」做過什麼分析與說明，又如何據以評比其與「中國社會」的「巨大區隔」？其次，韓國社會科學界從八〇年代初就展開一場持續了六、七年的韓國社會構成體（及社會形態或社會性質）論爭，其中兼及日據朝鮮社會的性質，一致認為是「殖民地．半封建社會」；菲律賓的馬克思主義理論家，也規定當前菲律賓社會性質為「半殖民地．半封建社會」，並據以分析其階級構造，革命對象和性質，革命的方針政策（包括文字鬥爭的方針）（Amado Guerrero, *Philippine Society and Revolution*, International Association of Filipino, 1970, CA., USA）。各殖民地經濟雖都規定為殖民地性與封建性，但落實到各不同的社會，既有其特殊性，也有各殖民地的同一性。對於在過去日本帝國主義和當前美國新帝國主義支配下的朝鮮、台灣和菲律賓的社會性質研究，以科學的方法論進行具體分析，是滿腦子只剩獨派教義的陳芳明所無從理解的，因此才會替人下這樣的結論：「日本人在台統治的結果，便是把台灣社會性質改造成近似中國社會的性質」這樣一種「自己打影子拳」的強辭飾偽。

關於唐宋、明清社會的封建性問題

陳芳明又對他所顯然一無所知的中國社會長期封建停滯理論，寥寥數語，虛晃一招，企圖脫殼遁走。

先說有「中國特色」的地主制封建主義。

自春秋戰國時代的貴族封建制崩潰，秦漢以後以迄清末，在地方掌握農村權力者為紳豪，在朝掌握政權者為官僚。他們依仗權力，兼併土地，成為大地主或中地主，一般稱「士大夫」階級。這個階級與歐洲的封建貴族階級的嚴格門閥世襲不同，而有不斷的新陳代謝和社會流動。他們具備了門戶和知識的優勢，從而在庶民中取得身分信仰。他們的經濟完全寄託於以地租形式剝奪自農民的剩餘的地主佃農制。他們以全階級形成（封建士大夫）階級獨占的政權，並以強權威臨，並榨取貧困的佃農。為了永續其階級利益，他們實行一種「身分的封建」，以階級內婚和譜牒文學，作為鞏固身分封建的武器；又以科舉之制，統一士大夫階級的思想，並吸收庶民中的秀異者，鞏固與發展地主士大夫階級的社會勢力。士大夫作為統治階級成員，出入官衙，裁判訟獄，左右行政。因此在農村，地主、豪紳、士大夫、胥吏是同一階級。這樣的地主和佃農的關係，就如封建領主與被統治農奴人民的關係，不僅對農民徵收地租、掠奪農民的役力，還保有人身主從關係，農民被視若奴僕。農民在地租率上沒有發言權。緩納地租成訟，要受政權的嚴懲，莫不敗訴，甚至受地主私刑。

這種地主佃農制的封建制，自秦漢以迄清末，雖有一定時期商業資本的相對發達，新興市民的產生，中央集權的強化，資本主義在商業城市中萌芽，甚至在鴉片戰爭後外來政治、軍事、經濟的巨大衝擊，但總的、基本的地主制封建／半封建經濟不變，中國的手工業、商業資本和資本主義萌芽，基本上都沒有造成強大、普遍的商業資產階級和城市民的勃興，更沒有見到以商人、銀行家、買辦、市民所推動的資產階級革命，建立中央集權的資產階級政權，是不爭的事實。

陳芳明說唐宋。那唐宋又怎地？

唐代中葉以後，自六朝、隋以來一路發展的封建莊園制達於高峰，從而形成政治的、軍事的、經濟的封建藩鎮。唐德宗時，全國有四十多個藩鎮都各領土地甲兵，可以世襲，無異於列國，和王室中央形成離心的封建主義。莊園的土地耕作由奴婢僕役（奴隸或半奴隸）擔任，後來由莊園內的佃農（當時稱為「莊客」、「莊戶」、「佃客」或「佃戶」的半農奴）擔任。藩鎮莊園封建制的生產體制，是唐代社會居主要地位的生產方式。借問陳芳明，唐代經濟又怎地？

說宋代。趙宋雖然建立了高度中央集權的政權，一統天下，唯獨廢藩鎮封建的努力卻因傳統封建經濟勢力頑強，無法貫徹。新的土地制度始終無法確立，終竟對封建藩鎮的發展無力阻止，莊園封建制至宋代中後而益熾。

說明代。明代封建豪紳大族勢力猖獗，專橫鄉里，大肆兼併土地，因此很多零細中小地主的民田，常遭豪紳大地主巧取豪奪。於是這些細中小地主不得不帶著土地投靠更大的封建官僚豪族的朱門，以求倖全，這就開始了小地主獻田依附於貴族，託求庇蔭，卻使貴族豪門的封建土地急速集中而肥大，強化了豪族地主封建經濟，與歐洲封建時代的獻田託庇，頗為相似。對此，深受威脅的帝室雖一再申令禁止，卻不能根除。

再說清代。清代經濟以一八四〇年鴉片戰爭為界，分為前期與後期。清王朝開基的前百五十年左右，武功文治達於高峰，領土擴張，人口驟增，帝室中央集權進一步強化。在中國傳統地主封建體制的基礎上，清王朝對於入關東來的滿族諸王、勳將功臣和軍隊，分田給土，樹立了類如歐洲社會史所常見蠻族征服的國家的初期封建制。但所分地土，主要是無主荒地和前朝貴族的莊園和莊田。另一方面，封建莊園經濟自隋唐至清，異常發達，使中央集權的政治與封建莊園經濟同時並存，逐步發展為成熟的封建社會。

鴉片戰爭以及緊接著幾次帝國主義的侵凌，使清朝老大封建體系因強迫開港貿易，外國金融、商業資本長驅直入，發生重大變化：(一)官紳士大夫身分階級制崩解；(二)若干通商貿易口岸逐漸成為新興城市、集居著甫告登場的中國商人、買辦和市民資產階級。農村的凋敝，使部分土地資本流向工商業，中國傳統地主佃農制封建經濟大為動搖；(三)帝國主義掌握中國海關，向中國大肆傾銷其工業商品，中國手工業沒落破產；(四)帝國主義以雄厚資金控制中國工商業，使之附庸於外國資本。另一方面，中國買辦資本有畸形發展。中國淪為半殖民地半封建社會。

當然，尤其在我國三〇年代社會史論爭過程中，出現過對於中國社會各階段的不同理解。有人不同意中國有過奴隸社會；有人說中國封建社會止於春秋戰國，有人主張秦漢以後是「半封建社會」(強調商業資本主義的相對發展)，甚至也有人主張秦漢以後至清代是一個「資本主義化」的過程……到了根據中國半殖民地半封建社會論而展開的新民主主義革命的開展和勝利，三代為奴隸社會，秦漢至清前期為封建社會，清後期以降為半殖民地半封建社會之論，大抵有了結論。但無論如何，各家各派（包括國民黨「新生命」派的陶希聖在內），莫不「根據馬克思主義來定義」；莫不以歷史唯物主義、馬克思主義的社會性質理論的方法和語言進行爭鳴。陳芳明自我流的「社會性質」論和真正意義上的社會性質理論之間，完全沒有共同語言，是門外又門外的門外漢。於是再問一句，唐宋明清又怎地了？

關於台灣文學的諸問題

陳芳明說，「台灣文學運動者自始就是以日文、中國白話文、台灣話三種語言從事文字創作。」這種說法，若非無知，就是蓄意的謊言。

殖民地的語文鬥爭是民族鬥爭的重要一環。自覺地保衛自己的民族語（保存、教育傳承、應用發展（包括文學創作））是被殖民者語文鬥爭的主要方針。台灣陷日後，台民拒絕接受公學校日語教育，以漢語文「書塾」形式繼續漢文教育，截至一八九八年，台灣有書塾一千七百餘所，收學生近三萬人。一九二〇年代初，直接受到中國五四運動中白話文和傳統古文爭論的影響，台灣也爆發了主張以中國白話來取代傳自中國、由書塾傳授的古文的鬥爭。實際上，黃呈聰就指出，白話文的推行，原在台灣廣有基礎。台灣人中「已經學過多少漢文的人很多，常常看中國的白話小說。將這個精神引到看現在中國新刊各種科學和思想書，就可以長我們的見識」。一九二一年展開的台灣文化協會啟蒙運動，在各地分會設立的讀報室，就收有大陸出版的報紙雜誌，廣大民眾可以讀到大陸報章雜誌。一九二〇年創刊於東京的《台灣青年》、始刊於一九二二年的《台灣》和始刊於一九二三年的《台灣民報》，全是漢語白話的思想啟蒙刊物，這是日人據台近三十年之事了。《台灣民報》的宗旨之一，是要「用平易的漢字，或是通俗的白話，介紹世界的事情……」。整個《台灣民報》就是用白話文編刊的，說明台灣知識分子能用白話文寫時論。一九二四年，在台南設立「白話文研究會」推動白話文的普及，使《台灣民報》銷行陡增。對此，葉榮鐘先生留下了這樣的評價：《台灣民報》所以能發揮啟蒙作用，「白話文的輸入與應用是最大的功績」。其次，由於「《台灣民報》的努力，使台灣知識分子和祖國五四以後的民族精神文化才能連接，發生影響與鼓勵作用」。台灣反帝新文化啟蒙運動，是台灣新文學運動發展的重要的內部條件。台灣新文學經過一定期間的思想文化準備期，在一九二五年展開創作實踐前，中國白話的語言環境早已整備。一九二二年到二四年，在雜誌《台灣》和《台灣民報》就已出現了至少五、六篇台灣新小說，在語言上，都是以漢語白話，或文白參半的漢語「書寫」的。陳芳明說「台灣作家在二〇年代混合使用日、台、中三種語言」，說台灣新文學運動者「自始」就是「以日文、中國白話文，台灣話三種語言從事文學創作」是沒有事實根據的。殖民地作家被殖民者剝奪了自己民族語文，被迫改用殖民者語文從事創作，自然是悲痛之事。但這悲痛難道不是被剝奪了白話漢語，不能使用具有民族認同意義的白話漢語的悲痛嗎？直到一九三七年，日本統治者強權全面禁止使用漢語白話之前，日據時代文學作家和台灣社會啟蒙運動基本上堅持了漢語白話的書寫，是不爭的事實。而和楊逵同時代的朱點人，也始終如一地堅持了漢語。而即使是被迫使用日語的作家如楊逵，也以日語形象地表達了他那浩氣長存的抵抗。他說，一九三七年後日文變成創作語言，但日文作家從來沒有忘卻「反帝反封建」。「民主與科學」的口號仍為台灣新文學主流，從來沒有離脫中華民族觀點。（楊逵〈過去台灣文學運動的回顧〉，一九四八）

除了採集台灣民謠、童謠的作品，日據時代基本不存在完全以「台灣話文書寫」的文學創作。這是因為作為中國中古漢語和中國方言的閩南語，一直沒有獨自的表記符號，至少沒有可以流暢、優美地成為文學作品的閩南語表記符號。近十年間，陳芳明一派的人大談「台灣話」，以「台灣話」寫論文，寫詩，大談「台灣話」之「優秀」，結果都知難而止，無疾而終。「台灣話」不是不可嘗試，但要等台灣話能產生偉大文藝作品，再試兩三百年都不見得有成績，因文學語言的鍛鑄需要漫長的發展時間。不曾產生重要的、偉大的、普受評價的「台灣話文」（實為閩南語）寫成的文學作品這個事實本身，說明了日據下以「台灣話文」「書寫」文學作品之不存在。賴和是在作品中比較多，比較成功有效地吸收了閩南語的偉大作家，但作品的語言主要以白話為敘述框架，並在這個基礎上有選擇地（例如在對話中）使用閩南語。事實上，中國共同語的發展與豐富化，正是從日常生活中包括各地方言在內的民眾語言中吸收養料，經過文藝創作加以精煉，再回到民眾中去，又豐富和提高了民眾的語言的過程。在台灣新文學的語文問題上，漢語白話和「台灣話文」相互間有特殊性與一般性的辯證關係。在台灣白話文文學作品中，表現出台灣獨特的生活、思想、感情和語言的特殊性；但也有以漢語白話為主要敘述框架，表現反帝．反封建思想精神的一般性。至若三〇年代有關「台灣話文」的爭論，是台灣左翼就三〇年代環境下文學和文化抗日鬥爭中發展民眾文學時，同一陣營內部關於語文策略上的爭論，絕不是陳芳明和他一夥人腦子裡中國的白話文和台灣的台灣話語的對立鬥爭。這是凡能誠實對待三〇年代台灣「鄉土文學論爭」的人所知道的。

中國新文學對台灣新文學的影響，陳芳明及其一派的人，總是再三強調「無論是創作技巧或是文學理念都與中國新文學毫不相涉」。但事實是怎樣的呢？

從一九二四年迄二六年間，在《台灣民報》上就大量介紹了中國五四新文學運動的「文學理念」，也大量介紹了中國新文學作家及其作品。現在可徵的資料，有秀潮寫〈中國新文學運動的過去現在和將來〉，著重介紹胡適的〈文學改良芻議〉和陳獨秀的〈文學革命論〉中的思想和「文學理念」，也報導了當時大陸最活躍的新文學作家與作品；有蘇維霖寫〈二十年來的中國古文學及文學革命略述〉，介紹胡適的一篇文章〈中國五十年來之文學〉；有蔡孝乾寫〈中國新文學概觀〉，介紹中國文學革命的情況與展望；有劉夢葦寫〈中國詩底昨今明〉，介紹中國大陸新詩的發展；有張我軍寫〈請合力拆下這座敗草叢中的破舊殿堂〉，介紹胡適的「八不主義」和陳獨秀「三大主張」等「文學理念」。

據研究，《台灣民報》還在同時期也廣泛介紹了當時中國新文學作家及其包括小說、詩歌、戲劇在內的作品，包括魯迅的〈阿Q正傳〉、〈狂人日記〉和〈故鄉〉，胡適的〈終身大事〉和〈李超傳〉，郭沫若的〈牧羊哀話〉、〈仰望〉、〈江灣即景〉和〈贈友〉，徐蔚南〈微笑〉，徐志摩的〈自剖〉，梁宗岱的〈感受〉、〈森嚴的夜〉，西諦的〈牆角的創痕〉。中國由十九世紀末開始為「文學理念」和「創作技巧」摸索了三十多年，才從「譴責小說」、翻譯的「域外小說」和白話文運動的逐步發展，至魯迅〈狂人日記〉發表，奠定了中國新小說的基業。台灣從一九二〇年代初開始了白話文運動，一九二四年就有人寫出小說作品，至二六年有賴和的〈鬥鬧熱〉和〈一桿秤仔〉，若不是前此上述的來自祖國大陸「文學理念」和「創作技巧」的影響以為範式，就絕不可能。

但陳芳明們會說，台灣文學肯定受了大陸影響的，但同時也透過日語，接受了歐亞、日本文學的影響。力倡白話文的張我軍，在不遺餘力地介紹當時祖國大陸新文學的「文學理念」之餘，也寫過〈文藝上的諸主義〉，向台灣介紹歐亞兩百年來的文藝思潮。吸收歐亞思潮，通過翻譯小說(《台灣民報》刊過都德的〈最後一課〉、莫泊桑的〈二漁夫〉、愛羅先珂的〈狹的籠〉)和建設以中國為傾向的台灣文學,並不矛盾,正如十九世紀末二十世紀初林琴南、嚴復的翻譯小說只有豐富了中國新文學,而不是使中國新文學剝離了中國。

陳芳明和他的一夥人,常常把中國文學的一般性與台灣文學的特殊性絕對地矛盾對立起來。但一九四七年底到一九四九年春《台灣新生報·橋》副刊上進行一場為時年餘的「建設台灣新文學」論爭中,親身經歷日據時代文化/文學運動的台灣前輩們,有與陳芳明不同的、清醒的看法。賴明弘說,「台灣文學始終是中國文學的戰鬥的分支」,主張「建設台灣新文學的問題,就是建設中國新文學的問題」。陳大禹主張,台灣文學有其特殊性,應該在適應特殊性基礎上建立台灣文學,「使與國內(大陸)文化殊途同歸」,使「特殊性向無特殊性移行」。林曙光主張台灣新文學要「打破一切的特殊性質,作為中國文學的一翼而發展」。葉石濤說在日帝下台灣文學走了「畸形」、「不成熟」的路,今後應「自祖國導入進步的、人民的文學」,「使中國文學最弱的一環(指台灣文學)充實起來」。楊逵在力陳台灣文學的特殊性格之餘,同時也力說「台灣文學不是一個獨立民族、獨立國家的文學的稱謂」。他說台灣是中國的一省,台灣文學是中國文學的一環,「台灣文學與中國文學不能分立並論」。總之,這些前輩台灣文學家和評論家在主張台灣文學的特殊性時,不忘台灣文學與中國文學的共同性;看中國文學整體性時,注意到其中的台灣文學的獨特性。台灣文學與中國文學是特殊與同一的辯證關係。這比時下陳芳明一派的兩極對立看法，既全面而且準確。

關於殖民地下的現代性

在帝國主義時代，帝國主義以其現代資本主義面貌君臨前現代的殖民地。在殖民地有限的、歧視性現代教育下，養成了殖民地向現代知識開眼的殖民地現代知識分子。這些殖民地精英知識分子後來都分裂成兩端，一派向殖民者的文明開化屈膝，自慚形穢，厭惡和拒絕自己的(以為落後、野蠻的)民族，力求依殖民者的形象改造自己，乞求向殖民者同化。文學上，周金波就是一個例子。另一派向現代性開眼的殖民地知識分子，在啟蒙的同時，洞見了殖民者現代性的殘暴和自己民族的危亡，乃起而批判殖民者的政治、經濟和文化，對自己民族的歷史和文化抱有驕傲感，拒絕使用殖民者語言，堅持用民族語寫文章、創作文學，拒絕「創氏改名」，拒絕穿殖民者的服飾。這第二派人，並不企圖走回本地的封建主義和國粹主義，反而批判之。他們求民族解放，走自己的路，尋求另類的(alternative)現代性。這兩種殖民地知識分子，一為合作的精英知識分子，一為抵抗的精英知識分子，思想、政治、民族立場上涇渭分明。賴和先生一生與日帝統治不共戴天，終生不寫日語，畢生堅持穿著唐裝，卻有最具現代性的知識。陳芳明說殖民地台灣知識分子受日本教育啟蒙時，「啟蒙越深，反而越向殖民者的價值觀靠攏」，使台灣人「學習了日文，反而失去了抗拒的能力」。陳芳明的瞎說，竟欲置賴和、楊逵、吳濁流以及更多「接受日文教育」而又堅持了反抗的殖民地台灣評論家、社會運動家和文學家於何地？何況，殖民地台灣知識分子是充分懂得「拿來主義」的。林曙光說，三〇年代的年輕一代台灣知識分子已不懂白話漢語。此時以日文寫作，「是反日宣傳的必要手段」。上述楊逵的文章也說，雖然失去了以祖國的民族語寫作的能力，但日文創作卻堅持了反帝反封建，高舉了「民主」與「科學」的旗幟，不脫「民族觀點」！把賴和先生寫成對殖民文化「迎拒」徬徨，說賴和先生在「鼓吹啟蒙之際，他也透露了反啟蒙的傾向」，是對於畢生堅決站在群眾隊列，向日帝以行動和創作進行不懈的鬥爭的賴和先生的侮辱了，我們始終以為，評價日據下台灣文學家，看一時，也要看一生，看個別作品，也要看一生的全作品，在古人文墨中找自己墮落的理由，實不可取。

二、關於「再殖民」社會及相關問題的批判

殖民地的概念，與帝國主義的概念相聯繫，必須從經濟、社會的層次加以分析，才能有根

本性的理解。至於殖民地的政治經濟學，我在前一篇批評文章中已有概括的說明。陳芳明不懂得殖民地的社會經濟的概念，必然就會走向歷史唯心主義，提出不相干的問題夾纏不清。據陳芳明說，一九四五年到一九八七年的台灣社會之所以是「再殖民」社會，是因為：(一)國府來台後的社會是「日本殖民社會的延續」，當時大陸上批評國府的雜誌就說國府對台接收當局是「殖民政府」；(二)強權性的「國語政策」；(三)「壟斷式的金融資本」、嚴密的戶籍制度和(四)強制的「民族教育」。

日據下台灣經濟和戰後台灣經濟的本質性不同，已在上一篇文章說過了。不從社會經濟著手分析，就會把將陳儀統治集團的支配比喻為殖民統治的比喻本身當作現實，就會說國民黨統治比諸日帝總督府統治「毫不遜色」。比喻是語言修辭的手段，不能當科學知識，是誰都知道的。

後殖民理論的宗師法．范農提出了一個深刻的問題，即殖民地獨立後自己民族的、可能賽過殖民統治當時還要苛酷、黑暗的統治問題。從戰後世界史的眼界來看，這「獨立後的黑暗」，與戰後美國為其政治、經濟和軍事利益在全球的擴張有密切關聯。戰後不久，美國在廣泛的新獨立國家中保護、支持和製造了扈從於美國利益的國家所形成的新殖民主義體系。從一九六〇年到八〇年代，美國以顛覆、武裝侵略、經濟、軍事和政治滲透，在中南美篡奪既有的民主政權，先後培養、炮製了二十多個軍事獨裁政權。這些親美軍事獨裁政權，在第三世界傳布新法西斯恐怖，發動國家性、組織性暴力，使秘密逮捕、拷訊、審判、投獄、槍決、政治暗殺和集體屠殺成為日常茶飯。美國對第三世界新法西斯政權的保護、發展，與美國在各地經濟、軍事和政治利益密切相關。「國際特赦協會」的調查，甚至顯示美國為獨裁國家培訓特工偵警，提供拷問用的電刑具(electric needle)，甚至直接進入他國的拷問室，直接參加拷訊，提供「先進」拷問技術與工具，使受刑的異議人士受到嚴重心理與肉體的殘害。據「國際特赦協會」統計，一九七〇—一九七五年間，瓜地馬拉獨裁政府槍決了一萬五千人政治犯。阿根廷在一九七〇年一年中處決了一千個政治犯；一九七三年，推翻智利阿燕得民主政權的政變，造成大量組織性拷打致死事件，受害人迄無統計數字。一九七四到七七年間，當時親美的伊朗獨裁者處決了兩百名政治犯，投獄者二萬五千人至十萬人。這種「獨立後的黑暗」，遍布在阿根廷、巴西、智利、烏拉圭、巴拉圭、瓜地馬拉、尼加拉瓜、印尼、伊朗(Noam Chomsky, Edward S. Herman, The Washington Connection and Third World Fascism, Black Rose Books Ltd. 1979)，還沒有把韓國、台灣、菲律賓、希臘和若干非洲國家算在內。南非長期殘酷的「種族隔離」統治，一直受到英美強力支持，直到九〇年代。

這些獨裁政權的統治，必然伴隨著對「歷史記憶」的管理與控制；對文學、思想、信仰的壓制，對民主、人權的蹂躪，對金融的獨斷，經濟利益由反共軍事精英和腐敗政商集團獨占。暫時撇開台灣的強權「國語」政策，上述這些國家在美國新殖民主義下，其社會與過去殖民社會有一定的比喻意義上的「延續」性。而其統治的殘虐性，思想文化的控制、監控，確實與殖民時代「毫不遜色」，但如果說這些新法西斯政權下的社會是殖民地獨立後的各國親美獨裁政權對同胞的「再殖民」社會，就是只有陳芳明才能說得出的笑話了。

關於語言的中央集權

現在說國民黨在台的「國語歧視」。

法國大革命以後的一七九三年，共和國下令凡法國兒童必須學習法語的說、讀、和寫的能力，以國家強權，正式排除存在已久，並在生活中活用著的法國方言如布魯東語、巴斯克語和奧克語。法律規定了這些方言為「非法蘭西語」。使用法語以外的法國地方話，就意味著「反革命」，是對共和國的「反叛」，並且還進一步把法語的統一視同「思想、風俗革命」的一部分，革命政府稱此為「語言的革命」，即要求一切法國公民使用被統一起來的單一的法蘭西語。法國「國民公會」宣稱，為了保證一切共和國的公民在法律之前的平等，享有法律前的平等，就必須萬民只用一種國家「語言」。革命政府便這樣直接繼承了法國絕對王政所建立的法語的專制、和「法蘭西學院的語言檢查體制」，統一了法蘭西國語（田中克彥《語言與國家》，岩波書店，一九八一年）。

據田中克彥的研究，日本明治年間的國語官僚，對於法國的語言中央集權體制十分心儀，於是直接向法國經驗學習，把「國語」和天皇國體聯繫起來，宣揚對國語之愛與國語崇拜。另一方面，以掛「罰牌」的懲罰制度，在學校語文教育中消除方言，獨尊「國語」。在琉球和其他日本地方，教育當局用「寬一寸、長二寸的木牌」掛上說了方言的學生的脖子上。這被掛上罰牌的學生，就必須等著發現另一個說方言的小朋友，才能把這恥辱的罰牌，轉掛到另外一個說了方言的小朋友的脖子上。

語言學家弗·毛多納曾說，「學校是用教鞭打走方言的所在。」在日本，應該說「學校是把一切說方言的學生當作罪犯，培養彼此密告的地方」。現代日本，是以教育體制內的學生之間的互相監視、互相密告和恥辱性懲罰，完成了帝國的國語統一的大政方針。而這種掛恥辱的「罰牌」的方言消滅方針，竟是日本從法國以同樣方法在教室中消滅布魯東語、奧克語的技倆中學來的（田中克彥，前揭書）。

任何理智清醒的人，都不能像陳芳明那樣，據此而謂法國政府對法國人施行了「殖民統治」；日本對包括琉球人民在內的日本人施加了「殖民統治」吧。文言文是中國貴族士大夫紳豪階級的語文；鴉片戰後，現代城市工商階級和知識分子的語文採用了市井日常語，並在現代國民國家形成過程中上升為國家語文，即作為中國共同語的「國語」。和任何國家一樣，中國國語的中央集權的統一，必然經過各種形式的，對於包括台灣閩南、客語在內的諸方言的壓迫。國民黨來台後，個別的學校、個別的教師實行了給說方言的孩子掛「罰牌」的不當措施（而且有理由猜想，有可能是忙著推行國語的「善良」動機，由某個本省老師仿照日據下的掛罰牌手段，把這不當的方法延續到戰後台灣以國家語制抑方言的措施，也未可知）。但國語的強制，也不只是特別突出的「掛牌羞辱」。舉凡語文標準教科書，「國語字（辭）典」，注音符號、語文考試制度等，都是國家語對方言的專政手段，此於世界各現代民族國家形成過程中莫不皆然，卻當然不能看成是象徵各國對其人民「殖民統治」的「語言文化的歧視」。韓國語是單一民族基礎上的單一語言。而富裕、權勢的慶尚道和貧困、受歧視的全羅道的地域對立之嚴重，遠遠勝過今日台灣的「省籍矛盾」。戰後韓國的獨裁，在一個意義上，表現為慶尚道的朴正熙、全斗煥和盧泰愚，對於貧困的全羅道的金大中的對立，並且利用這對立施行威權統治。兩道的歷史矛盾，可以使金大中在故鄉光州囊括百分之九十五左右的選票，遠遠超過阿扁在台南的得票率。但我們仍然絕不能據此而謂朴、全、盧政權對南韓進行了繼日本殖民後的「再殖民統治」吧。再說，馬英九市長用生硬的閩南話說「窪系喫台灣米，飲台灣水大漢的新台灣人」，劉一德委員抹黑自己的出身拿選票，群眾動輒喊「×你娘，講台灣話啦，北京話聽無！」這是不是也是一種「國語」的威暴呢？

陳芳明問，朴正熙、全斗煥「他們如何能對自己的同胞再殖民呢？」善哉問。陳芳明的認識障礙恰恰就在這兒。陳芳明不把國民黨統治集團看成「自己的同胞」，不把自己看成中國人，而將台灣政治看成異民族的「殖民統治」。但是只有看成同胞，才能理解朴正熙、全斗煥和蔣氏政權獨裁統治是階級的、集團的專政和統治，不是什麼異民族的「殖民統治」。除非陳芳明證明統治台灣的官僚、資本家等統治階級同時也無例外地是「中國人」；「中國人」的一般又無例外地在政治、經濟、社會和人格上享有比一切「台灣人」更崇高優勢的地位；工人階級、貧困工資農業勞動者，城市貧民和下層市民這些被統治階級，無例外地，全是「台灣人」——像日據下的社會，否則說台灣社會是被「中國人」「殖民統治」的社會，現實上只能起到飾諱當前台灣社會嚴重兩極分化和階級矛盾的作用。

關於對殖民地歷史的反省

陳芳明說，二次大戰後，殖民地紛紛獨立，「開始對曾經有過的殖民地歷史進行反省與檢討。唯獨台灣並不容許重建日據時代的歷史記憶，遑論對日本殖民文化的批判」。陳芳明講得不全面。

在國民黨統治下，台灣的殖民地歷史始則被凍結而不加清算，繼則為分離主義的目的被加以美化和正當化。但這都是一九五〇年以後的事。一九四五年到四九年間，在民間層次上，台灣的省內和省外文化界知識分子可是進行過熱情洋溢的脫殖民論說。和今天某些知識分子把日據時代的文化加以刻意美化不同，光復初期的台灣知識分子卻深刻地感受到殖民主義對台灣文化的戕害。我只舉一例。宋斐如在一九四六年元旦（光復後四個多月）的《人民導報》上說，殖民統治使台灣的「精神文明」「荒廢」，「因為……實施殖民地政策奴化教育的結果」，導致日據台灣「文化的畸形發展」（〈人民導報・發刊辭〉）。元月六日，宋斐如在《人民導報》上一篇題為〈如何改進台灣文化教育〉的講稿中，提出三個方面。（一）殖民地瓦解後，解放的台灣，要以教育來建設台灣人的主體，用他的話說，就是「完成主人翁」。這一方面要靠人民的「自覺自發」，一方面要靠「文化教育界的啟蒙指導」，「教育台胞成為中國人」。（二）日據五十年，在日帝抑壓下，在台灣的中華「漢明」舊文化，只能停留在日據初的狀態，不能與時俱進。光復之後，應該對這保存下來的中國舊文化「灌注國內（指大陸——引註）各方面的學識及常識，使『歸宗』二字名符其實」。接著，宋斐如說，「在中國文化問題上，台灣人民要能辨別是非真偽，擇其善而固執之，不善者棄之。」他說，「祖國仍在發展過程中」，應當教育台胞「隨祖國的進步而進步」。（三）日帝的「畸形統治」，使台灣人的眼界「不能出台灣島外」，台灣人「很少考慮全國（即全中國——引按)、全世界、全人類」,不考慮「後世百年大計」,要清理日本人的「盆栽文化」,要教台灣人民以「長江大河、五嶽長城的雄壯」,「學習做人、做主人、做中國人、做世界人」。

這位仆倒在二二八事變血泊中的、傑出的台灣人思想家的上述意見,是會使陳芳明們皺眉頭的。但我們要理解,台灣是中國半殖民地化總過程中,被「割讓」出去的殖民地。對她而言,殖民地的克服,是祖國復歸而不是若殖民地朝鮮之恢復原來的獨立。因此,對於宋斐如、蘇新、賴明弘、王白淵而言,光復後的脫殖民的工作,就是復歸中國的工作。台灣人主體的建設,是聯繫著「教育台胞成為中國人」,是從日本人的「盆栽文化」開擴到中國的「長江大河、五嶽長城的雄壯」,是殖民地人的解放——主體的建立,做一個主體的人、做自己的主人、做主體的中國人……。

宋斐如「擇善固執」的話,說得含蓄,卻意韻深遠。宋斐如和蘇新、賴明弘等一代人,即使在甫告光復的台灣,已經看到了祖國的黑暗。但他們也看到內地中國另外一股新生、進步的勢力在發展。因此宋斐如要台灣同胞在中國內戰前夕看出「是」與「非」,「善」與「惡」的兩股對立勢力,從而要同胞「擇其善而固執」,告誡讀者,祖國不是憑空的烏托邦,「祖國仍在發展過程中」,讀者,在這發展過程中,人民要善於跟上祖國「是」的、「善」的和「進步」的力量,持續前進。限於篇幅,有關四六年到四九年間台灣思想文化界的面貌,曾健民先生將有深入的討論。

殖民地台灣的去殖民的省思，在此顯出了其獨特性。如前所述，台灣的殖民地化並不是一個自來獨立的民族或國家的殖民地化，而是從中國割讓出去的殖民地。因此殖民地台灣的解放，不是恢復它原所不曾有的獨立，而是復歸於當時半殖民地·半封建的中國。光復不久，敏銳而前進的台灣人思想家，在陳儀集團貪汙腐敗的惡政浮現時，很快掌握住了台灣的脫殖民化的歷程與本質，是從「帝國主義下的殖民地台灣，變成(半殖民地·半)封建中國的一省」。當一般人在陳儀惡政中驚醒，開始討論光復前與光復後台灣社會的比較時，估計出現了就台灣現狀論台灣，對惡政表現失望疾憤的言論。蘇新們卻從中國社會性質，即其封建性(這是當時蘇新們的認識)來理解復歸「封建」中國之台灣的病根。蘇新甚至銳利地看到了陳儀當局和日據下台灣(半)封建地主紳豪在政治、經濟上的勾結，甚為憂悃。台灣的脫殖民地既然同時是台灣之編入「封建官僚」的中國社會，則台灣的改革，必須從改革封建官僚主義的中國著手。這是當時省內前進的思想家宋斐如、蘇新、王白淵等人和省外知識分子王思翔、周憲文關於台灣脫殖民歷程的深刻的探索。

台灣戰後的脫殖民論說中，「奴化教育問題」也是一個重要部分。陳芳明們對於日據下台灣經受「奴化教育」的說法特別激動。這自然與企圖把二二八事件之起因於官僚劣政，推諉給「日人奴化教育」的刻板說法的糾彈有關。但如前所引，宋斐如也提出日據下「奴化教育」的危害。

看到今天滿腦子「日本精神」，滿腦子以日本時代文明，「支那時代」落後的人們，能說沒有日本「奴化教育」的具體事實嗎？但是大作家楊逵，就對這個問題提出過很深刻的看法。他說，「奴化教育」自古就有，凡有階級統治的社會，就必有為統治階級服務的奴化教育，他說「一切帝國主義、封建主義莫不實行奴化教育」。但有奴化教育，並不意味一切人都會被奴化。日據時代有自私自利的人奴化自己以獲利，但也有三萬農民組織起來反抗日本，就是證明。他以嚴厲的口吻說，當時（一九四八年）少數一些主張台灣獨立或台灣託管的「託管派」和「拜美派」，「當然也是這一類的人」（楊逵〈「台灣文學」問答〉，《台灣新生報．橋》副刊，一九四八年），對楊逵而言，台灣的脫殖民絕不僅僅是擺脫、清算日本的「奴化教育」，同時也是擺脫、清算其他外國對我們的「奴才化」圖謀的鬥爭。

一九四七年到四九年，《台灣新生報．橋》副刊上的一場關於「如何建設台灣新文學」的爭鳴，在一個意義上，也是一場重要的脫殖民論說。這場討論提出台灣新文學在日據時代備受抑壓，如今光復，台灣成了中國的一部分，當務之急，是如何把台灣文學「脫殖民」化，即建設成為中國文學的一部分。篇幅所限，這次內容豐實的爭論中的脫殖民意義，等待以後的機會展開（爭論全紀錄文集《一九四七－四九台灣文學問題論議集》，人間出版社，一九九九年）。陳芳明說光復後沒有「對日本殖民文化的批判」與「反省」，顯然說得不全面，並且四六年到四九年的台灣脫殖民論說的內容，怕也不是陳芳明所喜見了。

一九五〇年韓戰爆發，情勢一變。日本成了美國遠東冷戰戰略的重點盟國。美國和日台韓的國家分裂對峙和反共同盟，在反共的大義名分下，人民才被「制度化地拒絕」「對殖民經驗的反省」。在韓國，日占下韓國親日派政客豪紳圍繞在美國—李承晚核心而復活（陳芳明不知道一九四五年解放不久朝鮮半島各角落「人民協會」的叢出，一九四八年濟州島紅色農民的起義以五萬人集體大屠殺終場的「歷史」，在韓國被長期「禁止閱讀」），日據朝鮮的抗日派被套上「赤匪」的罪名肅清。台灣的抗日派也遭到同樣的命運。日據下本省大親日派豪族不但不受歷史的審問，出賣日據時代來自左翼的政敵，投靠國民黨，搖身一變，扈從於國民黨反共政權而保全、延命、榮華富貴。而台灣殖民地「歷史記憶」的「重建」與清理遂寢。但是到了一九八七年以後，被右派日本人稱為在海外兩位偉大的日本人之一的李登輝總統（另一位是秘魯的滕森總統），展開了陳芳明意義上的日據「歷史記憶」的「重建」，以政權的權力公然改寫、美化台灣日據歷史，受到日本右翼史學界的讚賞。日本殖民地台灣史的清理與反省，又遭到權力的阻斷。

關於在台灣的現代主義文學

二〇〇〇年九月

陳芳明一向是為台獨派篡奪鄉土文學論戰之果實最不遺餘力的人。但這一回他卻給現代主義說盡了好話。這與一向認為台灣文學必須表現「台灣意識」，必須反映台灣土地人民的現實、「愛台灣」的陳芳明一派的文論大有矛盾。

陳芳明沒有經人同意，為台灣現代主義文學拉了一大班徒子徒孫，包括白先勇、王文興、陳若曦、歐陽子、七等生、施叔青、劉大任、李昂、黃春明與陳映真。依陳芳明看來，「再殖民」期的台灣文學成就都掛在現代派頭上了。他做這結論：「以鄉土文學的立場來論斷稍早的現代主義文學」會有「各自的政治偏見」，頗不足取了。陳芳明的論斷，問題出在他對文藝上「現代主義」的理解太過於膚淺。他的現代主義標準偏重在寫作技巧——例如「意識流表現技巧」；「人物蒼白與流亡」。其次他側重作品的情感主題，例如說現代主義表現死亡、孤絕、焦慮、疏離……。

（批判）現實主義與現代主義之間的爭論，自三〇年代以降以迄七〇年代，是全球性的爭論。稍為熟悉這論戰的人，都知道甄別現代主義，不全在作品形式與技巧，而主要地在於作品的內容和作品所體現的世界觀。如果單從形式、技巧看，深受俄國象徵主義影響，在一些作品的技巧上又藝術地發揮了象徵主義藝術的意韻，在〈狂人日記〉中又成熟而且藝術地使用了精神心理醫學知識和「意識流的表現技巧」的我國偉大現實主義作家魯迅，豈不成了一個現代派了？以古代貴族閨幃獨特的象徵主義聞名的李商隱，也不能不成了現代派了。從另一方面說，表現對於法西斯、軍事強權在西班牙內戰、在韓戰中的良民虐殺的嚴厲指控的、畢加索的〈格爾尼卡〉和〈戰爭與和平〉則絕不能以一般意義的現代主義來看待。聶魯達在革命的火線上為民眾而寫，又博得人民熱烈反響的、以現代主義「表現手法」寫的許多詩，也自不能以一般意義上的「現代主義」去概括。至於說表現孤絕、死亡、流放、蒼白，在浪漫主義詩人中也表現得淋漓盡致。至於陳映真是否接受了現代主義的洗禮，我是不屑一辯的。

形式、技巧的寫實、裂變和誇張，不是現代主義文藝的本質。它的本質在於藝術家在西方極度資本主義化的生活中對於人、對於生活和社會的感受與看法。現代派把人與社會絕對地對立起來，主張人的本然的非社會性而加以誇大。人除了他自己，再無現實存在。現代派脫離社會生活，鑽進極端個人的內在世界，在那裡誇大官能和肉欲的重要性。以反對一切道德、邏輯為「前衛」與「革命」，卻無意重建新的人與人的關係。現代派不相信生活上、創作中的任何意義。生活不可理解。現代派固執地以病態的恐懼、焦慮、憂鬱、絕望、性的倒錯、孤獨和頹廢縱欲的世界取代現實的生活，對意義、人性、人道加以恣情嘲笑。他們厭惡自己，憎恨生活，深為空虛和憂悒。敗德、肉欲、毒品成為他們的鎮定劑。

一九七八年鄉土文學對現代主義的批判，主要來自七〇年代保釣運動左派的文藝思潮的影響。保釣左派在海外接觸了中國三〇年代以降文學作品與文藝理論的影響，對民族文學論、民眾文學論張開了眼睛，在某種「革命」熱情下，七〇年代初開始對現代主義詩開展了批判，對現代主義詩在內容、形式、技巧上的反民族性和反民眾性，精神上的虛無和自瀆，提出了糾彈。在一九七八年的鄉土文學論爭中，文學理論上的左右鬥爭，在政權權力介入下更為突出，形成鄉土主義和包括現代主義在內的反鄉土主義的鬥爭。鄉土主義力主文藝反映現實和現實中的矛盾，為生活與社會的向上與改造做出貢獻。鄉土文學反對文學的個人主義、虛無和墮落。但反鄉土主義則主張文學應「清新可喜」、「溫柔敦厚」，不能成為「政治工具」，不能被「共匪」所利用；鄉土派反對帝國主義和「寡頭資本主義」，主張民族主義，為弱小者代言，「擁抱土地和人民」。反鄉土派力言「反共高於反資」，控訴鄉土文學是「工農兵文學」應該「抓頭」、打擊……。

陳芳明刻意避開現代主義批判運動的社會的、歷史的、思潮史的背景，把七〇年代台灣文學界對於現代主義的批判縮小到陳映真因個人的「中國民族主義」和私人恩怨對現代主義的糾彈，完全抹殺了七〇年代掀起的現實主義文學潮流，對吳晟、蔣勳、施善繼、詹澈詩作的現實主義道路和現實主義小說上的收穫，卻一味給反共、反動的現代主義唱讚歌。

陳芳明和他一派人，近來逐漸唱起這新調子：現代主義對台灣文學有傳授新技巧、擴張文學語言的貢獻。除了少數幾家個別作品，五〇年代到七〇年代汗牛充棟的現代詩，能沉澱下來的究竟有多少？如果二十年現代詩運動的成績不很驚人，則它又如何能對台灣文學的技巧和語言做多大貢獻？陳芳明另一個說法，是在白色政治下「為台灣作家開啟了」「思想窗口」，「在強勢殖民權力陰影下，維繫了許多活潑的文學想像」。現代主義的「思想」和「世界觀」已如前述，現代主義和權力的結合恰恰是因為現代主義宣傳從充滿矛盾的生活中逃遁，安居在「強勢殖民統治」的秩序，恰恰因為它是美國新殖民主義對抗當時世界各地反帝運動的、現實主義文學的武器。

在討論國民黨權力和現代主義的關係之前，我應該聲明我對現代主義的批評，集中在極少數鮮明昭著地站在權力一方，不惜借刀殺人，毀滅來自現實主義方面的強敵的人。台灣現代主義文學、作家和作品，應該就個別作家和作品進行具體研究，應該同意幾個個別作家的個別作品在一定程度上表現了對戒嚴現實的不滿與抵抗。但就總的、平均的評價，我是主張要對台灣現代文學發展史採取實事求是的批評、清理態度的。

據研究，一九五〇年，在白色恐怖逐漸展開之際，國民黨中央設立了「中華文藝基金會」，並成立「中國文藝協會」(「文協」)。五一年，「文協」中「美術委員會」擴大為「中國美術協會」，由其下的「中華美術協進會」出版《新藝術》，由當時「前衛」畫家和評論家何鐵華主編，並在同年主辦一系列「反共書畫展」和「反共漫畫展」中，同時推出了「現代畫聯展」。紀錄上看出來，「中國美術協會」下的「美術研究會」，培養了後來成名的現代派畫家：夏陽、吳昊和秦松。當然，這只能說明台灣現代主義繪畫在發生上與國民黨反共體制的聯繫，不能說明這些個別的畫家就一定與國民黨在政治和思想上一致。但在同時國民黨對具有共產黨員身分的畢加索是疾惡的，對畫家們說，「凡是談論畢加索的，就是共產黨的同情者！」把一些熱衷於現代主義的畫家（如劉獅）嚇跑了。

現代主義繪畫和詩，如何與國民黨的政工體系結合——至少是誤會冰釋而轉為團結合作，我沒有研究。但只就結果來說，在鄉土文學論爭中，現代派的大部分，不論是奉命或主動，都曾站到鄉土文學和現實主義對立面去，打擊鄉土文學，也是事實。其中少數幾個人手段惡毒，余光中就是突出的例子。

關於余光中

陳芳明在他的《鞭傷之島》一書中，收有一篇〈死滅的、以及從未誕生的〉，其中有這一段：

隔於苦悶與納悶的深處之際，我收到余光中寄自香港的一封長信，並附寄了幾份影印文件。其中有一份陳映真的文章，也有一份馬克思文字的英譯。余光中特別以紅筆加上眉批，並用中英對照的考據方法，指出陳映真引述馬克思之處……。

事隔多年，而且因為陳芳明先披露了，我才在這裡說一說。余光中這一份精心羅織的材料，當時是直接寄給了其時權傾一時、人人聞之變色的王昇將軍手上，寄給陳芳明的，應是這告密信的副本。余光中控訴我有「新馬克思主義」的危險思想，以文學評論傳布新馬思想，在當時是必死之罪。據說王將軍不很明白「新馬」為何物，就把余光中寄達的密告材料送到王將軍對之執師禮甚恭的鄭學稼先生，請鄭先生鑒別。鄭先生看過資料，以為大謬，力勸王將軍千萬不能以鄉土文學興獄，甚至鼓勵王昇公開褒獎鄉土文學上有成就的作家。不久，對鄉土文學霍霍磨刀之聲，戛然而止，一場一觸即發的政治逮捕與我擦肩而過。這是鄭學稼先生親口告訴了我的。

在那森嚴的時代，余光中此舉，確實是處心積慮，專心致志地不惜要將我置於死地的。而他竟把這應該秘而不宣的在他的心靈最深最深的暗夜寫下來的罪惡材料特意從香港寄去美國給陳芳明，人們就難免對余陳兩人之間的關係感到強烈的好奇。現在，陳芳明和當年與之「決裂」的余光中恢復舊好，也有文章相與溫存。這自然是陳芳明的自由。只是想到詩人埃．龐德在二戰中支持、參加了納粹，戰後終其一生久久不能擺脫歐西文壇批判的壓力和良心的咎責。而余光中在最近的一個場合中，因他當年假借權力壓迫鄉土文學而當場受到一個青年公開的抗議後，做了這回應：他當年反對的不是鄉土文學，而是「工農兵文學」！顯見他至今絲毫不以當年借國民黨的利刃取人性命之行徑為羞惡。而陳芳明的長文〈死滅的、以及從未誕生的〉輕描淡寫揭露過余光中的這段往事之後，用了十分之九的全篇幅，站在台獨原教義的審判台上，對陳映真的思想和文章進行細密的調查、入罪和指控，讀來固然不免失笑，卻對這兩個思想政治偵警，留下難忘的印象。

關於兩岸分裂合理論

陳芳明說，「到了戰後，美帝國主義的介入，使得台灣社會與中國社會分離了。這樣的分離，自願或被強迫，都成為無可動搖的歷史事實。」這是十足的外國勢力干涉有理論。但是分裂的兩德並不以為祖國的分斷是「無可動搖的歷史事實」，西德人民不惜為長期民族分裂造成的困難付出代價，完成了統一。越南人民也不以為祖國的南北斷裂是「無可動搖的歷史事實」。他們以艱苦卓絕的鬥爭，戰敗了世界上最強大、凶惡的外國勢力及其扈從，統一了自己的祖國。韓民族不分南北，也不以自己民族在外來勢力下的分裂為「無可動搖的歷史事實」。他們以民族的分裂為恥，為痛，南韓人民不以北韓一時的窘困嫌惡和卑視北方的同胞，呼喚統一，聲嘶力竭，在不久前南北朝鮮人民終於向全世界宣布了爭取南北韓「自主化統一」的願景。即使林肯，也不以工業的北方與農業的南方的對立為「無可動搖的歷史事實」，統一了合眾國。陳芳明和一些反民族派，卻千方百計宣傳兩岸分離現狀為合理，即便是「台灣社會」與「中國社會」的「分離」是「由於美帝國主義的介入」也是合理的！但一九四八年，大作家楊逵不同意外國勢力來台灣搞獨立和託管，說宣傳獨立和託管的文學，不是台灣文學，是「奴才文學」！陳芳明說「台灣文學與中國文學的分離，於一九五〇年以後就已經產生」。我看不可靠。光說一九七〇年代裡，葉石濤先生就迭次宣說「台灣文學是中國文學的一環」；王拓先生說「作為反映台灣各個不同時代的歷史與社會的（台灣）文學，也自屬於中國文學的一部分」，並說台灣文學是「在台灣的中國文學」，而作家則是「台灣的中國作家」；巫永福先生說「如果清文學是中國文學，光復前的台灣文學也應當是中國文學」；李魁賢先生也說，「當然台灣文學是屬於中國文學的一部分」。這些都是「於一九五〇年以後」二十年的事了。即使陳芳明自己，也要等到鄉土文學論戰前後才與中國「訣別」，這以前還為余光中寫過一本充滿了孺慕與崇拜的詩評。陳芳明也許會說那不算數，那是在戒嚴殖民體制下不得已的言不由衷。若然，陳芳明就把自己一夥人都說成個個是孬種了。怎麼就有那麼多人，那麼久的時間，一再地「不得已而言不由衷」？

三、關於解嚴後「後殖民社會」論及相關問題的批判

對於陳芳明把一九四五年國民黨統治台灣以至一九八七年李登輝繼任這一段時期視為中國人對台灣人施加「戒嚴殖民」統治的「再殖民社會」之不通，我已經在上一篇文章中從社會性質理論、戰後台灣資本主義發展史，以及國民黨「擬似波拿帕國家」的形成與消萎等各方面，做了深入的批評。陳芳明無力對此以相同的語言和方法論駁論，卻反覆提出嚴重混淆了作為文化思想概念(而不是社會經濟概念)的「後殖民論」以及「後現代論」的說辭。這裡先說一九八七年以後的台灣社會政治矛盾。陳芳明說，「戒嚴體制」表現為「語言的壓制」，對作家「思想」、「情感」、「情欲」、「情緒」的「控制」，威脅了女性、同性戀、原住民想像。在陳芳明看，一九四五年到八七年間「再殖民」的「戒嚴殖民」統治下，台灣的社會政治矛盾集中地表現為由「漢人／中原心態／男性優勢／儒家思想所凝鑄而成」的權力所統治的、對於原住民／台灣意識／女性／非儒思想的壓迫！這是什麼樣的政治與階級分析？這又是什麼樣的「殖民地」社會的批判？

從一九四五年到八七年中，四五年到五〇年，是大陸地主階級、買辦資產階級、官僚資產階級和台灣的地主豪紳階級對台灣農民、工人、市民知識分子的壓迫。五〇年到六六年，是國民黨統治集團的「擬似波拿帕政權」，和其所哺育的台灣新興產業資產階級對台灣農民、低工資工人等各階級的統治，一九六六年到八七年，是獨占化的台灣政商資產階級在國民黨庇蔭下茁長，終於從消萎的「擬似波拿帕國家」接收政權，而展開以李氏政權為起點的台灣人獨占性大政商資產階級統治的時代。在陳芳明的「戒嚴殖民社會」裡，是沒有階級的「漢人」、沒有社會經濟意義、沒有階級內容的「中原心態」、沒有社會屬性的男性和「儒家思想」，對於同樣地沒有（民族）階級分析和社會經濟內容的原住民各族、台灣意識、女性和不知有多麼廣泛的非儒思想的統治。因此，四五年到五〇年台灣學生、作家、市民所決行的民主自治鬥爭、地下黨的新民主主義鬥爭、文學界圍繞在「建設台灣新文學」爭論中堅持民族團結、堅持深入民眾、和民眾站在一個立場的「台灣文學論」的提起；五〇年到六六年間苛酷的白色恐怖的壓抑，戰後第一代由省內外資產階級民主人士所發動的反獨裁民主化鬥爭；一九六六年以後，第二波新生代資產階級反獨裁．民主化鬥爭、七〇年代從現代詩論戰到鄉土文學論戰的文學上的左右論爭、八〇年代以後台獨文論和「在台灣的中國文學」論的鬥爭……，這一切都不在陳芳明的焦點上。因此，八七年後戒嚴解除，長年的「戒嚴殖民」體制奇蹟似的解放，台灣文學於是「次第展開。台灣意識文學崛起，批判傲慢的中原沙文主義。女性意識文學大量產生則挑戰既有的男性沙文主義，眷村文學的出現，則是出自對台灣意識過於激化的畏懼與戒心，原住民文學的營造，則是在抗拒漢人沙文主義」。

把台灣文學按照「語言」、「族群」、「性別」、「性取向」、「去中心」、「分殊」、「多元」加以分別而不是從創作方法、文藝思潮、時代社會基礎去分類，是台灣九〇年代從西方經過校園、留學體制灌輸進來的概念。後現代主義的思想內容之一，是對於進入「後期資本主義」階段的西方社會的苦悶、失望與幻滅，產生了對於現代性——啟蒙、科學技術、理性，甚至資產階級民主體制——的根本性的懷疑。後現代派的思想家看見了高度發達的、進入資本主義「後期」的西方，在極端商業化、商品化，高度消費主義和商品拜物主義下，知識分子早已失去社會指導性地位；民主政治的行銷主義和商品化，使精英政治崩解。此外，八〇年代末蘇東社會的瓦解，又使知識分子對「解放」、「革命」甚至西方「民主主義」等「宏大論述」產生了幻滅與懷疑，新的虛無主義統治著後現代主義思想家。於是「去中心」論、「分殊論」、「多元」並重並列之說起。文學批評中也出現所謂性別、性偏好、種族、語言等「多元」、零細的角度。這些思想藉著台灣自五〇年代以來美國新殖民主義文化霸權的、暢通多時的管道——留學體制、學位生產、人員交換——經由快速化的通訊、媒介炒作，半生不熟地灌輸到台灣來。於是「去中心」、「分殊」、「多元」諸論，嗡嗡然流傳於以外語獨占西方知識之窗口的一群精英之中。

然而，陳芳明不知道，後殖民論自始就是對於西方發達國家對第三世界國家的文化意識形態統治與霸權支配的挑戰，反對西方在第三世界無所不在的文化和思想滲透。後殖民論質問：為什麼思想和文化總是單向地從西方發達國家向其他地方灌注；為什麼總是以西方的概念而不是自己的話語去描寫和敘述第三世界，使第三世界失去了描寫自己、認識自己的語言和論述。

陳芳明以西方後現代的性別、性取向、族群、去中心、分殊、多元……這些舶來的概念，生吞活剝，強辭奪理地描寫、說明、比附台灣文學，以西方新殖民主義的文化概念描寫台灣，正是後殖民批判理論的批判對象的核心。陳芳明以批判的對象（後現代論）形容批判的本身（後殖民論），把批判的本身與批判的對象混同起來，令人匪夷所思。

陳芳明也曾想把後現代論與後殖民論加以區別（〈後現代或後殖民〉，收前揭《書寫台灣》）。但由於知識不足，錯誤百出。簡單說，陳芳明說，台灣的後現代論不是台灣社會之所產，是西方舶來之物，不適合用來說明台灣的文學現象。台灣的「後殖民論」則有台灣社會根源——說「後殖民」論是台灣「殖民戒嚴體制」瓦解後之所產。但人們也可以問：依陳芳明的邏輯，後現代論的去中心論，難道不是對「戒嚴殖民體制」獨裁下「中心思想」的對抗？後現代論的多元論，難道不是對「戒嚴殖民體制」政治、文化一元化專制的挑戰？怎麼獨獨「後殖民論」才是台灣「社會內部」之所產？

事實上，人們記憶猶新，洋人的性別論、性取向論、族群論、去中心論、多元分殊論，全是八〇年代末、主要是九〇年代上半從洋人那兒經由留學體制、洋學位體制、回國教師、洋文書刊那兒蜂擁而至，是後殖民批判所要批判的、活生生的西方文化霸權對台灣之支配。有些學者主張八〇年代後的台灣文學是「後現代文學」。我看，如果加上一個「附庸性的」這麼一個限定詞，即「附庸性的後現代文學」，肯定比陳芳明矛盾錯誤的「後現代文學」相對上還來得準確一些。

後殖民論的主要思想家薩依德就認為，所謂後現代，是一個「延續帝國主義結構」於全世界的「時代」。他說今日對抗新的西方中心主義，就是反「後現代」的鬥爭。後現代與後殖民的概念、立場、思想之相剋，如此旗幟鮮明，豈容混淆！陳芳明不但知識上混亂，終其全部寫過的文章，從來看不見對美國新帝國主義自五〇年代以降在軍事、經濟、政治、外交、思想、文化和意識形態上對台灣的統治。這樣的腦袋裡出來的「殖民地」論→「再殖民」論可以如何荒唐，不難想像。

最後再說幾句陳芳明對台灣戰後民主主義的評價。台灣戰後民主運動要如何分析和評價，是一個重要的理論課題。但限於篇幅，俟來日有機會時再予展開。但陳芳明說，台灣的「民主運動兼容並蓄地容納了農民、工人、女性、外省族群、原住民形成滾滾洪流」，終於使「殖民式威權體制」瓦解。光復至一九五〇年以前，台灣和大陸相應和的反獨裁、反內戰、和平民主建國的民主自治運動，以及新民主主義運動，確實有台灣工人、農民和原住民(「蓬萊民族解放同盟」)參加。一九五〇年代白色恐怖以後的台灣反獨裁民主化運動，和七〇年代以降台灣資產階級民主運動，都沒有工人和農民作為階級力量參加。所謂「女性」也不曾作為一個社會勢力參加，原住民更不曾以民族解放運動的形式參加。工、農、環保、原住民、婦女等市民性社會運動，都是一九八七年解嚴後的產物。至於六〇年代至七〇年代中，在沒有警備總部的海外搞英雄的「革命」運動（陳芳明時常以他的海外活動驕人），該怎樣定位和評價，也是個問題。而「外省族群」之無法受容於這偉大的民主運動，只要看費希平和林正杰被逐出黨，傅正在黨內委曲求全，至今日省外知識分子在台灣絕對主義下屈折低眉的處境，說什麼台灣民主運動「兼容並蓄」，「形成滾滾洪流」，不免太膨風了。至於說，「台灣本土文學者與民主運動桴鼓相應、攜手併進」，也不盡然。這只要今天赫赫不可一世的「本土文學者」和評論家，捫心自問，他們在「民主運動」各階段寫過什麼不民主的文章，為不民主的政策畫圖解，和不民主的人打混，找不民主的出版社出書……就知道陳芳明在自欺欺人了。時至今日，民進黨取得政權不過數月，就在勞工問題上後退保守，毫不飾諱地站到政商獨占資本的一方。昔日為「民主」、「公義」而奮鬥的工會、市民運動團體，幾乎隨著新政權的上台全面黃色化，而被收編為領津貼的ＮＧＯ，學生幹部穿上西裝，進入國會助理和政府部門官僚體系。台灣戰後民主運動的階級本質終於呈現，卻留給弱小者一團迷霧。而陳芳明卻把一九八七年後「戒嚴殖民」體制的「終結」描寫成自由王國的降臨，台灣烏托邦的勝利，台灣文學百花齊放……。

四、結論

「社會性質」指的是一個社會的生產方式的性質。社會生產方式者，是一個社會的生產力和生產關係的總和。生產力的發展，造成與之相應的生產關係的變化，從而帶來作為生產力與生產關係之總和的社會生產方式的變化，當然也是社會生產方式之性質，即社會性質的變化。馬克思指出，正是隨著生產力的淡化與發展，前此的人類社會概括地、一般地依「原始社會」、「奴隸社會」、「封建社會」和「資本主義社會」的先後秩序而推移。依此，人類社會發展過程中絕沒有一個單獨稱為「殖民地社會」這樣一種生產方式、這樣一種人類社會必由的階段。當然也沒有什麼「再殖民」、「後殖民」的社會生產方式。「殖民地」的社會科學概念，是帝國主義時代在帝國主義支配下第三世界前資本主義社會外鑠而來的，必須與其原有社會生產方式（例如封建或半封建社會、氏族共同體社會等）併稱才能存在的概念。陳芳明不懂社會性質理論，他的台灣社會性質「三階段論」，即「殖民地社會」（日據）→「再殖民社會」（一九四五－八七）和「後殖民社會」（一九八七－）完全是無根據的杜撰，是社會性質論這個專門領域之外的胡說，至為明白。陳芳明在別的地方多次、多處（例如《謝雪紅評傳》和關於台共兩個綱領的文章）大談特談日據台灣「社會性質」理論，到現在就突出地表現其欺罔性，明確地失去了在社會性質理論的專門領域中再發言的條件。

回應陳芳明的文章時，預見到陳芳明在社會性質理論上的小兒程度，卻不料只有嬰兒的程度。想到這是長期反共保守的台灣的社會科學環境有以致之，不覺淒然。估計短期間內我和陳芳明的討論，很難引起能夠以馬克思歷史唯物主義的、社會性質理論的詞語和方法論的進一步縱深討論。而社會性質的討論，最終是要從對當面社會性質之科學性的分析，得出當面社會改革實踐的理論，這就非得要經過廣泛、深入的爭鳴、批判和發展不為功。雖然，我仍然期待再過一段時日，年輕一代擁有馬克思主義素養，又有運動實踐的朋友們起來，對拙論加以批判和討論。我願意相信這一日的到來不會太久。到那時，人們再也不需要忍受陳芳明式的、外行的夾纏了。台灣社會性質理論的探索，有長久歷史和傳統。早在一九二六年，甚至早在大陸展開中國社會史討論的一九二八年之前，前進的台灣知識分子陳逢源和許乃昌就「指桑說槐」地就「中國改造（革命）論」，進行了中國社會性質與中國變革（改造）理論的相當有社會科學深度的爭論。一九二八年和三一年，台灣共產黨兩個中央的兩個綱領，也深入規定了當時台灣社會的性質與革命的方針。一九三二年，矢內原忠雄也以歷史唯物主義，分析了殖民地台灣的生產方式之本質。三〇年代，台灣人革命家與思想家李友邦，也對日據下台灣社會進行了歷史唯物主義的分析。至六〇年代中後，傑出的台灣社會科學家涂照彥和劉進慶分別對日據社會和截至一九六五年的戰後台灣經濟，做出了科學、富有實證的研究成果。

這一關於台灣社會性質理論的歷史、傳統和文獻極為重要，卻為陳芳明一夥歌頌八七年台灣「民主化」的人們所不知。絕大多數的知識分子，和陳芳明們一般，對於台灣本身的經濟社會史完全無知，卻只顧在洋人的餘唾中抽象地、歷史唯心主義地、不著邊際地、道德主義地、感情論地，沒有台灣歷史具體條件地大發議論，在以洋文為高牆而與民眾隔絕的亭子中間，互相應和吹捧，得意之極。這是和一九五〇年以降，台灣學術、文化、意識形態遭受美國新殖民主義構造性統治的悲慘的結果。

此外，陳芳明的存在，也彰顯了部分台灣學術界中的嚴重的學風問題。做研究不老實，不認真嚴肅，強以不知為知，對知識上的錯誤強辭飾辯，不下艱苦工夫，磨牙打混，沒有人民觀點，沒有第三世界的視角。在日本殖民體制下生產現代知識分子歷史中，我們缺乏既有精深專業知識，又有批判、抵抗的人格與風骨的大知識人的典範。於是若陳芳明那樣可以「著作等身」，專業上不牢靠，立場多變，優遊學宮的學者，成為我們社會的奇景。這樣的學風，是不是應該清理清理了。

僕布衣百姓，刑餘之人，於廟堂學宮皆遠，而讀書從不求其甚解，所學至為寡陋，只是看不下去少數一些人視天下直若無人，恣情暴論，這才不辭疏鄙，出來相質。但受到知識水平的具體限制，錯失必多，希望方家給予嚴厲的批判。

追及：在前一篇我批評陳芳明的文章（《聯合文學》，一八九期）第一三八頁：「一定歷史發展階段中一個社會的生產方式和與其相應的生產關係的總和，即一定社會發展階段的生產力發展之獨特的性質、形態，和與之相適應的生產關係之獨特的形態與性質的總和」中，「生產方式」是「生產力」的筆誤，雖隨手之誤，文章其他地方都沒有相同錯誤，仍應向讀者更正致歉。

初刊二〇〇〇年九月《聯合文學》第一九一期
收入二〇〇二年九月人間出版社《台灣新文學史論叢刊3・反對言偽而辯——陳芳明台灣文學論、後現代論、後殖民論的批判》（許南村編）

一份深情厚意
談梁正居的紀錄攝影

台灣有「報導攝影」的概念，據說是一九七四年以後的事。一九七五年夏天，我從七年流放中回來，補了一九七〇至七三年間「現代詩論爭」的課，趕上了雲門、朱銘、陳達的話題，參加了《夏潮》的編務，捲進了一九七八年的「鄉土文學論爭」。一九七九年梁正居在台北「青之藝廊」展出題為「台灣行腳」的攝影展，但我看到成書的攝影集，則是那年以後的事，但現在看來，梁正居是在「紀錄攝影」、「報導攝影」遠遠還不曾被認識的時代，就自發性地帶著相機踽踽行走於遼遠的鄉土台灣的攝影家之一，成為一九七〇年代台灣從對於「現代主義」反思而轉向現實主義的、總的潮流的一個組成部分。

如果要用比較嚴格的定義，梁正居的作品似乎應該歸於紀錄攝影（photo-documentary）。「報導攝影」（photo-journalism）畢竟帶有較突出的新聞報導的性質。但報導攝影不同於集中表現新聞事件或新聞現場的真實的意義，報導攝影則以單張或一組照片去表現生活的本質。一個傑出的紀錄攝影家，總是表現出他對於人、對於生活、對於自然環境的深刻關懷，不會消退的熱情和深厚的情感。生活的本質，人的價值和自然的尊嚴，常常是紀錄攝影家最終極的關懷。早在「台灣這一塊土地」、「台灣人民」還沒有成為若今日之咒符的時代，梁正居，一個年輕的東北籍攝影家，早已走遍了台灣的山山水水，尋遍台灣生活的每一個角落，質樸、真摯、滿懷著庶民的熱情，記錄了台灣人民廣泛的生活，描繪了人民群眾勤勉創造的勞動，刻畫了從高山雲海到層層梯田的台灣風土。

梁正居攝影作品的素樸、厚實以及和煦暖人，幾乎已是定論。不講究誇張造作的構圖、技巧，不講究昂貴巧絕的器材，是紀錄攝影的特質。因為紀錄攝影懾人的感人力量，不是來自形式的奇突，而是來自攝影家豐厚真誠的人文精神與素養。他對於人總有永不疲倦的熱情與銘心的關懷，對於生活，則總是能敏銳地把握其最根源的本質；對於人所生活其中的自然，總是懷抱著最深的讚嘆、喜悅與敬畏。梁正居的作品生動地表現了這人文的胸懷。人們在他的類如〈寶寶笑了〉、〈扛甘蔗〉、〈龍骨車〉、〈乩童〉和〈風箏〉這些已經典型化的、令人難忘的作品中，「讀」出了梁正居對於人、對於生活與勞動的深情與關切。

紀錄攝影是攝影家在遼闊、豐富的生活現場裡勤勉的「行腳」實踐中獲得的藝術成果。沒有深入到現場去，就不能深入於生活，也就斷然沒有深刻、動人心魄的作品。梁正居每一幀作品都說明著這個事實。就以去年九二一震災的紀錄而言，梁正居從埔里災區家中半夜被地震震醒的一刻開始，就開始了長達六個月的全災區艱苦巡禮和記錄的工作。一座橋梁的斷裂；一個熟悉的老街的劫後；被震損的教室和教育；在災地轟轟巡飛的重型直升機；在災後的儲蓄互助會中為生活出主意的山地部落婦女；劫後照樣收穫絲瓜的老農；傾圮的「敦本堂」；震後新種的玉米在沙里仙溪旁抽穗；積水裡戲水的災區少年……都是長期在災區埔里生活，以災民的一分子，帶著親人般的關懷，行腳災難的鄉土所留下的影像，素樸、真摯、充滿了對人和生活的深情厚意。

初刊二〇〇〇年九月七日《中國時報・浮世繪》第三十六版

沉思

讀李遠哲先生〈從當家做主到和平、繁榮、民主的未來〉的隨想[1]

李遠哲先生在九月二日「跨黨派小組」首次開會的席上，發表了〈從當家做主到和平、繁榮、民主的未來〉為題的講話。自從李先生公開介入去年的大選：公開為陳水扁先生背書開始，許多當年保釣運動中的統派朋友，都帶著憂心和關切的眼睛默默地注視著李先生的所言所行。對於這一篇講話，也自不例外。

「政治正確」的虎視

許多朋友們都同意，這篇文章比較全面、誠意而真實地表現了李遠哲先生關於兩岸關係的性質、歷史和未來展望的思想，對於朋友們進一步認識李先生，這篇講話是很有價值的。我們自然也充分地注意到，李遠哲先生的一些想法，在本質上，和今天圍繞在他身邊的一些反民族論的教授學者們有一定的距離。李先生坦率地表達了他和「大多數台灣人一樣」的、對於作為一個「不折不扣的中國人」的民族認同；李先生更無所忌憚地呼籲兩岸「回到一九九二年各自以口頭聲明的方式表達『一個中國原則』的共識，承認在此共識下達成的協議與結論，並在既有基礎上恢復(兩岸)協商」。僅僅是第二天，李先生領導的「跨黨派小組」中的一位同僚學者和行政院新聞局就粗魯地以回到九二年共識之說只是李遠哲先生「個人的意見」為言，批駁了李先生，無異乎向李先生對「跨黨派小組」的領導地位進行了無遮蔽的挑戰。

在李先生身邊的許多教授學者，一般都絕不說中華民族在帝國主義時代悲愴的國恥歷史，但李先生提到了歷史上「兩岸的中國人都受過帝國主義的壓迫」。「主流」的歷史認識一般地把馬關割台，日帝對台統治看成台灣脫離落後的中國，走向「現代化」的契機。但李先生卻說，「在日本的殖民統治下，人民深感異族統治的痛苦，受人壓迫、歧視與機會的不平等……。」「主流」史觀的戰後台灣人苦難論，大都止於他們變造過的二二八事件史，對踵繼二二八民變後殘酷鎮壓中共在台地下黨的歷史，則裝聾作啞。但李先生卻提到二二八後台灣「嚮往社會主義」的「滿懷理想的人」、「青年」和「知識分子」在「白色恐怖的風暴中無謂地犧牲」的歷史。在「中國人」/外省人＝惡、「台灣人」/本土＝善的意識形態支配的時代，李先生說，「(在台灣)老百姓之間並沒有族群之分，只有『好人』與『壞人』之別。」李遠哲先生是唯一的本省籍最高級知識分子公開說出一個普遍、嚴重存在，卻沒有人願意或敢於說出的這個事實：在「台灣意識」、「本土論」極囂塵世的當前，已經有了「部分外省族群的危機感」。

凡此，都顯示了李遠哲先生的一些思想和當面滔滔天下的「政治正確」性之間無從妥協的矛盾。學界、總統府和新聞局對李遠哲談話快速的拒斥，已經在李先生和新權力之間布下了日漸濃鬱的陰霾，令關心李先生的朋友感到憂悶。

怎樣看中共向國民黨「招手」？

當然，李遠哲先生的講話中，也還有幾個可以加以補充甚至商榷的地方。

一九八一年九月，葉劍英發表了談話，呼籲國共兩黨「實行第三次合作」，共同完成中國統一大業。談話中提出統一後的台灣享有高度的自治權，「並可保留軍隊」，也提出台灣社會和財產制度（即一切生產關係）不變等方針。對此，島內從事長期反獨裁民主鬥爭、在海外從事反對帝國主義及其扈從國民黨、改革台灣社會體制的保釣一代，一時為之譁然，至今記憶猶新。

但事隔二十年後的今天，似乎應該有較好的條件去認識當年「大陸政權」「對仍在實施戒嚴的國民黨政府招手」的政治設想。

首先是政治所不可不考慮的現實主義。如果說顧及國府在現實上嚴密有效地支配著台灣，是中共當年不能不向國府「招手」的「合理」的原因，是怎麼也難免令人嫌惡的。但如果能想一想為什麼長期為推翻國民黨，實現「台灣人」執政、爭取台灣脫中共以獨立而鬥爭的民進黨，在取得大位之後，硬是不能起用自己的人當行政院長，更不能不起用國民黨國家政權之暴力象徵的軍方人士為行政院長，不能不在兩岸問題上把自己打扮成溫良恭讓，不能不在立法院逆來順受，使許多台灣絕對主義者「大為失望」，鬱卒不已，就能理解政治的現實主義的側面了。再說，如果葉劍英當年公開向台灣黨外人士、民主人士「招手」，促其打倒國民黨後共議統一，這些黨外人士和民主派會在國民黨鐵腕下遭到什麼樣的厄運？再從歷史上看，抗日戰爭時中共向國民黨「招手」，終於結成抗日民族統一戰線，許多非國民黨愛國人士、民主人士、社會賢達和廣泛的進步知識分子，才能在國共合作條件下獲得開闊的政治、思想和實踐的空間，使進步勢力取得巨步發展。一九四五年戰後不久，中共又向國民黨「招手」，力爭第二次國共合作，而正是在這第二次國共合作的條件下，民主同盟、社會民主人士、知識分子和革命的青年與學生，得以在反獨裁、反內戰、反飢餓、爭民主、爭和平建國的強大的、波及台灣的民主運動中成長和壯大。感情用事地、片面地、無歷史分析地從中共向國民黨「招手」看問題，就會看得不全面。

統一的制度條件

李遠哲先生的講話中第二個突出的思想，是兩岸統一的政治的、社會經濟制度的條件論。李先生以為，大陸經濟要發展到「接近中度發達國家水平」，據說還「需要三十到五十年」的時間（即二〇三〇年或二〇五〇年），而要等待大陸「政治的民主和自由」，那就「需要更漫長的時間才能發展成功」。「因此，『統一』的社會基礎在台灣其實非常薄弱。」

也許李先生並不自覺，這其實是形形色色的反統、拒統論的一種。一九五〇年以後，兩蔣時代的「勝共統一論」、「反攻復國統一論」、一九八〇年代以後的「三民主義統一論」，一直到當下的等待「大陸經濟繁榮，政治民主化之後統一論」，都有一個反共拒統、依恃外來勢力使兩岸分斷恆久化和固定化的本質。

台灣被迫與中國本部分斷，是帝國主義侵凌中國的歷史結果。一八九五年到一九四五年間，中國行省台灣在全中國半殖民地化過程中淪為日帝的殖民地而與大陸分斷；一九五〇年到現在，在國際冷戰態勢中，美帝國主義以大艦隊分斷海峽，把台灣列入美國在東亞的冷戰戰略前線，與大陸形成分裂對峙，至今已半個世紀。

清代前期，台灣社會矛盾嚴重。在封建的土地關係下，社會下層的貧困佃農常常因繳不起地租而遭豪強打殺。台灣的封建豪紳地主、官僚、胥吏和士大夫貪瀆搜掠、勒索派累、恃強侵占土地，引發貧困農民暴動。朱一貴、林爽文領導的暴動即其著例。鴉片戰後、台灣與大陸同被列強強迫開港，外國商品和金融資本衝擊從事兩岸貿易的本地商人資本。鴉片煙毒氾濫，白銀大量外流，加上地方官吏、地主豪紳的苛刻盤剝，民不聊生，教案頻生，也引發人民封建官僚體制與帝國主義的鬥爭（戴潮春起義事件）。

因此，終清朝統治，出於封建的和半殖民半封建社會的矛盾，對於台灣貧困農民而言，清廷的統治絕不「民主」、「自由」、「經濟繁榮」。但一八九五年，台灣人民，尤其是貧困農民反抗日軍登陸占領的抗爭中堅強、英勇、持久的鬥爭，直出近衛師團意料之外。從一八九五年到一九一五年，二十年間台灣農民和地方豪強以最原始的武器（有時借助封建迷信），和持有最現代化武裝的日本當局游擊對峙；一九二一年到一九三一年間，在台灣社會取得殖民地相對性「現代化」條件下，人民的現代抗日非武裝鬥爭越演越烈。這些都說明，自己的祖國是不是「自由民主」，經濟上是否有「發達國家的水平」，絕不是反不反對帝國主義，接不接受外來勢力把自己的民族分斷離析的條件。

二二八後的民族團結運動

一九四五年台灣光復。正如李遠哲先生所指出，在國民黨的惡政下，解放的欣快迅速轉化為失望與悲忿，終至在一九四七年的二月爆發全面民變。但綜看「二二八事變處理委員會」提出的三十二條處理方針，絕無因為國民黨統治在政治上不「自由民主」而要求分離的一條。正相反，在風聞國府派遣武裝部隊來台鎮壓時，「處理委員會」心焦慮煩地央請美國人轉告「蔣委員長」：台灣絕無獨立分離之心。事實上，早在二月事變之前，台灣先進的知識分子如蘇新、王白淵和宋斐如就提出，光復的本質，是使殖民地台灣編入「封建的中國」，要從中國的「封建」性認識當前台灣在社會政治上的黑暗。而台灣的改造，就應從改造「封建的中國」著手。宋斐如說「中國還在發展」，中國有善與惡的兩方面。他要台灣人民「擇其善而固執之」，把不善的方面加以揚棄。宋斐如和蘇新們站在與中國等身的高度和祖國面對，而不是提出政治、社會、經濟等制度條件，和民族的母體計較銖錙。一九四七年三月初，事變以殘酷屠殺告終，但以楊逵為中心的當時台灣文學界，團結了省內外進步作家與評論家，力言台灣（的文學）是中國（的文學）之一環，並且力倡省內外人民的團結。楊逵更以嚴厲口吻說，如果有文學主張台灣獨立或台灣託管，那是「奴才文學」，不得人心。一九四九年一月，楊逵發表了《和平宣言》，主張民主自治，民主改革，也鮮明地主張反對獨立論和託管論。這說明，即使二二八事變明若觀火地顯示當時的中國政治之不「民主自由」，社會經濟凋敝，但是台灣志士的改革思想，絕不據此而謂台灣與大陸的再整合的「社會基礎」「非常薄弱」。

一九五〇年開始，外有外國的武裝艦隊封斷海峽，內有長達三、四年的政權推動的「白色恐怖」，殺盡了進步人士，極端的反共法西斯主義統治一切。但即使如此，二十年後的一九七〇年初，「在海外」竟然也「有不少認同社會主義祖國的人陸續投入保衛釣魚台運動、愛國運動的潮流」。對於李先生所熟知的保釣一代人，「認同」「社會主義祖國」，絕不是因為大陸在經濟上比台灣繁榮，政治上和美國式資產階級「民主自由」一樣。

統一不是做買賣

四〇年代末為了革命投奔大陸一代如蘇新、吳克泰、陳炳基、葉紀東等許多人，在中國革命極「左」路線的時代，經歷了苦澀的歷史，對中共的對台政策也有不同程度、不同方面的意見，但公開、私下，他們對於祖國的統一，沒有稱斤論兩，打各種折扣。保釣運動退潮後，有幾十個留美學生放棄在美國優渥的前景毅然回到大陸實際參加工作(這是李先生所熟知的)。他們對中國大陸的政治、經濟絕不是沒有看法的，在「六四」事件後，個別人也有苦澀的體驗。但他們在公開、私下，對於兩岸統一的工作，努力貢獻，不遺餘力。

西德並不曾因為東德在政治經濟上與自己的差距而以為「統一的基礎」「薄弱」，卻毅然承擔了代價，成就了兩德的統一。最近南北韓向世界宣示了排除外來勢力，爭取民主統一的「自主化統一」的願景，南韓人民也沒有以北韓的窘困，以北方的不「民主自由」而抗拒統一。在電視上，人們看見一個普通的韓國的小店自營者理直氣壯地說，「統一又不是做生意，怎麼好只顧談條件？」看了這樣的畫面而五內震動、熱淚盈眶的記憶，至今猶新。

即便是以無產階級的國際主義為言的馬克思、恩格斯，都認為像德國、義大利、波蘭的無產階級，應該首先追求這些「大民族」的獨立自主和統一，而後才能發展。即先作為在一個獨立統一的國家組織起來的無產階級，其為掌握政權而鬥爭，才有無產階級的國際主義的聯合。

如果中國因外來勢力的干預而無法解決台灣的離異，國家無法達成統一和獨立，中國的復興就因中國各階級人民必須為衛護主權的完整耗費巨大的心力而無法達成，而台灣作為外國大國戰略的馬前卒，在政治、經濟、國防、文化、知識和意識形態上長期、卑瑣地扈從於人，也必沒有什麼發展前途可言，這是淺白不過的道理。受外來勢力干預而分裂的民族的統一，完全地克服帝國主義在歷史過程中留下的創痕與矛盾，是民族史課予民族成員的無從假借的命運。「民族統一的問題絕不是做買賣，不能稱斤論兩」之說，乍見粗白，實有深刻的倫理和政治經濟學的況味在。

民主自由繁榮論的雙重標準

這於是又使我想起「民主自由、經濟發展統一論」中所包攝的矛盾。我觀察到持這種看法的人，總是表現出嚴重的雙重標準。對內，這些人頗敏於指責台灣「民主自由」中的黑金問題、政商資本的癒合、官僚主義、政治偵防和各級選舉中驚人的金錢投入，以及黑道在地方政治經濟中的支配；這些人也敏於批評，在台灣「繁榮」的、畸形的資本主義社會，貪瀆橫行，社會道德崩潰，社會犯罪猖狂，色情與暴力充斥，理想喪盡，商品拜物主義氾濫……李遠哲先生把這些情況稱之為「向下沉淪」的現象。

然而一旦論及民族統一，這些人卻都必欲以這樣的「民主自由」和「經濟繁榮」強加於我們民族的未來，將黑暗、墮落的「民主自由」和「經濟繁榮」強加於大陸社會，以為民族統一的條件，把台灣的「民主、自由、繁榮」說得極其神乎，而且往往面作傲色。一九八〇年代大陸向資本主義開門以後，貪腐、犯罪氾濫，貧富格差擴大、社會正義廢惰，環境體系崩壞，對我個人而言，一直引為憂懼，甚至感到忿懣。但是我仍不同意少數一些「毛派」朋友那樣，把革命成功直至一九七九年以前的大陸絕對美化，把其後絕對否定，甚至到「大陸修正主義化，不必談統一」，甚至「反對統一」的地步。像中國這樣的大民族，從鴉片戰爭以來，為自己的獨立和統一耗盡了中國各階級、階層人民和民族的精力，受盡難言的苦難。完成民族統一的事業，保衛主權領土的完整與統一，摒除外國強權的掣肘干預，保證了國家的獨立自主，發展為一個強盛的國家，斯然後中國無產階級主導的進步的中國改造運動，才有更具體的條件。

強要以某種政治經濟為條件的統一論，現實上是不統一、拒絕統一之論的喬裝，已見前述。保持民族的團結與發展，兩岸互不以特定政治經濟制度強加於人的統一論，思前想後，還真只有「和平統一」、「一國兩制」的辦法。

統獨與壓迫構造

復次，李遠哲先生提，在被「曲扭」的台灣「歷史環境裡」，人們覺得「統一似乎等於是『被壓迫』的延續」，而「『獨立』就成了」「苦海翻身、追求生存自保的機會」。而「『統』『獨』之對抗，其社會心性的本質，其實正是『壓迫者』與『被壓迫者』對立階層之間的爭執」。

這恐怕是只見到事物表面現象而沒有看見本質的分析。

前文說過，終兩蔣時代，國民黨是以使台灣成為美國霸權主義的遠東反共戰略前哨基地為血價，交換由美國來支持台灣的外交（國際）「合法性」，藉以延命自保。以民族利益、以將台灣推進冷戰前線的代價，換來「中華民國」的國際「合法性」，國民黨集團才得以「合法」地以「中華民國」的「正統性」取得支配台灣的「合法性」。而為了支撐這虛構的「合法性」，國民黨統治集團不能不炮製「反攻大陸、恢復中華（統一中國）」的神話。正如李先生所說，兩岸民族對立的結構，使反共法西斯戒嚴體制「合理」化，而正是在這殘酷的戒嚴體制之上，飄揚著「勝共統一」、「反攻統一」的虛偽障人耳目的旗子。

但這究竟只是障人耳目的幌子。早在一九五四年美台訂立《軍事協防條約》，蔣介石就向美國承諾台灣不得向大陸興兵「反攻大陸」。這不是國民黨追求民族統一的方針，而是使兩岸民族分斷對立長久化的、把台灣從中國分離的方針。此外，兩蔣時代一方面屠殺在台灣的省內外主張反帝、反封建、民主統一的人士，一方面實行長時期極端的反共仇共教育，把反共意識形態上綱到反大陸／大陸人民的地步。這其實是助長了民族分裂主義的重大基礎條件。獨裁者一方面獨占民族統一的論議（非國民黨的統一論往往被視同叛亂而遭慘禍），利用這獨占的統一論（各種形式的「勝共統一論」），對台灣進行長時期的獨裁統治，從而鞏固了兩岸分離對峙的長期化與固定化構造。而在這制度性、排除台籍人士的獨裁統治，絕不是為其口稱的「統一」服務，恰恰相反，是為了助長求分離偏安的獨立派思想服務。「壓迫者」國民黨所追求的，恰恰是為美國冷戰利益和它自己的內戰利益服務的、使台灣從中國分離出去，而不是恢復民族統一的政策。

再看據說是「被壓迫者」的獨立論。

李登輝繼位後，使兩蔣時代「擬似波拿帕式的」個人獨裁國家（pseudo-Bonapartist state），還政於前此獨裁體制所餵養長大的台灣大資產階級，形成戰後第一個本地資產階級的「國家」政權。於是財團、黑金、政商向中央權力猖狂、蜂擁而來。「解嚴」、「民主化」的本質在此。

但在政治上，堅持兩岸分斷對峙的長久化和固定化，堅持引入外來勢力使台灣成為別人的國防前線，堅持在民族對立的構造上進行瘋狂的軍火競賽（在台灣國際合法性日頹條件下，國際對台軍售限制日苛，從而讓政客、軍人、軍火商恣意敲詐），並且在兩岸敵對形勢下延續以「國家安全」的名義，向政治反對派進行非法的「政治偵防」，破棄人權……則昔日「壓迫者」的「統一」政策和昔日「被壓迫」而今日成為堂堂的統治階級的「獨立」方針，其實只有一個共通的本質：反民族、反統一的本質。

經濟全球化的神話

最後，就說一說李遠哲先生對世界經濟「全球化」的美好願景。

和許多新自由主義者一樣，李先生對經濟全球化抱持了過於樂觀的展望。

經濟全球化其實不自今日始。早在十九世紀中後（或者更早在重商主義時），資本主義不知休止的積累運動必然地超越各資本主義民族國家的疆界而對外擴張，帶來帝國主義的、資本的、豪強者的「全球化」。今昔相較，今日跨國資本規模遠為巨大，通訊、匯通和信息科技遠為快捷發達，為全球性金融、資本和管理體系足以使少數跨國獨占資本體的管理精英達成全球性管理創造了條件。今昔「全球化」資本雖大體上沒有質的差異，但有量的巨大不同。今日跨國資本恆常、快速的兼併、擴大而空前肥大；生產組織、資本循環、消費生活、行銷活動和物質與社會的「全球」規模的重組；經濟剩餘、投資、原料、技術、生產和勞動過程、管理及產品結構的全球化整編，規模之大，動力之強，前所未見。至此，跨國資本、市場和商品的規律，徹底支配著全人類的生活、思想和感情，破壞和泯除各國、各民族長期累積的文化、生活方式和價值體系。經濟全球化，歸根結柢，是世界資本豪強者的經濟的和文化的全球化統治。

而即使在經濟全球化的時代，富強的美國，仍以世界最大的武器製造與銷售，和戰爭販賣勾當來轉動自己的經濟。當它出動兵火「懲治」小國後，它還向其同盟者收取規費。世界經濟發展使戰爭從地球上消失的說法，很不現實。

經濟全球化帶來的世界經濟兩極化，一方面使窮國陷於內戰與反內戰、革命與反革命、國債、貧困、飢荒、衛生與文盲、由外來勢力支持的法西斯政權破壞「民主、自由、人權」等的困局，一方面使西方的「民主自由」更加階級化、精英化和腐敗化。至於人權，動輒以「人權」當作打人的棍子的美國，其實從五〇年代到八〇年代，一直是中南美、亞洲和非洲反共獨裁政權的強有力的靠山。這些軍事法西斯政權所推動的大規模人權蹂躪事件，成為二十世紀的瘟疫，非法逮捕、審訊、拷問、投獄、暗殺和槍決。這些天人共忿的暴行背後的支持者和共犯者，恰恰是經常把「民主、自由、人權是普世價值」和「經濟全球化」掛在嘴上的霸權國家美國。

當前，以新自由主義者所宣揚的「經濟全球化」、「地球村」所勾畫的世界秩序，是以強大美國為核心的少數西方先進國集團制霸的世界秩序。在這個秩序，大國支配小國，強大民族宰制弱小民族。強者掌握世界性資本、技術、知識、超級軍事力量、信息、通訊和交通，制霸全球。弱小者的「全球化」，是女傭、勞動力離鄉背井在全球漂流。弱小國的先進分子、社會運動家為了弱小者的國際團結，往往付不出機票、會議場所和信息通訊設施的錢，以共商大計。

總之，我們很擔心李遠哲先生把「經濟全球化」和「地球村」論無批判地照新自由主義者的宣傳單全收，把艱難的國際矛盾看得太樂觀了。在十八、九世紀，人類曾經對於科學、技術、啟蒙和進步對未來世紀帶來的現代性、繁榮與發展，抱持十分樂觀的願景。但回眸二十世紀，在國際資本的邏輯下，人類經歷了全球性的兩極分化、南北格差和東西對峙；經歷了兩次全球性戰爭和無數的地域性戰爭；經歷了外力干預下的內戰與反內戰、革命與反革命、侵略與反侵略的烽火；經歷了殖民地世界體制、民族分裂與離散；經歷了自然生態系統的全球性崩壞；也經歷了人類歷史上不曾有過的道德、精神和靈魂的荒廢。當然，人類在二十世紀於科學、技術、生產力和財富的增長，也是前所未有的。但損益相抵，這本帳要怎麼算，總是在觸動著人們的思想。

沉思

我想，恐怕正因為這樣，李先生所熟知的偉大的科學心靈如愛因斯坦、如歐本海默會沉思科學家使美國擁有原子武器的倫理問題；沉思美國以現代化學武器在越南戰場上使用之當否的問題；沉思大國與小國、強者與弱者和平、平等、共分、共享的社會與世界的可能性……。他們在科學專門知識外，懷抱著深刻的人文思維。他們對強權張開疑慮和尖銳批判的眼睛，對世之弱小者，對芸芸第三世界受苦的人，心懷深情的顧念。

因此，當我們看見善良，一心要做貢獻，名望崇隆的李遠哲先生和權力者、財閥、官僚、玲瓏的學界精英，衣香鬢影，共居於「國政顧問團」和「跨黨派小組」之中，就很難不為李先生惋惜了。

然而，任誰都能看到，所謂「國政顧問團」，在複雜而低層次的政治現實主義中早已癱瘓。「跨黨派小組」對李先生這一篇開章的講話所做的粗暴反應，預言了李遠哲先生至為善良的願望的挫折。為此，關心李先生的朋友們，心境都不免於沉重。

據說，科學的精神，在於認知事物總是存在著「未知」的領域。若然，我想人的知識也有一定的限界。我們不禁沉思：認識到人有不知道、不熟悉的領域，或者也就是科學的精神，也是所謂「知的謙卑」之所從來吧。

二〇〇〇年九月十五日

初刊二〇〇〇年十月《海峽評論》第一一八期

1　本篇為「李遠哲與跨黨派小組」專輯文章。

掌燈

訪問歐坦生先生

支配了二十世紀後半的世界冷戰體制，是二十世紀世界史中不能磨滅的部分。世界性的冷戰對峙，使一些民族分裂對立，使許多政權以反共．國家安全的名義推動酷烈的新法西斯統治，造成由國家發動的、大規模的人權蹂躪事件。而隨著二十世紀之臨於尾聲，柏林圍牆倒塌；蘇東社會瓦解；最近南北韓出現戲劇性的民族和解的動向；烏拉圭、瓜地馬拉、台灣和南韓開始對過去以「國家安全」之名造成的廣泛屠殺良民、處決政治思想異己的歷史，進行調查、補償或賠償、謝罪。一直到最近，美國也不能不配合韓國學界，對於韓戰期間，美軍及韓軍共同集殺害一百萬個被戴上「赤匪」等罪名的良民的歷史事件，進行調查。

儘管「新冷戰」的幽靈仍然徘徊不去，但總地說，上述這一切在二十世紀末發生的變化，都說明冷戰造成的軍事、政治、思想和文化的非理構造，正隨著二十世紀的終了而融雪與風化。

在台灣，作家歐坦生從長期的隱晦中，似「重現的星圖」（施淑教授語）一般，回到台灣當代文學史早已為他準備好的、光耀的座位上的這件事，也是台灣「脫冷戰」歷史的一個重要事件之一。

出生於一九二三年福建省福州市的作家歐坦生，從一九四六年開始在上海著名的全國性文學刊物《文藝春秋》上發表小說。一九四七年二月末，恰恰在著名的二月事件前夜，他東來台灣，接著就發表了以當時的台灣生活為核心的秀作〈沉醉〉、〈十八響〉和〈鵝仔〉。這三篇小說都描寫了善良的小人物在無情、驕恣、愚昧的小公務員官僚世界中被步步逼上絕境的故事。尤其是〈沉醉〉和〈鵝仔〉，歐坦生寫了敏銳地取材於光復初來台接收的國民黨外省官僚玩弄和欺凌本省下層庶民的，具有高度典型意義故事。小說在藝術上取得了高度的成功，並且在藝術表現成功的條件上，尖銳地表現和批判了當時生活中存在著的嚴重矛盾，從而表現了他堅持民族團結的意志與展望，震人心弦，感人極深。

然而這樣一個優秀而懷抱著民族深情的作家，卻忽然在一九四九年以後失聲失蹤，隱姓埋名，長達五十年之久。戰後國際和兩岸間冷戰的雪崩所冰封的，豈止是本省籍的作家和知識分子？重新發現曾經被楊逵讚譽謂寫出了真正的「台灣文學」作品的歐坦生，既是驚愕，也是喜悅。而正是懷著這份難以言喻的驚喜，筆者與曾健民先生在一個仲夏之日，到台南市拜謁了歐坦生先生。

鮮明的記憶

一九四七年二月底，正好在二月事變爆發的前夕，當時年方二十四歲的青年歐坦生坐船自福州來到台灣。「原來準備要在基隆港上岸，不料船發生了故障，只能把大件行李留在船上，從大船帶小件行李換了小船，打淡水港上岸。」歐坦生說。他原是要應聘到澎湖馬公中學出任教務主任的。歐坦生說，上了岸到台北等候行李時，先住到先他從大陸來台的友人的農林廳宿舍暫住，不料就爆發了二二八事變。

「事變發生時，農林廳的宿舍有衛兵把守，比較安全。」歐坦生回憶著說，「到了三月一日、二日，以為事態比較平靜了，就想出去找比我早到台灣來的朋友。」街道上行人寥落，歐坦生找到朋友家。正說話間，忽然聽見屋外人聲吵嘈。歐坦生說他只聽到人們的叫嚷中有人以激憤的口氣用閩南語叫：「外省仔！外省仔！」

歐坦生和他的朋友立即自後門逃走了。「我一邊跑，一邊把最容易被認出外省人身分的、身上的中山裝脫了，挾在腋下跑。」歐坦生說。群眾從背後呼嘯追來，但是沒有認出脫去中山裝的歐坦生是外省人。「我跑不快。他們追來，終於跑在我身邊，又超越向前而去。」歐坦生喟然地說。現在人間出版社為他出版《鵝仔——歐坦生作品集》，封面上的歐坦生照片，正是他初來台灣時的面影，而身上筆挺的中山裝，正是當時挾在腋下而得以平安逃逸的那一襲中山服。

歐坦生跑著跑著，看見當時《台灣新生報》的宿舍開著大門，就衝了進去，看見了一間廁所，也就躲了進去。「我的朋友也隨後跑進了宿舍，叩開廁所的門，兩人就一起躲著。」歐坦生說，「過了半個鐘頭，有人輕輕叩門。出來吧。他們都走了。門外的聲音這樣說。」

叩門的是宿舍裡的台灣人傭工老夫婦。他們把歐坦生和他的朋友帶到自己的住處，讓他們躲在榻榻米底下，「在那暗沉悶的空間裡，我曾聽見群眾來找外省人的激動的人聲，」歐坦生說，「但都被那一對台灣人老夫婦支走了。」老人給水，給吃的。一直躲到過了半夜，老夫婦說，「現在你們可以走了。」

歐坦生和他的朋友雖然猜想外面還不平靜，「但也絕不能連累了這好心的老夫婦。」他說。他們帶著餘悸，脫掉皮鞋，貓步快走在空寂的台北夜半的街道上。「走過長官公署時，衛兵緊張，作勢要向我們開槍。」歐坦生說，「同志，是外省人，外省人！我們叫了。衛兵這才放過了我們。」兩人回到農林廳宿舍，翻牆而入。

「我七十好幾了。對於那一對台灣人老夫婦，記憶一直都十分鮮明。」歐坦生說，「我也看見過一家外省人被迫跪在大馬路邊，看群眾把他們傢俱全放火燒了。」一陣沉默，歐坦生說，「壞人累到好人了。」

基隆中學

二二八事變的風雷過後，船公司不認帳了，歐坦生取不回他的大件行李，也去不成馬公。這時，朋友的親人在教育廳當中學股長。「朋友帶著我到教育廳，那位股長翻開名冊，發現基隆中學有一個國語教員的缺額。」歐坦生於是便在基隆中學謀到教職。那是一九四七年三月末的事了。歐坦生還記得校長叫鍾浩東先生。

八月初，暑假了。歐坦生的一個住上海的朋友來了台灣。這朋友在大陸上一個師範專科畢業，有心要到台灣來教書。「我去找鍾校長，鍾校長說學校有缺，過了暑假就能來上課。」歐坦生說。這位朋友很高興，在台灣玩了數日，就要回上海去辭掉紗廠裡的工作。

「反正是暑假，我決定跟這位朋友去上海玩一趟。」歐坦生回想著說，「其實那時身上就帶著在台灣寫好的小說〈沉醉〉。」到了上海，年輕的歐坦生就帶著小說稿到永祥印書館去見《文藝春秋》社的大編輯范泉先生。范泉看了稿子以後，特地親自到歐坦生暫時寄居的友人的宿舍來看他。「多年後范先生回憶，說是他到一個旅社來見我。范先生記錯了。」歐坦生說。他說上海寸土寸金，他住不起旅社，暫時窩在那位準備辭去工作、去台教書的朋友的宿舍。朋友的宿舍窄小，床是個通鋪。「范先生親切隨和，溫文儒雅，語聲和藹，沒有一點大編輯的架子。」歐坦生回想著說，「他就坐在通鋪床沿上，談他對〈沉醉〉初稿的意見。」歐坦生說。具體地談了哪些意見，今已不復記憶。「又覺得他的意見很對，」他說，「總的說，記得范先生以為結構上不夠完整吧。」他於是花了幾天工夫，參考范先生的意見，改寫了〈沉醉〉。「交了稿子，就和朋友回到台灣去了。」他說，「這次到上海，總共就三次見到了范泉先生。」

但朋友畢竟沒有能在基隆中學教書。一九四七年十一月，有同鄉朋友介紹歐坦生到台南烏樹林糖廠附設員工子弟小學去當校長。「十一月分《文藝春秋》發表了〈沉醉〉的時候，我人就已經不在基隆中學，到了烏樹林去了。」他說，「後來寫〈十八響〉、〈鵝仔〉，都是在台南寫，從台南寄稿到上海給范先生的。范先生後來在文章上說我的稿子都從基隆中學發出，是記錯了。」

其實，歐坦生到了烏樹林後，除了投稿，也和范先生有過通信聯繫。「搬了幾次家，把范先生的信全丟了。」他喟然地說。他說他曾託范先生訂購范先生主編的少年讀物。他也曾央請范先生把《文藝春秋》發給的稿費，就近從上海匯給在福州的父親。「范泉先生也編《星島日報》文藝欄，我投過一篇散文。」他說。一九四九年共產黨進入上海市，「從此就和范泉先生完全斷了聯繫。」他說。沉默了一回，他又說，「不料范先生今年初才過世的……。」

歐坦生說記憶裡的歷史是不十分可靠的，就比如在范泉先生的回憶中，歐坦生一直都在基隆中學教書，實則不然。正是由於范泉先生記憶的模糊，人們差一點就把歐坦生與藍明谷混為一談。

在基隆中學的同僚中，有沒有一位叫藍明谷老師的印象呢？曾健民提醒他，當教員時的藍明谷應該叫藍益遠。

歐坦生沉吟了許久，說：「益遠這個名字，彷彿有一點印象，卻不記得有姓藍的老師……現在想，倒是像姓『顏』，不姓『藍』。」他於是說人的記憶中的歷史，其實並不十分可靠。「藍是顏色的一種。行許日子久了，『藍』在記憶中竟變成了『顏』。」他說著，就笑了起來。

但不論是不是藍明谷，他對於在基隆中學教員單身宿舍只隔一牆的那位台灣人年輕老師還是有一些印象。「作為台灣人老師，他的普通話講得極好。」他說。我們說藍明谷和好友鍾理和一樣，是戰爭末期到了大陸，直至戰後才返台的台灣人知識分子，因而能說、寫流暢的漢語。「他國語講得好。住隔壁嘛，就有一些交往。」歐坦生說，「他人很親切，思想比較進步，說話也有文化，有內涵。」但歐坦生說那人並不在單身宿舍搭伙，假日一定不在宿舍。「他讀過我寫的〈泥坑〉和〈訓導主任〉，也提過意見。」歐坦生說，神情有些漠然。

知道鍾浩東校長和藍明谷在一九四九年底因「基隆中學案」被捕而終至刑死嗎？

「不和道。」歐坦生搖著頭說，「你想，我在四七年底就到了烏樹林。鄉下地方呀，和台北斷了一切聯繫。」

歐坦生輕輕地嘆息了。問起他知不知道從一九四七年底到四九年春天一場沸沸揚揚的、關於如何建設台灣新文學的爭鳴，他說他也不知道。不看《台灣新生報》嗎？他說當時的鄉下地方，很難看到報章雜誌。知道楊逵先生特地把〈沉醉〉品提為「台灣新文學」的「好樣本」嗎？歐坦生也搖頭。「好多年後，我在一家舊書店裡無意中看見楊逵先生主編的《台灣文學》裡轉載了〈沉醉〉，一時高興，把僅剩的兩本全買下來了。」他說。有沒有和楊逵先生聯絡過？「不是說他早就抓起來了嗎？」歐坦生說。

一九五二年，歐坦生由烏樹林糖廠附小轉到台南商業職業學校任職。到了南商以後，學校的安全部門就盯上了他。什麼原因呢？「不知道。反正是，去教了一個學期，學校就不發聘書了。」歐坦生搖頭說。歐坦生到南商的介紹人是台南市教育科長。歐坦生說，不發聘書，意味著失業、流落街頭了。後來找這位教育科長保證，才被續聘了，交換條件是退掉南商配給他的宿舍。「這以後的三、四年，聘書都是每學期發一次。」歐坦生說，輕輕地嘆氣了。這之後，陸陸續續，歐坦生聽說了福州文壇來台灣的幾個文人都被抓去坐刑期不等的政治監。這些人有陳石安、鄭天宇、林心平、姚勇來、路世坤……六〇年代末筆者在獄中的時候，鄭天宇、姚勇來和路世坤都還在監。「是這樣嗎？」歐坦生張大眼睛說，「這些人，我聽說的多，直接認識的少。」

關於一九五〇年後展開的一場寒冷的旋風，我們問得不多，他則談得尤少。然而你卻真切地感覺到歷史在那兒突然斷裂了，留下一截黑暗的裂隙。小說家歐坦生從此消聲匿跡。當他在一九五六年以丁樹南的筆名，以文藝理論和批評家的身姿出現，再也沒有人能把他和寫了〈沉醉〉、〈十八響〉和〈鵝仔〉的小說家歐坦生聯繫起來。望著盛夏的台南的窗外，他忽然悠悠地說：

「驚弓之鳥，餘悸猶存呀！」

恩師許傑

歐坦生讀到范泉先生在過世前寫的一篇文章中，誤把他當成已經犧牲的藍明谷而慟哭。歐坦生對此十分激動。「相隔這麼多年，我是時常記念著這位文學道路上知遇的恩人，但不料他也對我繫念這麼深。」他說。

把年輕的歐坦生的小說介紹給范泉先生的，是他在暨南大學福建建陽分校時代的老師許傑先生。歐坦生說，當時許傑老師只教了一個學期的基本國文。「作文課，別的老師都是老師出題讓學生寫，唯獨許傑先生的作文課總是任學生自己定題目自己寫。」歐坦生說。正是在這自由發揮的作文課裡，歐坦生開始他的小說習作。許老師從此對他有了印象，時常多所勉勵。這許老師當時擔任教授和教務長，思想和作風都比較進步，遭到保守派師生的忌恨。「有一天，右派學生貼標語攻訐許師，包圍許師宿舍鼓噪，老師撬開宿舍的板壁跑了。」歐坦生說，「幾十年過去了。不知他還在不在。」

暨大福建建陽分校畢業後，在一九四七年，歐坦生回上海時，特地去拜望了許傑先生。投給《文藝春秋》的另一篇小說〈泥坑〉，是在一九四六年由許傑先生介紹給范泉先生的。「有一天，看見剛出版的《文藝春秋》，赫然發現自己的作品和茅盾、郭沫若那樣的大師並刊，大吃一驚。」歐坦生說。他說許傑老師估計都沒有想到這對於一個文學青年的影響有多大。第二篇小說〈訓導主任〉蒙范泉先生在《文藝春秋》上特闢「新人專集」刊出。在同一期，許傑先生寫〈小說的小丑人物〉，把〈訓導主任〉同其他名家作品相提並論。「〈十八響〉發表後，許老師來信，指出作品受到魯迅〈阿Q正傳〉的影響。」歐坦生說，「及〈鵝仔〉發表，許老師來信表示了讚賞。」范泉先生則為〈鵝仔〉原稿刪去了一小段。「刪得好呀。刪得高明。」他說，「這一刪，小說免去了蛇足，加添了餘味，力道也更強了。」范泉先生並要歐坦生多寫像〈鵝仔〉那樣取材於台灣生活的作品。

歐坦生說，半個世紀過後，回眸往事，原以為過去種種，都長此掩埋了。「連我自己都幾乎忘卻了年輕時留下的這些作品了。而你們找到了這些東西，卻使我更加懷念像范泉先生、許傑先生，也應該包括楊逵先生——的知遇和栽培。」歐坦生說，「到了人生晚境，想起這些，但覺得愧對這些知遇的恩師、長輩……一九五〇年以後，我自己把這一條創作道路，悄悄地收起來了。」

座皆一時默然。窗外是盛暑的台南。室內有風扇規律地擺著頭。

掌燈

歐坦生在文學上的早熟，怕是世所少見。十四歲時，他就寫了第一篇小說〈壓歲錢〉，發表在《福建民報》副刊上。歐坦生說，那時國文老師上課，常常對學生特別介紹魯迅、張天翼等著名作家的作品，使他對寫作產生了濃厚的興趣。「寫好了〈壓歲錢〉，卻不知道如何投稿。」歐坦生說。他終於揣著稿子到《福建民報》報社去。門房老頭擋住了十四歲的歐坦生。「問明了來意，門房老頭上下打量了我一番。編輯在家裡編報，不在。老頭說了。」歐坦生笑著回憶，「要投稿，在稿子上寫下姓名地址，留下來給我。老頭說。」

小歐坦生畢恭畢敬地照做了。這以後天天等著文章刊來，卻一逕石沉大海。「結果，有一天，稿子真登出來了。」他說著，笑了起來，「其實，我父親早就在我桌上看過了底稿。」

歐坦生說他的父親經商，正式學歷雖然不高，但極愛讀書。「他常常訂購像當時鄭振鐸編的《世界文庫》，一大套。他也訂不少進步刊物，思想也比較開明，對我也是有影響的。」他說。

這時候，前面提到過的一批福州年輕的作家們都已成名了。一九三七年抗日戰爭爆發。歐坦生開始寫新詩，在福建的《南方日報》投稿，不意經報社編輯引介，認識了鄭天宇，又經鄭的介紹，認識了編著名抗日副刊《紙彈》的女編輯林葆青，又經林擴大了在福州年輕文壇的交往，認識了林冷秋、黑尼和路世坤。「但對他們來說，我還只是個十四、五歲的小孩。」他說。十五歲、十六歲，才高中一、二年級，歐坦生幾乎能一天寫一篇小說，「寫的都是抗日作品，沒有稿費，卻滿腔熱情地寫。」他說。一九四〇年左右，歐坦生考上在永安招生的暨南大學分校。及福州收復，又回到暨大建陽分校。「就是在建陽分校遇見了許傑老師。」歐坦生說。

青年時代都讀哪些人的小說呢？「和當時的青年一樣吧。外國小說讀羅曼．羅蘭、果戈里、托爾斯泰、高爾基……，中國作家就是魯迅、張天翼、茅盾、丁玲這些人囉。」他說。

讀不讀理論？

「基本上不讀。」歐坦生說。他說許傑老師倒是專門搞文學理論與批評的。「五〇年代中葉以後，我才開始弄一點文學技巧和鑑賞方面的理論，翻譯了一些相關的東西。」他說，「都是美國人當時搞的系統。」

看來，像〈沉醉〉、〈十八響〉和〈鵝仔〉那樣的批判現實主義作品，不是來自特定的理論系統，而是來自充滿矛盾的生活的本身。

歐坦生說，不知什麼緣故，從小看見家人對下人頤指氣使，就很不以為然。及長，看到各級大小官僚欺侮百姓，總是忿忿難平。「小說裡也就常常出現對於以強凌弱，以眾暴寡的糾彈。」歐坦生說，「愛抱不平。天性吧。」

歐坦生又回憶起初來台灣的所見。他說來台的國民黨接收官僚「三教九流，良莠不齊，什麼人物都有」。這讓渴望光復、渴望大治的台灣老百姓感到很大的失望和忿懣。「我到台灣沒幾日就碰上二二八事變。這不難理解。連我這個外省人都感覺到當時來台官僚個個趾高氣揚，隨隨便便把日本人留下的房屋、財貨貪婪地據為己有。親耳聽說了。」歐坦生說，「其實，我也聽說接收官僚在上海和其他收復區的惡形惡狀，比起在台灣，絕不遜色，只是台灣人不知道，而且對這些官僚期望特別大……。」

對受苦的人抱著不能抑制的、親人一般的感情；對不正義的事物抱著無法妥協的義憤；對摸索在暗夜中的黎民則不能已於為他們掌燈——這是包括台灣新文學在內的中國新文學一條鮮明的、偉大的傳統。在來台僅僅兩年中，歐坦生就能深刻地認識了當時台灣生活的本質，和台灣民眾站在一起，在荒蕪的四〇年代末的台灣文壇上，留下了藝術上優異，思想上深刻，力爭民族團結的作品，追本溯源，就是來自這一條中國新文學——連帶地是台灣新文學——的光輝的傳統精神了。

二〇〇〇年九月二十日

初刊二〇〇二年十二月人間出版社《人間思想與創作叢刊3・復現的星圖》（曾健民編），署名許南村

紀念台灣光復，反對作為帝國主義奴才的反華言行[1]

今天又逢每年一度的台灣光復節。早在今年三月台灣政權易手之前，個別的人、個別的「專家學者」、個別的地方自治體——如台北市，就忙著重新解釋台灣光復的歷史。例如，今天的副總統呂秀蓮，就曾在一九九五年四月率團拜訪中日《馬關條約》簽約處——日本下關春帆樓，公開向日本右翼人民、學界和政界表示對日本當年割占台灣的謝忱，理由是，日本割據台灣使台灣脫離了中國；日本對台的殖民統治使台灣現代化。又例如，上一屆的台北市市府，就硬生生的將台灣光復改稱為日本右翼軍國主義式的「終戰」。今年光復節前夕，一群學者精英在政局迷離、股市震盪的背景下，還在電視台上大談「『光復論』是蔣介石政權用來取得對台獨裁統治的合法性而建構出來的神話，應該取消」云云。向來，反對中國的帝國主義和他的僕從，都以製造和宣傳對於中國的、惡意的刻板印象為其手段。例如說中華文化野蠻、黑暗、與現代化格格不入。又例如說中國人狡猾、不誠實、監守自盜、酷愛面子、不衛生、愚鈍等等，帝國主義先以這些刻板印象抹黑中國和中國人，取得他們征服、支配和壓迫中國和中國人的合法性。今天的台獨派也用同樣的技倆反對和侮辱中國和中國人，積非成是，鼓動猖狂的反華思想。

台獨炮製的第一個刻板說法是，日本的殖民統治使原本野蠻落後的台灣現代化。事實是怎樣呢？

在帝國主義交相凌迫下，清朝政府早已認識到台灣是「東南七省之門戶」，先後派沈葆楨、丁日昌、劉銘傳等人來台，在艱困中撥給巨大財政，在台建設現代化國防、電訊、郵政，實施現代化學堂、鋪設電線、開採煤礦和硫磺，發展現代化的國際商貿。說日帝據台前的台灣為野蠻落後，完全不合事實。日帝據台後，雖然帶來了現代資本主義生產，但主要是日本獨占資本在台排外式的發展，透過制度性壓抑台灣本地資本來完成殖民宗主國的資本積累。一九三九年以後台灣的工業產值，內含大量農產加工工業、製糖工業的產值，加上戰爭工業的誇大性和一時性，其成就不能過高評價。帝國主義在殖民地鋪設鐵路，首先是為了便捷地吸收原料和輸出工業產品，更深、更機動地統治殖民地。日本在台統治也一樣。在殖民地開辦現代教育，首先是為殖民統治培養下級本地幹部，但學科選擇、入學人數的民族限制、教材教員的差別十分嚴重。日帝在台也不例外。在殖民地辦理現代醫療和衛生，首先是為了保護殖民集團在殖民地的健康，並保證健康的殖民地勞動力。日本也不例外。第二個刻板說法，是說台灣人民盼到了國民黨軍隊來台接收，可是一眼就看到了軍容萎靡、軍紀鬆弛的國民黨軍隊，從此無不大失所望，台灣人與中國走向殊途。台灣光復，是落後破落的中國對（因日據而）先進的台灣的強權支配。

這個刻板說法在最近幾年也流傳到日本。他們說，原來以為能夠戰勝軍容威武的日本皇軍的國軍，必然更為了得，結果大失所望。又說，台灣人看慣了日本皇軍的整齊威武，兩相比較之下，大失所望。對於國軍初來台灣的印象，不論事後對事實的認識如何，必須看到台灣人民長期受日帝威暴積悒的憤怒和台灣人民從殖民地體制解放出來的喜悅。即使國民黨的反動性不久就暴露出來，相當大一部分的台灣人也立即看到了，光復固然使台灣人民從殖民地體制下解放出來，但也同時回到一個充滿半殖民半封建重大矛盾的家族，認識到從此要和這個家族的先進分子一同改革舊中國，從而使台灣得到真正的解放。後來在五〇年代白色恐怖中被屠殺的無數台灣人、外省人、原住民青年就是這些人。說台灣人看到來台國軍就和祖國異心，不合事實。

再一個刻板的說法，是說光復迎來的國民黨，是繼日本之後對台實施「殖民統治」的外來政權。台獨派說，國民黨來台後，實施對台胞任用的歧視政策、獨裁統治，把普通話強加於人，搞警察政治，壓制思想、言論、結社自由，與日帝統治台灣無異。「殖民主義」、「殖民統治」等用語自有嚴格、客觀的定義。從殖民宗主國來說，是指其資本主義高度發達，要求對外擴張，為尋求其直接宰制下的原料供應地和工業商品傾銷地，乃對外實施帝國主義殖民擴張。一九四五年殘破的國民黨並不符合這個條件；再以殖民地一方來說，在帝國主義下，殖民地的經濟自主性消亡，成為宗主國資本主義再生產的工具和附庸，被宗主國強迫承擔農業食品原料的分工，受其殘酷榨取。一九四九年以後的台灣，國民黨在大陸的國家政權都丟了，國營企業在財政上的公有制，不能說是國民黨所有。台灣本地私人資本反倒在戰後繁榮發達了。這又與殖民統治下本地資本飽受壓抑的歷史事實，兩相違背。此外，殖民統治的暴力性，是民族壓迫和階級壓迫的雙重構造。在日帝統治下，是在台日本民族全體對台灣人民全體進行專政，再加上日本獨占資本、台籍大地主階級對台灣農民、中產階級的專政。殖民地人民在人格、政治、經濟、社會上屈從於宗主國國民。一九四五年以後，外省人固然在台實施排他性統治，但淪落社會底層的外省人更多。至於地域歧視，韓國慶尚道人和全羅道人之間的歧視和反歧視鬥爭，至今猶烈，卻不能說是「殖民統治」。有階級社會，就有作為階級壓迫工具的國家，就有統治階級對被統治階級的政治、經濟、社會壓迫。戰後韓國、台灣、中南美洲各個親美反共軍事獨裁國家對人民的暴行，有時不亞於殖民政權的壓迫。但絕不能據此說這些獨裁政權搞「殖民統治」。光復後國民黨對台統治和其對大陸人民的統治一樣，是封建法西斯統治，不是甚麼「殖民地統治」。倒是一九五〇年以後蔣介石獨裁，卻是為美國新殖民主義服務的統治。

還有這樣一個刻板說法，說是光復後國民黨很快禁用日語，使台灣知識分子失去了語言，光復後成了失去語言的一代，被排除在光復後的政治和文化之外。

日本統治台灣五十年，在世界殖民地史上時間算是很短的了。光復時，用漢語書寫表達的人大有人在，絕不是台灣人全部只能說寫日語。光復後台灣報刊雜誌如雨後春筍，很多台灣知識分子都以流暢的漢語寫文章評論時政。即使在日據時代，直到一九三七年日帝全面禁用漢語為止，台灣人的刊物如《新台灣民報》，泰半都以流暢的漢語白話發表文章。光復前後的這些刊物，大部分今日仍有復刻本，可以證明。當然，也有一部分年輩小一點，受日文教育的一代，確實不會寫漢語。然而他們在光復後卻有學習祖國語言的高度積極性，不少人很快的掌握了漢語。其實，台灣人民在日據時期的生活語言是閩南（或客家）語，其本身就是中國方言。閩南語（或客家語）的思維和表達方式和中國普通話除細微部分之外，皆如出一轍，對於學習漢語極為方便。誇大光復後語言轉換所造成的困難，不但與事實不合，也表現出對殖民者的依戀。台灣並非一個自來獨立的民族或國家而淪為日本殖民地。台灣是在祖國大陸淪為次殖民地的總過程中，從中國被割讓出去而淪為日帝的殖民地。因此殖民地的克服，不是恢復台灣原來沒有的獨立與建國，而是復歸於祖國中國。這是理所當然，也是戰後國際處理所公認的。光復的瞬間，一方面使台灣脫離殖民統治，另一方面也將台灣重組到半殖民半封建的中國之中，而與全中國人民一起受到舊中國反動統治的痛苦與壓迫，和全中國人民一起為全中國的發展和進步而努力。固然，這是一條艱辛的道路，但是有一些人卻要選擇憎恨自己的民族，重新回到殖民者的支配下。著名作家楊逵就曾譴責那些為台獨和台灣託管論服務的台灣人為「奴才」。

紀念台灣光復節，我們要反對這種奴才的傾向和行為！

二〇〇〇年十月二十五日

初刊二〇〇〇年十一月《海峽評論》第一一九期

1 本篇為「台灣光復」專輯文章。

經濟全球化和文化的自主防禦[1]

「經濟全球化」，實際上並不自今日始。資本主義的生產與擴大再生產，資本不斷的積累與集聚，最終必然地使資本循環運動超越一個民族國家的界限。十九世紀中後，世界史上的帝國主義時代的展開，在本質上，正是資本帝國主義的經濟全球化。

今日所稱的經濟全球化，造端於戰後跨國資本的誕生、發展和擴大。到了近日，跨國資本頻繁的超國界兼併和聯合，造成了空前規模的世界性大獨占體。當然，日新月異的資訊科學，突飛猛進的通訊設備與技術，一日千里的跨國性企業管理和金融管理技術與能力的開展、新技術和新產品的開發，以及快捷的全球性空運和海運設施，是世界資本主義經濟迅猛地向全球規模的壟斷與發展的重要條件。

但從本質上說，經濟全球化的今昔相比，基本上只有數量、規模差異，未見有本質的變化。經濟全球化意味著生產組織、資本的循環運動、消費規模與形態等的全球性重編；是經濟剩餘、投資、原材料、生產技術和生產過程及勞動過程的全球化整編，也是企業管理、產品結構的全球化整編。

於是跨國資本的邏輯、全球性商品和市場的規律和全球化資本主義精神文化，強大地、無遠弗屆地、統治著人類的生活，對人類的政治、經濟、軍事、文化和思想行為起到絕對性的宰制作用。

全球化的實體

世界資本主義的這些變化，加上八〇年代末開始了前蘇聯與東歐社會主義體系的崩解，一時之間，「歷史已經終止。意識形態的時代已告終結。資本主義取得了最終的勝利。(資產階級的)民主、自由和人權觀念從此成為普世的價值」之說，甚囂塵世。

但是仍然有很多的學者和思想家，對於新自由主義派的樂觀主義抱持強烈的懷疑態度。他們看到，失去了社會主義世界體系的制衡，世界資本更無所忌憚，以其赤裸裸的對於利潤的貪欲，對世界弱小者進行苛烈的掠奪。先進的大國、大民族和後進的小國、小民族在財富、軍事力量和資訊、知識、科技上的兩極分化更加嚴重。弱小國家為自力更生進行社會結構變革的鬥爭被陷於空前的孤立。國際性大企業管理精英和資訊科技的精英暴得巨富，而資本和金融的跨國界快速流動，使世界性巨大的資本獨占體超越了任何一個民族國家的法律的限制和管理，於是資本體愈大，愈能不理會資本在各地各不同社會中的社會福利、環境保護的義務，造成巨大的社會損害。尤有甚者，不受任何國際性民法、商法規制的、快速流動、金額巨大的金融資本，可以興風作浪，公開進行股票、貨幣、期貨的投機，獲得暴利，卻使許多社會陷於破產性「金融危機」。

資本主義經濟的全球化，自然將內包於資本主義經濟的矛盾——即生產的社會化與財產的私有的矛盾；生產的快速擴大和消費市場的有限性矛盾——自然也向全球擴大。在利潤率下降，資本過剩的情況下，大量資本湧向第三產業、股票、匯市等金融信用經濟，使世界金融經濟部門迅速肥大和膨脹。據統計，目前世界外匯交易之投入與實物之生產與貿易之投入之比，一九九五年是六十四與一之比。今天，全球在外匯、股市、期貨交易中循環的資本，每天以一‧二萬億美元計，是投入實物生產和貿易之資本的八十多倍！一個全球範圍的虛擬的、泡沫經濟正在形成。資本主義通過其全球化擴張，把剩餘商品和資本拋向全球市場。這在一定時期的一定條件下，固然緩解了個別大國的經濟矛盾，創造了財富，但全球化也使資本制生產的矛盾在全球規模中積蓄和發展，最終帶來全球性危機。

此外，全球化的資本主義造成獨占科學技術和科技的個人、階級和國家與沒有或無法掌握高新科技的個人、階級與國家間經濟落差迅速擴大。被經濟全球化的規格當成「廢品」、「不合格品」而棄置的個人或民族與國家，將難有翻身之日。霸強國家在經濟、政治、文化、軍事上的超強地位變得難以挑戰。經濟全球化，是掌握了資本、科技、軍事強權的大企業、強大階級和民族及其國家機關的全球化。對於弱小者，全球化只意味著廉價勞動和女傭勞動離鄉背井，拋家別子的國際漂流、人蛇集團和移民官吏的殘酷壓迫……。

經濟全球化與文化危機

資本主義生產不只創建了資本主義的生產方式、流通、消費和再生產體制，也創造了與這一體制相適應的文化。大量的、大規模機械化生產，透過強大的行銷，推動大眾性消費，大眾消費的文化，使一切欲望的制約機制崩解。欲望解放，無所忌憚。追求以商品和金錢的獲至為幸福和滿足，成為一種宗教。一切向來被神聖化的事物如倫理、道德和傳統的原則，被徹底商品化，納入市場和金錢關係。文化被徹底地商品化、世俗化、庸俗化和淺薄化，歷史意識消失，人生失去目標與理想。人成了無窮無盡的商品的消費機器。對商品的飢餓與滿足的循環成了現代人生的全部內容。傳統的價值、信仰和文化迅速崩解，而與現實人生失去聯繫。行銷計畫和商品所要傳布的價值體系取代了傳統的倫理、宗教和價值觀念。

資本主義經濟的全球化，把這種文化的徹底的商品拜物主義擴大到全球範圍。結果是先進的、強大國的文化挾凶猛的資本、技術、商品、全球性行銷廣告計畫、商品和傳播體制的海洋，向全世界氾濫，沖刷各國民族百千年累積的傳統文化、價值和生活方式。

經濟發展容有先進、後進的差別。但文化的高低卻絕不能以孕育各該文化的經濟之先進與落後為優劣。歷史悠久，經濟不發達的民族所創造的文化，在素質、內涵上往往為自詡科技、經濟發達者所不能望其項背。但經濟全球化，勢必對這些人類文明的各種奇葩造成毀滅性的破壞。

馬克思對於資本主義和殖民主義所做的貢獻和所造成的危害都有科學的認識，對於資本主義在巨步發展了生產力，發展科技、摧毀封建秩序、帶來廣泛的現代化；對於殖民主義掃除殖民地傳統的落後生產關係，引進資本主義生產，以及對於資本主義和殖民主義的殘暴、冷血的剝削與破壞，都有清醒的估計。

全球化的資本主義在科學與技術、在信息科學的迅猛發展上有驚人的進步，這是人盡皆知的。但不少激進的發展社會學家對於當前全面發展的全球性資本主義階段的正反「雙重作用」中，幾乎只能看到它的野蠻和破壞作用，找不到它的文明和建設的作用。犯罪的普遍化，吸毒、凶殺、性與暴力充斥文化產品，人生目標的喪失……這讓激進派社會學家對空前高度發達資本主義下人類心靈的荒蕪，表示了憂慮。

改造思想和意識形態的焦慮

每一個社會發展階段的文化，和該階段的社會生產方式(mode of production)有密切的關係。

中國三代的奴隸制生產方式，產生了令人驚訝的、偉大的青銅文明和生動、深刻的哲學思辨。在秦漢以後漫長的封建生產方式下，中國也產生了文學、哲學、藝術、建築、器用等輝煌的封建文化——雖然又不可避免地表現了封建主義帝王將相、忠孝節義和福祿子壽的思想和價值。鴉片戰爭以後，中國淪為半殖民地半封建社會，遭到帝國主義列強的豆剖瓜分，面臨全民族瀕於破滅的命運。在這個時期，一方面傳統反動的文化依舊盤踞，但救亡圖存、改良和革命的思想文化湧現，發展為反帝反封建的新思想新文化運動，分別向西方資產階級或蘇聯革命求取解放與改造的指南針。至此，以改良或革命改造社會、改造國民性、改造思想和文化以拯救中國於危亡，成為一兩代人的悲願，成為各不同派別新文化運動的動力。而相信非徹底改造不足以救中國的先進分子，推動了大革命，和廣泛赤貧的農民，艱苦卓絕地推翻了帝國主義和封建主義，建立了新社會。

這是中國面對世界資本帝國主義全球化之挑戰的回應。但舊秩序的崩解，新秩序的初設，並沒有緩和「徹底改造」社會與文化以圖存、圖強的強烈動力。一九四九年建國以後，中國共產黨固然立刻推動和完成了土地改革，廢除外國資本在中國的特權，把過去官僚資本收歸國有，並且逐步開始了分階段的農業合作化和工商業、手工業的社會主義改造，但值得特別注意的是毛澤東自始至終對於在文化、思想和意識形態領域中進行絕不亞於社會經濟重建的全面改造的強烈問題意識。

正是毛澤東對當時大陸社會、黨和思想文化界、文藝界與教育界形勢所做的這種估計，造成了毛澤東對革命後中國大陸思想、文化和意識形態必須徹底批判和改造的焦慮，並從而發動了造成一時代動盪的「文革」。

〔……〕

近二十年來，中國社會財富快速、巨額地增長了。農業和工業經濟也取得快速成長。比較大部分的人民生活有顯著改善。城市和鄉村的建設有目不暇給的變化。對外開放使中國和世界資本主義經濟體發生越來越深刻的聯繫。這是第三世界發展中國家在二十世紀末葉所難得一見的成就。

但不論如何，商品經濟和市場在「文革」後大陸的恢復和強有力的發展，在現實上和思想上對社會主義公有制和集體所有制造成強大的衝擊、挑戰和改變；在思想、文化、意識形態上也發生了與社會經濟巨變相應的變化。個人主義、利己主義、「自由」主義因商品經濟的發展在生活層次和學術、思想層次中發展。極端化的貨幣、商品崇拜，造成侈糜、貪欲、喪失生命目標，以求取商品和貨幣為生命唯一目的的人生觀氾濫。貧富差距擴大，貪瀆日增，社會的倫理道德規範崩潰，物質和官能欲望被正當化，犯罪、吸毒、酗酒、賭博蔓延，一切崇高、正直、勤勞、儉約、利他的思想和行為受盡嘲笑……西方資產階級的思想、文化和意識形態隨對外交流、留學體制、文化和商品洶湧而來。

在這樣的總的形勢下，中國經由躋身「世界貿易組織」(ＷＴＯ)，正面向資本主義經濟全球化所形成的世界性新秩序的挑戰，現實上也引起了中國知識分子對相關問題來自正反兩方的爭鳴。

美國對中國的文化戰略

事實上，今天中國所面臨的這些問題，自資本主義生產方式誕生之日起就已普遍存在，只是愈演愈烈罷了。德國歷史學家馬·格·登霍夫(他遠遠不是一個馬克思主義者)就對「資本主義的文明化作用」抱著深刻的疑問。對於西歐的資本主義市場經濟，登霍夫說，市場經濟亟貪於占有。「它已完全地控制了人類，絕不再允許有其他的神躺在自己的臥埸之旁。」「市場經濟的本質就是競爭，競爭的動力就是利己主義……導致所有精神的東西和文化的東西被排擠到了無關緊要的地位。」資本主義商品經濟使人的欲望失去任何欄閘。到了今天，「整個歐洲到處有部長因貪瀆而被趕出內閣」。在義大利，「一位總理因貪腐被判八年徒刑」。「在德國，有一千八百多個醫生受賄。」企業和政府中的管理層和幹部收賄嚴重。在文化上，登霍夫指西方電視「把血淋淋的暴力展示在孩子面前」。每天的電視節目「盡是恐怖與災禍……犯罪……戰爭和死亡」，終於使青年以色情與暴力為生活中日常茶飯。學童、青少年間的暴力和欺凌感染著西歐和日本的校園。「吸毒像中世紀的瘟疫般擴散。……社會上充斥著賣淫、謀殺、搶劫和性病。」

不少人主張，為了經濟「繁榮」，物質豐裕，享受資本主義經濟帶來的富裕和舒適，以棄絕如今看來毫無意義的人生理想、禁欲、堅持正義、對幸福與解放的堅持、勤勞刻苦為代價去交換，絕對是值得的。特別是在吃了「左」實踐造成的嚴重損害和苦頭之後，一時「告別革命」、「拒絕崇高」、「市場萬能」之論，相應於一九九七年以後「經濟下層建築」的重大轉變而成為具有霸權性的思潮。「革命」、「左派」、「無產階級」、「解放」這些詞語和概念，曾幾何時成了被嘲笑、揶揄甚至嫉惡的目標。

但問題在於，這樣的爭辯並不只是中國大陸兩條不同價值體系、不同思想間的爭論。如果把這爭論擺在一些大國對中國的思想文化戰略的框架上看，就顯出不平凡的意義。

早在二次大戰宣告結束時，美國中央情報局長艾倫．杜勒斯在他的《戰後國際關係原則》中，有一段說到美國對前蘇聯進行「和平演變」的方略。他說，「要讓文學、戲劇和電影都去表現和頌揚人的最卑劣的情感；要千方百計地支持和鼓勵那些往人的意識裡灌輸暴力、色情和販賣行為和思想的所謂藝術家。」「要在國家管理部門……鼓勵恣意妄為和貪汙受賄……我們要嘲笑誠實和正派，使之成為誰也不要的東西，成為過去時代的殘餘。」而對於在前蘇聯社會中極少數能識破美國和平演變戰略的人，美國要「設法使這些人處於無能為力的地位，使他們成為被嘲笑的對象。我們一定能找到誹謗他們和宣布他們成為社會渣滓的方法」。

蘇東社會的瓦解，使美國飽嘗了「和平演變」戰略最豐美的滋味。於是把這個戰略修訂加工，拿來對付中國大陸，是再自然不過了。去年夏天，美國的中文網路上流傳著初訂於一九五一年，而後逐步修訂完善的美國中央情報局《行事手冊》（Rules for Operation）中對於中國的文化思想戰略，歸結為十條，對外稱為《十誡》（Ten Commandments），譯錄如下：

（一）儘量用物質來引誘和敗壞他們的青年，鼓勵他們藐視、鄙視，進一步公開反對他們原來所受的思想教育，特別是共產主義教條。替他們製造色情奔放的興趣和機會，進而鼓勵他們進行性的濫交。讓他們不以膚淺、虛榮為羞恥。一定要毀掉他們強調過的刻苦耐勞精神。

（二）一定要盡一切可能，做好宣傳工作，包括電影、書籍、電視、無線電波……核心是宗教傳布。只要他們嚮往我們的衣、食、住、行、娛樂和教育的方式，就是成功的一半。

（三）一定要把他們的青年的注意力從他們以政府為中心的傳統引開來。讓他們的頭腦集中於體育表演、色情書籍、享樂、遊戲、犯罪性的電影，以及宗教迷信。

（四）時常製造一些無風三尺浪的無事之事，讓他們的人民公開討論。這樣就在他們的潛意識中種下了分裂的因素。特別要在他們的少數民族裡找好機會，分裂他們的地區，分裂他們的民族，分裂他們的感情，在他們之間製造新仇舊恨，這是完全不能忽視的策略。

（五）要不斷地製造「新聞」，醜化他們的領導。我們的記者應該找機會採訪他們，然後組織他們自己的言詞來攻擊他們自己。

（六）在任何情況下都要傳揚民主。一有機會，不管是大是小，有形無形，就要抓緊發動民主運動。無論在什麼場合，什麼情況下，我們都要不斷地對他們（政府）要求民主和人權。只要我們每一個人都不斷地說同樣的話，他們的人民就一定會相信我們說的是真理。

我們抓住一個人是一個人，占住一個地盤是一個地盤，一定要不擇手段。

（七）要儘量鼓勵他們（政府）花費，鼓勵他們向我們借貸。這樣我們就有十足的把握來摧毀他們的信用，使他們的貨幣貶值，通貨膨脹。只要他們對物價失去了控制，他們在人民心目中就會完全垮台了。

（八）要以我們的經濟和技術優勢，有形無形地打擊他們的工業。只要他們的工業在不知不覺中癱瘓下來，我們就可以鼓勵社會動亂。不過我們必須表面上非常慈善地去幫助和援助他們，這樣他們（政府）就顯得疲軟。一個疲軟的政府就會帶來更大更強的動亂。

（九）要利用所有的資源，甚至舉手投足、一言一笑，都足以破壞他們的傳統價值觀。我們要利用一切來毀滅他們的道德人心。摧毀他們的自尊自信的鑰匙：就是儘量打擊他們刻苦耐勞的精神。

（十）暗地運送各種武器，裝備他們一切的敵人，和可能成為他們的敵人的人們。

進入經濟「全球化」的時代，加入「世界貿易組織」之後，中國就更加暴露在以美國為中心的、西方資本主義意識形態的戰略攻擊之下。今年九月十九日，美國總統克林頓就美國國會通過給予中國取得「永久正常貿易關係」（PNTR）時所做的講話，也沒有掩飾針對中國的文化意識形態戰略。克林頓說，給予中共「永久正常貿易關係」，其對美國的利益絕不止於商業利益。美國指望中國在這以後的十年中能因接受「全球化」而改善「人權」，接受西方所訂定的「國際法的約束」。克林頓希望大陸的財產私有化進一步發展，削弱「國家機器」對「經濟大權」的掌握。他把中共當局分成「有改革思想的領導人」和「強硬派」，說明全球化和「永久正常貿易關係」將是對開明派的支持……總之，美國要促進中國的「和平演變」，按照世界資本主義文化的形象改造中國的政治、經濟、文化和思想。

結論

當然，中國不能也不必要因此而停止開放和改革，對世界關窗閉戶。但是，當中國的對手處心積慮，縝密計畫必須徹底打破和掃除中國自十九世紀末葉以來為了改造圖存而發展的新生的、前進的、光明的、有力量的東西，那麼正確認識所謂「經濟全球化」的本質，主觀能動地科學總結中國革命的積極方面和消極方面，透過教育、生活、宣傳，在批評極「左」錯誤的基礎上，堅決捍衛一九四九年到一九七九年建設起來的積極、進步的東西，弘揚中國傳統文化中比較健康的部分，採取必要的步驟，抵禦和防患敵人惡毒的攻擊，是十分必要的。

初刊二〇〇一年一月《文藝理論與批評》（北京）第一期

1 本篇發表於「經濟全球化與中華文化走向」國際學術研討會，主辦：中華炎黃文化研究會、中國人民大學、中國藝術研究院；時間：二〇〇〇年十月二十六－二十九日；地址：北京市政協禮堂。初刊《文藝理論與批評》為刪節版。

陳芳明歷史三階段論和台灣新文學史論可以休矣！

結束爭論的話

一、陳芳明的台灣社會性質論之欺罔

如果陳芳明先生（以下禮稱略）自始就只以一般論的歷史編年去劃分他所要「建構」的「台灣新文學史」，則任他隨性自流地去「書寫」，我們也不會加以理睬。問題在於他偏偏顧盼自雄，強以不知為知，宣稱要依「台灣社會性質」嬗變的「三大歷史階段、亦即日據的殖民時期，戰後的再殖民期，以及解嚴迄今的後殖民期」去「書寫」他的「台灣新文學史」，這就關係到馬克思歷史唯物主義關於以生產方式（mode of production）的推移說明歷史——人類物質生活和相聯繫的精神生活的歷史——演化的學說了。而陳芳明的所謂「三大歷史階段」論也就是三個不同「歷史階段」的「社會性質」說，是和台灣社會經濟史中相應於各階段生產力發展的生產方式論毫不相符、毫不相干的瞎說，因此引發了我們的批判和質問。

現在陳芳明改以直接或間接的方式，力說他的台灣社會「三大階段」，即三個「社會性質」論與馬克思的社會性質理論無關。但是，陳芳明多年以來在他的《謝雪紅評傳》和〈台灣共產黨的一九二八年綱領與一九三一年綱領〉中，一貫裝出一派充分理解了馬克思歷史唯物主義關於社會生產方式理論的架式，對台共政治綱領妄發謬論，錯誤叢出，不堪卒讀，我在〈以意識形態代替科學知識的災難〉，（以下略稱〈災難〉，《聯合文學》，一八九期）中已經加以痛烈的批判，是陳芳明至今所一個字也不能回答的。馬克思主義關於社會歷史演化的理論，是說隨著不斷發展的社會生產力，產生與之相應的、一定階段的生產關係（即財產、分配、階級等諸關係）。這一定歷史階段的生產力和生產關係的統一體的總和，便是這一歷史階段的「生產方式」。「社會性質」，說的就是生產方式的性質，又作「社會形態」（social formation），另說「社會構造體」。於是不同的生產方式有其不同的社會性質——即不同的社會形態或社會構造體。然而，生產關係一旦形成，表現出相對的穩定性，例如在農業、手工業生產力條件下，產生了封建的生產關係，即地主、佃農體制、宗法關係、封建社會的階級關係等等。這些封建的生產關係一旦形成，就有其抗拒改變的、相對地求穩定鞏固的特性。然而生產力卻在不斷地進步。蒸汽機、自動紡織機的發明，使新的生產力和固有的、封建的生產關係發生了矛盾。矛盾不斷深化，使原來的生產關係成為新生產力進一步發展的桎梏，終究爆發社會革命，建立新的生產關係，以與新的生產力相適應。

馬克思以這歷史的和辯證的唯物主義解釋向來人類的歷史，從而據以概括地依生產力發展的不同階段和與之相應的不同的生產關係分為原始氏族公社、奴隸社會、封建社會和當前的資本主義社會等四個「生產方式」，即四個社會性質的推移，來說明人類社會發展的原理。也正因為這樣，世界各國各民族的無產階級政黨的政治綱領，莫不對其當面社會的社會性質（即生產方式）進行歷史唯物主義的分析，即分析生產力發展水平，分析其財產所有關係、分配關係及相應的階級支配構造，而後決定革命改造的方針。以最概括的方式言之，列如下表：

社會性質（生產方式）	階級矛盾	革命的目標	革命的領導階級	革命的性質
封建社會	新生資產階級與封建的地主僧侶官僚階級間的矛盾。	打倒封建社會，建立新生資產階級政權。	新生資產階級。	資產階級的民主主義革命，即舊的民主主義革命。
資本主義社會	新生工人無產階級與資產階級的矛盾。	打倒資本主義社會，建設社會主義社會。	現代工人無產階級。	無產階級的社會（主義）革命。

十九世紀中後，帝國主義向東方前資本主義社會（封建社會甚至前封建社會）擴張，進行帝

國主義的殖民統治，使這些還停留在封建的社會生產方式（社會性質）的社會外鑠地發生了變化，成為殖民地（或半殖民地）半封建社會。這些社會的工人政黨，也依照歷史唯物主義，對變化後的東方社會進行了社會生產方式的本質（社會性質）的分析，從而規定了獨自的革命和改造的方針：

社會性質	階級矛盾	革命的目標	領導階級	革命的性質
（半）殖民地・半封建社會	帝國主義外族獨占資產階級，本地半封建大地主階級，中小地主，地主性資產階級，城市民，地主以下各農民層，現代產業工人。	打倒殖民統治，打倒封建地主，發展為過渡到社會主義的資本主義。	以無產階級工人和農民的同盟為中心，聯合其他革命的階級。	工農階級領導的資產階級民主主義革命，即新民主主義革命。

這是我國三〇年代一個用功的中學生都能講清楚的基本的社會科學常識，對此，陳芳明竟一竅不通，卻膽大至極地胡說瞎扯，在他的《謝雪紅評傳》和〈台灣共產黨一九二八年綱領和一九三一年綱領〉及其他相關的宏論中，說什麼台灣黨認定了當時的台灣社會是一個「殖民地社會」，從而主張了台灣革命的性質是什麼「殖民地革命」！又說中國共產黨根據中國社會是「半殖

民地・半封建」性質，主張中國革命是「社會主義革命」！於是陳芳明發明了這樣一種離奇的理論：台灣人／謝雪紅／非上大派／日共領導的台灣共產黨堅持「殖民地」社會的「殖民地革命」，但中國人／翁澤生／上大派的／中共領導的中共黨，必欲將其「社會革命」路線強加於台灣的黨。陳芳明於是這樣地讓台灣的黨與中國的黨在他自己腦袋裡鬥得不亦樂乎。事實上，縱觀台灣黨的兩個綱領，從來沒有主張過什麼日據台灣社會是「殖民地社會」，從而也從來沒有因而規定過台灣革命是什麼「殖民地革命」。遍查文獻，也絕不可能找到中共黨曾經主張因為中國社會是「半殖民地・半封建」的社會，從而規定過中國革命的方針是什麼「社會革命」。陳芳明的相關議論，毫無根據，一派胡言。關於這些，我們在小論〈災難〉中已經評判得很詳細，是陳芳明至今所不能答覆的。因此，絕不能說陳芳明自始就以與馬克思的社會（生產方式）性質理論不同的、獨自的方法展開他的台灣歷史「三大階段」說，只能說他從來不曾懂得馬克思的社會（生產方式）性質論，卻大膽地利用台灣學界不熟悉馬克思主義的條件，把自己打扮成能夠以社會性質論對台共綱領和台灣社會史恣意大發議論的「左翼」，發表成籮成筐的錯誤論說，很有招搖撞騙之嫌。

因此，陳芳明以台灣社會性質為言的台灣新文學史「三大歷史階段」論的第一個嚴重破綻，是他根本不懂得社會生產方式之性質，即所稱社會性質理論！

二、陳芳明有關「殖民地」概念的錯誤與混亂

陳芳明以「殖民地社會」的概念概括一八九五年以迄於今日的台灣社會歷史，並且頗自以為創見。然而他卻在「殖民地」這個基礎概念上犯了致命的錯誤，自然使他的日據「殖民地」社會↓戰後「再殖民」社會↓八七年解嚴後「後殖民」社會的「理論」不能不全盤皆墨，土崩瓦解。

帝國主義、殖民地等概念，是政治經濟學概念，是社會經濟性質的概念。

資本對利潤永不休止的飢餓，即其永不休止的生產與再生產、積累與集聚的運動，終至突破民族國家的限界，尋找新的原料基地、新的市場、新的投資地，於是在十九世紀中後，西歐先進資本主義國家爭相對外擴張，對遼闊的東方各個前資本主義社會施加殖民地統治。因此，一個資本主義高度發展（發展到壟斷資本主義階段），對外擴張，掠取原料、市場、投資地的帝國主義宗主國的客觀存在，是一個社會被殖民地化的先決條件。其次，被殖民地化的各種前資本主義社會，在帝國主義統治下，失去自己的經濟社會主體性。被殖民地化社會的經濟在強權下被迫成為宗主國帝國主義壟斷資本的循環與積累的工具。本地自發的資本主義自然的萌芽與發展被破壞，傳統、反動的本地封建關係與帝國主義經濟苟合而延長其落後的存在。異民族帝國主義的壟斷資本（又稱「獨占資本」）的殘酷、強權剝削，和與帝國主義相互勾結的本地半封建

資本苛烈的榨取，使殖民地廣泛農民和工人以及其他被壓迫階級淪落貧困化的深淵。而警察、軍隊的暴力統治，政治和法權上的歧視與壓迫，強制性同化、土著語言和文化的剝奪，歷史解釋和歷史記憶的專政管理、種族和階級的構造性歧視，思想意識形態的殖民地化改造……都是為了強化相應於殖民地社會經濟壓迫和剝削機制的上層建築。離開殖民統治的物質的、經濟的壓迫和宰制結構，光以政治、文化、思想、意識形態的強權統治，就無法科學地分辨殖民地社會和其他非殖民地社會。因為自從人類進入階級社會，一切國家政權就成了社會經濟的統治階級，即政治上的統治階級進行階級壓迫、階級專政的工具；統治階級的思想、意識形態也必然成為那個社會的統治思想和意識形態，形成文化、思想和意識形態的「霸權」，透過教育、宣傳體制進行對於廣泛被統治各階級精神與思想的支配。

但陳芳明不明白這個道理。他界定日據「殖民地社會」的內容是：「漢文思考」的「式微和沒落」；「現代化知識的崛起」；大和民族主義的強權統治，等等。在經濟方面，他片面誇大殖民地台灣從「以農業為基礎的傳統封建社會」「急劇轉化成為以工業經濟為基礎的現代資本主義社會」，台灣的資本主義於是發生「擴張與再擴張」。今天，對美國懷抱著無限憧憬、移民北美的第二代、第三代，也必然和已經經歷了母語「思考」的「沒落」和「式微」，但我們總不能據此而云美國把美籍原台灣人的整代殖民化吧。明治維新，以西學（自荷蘭傳入的西學，日人稱「蘭學」）

為中心的「現代知識」和思想觀念也在日本大為「崛起」；宣傳新生民族國家尊皇愛國主義的「大和民族主義」也「統治」明治日本，但人們卻不好據此而謂日本明治國家政權對日本自己進行「殖民地」統治。至於思想、創作、歷史解釋的強權管理，一切亞洲、中南美洲親美反共獨裁國家莫不以類如國家安全法、反共法、治安維持法進行對於思想、言論、創作等的冷酷壓迫，但人們也不能據此而謂九〇年代前的南韓、八〇年代的菲律賓、六〇到八〇年代的廣泛中南美和中近東的一些親美反共獨裁政府對自己的人民施加「殖民地統治」。

對此，陳芳明的辯解，竟而是說非殖民社會的政治思想和文化語言的壓迫，不是殖民地壓迫，只有殖民地社會的思想文化壓迫，才是殖民地壓迫。陳芳明始則以文化、創作、歷史、思想的壓迫來證明一個社會的殖民地性。然後又以一個社會是不是殖民地社會為先決前提，來說明某社會的思想意識形態壓迫是不是殖民地性的壓迫。到底是一個社會之思想意識形態壓迫的有無是判斷一個社會是不是殖民地社會的標準，還是先（用什麼標準？）判定（如何判定？）一個社會是不是一個殖民地社會之後，才分辨那個社會存在的思想意識形態壓迫是不是「殖民地性」？而客觀上，任何階級社會，當然包括任何獨立自主的階級社會，又必然存在著那個社會的統治階級對於被統治階級在思想和意識形態的壓迫。陳芳明的殖民地論於是不能不陷於這滑稽的循環證明中，不能自拔。

陳芳明的戰後「再殖民」論也一樣。陳芳明列舉了「(中華)民族思想教育」、「戒嚴」體制、「對(台灣)本土意識的歧視與排斥」、「(台灣)歷史記憶的扭曲與擦拭」作為國民黨自一九四五年到一九八七年在台進行「再殖民」統治的證據。在小論〈關於台灣「社會性質」的進一步討論〉(以下簡稱〈討論〉,《聯合文學》,一九一期)中已有多方面的批判。我舉過韓國慶尚道系的長期執政下對全羅道系的「本土」意識也存在長時期「歧視」與壓迫。至於戒嚴,韓國、菲律賓、中南美反共軍事獨裁政權雖沒有施行若台灣之長達四十年的戒嚴,但時而戒嚴,又時而解嚴,而後又再戒嚴,直如家常便飯。但總不能說戒嚴了就是「(再)殖民化」,解嚴了就「後殖民化」(!),結果不能不把人家的社會說成是「(再)殖民」與「後殖民」兒戲似的循環反覆了。

因此,如果不從政治經濟學去界定帝國主義、殖民地的概念,就一定會陷入陳芳明這種知識上錯誤、邏輯上混亂的泥淖而不可自拔了。不懂得帝國主義、殖民地的馬克思政治經濟學概念,是陳芳明台灣「後殖民史觀」、台灣殖民地社會論、台灣新文學即殖民地文學論、連帶地他的「歷史三大階段」說的第二個嚴重破綻。

三、陳芳明「後殖民」論的虛妄

陳芳明把一九八七年國民黨解除戒嚴以後以迄於今日的歷史，稱為「後殖民」時代。他說，在日本和國民黨統治下，台灣新文學分別是「相對於日本殖民體制」和「相對於戒嚴體制」「而存在」，沒有文學自己的主體性，只有到了解嚴之後形成族群、性別、階級等「多元主體」，而又都神秘地「屬於」一個稱為台灣的「主體」。於是「凡是在台灣社會所產生的文學」，「不論族群歸屬為何、階級認同為何、性別取向為何」，一概是「台灣文學主體的不可分割的一部分」。

陳芳明把戒嚴與解嚴當作台灣被「中華民國」「再殖民」和殖民地解放的分界，為什麼殖民者自己宣布解嚴？解嚴後「再殖民」如何重編改造為「後殖民」社會？經濟下層建築和社會階級關係發生了什麼變化？二〇〇〇年陳水扁政權登台，國民黨「再殖民」而後又自我「後殖民」化的集團下台要怎麼理解？陳氏政權可以叫「後．後殖民」嗎？凡此，莫不是陳芳明要答覆的。

我們在〈災難〉中早已指出，「後殖民」是一個文化思想批判的概念，是對於殖民地歷史殘留於今日思想、文化、意識形態傾向的清算，也是對於今日西方新殖民主義對前殖民地所施加的文化帝國主義的批判。「後殖民」的文化思想概念根本不是一個關於社會性質的、社會經濟概念。我們對陳芳明這一知識的混亂的批判，陳芳明至今仍沉默以對。

「後殖民」另有社會經濟概念，指的是二戰後殖民地獨立後的社會(post-independent society即「獨立後社會」，或post-colonial society，即「殖民地後社會」)，這種沒有一個特定生產方式，而包含駁雜的不同生產方式，從擬似社會主義、國家資本主義到從屬性資本主義，光譜較大；政治上涵蓋左翼、中間到極右派，外交上從中立不結盟到親美親蘇(中)各殊。一九八七年解嚴以後，台灣社會經濟、階級構造是過去的延續而不是斷裂，不存在從「再殖民」到所謂「後殖民」的革命性變化。從台灣在經濟、政治、外交上對美附庸化而言，台灣的新殖民地化應始於一九五〇年而不是一九八七年，但這自然不是陳芳明所能分析的。對於這樣的批評，陳芳明至今裝聾作啞，無從回應。

陳芳明接著把他的「後殖民」時期，同九〇年代以後台灣學舌的西方後現代文學現象結合起來，作為台灣新文學在八七年後「後殖民」時代的特徵。

台灣的「後現代」文論和文學作品，不是台灣資本主義高度發展到「晚期資本主義」階段之所產，而是與一九五〇年代一樣，是台灣新殖民地文化現象的表現：學舌、模仿、媚俗，是西方文化、意識形態帝國主義對台灣之支配的表現。「後現代」文學在台灣一般地文論(其中又生吞活剝、亂套硬搬為多)多於文學作品。文論主要是留學教師、媒體、留學體制和以洋文獨占學術材料等所形成的巨大的新殖民主義構造的產物。這些西方文化、文學、文論在台灣的新殖民主義浸透之所產的理論。和時間短、數量少、評價有待估價的所謂「少數民族文學」、「同志文學」、「性取向文學」……的總和，在陳芳明看來，竟「浮現」出「日據時代」和「戰後」「戒嚴時代」所沒有的「台灣文學的主體性」，寧非奇譚！

九〇年代以後，西方來台的「後」學勃發，「後現代」、「後殖民」之說「崛起」，有一些玲瓏媚俗的學者爭相唱和，其中就不乏一知半解、媚俗取巧的人。陳芳明說「後殖民文學的一個重要特色，便是作家已自覺到要避開權力中心的操控」是毫無根據的。後殖民論主要地是一種文化批判的理論，一種文學批評理論。這文化批判和文學批評又集中焦點於對於過去的殖民主義和當前的新殖民主義對被殖民者造成的心靈、文化、思想、意識形態和自我認同所造成的被害、壓抑、和損毀的揭破、反省與糾彈。事實上，這樣的批判，絕不待薩依德的《東方主義》以後才有。二十世紀初共產國際展開的反帝民族解放鬥爭，二戰以後亞非拉廣泛的反對新老殖民主義戰線上的理論家和文學家，都有過深刻的理論和文學作品。以台灣文學而論，早在二、三〇年代，就有刻畫日本帝國主義統治為台灣人民帶來的精神、心靈損害的作品。六〇年代末到七〇年代初，台灣文學中也出現省視在美國侵越戰爭中的台灣人民的定位、討論美國侵越戰爭的士兵來台休假與台灣生活的葛藤、凝視在台跨國資本下人的處境、自我認同與回應的小說作品。如果以今日舶來的後殖民文化批判或文學評論，對這些早在「後殖民論」尚未為台灣所知時就存在的作品進行解析，為了討論的方便，或許可以用「後殖民文學」名之。陳芳明所說台灣在九○年代以降少數一些「同志文學」、「性取向文學」、「眷村文學」或「少數民族文學」，基本上和後殖民論毫無干係。後殖民論以脫殖民批判和分析為核心，離不開世界史上的帝國主義．殖民化．新的文化帝國主義這些特定的範疇。陳芳明移花接木，把後現代主義的虛無主義、反宏大論述、分殊多元這些「主體解構」的概念，僅僅為了他那先驗的台灣「後殖民」歷史階段的烏托邦對「台灣主體」理論的需要，硬生生派給這些（學舌的）後現代產物一個「主體重構」的任務，莫名其妙地裝扮成本質上完全矛盾的「後殖民文學」。正如我們在〈討論〉中說過，陳芳明對後現代論和後殖民論的認識混亂，不知道後殖民論自始就是對西方對第三世界的文化、意識形態施行霸權支配的反撥；自始就反對被迫以西方霸權文化的唾餘來描寫自己。後殖民論的重要思想家就把林林總總的後現代論看成是當前新的「帝國主義構造」的「延續」。對薩依德而言，今天對抗西方中心主義的鬥爭，就是「反後現代論的鬥爭」！但天才的陳芳明卻夸夸然想把這兩個對立鬥爭的概念硬生生地嫁接到一起。

以這荒唐的「殖民地社會」、「再殖民社會」而「後殖民社會」論，陳芳明竟不無得色地宣告他的「後殖民史觀的成立」！然而，陳芳明對於「後殖民」理論的無知與混亂，使他的「後殖民史觀」在知識與邏輯上連根瓦解，成為陳芳明台灣新文學史論的第三個嚴重的破綻。

四、陳芳明不能回答的問題

在小論〈災難〉中，開宗明義，我就說和陳芳明討論的「目的，只限於審視和批評陳芳明據以為台灣新文學『分期』之基礎的『台灣社會性質論』。至於陳芳明依其台灣社會性質說所造成關於台灣新文學史論的全面誤謬，則等待以後的機會加以批評」。至今陳芳明和我之間兩個來回的論爭，都白紙黑字訴於公議，無遮掩地呈現了陳芳明的認識、理論水平和論說風格。我們整理出陳芳明所表現的三大理論上的破綻，等待陳芳明的嚴肅對待，做出答覆。

在討論過程中，陳芳明對許多他所無力答覆的問題採取胡說一通、裝聾作啞的逃遁態度：

（一）我們說社會性質論只能是馬克思主義的社會生產方式論，並據以指出陳芳明社會性質說的隨意性和唯心主義性質。陳芳明說社會性質（例如「殖民地社會」）是「客觀事實」，「為什麼必須根據馬克思來定義」（！）。但他明明說過他要把究明「台灣社會究竟是屬於何種的社會性質」的工作當成他寫台灣新文學史的「一個重要議題」，但面對質問，他竟說他寫文學史「並不是在探討台灣社會性質的演變史」。我們說「殖民地社會」不是一個人類社會演化過程中一個普遍必由的生產方式，他說我們之所以說日據台灣是「殖民地半封建社會」而不是「殖民地社會」，是出於我們的「統派立場」，必欲使台灣「殖民地半封建社會」論「近似中國社會」的半殖民地半封建社會！似此妙論胡纏，真是不勝枚舉，卻至今提不出他自己的、非馬克思主義的，具有理論系統性，至少可以以一個方法論統一解釋他的日據「殖民地」論、戰後「再殖民」論和解嚴後「後殖民」論的社會性質理論來。

(二)我們詳細地透過分析陳芳明在《謝雪紅評傳》和〈台灣共產黨的一九二八年綱領和一九三一年綱領〉，指出他以他完全不懂的社會性質論評說台共「殖民地革命」論的瞎說，陳芳明至今對此悶不吭聲，沒有任何辯解。陳芳明說我關於殖民地的理論只限於馬克思，不知道列寧，彷彿他對列寧關於殖民地理論非常熟悉。我們回應了列寧關於中國社會是「半殖民地・半封建」社會的理論形成過程，陳芳明又裝聾作啞了。關於我們提出中國長期停滯的地主制封建社會論，陳芳明說我們不知道「唐宋之間的歷史變化」、不知道「明清之間的社會演變」，彷彿他精通有關中國封建社會史論。但當我們提出最概括的關於我國唐宋明清的社會史材料，說明中國特有的地主、士大夫、官僚封建制時，他又一聲不吭了。陳芳明說戰後台灣不被容許「重建日據時代的歷史記憶」，不被容許「對日本殖民文化的批判」。我們依據具體史料舉出了一九四五年至四九年間，台灣前進的知識分子宋斐如、王白淵、蘇新、賴明弘和楊逵等人的脫殖民反思的結論是「中國(人)的復歸」，陳芳明又不吱聲了。我們也多次提到一九四七年到四九年間《台灣新生報・橋》副刊上關於重建台灣新文學的大論議中以中國復歸為核心、聯繫著去殖民清算的台灣新文學重建論，陳芳明都默不作聲。似此種種，不勝例舉。

陳芳明的討論風格與策略，自始缺乏知識的真誠。如果他以為飾偽、機會主義、媚俗可以保證他在台灣學界繼續廝混，恐怕是錯誤的估計。在我們已經舉出的他的論說的三大嚴重的破綻問題上，他恐怕終於必須做出合於知識與邏輯的回答，同天下士林交代。否則，就只能宣告他據以「建構」其台灣新文學史的台灣社會性質歷史「三大階段」論的破滅，從而預告了他的正在「建構」與「書寫」的台灣新文學史的破產。

五、餘論

關於馬克思主義的歷史和社會根源

事實證明，完全不懂得即使是馬克思主義最淺顯的知識的陳芳明，在〈當台灣文學戴上馬克思面具〉（以下簡稱〈面具〉，《聯合文學》，一九二期）照例把自己妝點得像一個轉了向的前馬克思主義者。他說他「年少時期」「在海外的左傾歲月」裡，「涉獵過馬克思主義書籍」，還「旁及列寧、毛澤東的思想」。但這個自稱在文革結束、四人幫垮台之前「涉獵」過唯物史觀的陳芳明，居然在他的社會性質論中大大暴露他對馬克思主義的極端無知之餘，發出這驚天動地的質問：「陳映真的意識形態是由怎樣的『社會存在』來決定，又是由怎樣的『生產方式』來決定」？他又問，陳映真的馬克思主義思考是由「現階段中國生產方式決定」，還是由「台灣的生產方式來決定」……？

陳芳明這問題的本身暴露了他對於馬克思主義的歷史社會根源的無知。

在十九世紀中葉，西歐資本主義有相當高度的發展，生產社會化的情況愈益突出，資本主義生產的社會化與財產的私人占有之間的矛盾不斷擴大和顯著化，而經濟關係終究決定社會關係的現象，即使在生活感性領域中也愈見明顯。另一方面，龐大的現代工人無產階級登上了世界史的舞台，在殘酷血腥的資本之原始積累下，陷入絕境，從而在十九世紀三〇年代的西歐各地爆發了大規模的工人（武裝）烽起。工人從生活中認識到資本和私有制的暴力，逐漸認識了作為一個社會階級的工人的力量。十九世紀三〇年代和四〇年代，分別在美國和全歐的嚴重經濟危機，暴露了資本主義體制中潛藏的矛盾與危機。加上當時歐洲各派空想社會主義在指導反資本主義鬥爭中的失敗，都客觀地提出科學性社會主義理論的需要。而馬克思主義正是這客觀歷史和社會條件的所產。

進入二十世紀，世界資本主義從自由競爭階段發展為壟斷資本主義階段，又發展為所謂晚期資本主義階段。但這些變化基本上沒有改變資本主義與生俱來的上述的根本性矛盾。一九一七年社會主義蘇聯的登台，戰後，社會主義在東歐各國、中國和其他亞洲、中美洲的國家的勝利，都使馬克思主義在理論開拓、實踐鬥爭上有實質的發展。九〇年以後，蘇東社會瓦解，在無原則的資本主義化狂潮中陷於衰破。中國從極「左」路線的撤出，以多種所有制進行成功的民族積累。世界資產階級於是春風滿面地宣告「資本主義的歷史性勝利」，「歷史停止，意識形態時代終結，資產階級民主、自由、人權已成普世的價值」。

九〇年代以後的變化，當然是世界無產階級運動的一次挫折。反共反動一派為此發出歡呼，矢言和平顛覆中國社會主義，是理所當然的。陳芳明對中國的轉變眉飛色舞和他對中國社會主義的憎恨是互相聯繫的。但福山和他在台灣皮相的追隨者陳芳明怕是高興得太早了。世界壟斷資本的全球化，固然使個別發達國家的資本主義取得又一步新的發展，但資本主義無可解決的內在矛盾也向全球擴大。強大國和弱小國的兩極分化擴大。國際壟斷資本因超出國界面超出一切世上的有關投資、金融、福利和環保的法律的監督，並以空前快速的資本運動劫貧自肥……正如同馬克思主義的歷史社會基礎存在於十九世紀西歐資本主義的破綻，今天，世界各地，包括中國大陸和台灣在內的馬克思主義的歷史社會基礎無他，正是今日存在的世界資本主義所呈現的、勢必爆發於異日的嚴重內在矛盾。在今天，各個領域中的馬克思主義者知道，馬克思主義不僅僅對過去社會的運動、發展和變化有無法挑戰的洞見，即使對於分析和掌握未來的歷史，馬克思主義仍然擁有很高的威信。而在書齋、在勞動運動、在黨的組織者中，在菲律賓和墨西哥的農民游擊隊中，馬克思主義仍然是一面鮮明而有指導性的旗幟。在極「左」經濟和當前共產黨領導下的，國家資本主義市場經濟的大陸，以及資本主義的台灣，都存在馬克思主義的歷史社會條件。陳芳明問今日的馬克思主義有什麼社會經濟基礎，生動地說明了他對思想和知識的社會學之無知。

一百多年來，世界的反共派和反動派早就無數次宣告過馬克思主義的過時、死亡，也迭次斷言過馬克思主義是「一個歷史名詞」。我就在政治監獄裡的洗腦課上見識過好幾個老老少少教「匪黨理論批判」的特務教官和政戰官，無不說馬克思主義過時，說歷史的本質是心物、天人的合一，歷史唯物主義是「左傾幼稚病」的偏激，也莫不說馬克思主義的語言是「老掉牙的、落伍的」語言。年紀大一些的教官也會說年輕時代鑽研過、相信過馬克思主義，後來因為看見共產黨的邪惡，幡然改悟，放棄了馬克思主義。回想起來，那嘴臉、口氣和今之陳芳明真是維妙維肖。但那些教官中有人估計可能還真是搞過馬列主義。而陳芳明，從他一系列文章看，就知道他根本就不懂馬克思主義，卻兀自裝模作樣，大搞其知識詐欺。

關於中國社會主義的變化

上個(十)月底，我去北京開了一個有關「經濟全球化和中國文化的未來」為主題的研討會。在我提到會議上的論文[1]中，有這一段：

商品經濟和市場在「文革」後大陸的恢復和強有力的發展，在現實上和思想上對社會主義公有制和集體所有制造成強大的衝擊、挑戰和改變：十分接近資本主義的生產體制，造成資本和人對於利潤、利益的強烈飢餓。農產品和工業產品價格的「剪刀差」擴大，農業收入下降，農民的階級分化進展快速，勞動力的資本主義商品化迅速發展。

這些變化不可諱言地終至帶來大陸社會階級構造的巨大轉化。也帶來中共黨的社會階級性質的變化，也強大地影響「工農聯盟」在政治、經濟上的領導地位。對外經濟開放，可能一定程度內銷蝕了「自力更生」、「以我為主」的發展原則，也一定程度上對中國民族工業、巨型國有資本造成衝擊。

這些變化，當然是大陸在開放改革後一系列公有制向半私有制轉化、私有制經濟相對蓬勃成長等經濟基礎的轉變帶來的結果。伴隨這些變化，新生資產階級湧現，而與新的階級和經濟社會變化相應，在經濟學和其他學術領域，在社會思潮和文學藝術領域出現自由主義、自利主義、消費主義是自然不過的事。然而，新生資產階級作為一個社會階級，在大陸上力量還十分薄弱。政治與經濟發展的領導權在中共領導集團手中而不是資產階級手中。公有制在相對削弱、私有制在相對增長，但截至當前，在總體經濟中公有制仍然占著上風。在意識形態領域，馬列著作仍定期修訂隆重出版。馬列毛和世界著名馬克思主義著作仍然公開出售。一股和以西方新自由主義為言的保守派、自由主義派相抗衡的新的進步知識分子在成長。大陸到海外留學的一部分學生在外國環境下重新認識了馬列主義和帝國主義，他們的思想也在影響大陸內部一部分好學深思的青年。

我的手上就有一本書《清算改革開放二十年》[2]，大陸學者梅岩，從馬克思主義出發，從農業、工業、商業、金融、上層建築等領域實證地清理改革二十年來所湧現的問題。四百六十頁的書的結尾，作者猶說：「社會主義制度必定要替代資本主義制度，這是任何巨大的歷史逆流都不能改變的歷史發展。」和一切反動派一樣，陳芳明帶著對中國社會主義的輕蔑與憎惡，對於開放改革以後大陸「擁抱資本主義」、「當權者享受革命果實之餘開始腐化、墮落化」表現出令人印象深刻的勝利的得色，興高采烈，口沫橫飛。然而，經歷過大革命的中國對社會主義選擇的傳統及其力量，是陳芳明之流所不能理解的。當敵人對中國社會主義運動的挫折和蛻變歡天喜地，當敵人對中國對社會主義的選擇發出詛咒，我們就深刻地認識到了社會主義強大的、令一切資產階級反動派喪膽的力量。

存在與意識的關係問題

裝模作樣地把自己妝扮成「前左派」的陳芳明，提出了存在與意識的關係問題。陳芳明說「人的意識可以決定社會存在」，說「人的心理結構、人本身是自己的歷史的創造者」。這些完全沒有陳芳明自己的申論的話，只不過是歷史唯心主義者的「老掉牙」的一般論。

我們提出作為一定歷史發展階段的社會上層建築之一環的文學，是同一歷史發展階段經濟下層建築的反映，是因為我們認識到一時代的文學藝術，是一時代生產方式（即社會經濟基礎亦即「社會性質」）的反映，能夠在一時代的生產方式＝經濟基礎中找到關於文學藝術的形式、內容、思想、感情、階級、意識等等內容的根源。我們提出這淺顯的道理，主要是因為在陳芳明的「三大社會性質」分期論中，絲毫看不到他以他那「三大社會性質階段」去聯繫各該階段台灣新文學形式、內容的科學性分析，從而對陳芳明的社會性質論提出駁論，因此也就沒有必要、也不曾進一步提到有關意識與存在、上層建築與經濟基礎間的關係的進一步討論。

經過幾億萬年的演化，生活和勞動鬥爭使人猿變成了人。於是在萬古洪荒中出現了人的社會。在勞動過程中，經歷漫長的時間，人猿的腦演化成人腦；動物性的心理發展為人的意識。於是世界上除去物質的存在，開始出現了意識。意識依附於勞動、語言和文字而發展。意識在它的起源就被賦予社會性，意識在社會實踐中發展和形成。在意識與存在關係上，物質、社會存在是第一性的，而精神、社會意識是第二性的，是派生的。物質和社會存在決定精神和社會意識。封建的生產關係決定了在封建時代的建築、文學、思想和文化滲透著帝王將相、忠孝貞烈、福祿子壽等封建宗法主義內容。

但社會意識＝上層建築一經形成，便帶有相對自主性（relative autonomy），而且在物質決定精神、社會存在決定社會意識的基礎上，在一定條件下，能施反作用（而不是「決定」）於社會下層建築。封建的政治、法律、思想對封建的經濟關係（如地主佃農的階級支配）能起到鞏固、促進、發展的作用，忠孝節義思想有助封建地主佃農關係的固定化，有助鎮壓農奴階級的反抗。當手工業、商品經濟在封建社會內部取得進一步發展，固有的封建的法律、政治、思想就起到遏制商業資本經濟發展、進而向資本主義經濟移行的反作用。上層建築的反作用是有條件的，是以物質最終、歸根結柢決定意識為前提的。馬克思主義反對機械唯物論之把意識看成存在的機械而一比一的反映。馬克思主義自始就承認，在存在最終決定意識的條件下，意識和文學藝術一經形成，就有其幽微的「相對自主性」，並在一定條件下能對存在發生「反作用」（而不是「決定」作用）。馬克思主義既是歷史唯物主義的，也是辯證法的，充分認識在存在最終決定意識條件下，存在與意識的辯證關係：「存在決定意識，意識又反作用於存在，但歸根結柢又是存在決定意識。」

一九九八年七月五日到七日，我在《聯合副刊》上發表了題為〈近親憎惡與皇民主義：答覆彭歌先生〉的小論中就說過：

> 普列漢諾夫……認為，文藝作為一種意識形態，是人類社會生活的產物。然而……社會經濟生活同文藝的關係絕不是直接的，其間經常有一些「媒介物」——即政治、哲學、心理、道德等在其中起到微妙的作用。而這「媒介作用論」適當地批判了當時氾濫一時的「左」的、教條主義的反映論。……德國的新馬克思主義者著重研究社會的階級構成在文學作品中的反映。但他們認為藝術作品中表現的社會真實並不直接反映社會。他們強調要研究文學藝術本身的「內在規律」，重視「文藝自身的、相對的自主性」。

這些思想，都是馬克思主義關於存在與意識關係三原則——即存在決定意識；在這個基礎上，存在以其相對自主性反作用於意識；而物質最終決定意識——基礎上的展開。陳芳明完全不明白這個理論，大談沒有物質最終決定意識論的基礎上的「人們的意識也能決定社會存在」；大談沒有意識形態相對自主性認識上的「文學與社會不是一對一的相應」；大談不懂得經濟基礎的最終決定性的「經濟基礎與上層建築相互滲透」，看來就很像是「匪黨理論批判」一類的垃圾裡抄來的片段。

關於人和歷史的關係

陳芳明說人們的意識可以決定社會存在，說「人的心理結構、人本身是歷史的創造者」，看似豪壯，卻沒有任何申論。歷史唯心主義的歷史中，不乏主張人的「精神」、「意志」、客觀存在的「絕對精神」改變物質世界、創造歷史發展之說，但都有一套繁瑣精緻的申論。但陳芳明的宏論卻要僅僅以兩三句話去解決人與歷史關係的問題。

馬克思主義認為，「人只能在一定的條件下創造歷史」。其中，社會經濟的條件是決定性的。恩格斯就說，人創造歷史，「是在十分確定的前提和條件下進行創造的。其中經濟的前提和條件，歸根結柢是決定性的。」恩格斯接著說，在同時，政治等等的前提和條件，「甚至那些存在於人們腦中的傳統」，也起到一定的作用——「雖然並不是決定性的作用」（恩格斯〈致約·布洛赫〉，一八九〇年）。

一部人類的歷史，是社會生產方式新陳代謝運動的歷史。從這史的唯物論出發，人類歷史，當然是物質生產者——即生產關係中能動的環節＝生產力（勞動者＋生產工具＋生產對象）——人民群眾創造的歷史。在勞動生產者的勞動過程中，取得了生產工具的發展。生產工具的進步，帶動生產力的進步，又從而帶動新的生產關係的形成，又從而造成政治、法律、科技、宗教……這些上層建築的進展。即使歷史上有個別傑出的政治家、思想家或科學家對歷史發展做出重要影響，也首先是他們個別人對特定歷史社會等決定條件的回應。沒有高度發達資本主義的呈露的矛盾、沒有工人階級和他們的鬥爭、沒有工人階級的覺醒、沒有改變世界的客觀要求、沒有社會主義先行者即諸烏托邦社會主義的產生及其在革命實踐中的挫折，就沒有馬克思天才的、科學性體系的產生。

陳芳明依照歷史唯心論，認為作家能主動地「回應」時代，能自主地選擇自己的創作方法。這是沒有文藝社會學起碼知識的說法。

前面說過，文藝作為一種社會意識形態，是社會生活的產物。因此，文學的創作方法（浪漫主義、寫實主義等等），也深深地打上一時代社會生活、社會存在的烙印。另一方面，在認識到文藝受制約於社會存在的同時，絕不忽視在藝術文學的創作領域中存在著極為細緻、幽微的、相對自主的領域。馬克思就在他著名的《政治經濟學批判》的〈導言〉中說過，「藝術……絕不是同社會的一般發展成正比例」，因而也「絕不是同……物質基礎之一般發展成正比例」。

然而，曰「不成正比例」，從另一面意味著不是正比關係的一定比例關係的具體存在。馬克思在那一段討論希臘神話之歷史社會條件的著名論述中，深刻地說明了只有在人類社會經濟的幼兒時代，才能產生現代機械化生產所永遠不能產生的瑰麗、天真爛漫和完美的希臘史詩。現代科技和生產方式必然扼殺古典時代的人以鮮活形象去認識、征服自然的偉大想像。但這樣的分析，畢竟還是生動地說明了生產方式最終對於文藝的曲折的制約性。

因此、研究社會生產方式的推移和文藝創作方法的演變，就成了各家馬克思主義文藝社會學的重要課題。我在九八年七月前引批評彭歌先生的小論中就提過，梅林在一八九三年發表的《萊辛傳奇》指出代表普魯士資產階級的詩人萊辛是德國封建主義的批判者。拉法格一八九六年發表的〈浪漫主義的源起〉把浪漫主義這個創作方法，依馬克思主義，與當時西歐資本主義之社會的、經濟的、階級的諸條件聯繫起來分析。今天，一般的馬克思主義文藝社會學對於西方文藝思潮（創作方法）與西方社會的關係，以最概括的方式，有這樣的理解：

從十六世紀到十八世紀，手工業基礎上的紡織作坊有所發展。航海技術和航海事業的發展，手工業商品基礎上的商貿，促成重商主義的商業資本主義擴張，對外進行掠奪奴隸勞動和珍奇資源的殖民主義。早在十七世紀到十八世紀，英國爆發了商業市民資產階級的革命，自由主義思想和資產階級議會制甚囂塵世。新興富裕商人、銀行家登上了歷史舞台。但這些市儈無文的新暴發的商人資產階級沒有自己的文化，遂依附沒落中貴族的風雅，以古典希臘羅馬的文藝為尚，發展出講究理性、均衡、優雅、嚴守格律的藝術文學，是為「擬古典主義」的思潮和創作方法。但從十八世紀初到同世紀七〇年代，法國有擬古典主義的悲劇家高乃依、拉辛、莫里哀，似乎都不曾像陳芳明所說「自主」地脫離一時代的社會條件去「回應」時代，各持各的創作方法。至於同時代英國在這擬古典時代發展出來的西歐第一代現實主義小說家群（狄弗、史威夫特、阿迪遜、費爾丁），我在小論〈災難〉中表示過，問題是這些作家似乎不能看成「自主」地一致以現實主義散文、小說的創作方法和敘述題材「回應」了時代，而是受到一定階段的社會、階級條件所制約。

從十八世紀中葉到十九世紀初，生產工具（機器）、能源動力，交通工具都發生了革命性變化。機械化、大規模、工廠制生產登上了舞台。西歐各國相繼發生工業革命。新生資本主義帶著自由競爭的性質在西歐展開。從十七世紀中葉開始，西歐各國先後爆發了資產階級市民革命，西歐傳統封建社會瓦解，現代工業資產階級和工人無產階級登上歷史舞台。

於是在西歐，一個全新、獨立的市民階級從封建宗法關係和宗教戒律中解放，帶來資產階級的個人和自我的覺醒。他們以詫奇的眼光、以作為個人的思想與感情看見瑰麗的大自然，任個人解放後的感情恣情流洩，想像、感傷、憂悒、孤獨、激動的感情澎湃。在文學上，摒棄一切古典格律、矜持、禁抑，而縱情謳歌湖光山色，馳騁個人想像、熱情與激情的浪漫主義成為十八世紀七〇年代迄十九世紀三〇年代六十年間，英國和西歐的詩人率皆以浪漫主義的創作方式留下了璀璨的詩篇的根源。但看來其中也沒有人獨立自主地以另外的創作方式去「回應」。

十九世紀中後，法國巴黎公社革命和經濟危機，標誌著西方資本主義進入了壟斷(或作獨占)階段。社會矛盾和階級鬥爭日著，科學的發展、理性主義哲學的出台，在十八世紀英國寫實主義小說成就的基礎上，十九世紀末到二十世紀初成熟為自由競爭資本主義向壟斷資本主義移行時期的新的文學創作方式——現實主義小說，求客觀如實地描寫資本主義下人的生活的實體和生活中的矛盾，時而寓意抗議和改造。而後極端的科學與理性崇拜，使激進的現實主義發展為細緻、宿命而冷酷的自然主義。現實主義的托爾斯泰、巴爾札克、福樓拜，自然主義的左拉、哈代等大師輩出。另十九世紀末到二十世紀三〇年代的現代主義，更是壟斷資本主義階段末期的創作方式，至二〇年代達於高峰，表現了高度資本化社會下的人的極端異化和虛無化，影響及於全歐。這都不是陳芳明的主體「回應」論所可解釋的。至於國家壟斷階段的資本主義（另作「晚期資本主義」）和後現代主義的文藝、文化現象間的聯繫，論評者已多，茲不贅及。總之，一種創作方式受一時代的社會經濟所制約，社會經濟透過同時代的哲學思潮，而形成一種文藝思潮，發展為相應的創作方法，影響一整代的文藝風格與思想，此豈是個人主觀「回應」論所能解釋！

關於現代主義

陳芳明說台灣的現代主義是國民黨和美國「相互勾結」引進台灣發展起來的。我在小論〈討論〉中說過，國民黨在五〇年代以權力發動「反共抗俄文學」的同時，有人同時提倡現代派繪畫，但不旋踵因為畢加索的共產黨背景把現代派壓得噤如寒蟬。六〇年代初，有第一次現代詩批判，是國民黨文藝協會——陳芳明所說「官方文學」派對現代詩加以撻伐。現代畫也受到新國粹派的批評。應該說，在一個時期中，台灣現代派很受到國民黨的疑忌。六〇年代中後，由於我們尚不知道的原因，現代派不但與國民黨團結了，而且和軍中政戰方面有友好關係。我在獄中時，《青年戰士報》每週有一個全版的現代詩週刊，說國民黨自始和美國聯手支持現代主義，不合事實。

陳芳明說「現代主義是帝國主義文化的延伸」，是一知半解的妄話。西方資本主義發展到壟斷階段，對於人和社會產生更大的腐蝕和傷害，使人與社會的關係、人與人的關係、人與客觀自然的關係和人與他的自我的關係發生嚴重、深刻的異化。從這巨大社會經濟變化對人心所造成的創傷出發，加上同時代唯心主義的、反理性主義哲學與思想的影響，產生了描繪上述四個方面嚴重異化的文學思潮與創作方法，即現代主義的創作方法。而因為壟斷資本主義時代正值資本主義發展為帝國主義的時代，所以一般以現代主義為帝國主義時代——即壟斷資本主義時代——的文化和文學現象。但從內容上說，現代主義極端的反社會、虛無主義、極端自我主義和反資產階級的性質，和吉卜林一類直接謳歌宗主帝國的權力、為帝國主大唱讚歌、睥睨殖民地土著的帝國主義文學是兩碼子事。說現代主義是「帝國主義文化」很不準確。

陳芳明說，台灣接受了現代主義之後，就由作家進行了「改造、擴充和本土化」，用現代主義來對國民黨統治表示曲折的反抗，為台灣文學建設了「新技巧」、「新感覺」……，總之，台灣現代主義好，做了貢獻！然而陳芳明才說過現代主義是「（美）帝國主義文化」。帝國主義文化為了更有效的支配殖民地土著文化，往往就要進行「改造、擴充和本土化」。日帝炮製「滿洲國」，就宣稱要建設一個「王道」的樂土。當年出席日帝大東亞文學會議的太平洋各日本占領區的代表，很多穿著民族衣服出席，示「八紘一宇」之盛。

陳芳明迭次說台灣現代主義對台灣文學有貢獻。對於現代主義的估價，最好要講一點實事求是，講「一分為二」。從西方現代主義文學藝術看，從其較好、較重要的作家和作品看，的確深刻、生動地反映了西方現代人在高度發達而非人化的資本主義下所遭受的心靈的創傷與愴痛，也確實表現出西方人在壟斷階段的資本主義下非人化、物化和異化，表現了現代生活中深在的矛盾。在一定意義下，現代主義對於發展創作技巧、形式，開拓和表現新的感覺和感性，有一定限度上的貢獻。但是，我們也要同時看到現代主義遮掩生活中的矛盾、誤導現代生活帶來痛苦的社會本質，而將矛盾與痛苦抽象化、絕對化為人宿命的、本質的傷痛、絕望、沉緬其中；現代主義放縱極端的個人主義、自我中心、悲觀和虛無，耽溺在瘋狂、倒錯的肉欲，而現代主義的極端化，往往達到了反文化、反創造，內含著虛無主義的破壞與毀滅性。除了畢加索、聶魯達、阿拉貢、托勒等以現代主義形式表現了對資本主義法西斯的批判，表現了對於解放和改造的憧憬，現代主義文藝一般地以逃避、自瀆、虛無去回答壟斷資本主義對人類社會的壓迫與傷害。

台灣現代主義的物質基礎，不是壟斷階段的資本主義，而是外鑠的、新殖民性的美國援助經濟帶來的，作為世界冷戰意識形態、與蘇聯「社會主義現實主義」相鬥爭的創作形式，帶有鮮明的文化帝國主義性質。這是我們對台灣現代主義的一般抱持批評態度的第一個原因。

其次，陳芳明說台灣現代派藉現代主義與政治疏離、「挖掘」「心理空間」，「從事內心世界的經營」，「避開敏感的政治議題」，說來也像是面從腹背的曲折的抵抗。在日本進行瘋狂的天皇崇拜和侵略戰爭時，幾乎全部的日本大作家、知識分子宣布「轉向」，為戰爭大唱頌歌時，唯獨大唯美主義者谷崎潤一郎始終不理會、不寫作，以獨特的風格貫徹了抵抗，保全了人格。但台灣現代派和國民黨權力的貼合，在殘酷打擊鄉土文學時的蜂湧而上的人，絕不是陳芳明說的「少數」。則與谷崎相比，「曲折抵抗」的真偽高低，雲泥立辨了。更何況，在台灣的法西斯統治最烈、現代主義最昌榮約五〇—七〇年代，仍儼然地存在著以鍾理和為代表的素樸現實主義，存在著黃春明、王禎和、施叔青、白先勇、蔣勳、吳晟、詹澈和後來的施善繼以及許多其他以現實主義刻畫台灣生活的作品。和現代派作品比較，這些現實主義作家和作品才真正迎向了人民和生活，表現了生活，而這其實就是表現了政治，絲毫沒有被嚴酷的法西斯體制嚇著，以致需要千方百計去「避開敏感的政治」，懦弱逃遁，和敵人苟好，甚至朋比為奸。

對於台灣現代主義採取消極評價的第三個原因，是自日帝統治以來，刻畫生活、表現生活本質而呼喚改造的現實主義，是台灣新文學重要而偉大的傳統。這個傳統在五〇年代初反共肅清中遭到慘絕的鎮壓，台灣喪失了簡國賢、朱點人、呂赫若、徐淵琛、藍明谷這些勇敢而優秀的批判現實主義文學的戰士，楊逵遭長期囚禁。現代主義正是在這血染的土地上由外人栽培出來的鬼魅蒼白的花朵。討論現實主義和現代主義在台灣，應該對這段兩種創作方法交替的歷史進行反思。反思之餘，對台灣現代主義的評價才能功過分明，實事求是。

關於孟代爾·詹明遜·馬庫色

陳芳明常常玩不懂裝懂、虛晃一招的把戲。他不懂列寧關於中國社會半殖民地性和半封建性的主張，卻說別人不懂列寧，裝作他很懂的樣子。關於「唐宋明清」的中國封建社會問題也一樣。現在他又在他所完全不懂的孟代爾、詹明遜和馬庫色上玩虛晃一招的障眼把戲。

陳芳明說「詹明信的寫實主義、現代主義、後現代主義的歷史三階段論法，乃是受到孟代爾有關資本主義制度下機器三階段論的啟發」。這是沒有讀孟代爾的一派胡言。

作為一種歷史理論的馬克思主義，不僅僅應用唯物辯證法去說明一個社會生產方式向另一個生產方式轉變與發展，也說明在同一個生產方式內部的辯證的演化。隨著生產力不斷的進步與發展，即使在同一個生產方式內部，也產生相應的生產諸關係的變化，從而對廣泛的社會經濟關係發生影響，在同一個資本主義生產方式的發展史中，就形成不同形態、不同階段、不同特質的資本主義。不是什麼「歷史的三階段」，而是指世界資本主義內部發展的三個時期。

其次，三個階段的探索，不是由一個思想家一次提出的理論系統。馬克思據以對資本主義做出天才的、經典分析的社會，正是自由競爭期的資本主義，表現為相對地中小規模的生產條件，表現為市場上比較「自由」、比較少受限制的競爭。列寧把馬克思主義同十九世紀世界資本主義具體條件結合起來，分析了資本主義從自由競爭階段，隨資本主義生產力進一步發展，向壟斷資本主義發展的過程，表現為資本積累與集聚的進一步發展，企業規模擴大，使其在某些部門或整個國家工業總產值、僱用工人數和動力設備等方面占有很高比重。大企業以卡特爾、辛迪加、康采恩、托拉斯等巨大獨占形式，壟斷市場、產品、原料和價格，達到獲取最大利潤的目的。列寧並指出，資本不間斷的積累與集聚，使大壟斷體對社會造成統治。壟斷體的統治，就是帝國主義經濟的實質。生產的壟斷化，促成資本對外擴張，成為帝國主義的基礎。發展列寧的壟斷資本論的重要思想家，還有美國馬克思主義者巴蘭（P. Baran）和斯威濟（P. M. Sweezy）等。

列寧也看到了壟斷資本向國家壟斷資本演化的勢頭。區別於壟斷資本論的國家壟斷資本論，是五〇年代蘇聯與東歐馬克思主義者比較明確提出的概念。迨七〇年代，鮑・傑索普（B. Jesop）和恩・孟代爾（〔Ernest Mandel〕雖然他寧以「晚期資本主義」而不是國家壟斷資本一詞來概括）都對這一階段資本主義做了深刻的分析。國家壟斷資本主義表現為壟斷資本體與國家政權的結合，實現資本投入、生產組織、規模和資本集中的擴大，以鎮壓社會的抵抗，力求利潤的最大化。

由此可見，資本主義三個階段論（不是什麼「歷史發展」的三階段論），是歷經馬克思、列寧、斯威濟、巴蘭、勃加哈（P. Boccara）、孟代爾和其他馬克思主義的思想家，依照馬克思主義基本原理，歷經百餘年發展出來的。從細部看，三階段的分期在各家論述中有微細的差別。不少學者不同意從壟斷資本主義階段再分出一個「國家壟斷資本主義」階段（孟代爾、斯威濟、巴蘭、波蘭查斯〔N. Polantsas〕就不十分同意「國家獨占資本」的概念）。但一般而論，資本主義生產方式的「三階段」說，很多時候是為了討論的方便所做的分期。

再說孟代爾著名的《晚期資本主義》。

孟代爾在這本書中要對二次大戰後世界資本主義比較快速、長期的成長，做出馬克思主義的分析和解釋。研究的結果，他預言戰後資本主義的持久、快速發展和相對充分就業的神話勢將破滅，繼之而預見世界資本主義要進入長期低成長時代，孕育著社會經濟的危機。《晚期資本主義》的要旨，在分析二十世紀資本主義生產方式展開的過程，思考「一般資本」在戰後期中運動的法則。在本書的第五章以前，孟代爾審視了戰前勞資間階級鬥爭、世界貿易結構的功能，「剩餘利潤」主要形式之演變、無產階級運動在法西斯主義興起和二戰中遭逢的失敗等等。接著，這本書開始分析戰後資本主義的新發展，論及新技術的登場，剩餘利潤之形式的改變，冷戰結構下持久的軍火工業資本的擴大，以及以跨國企業形式所體現國際壟斷資本的積累與集中。第十一章以後，則討論國際貿易中的不平等交換、持久性通脹和相應的信用擴張與收縮等等。

因此，說什麼孟代爾有一套「有關資本主義制度下機器三階段發展理論」，純粹是陳芳明又一個瞞騙打混的瞎說。大學教授的名器不是小事，做學問還是以老實嚴肅為好。

陳芳明為了遮掩他對馬克思主義的無知，幾次拉著也是他所不懂的「新馬」、「西馬」壯膽。從幾次往返討論，陳芳明的馬克思主義水平之低下，一覽無遺。對傳統馬克思主義幾乎一無所知的人，奢談「新馬」、「西馬」，是不老實嚴肅的另一個證據。

形形色色的所謂「新馬」，是要將馬克思主義與現代西方既有各派哲學與思想——例如弗洛依德、黑格爾、結構主義、存在主義等等結合起來的論述。顯而易見，有不少的努力是要把馬克思主義同與它相矛盾的唯心主義哲學結合起來的。雖然，這些形形色色的「新馬」思想中，自有一定成分的、有益的思想材料，協助人們探索西方現代社會的本質和變革改造之路。但，人所共知，「新馬」絕不是一個完整統一的體系，彼此間相互矛盾，不少還互相指責對方「背離了馬克思主義」。

馬克思主義，像一切科學性的理論，應該隨著時代與實踐發展。但既是馬克思主義的發展，就只能在馬克思主義基本原理、方法和原則，審度新情況、新問題，在實踐的總結中發展。列寧主義是馬克思主義在帝國主義時代的發展。孟代爾就強調，「晚期資本主義」概念的提出，絕不意味著對於馬克思《資本論》和列寧的帝國主義論之任何「革命性的修正與擴充」。孟代爾自許晚期資本主義論是列寧有關帝國主義理論的發展。其他斯威濟和巴蘭、勃加哈都可作如是觀，而被看成馬克思主義關於當前資本主義本質問題的、馬克思主義的發展者。

但馬庫色就不一樣了。在不同的階段，馬庫色放棄了歷史唯物主義(馬克思主義的核心)，嘗試讓弗洛依德、海德格和黑格爾同馬克思主義相結合。和弗洛依德相結合的馬庫色的「馬克思主義」，就會倡言解放不僅僅是政治和經濟的解放，也包括將性與本能從階級社會的禁錮中解放。這類說法固聊備一格，但也就沒有人會認真將他歸為嚴格意義的馬克思主義者了。但馬庫色的思想中強調一條：尊重思想和文化領域的相對自主性，從而反對因黨或運動的需要犧牲「馬克思思想的完整性」，倒是對馬克思主義強調社會意識、上層建築的相對獨自性的有意義的發展。

而詹明遜和馬庫色並不在一個範疇或領域。他的思想營為集中在以馬克思主義的方法論和原理原則去做文化批評和文學批評而卓有影響力。他以獨占資本主義的社會經濟說明西方現代主義文藝和文化；以晚期資本主義的經濟探索相對應的「後現代主義」文化和文學現象而著聲於世。他以馬克思主義分析資本主義商品生產過程的方法，去分析當前文化的資本主義生產與再生產過程，從而更深地剖析和批判文化、意識形態工業的本質。他認為馬克思的歷史唯物主義賦予歷史以具體內容，讓人們從而得以掌握歷史運動的法則。他論證，從馬克思和列寧出發，我們得以從文藝作品的「微觀世界」（或作「世界的縮影」）去「認識經濟基礎和上層建築之間的各個方面」。

因而從學術專門領域、從方法論、從對待馬克思主義的態度和立場，把馬庫色與詹明遜相提並論，就是又一個一知半解，虛晃一招的、不老實認真的證據。

殖民地和現代化問題

前文說過，陳芳明以他獨自的殖民地社會論終始其沒人理解的「後殖民史觀」，卻對於「殖民地」這個概念完全沒有政治經濟學的、科學的理解，以至於無法區別殖民地社會與一個非殖民地社會的文化、語言、人格、心靈諸方面的殘害。他竟不知道，人類自有階級和作為階級壓迫工具的國家以來，壓迫階級不但對被壓迫階級進行經濟掠奪和政治壓迫，也對被壓迫階級施加心靈、人格、語言、文化的損害。被壓迫階層在勞動現場、在消費和社會生活受到日常性的歧視，自卑自怨。下層階級的語言和文化不能登大雅之堂，古今中外，莫非如此。只有陳芳明才說「只有在殖民地」，語言等「文化問題才會變成政治問題……」，糾纏不清。

最近，他在他的〈面具〉一文中忽然說台灣是「島嶼上的殖民」和「西方殖民」的「雙重殖民」來說明他的「再殖民」說，這是他在〈台灣新文學史的建構與分期〉這個展開他的宏論之序章中有關「再殖民」部分所沒有的說法，明顯是因應論爭，作勢「進步」的臨時拼湊。國民黨和美國自一九四五年以後如何雙雙對可憐的台灣進行了「雙重」殖民統治，其政治經濟和文化語言的雙重性殖民壓迫怎樣分析，陳芳明一語帶過，也沒有交代。前文說過，美國和國民黨政府的關係，是美國為了它在東亞冷戰戰略利益，對台灣進行新殖民主義支配的總構造中的關係。而新殖民主義支配總是要透過當地的、與其合作的扈從政權（client regime）達到目的。國民黨政府——從兩蔣到李登輝，至於陳水扁政權——和美國勢力範圍下一切親美反共政權，即與朴正熙、蘇慕薩、皮諾契特政權一個樣，是美國新殖民統治的代理人。國民黨集團對台統治，不存在政治經濟學意義上的殖民統治，正如當年智利不是什麼美國和皮諾契特法西斯軍政集團的「雙重殖民統治」那樣，台灣的情況也不是。從理論普遍性說，陳芳明不否定「雙重殖民論」，就不能解釋何以一九四五年「再殖民」化後二十多年間只看到以中國認同為主題的類如《江山萬里》、《流雲》[3]這一類的作品。在陳芳明的文學史裡，難道要將鍾肇政先生和許多和他同輩同調的台灣作家，全劃歸「認同中華民族、宣傳中華民族主義」的「官方文學家」，從而讓這位台灣老作家戴上「中華沙文主義」的「台奸」文學家的帽子不成？

陳芳明關於殖民地概念的混亂，也表現在殖民地化和現代化的關係問題上。在〈面具〉一文中，陳芳明說「理性」驅動了西方「重商主義的崛起」、「現代國家的塑造」、「民主法治的建立」和「工業革命的誕生」。而且台灣人知道「理性」，竟還是日本人統治台灣時帶來的！這自然是陳芳明一貫的歷史唯心論。但是西方資本主義發展史告訴了我們，十六世紀到十八世紀上半，英國的手工業基礎上的紡織業有所發展，另航海科技發展，發現了新航路，展開了對殖民地奴隸勞動和珍奇資源如金銀礦的掠奪，使重商主義的搶掠加貿易興盛起來。在商貿中累致巨大財富的商人和銀行家等新興商業資產階級登場，對傳統的封建貴族和君王形成挑戰。從英國開始的市民資產階級革命，宣揚新興資產階級的自由主義和議會制度的思想成為一時代的新思潮。十七世紀中葉以後，西歐各國相繼發生新興資產階級革命，形成現代資產階級的國民國家。客觀的歷史事實是：生產工具的進一步發展、航海技術、航海事業的進步、新航路的發現，以及對殖民地奴隸勞動的殘酷而血腥的掠奪，對殖民地黃金和白銀最貪欲的搶掠，對殖民地奴工最非人化的役使——而不是什麼「理性」，驅動著現代資本主義歐洲的展開，而後生產力又因新能源、新動力、新的機械化大規模工廠生產，促動了科學與技術的進步，斯而後發展為崇尚啟蒙、進步、科學和「理性」的哲學與思想。

主張日本在台殖民使台灣現代化，主張「殖民地台灣住民對於理性的認識與理解，是通過日本殖民體制的建立而接觸到」之類的歷史認識，是陳芳明和他那一夥人以至於台灣教育當局今日的霸權論述。但這是一種意識形態先行的刻板的、「政治正確」的爛言，不符合事實。

出於防衛受到日本和法國覬覦的台灣之痛切需要，早在一八七四年沈葆楨渡台後，就開始台灣的現代化建設工程。據研究資料：台灣的現代化始於建省的前後，在清廷著名洋務派中堅沈葆楨、丁日昌、劉銘傳主持下，二十年的經營，台灣出現了全中國最早的自辦電報和新式郵政事業，出現了全國最早投產的新式大規模煤礦。鐵路的鋪設、電話電燈的建設，新式學堂的開設，新式貿易船隊的組成，民族資本和民族資產階級的登場，也都在這十九世紀九〇年代之前發生。和稍早大陸洋務建設之注重封建的官督和官辦，台灣相對地鼓勵台灣民間資本和僑商的投資經營，有相對進步性。此外，不同於大陸封建地主豪紳階級之阻撓改革建設，當時台灣的紳商對現代化工程則表現為積極的捐資和投資，使現代化事業在台灣開展得比較順利。儘管格於歷史的各種極限，台灣在清末的現代化建設過程中不免也有個別弊病。但總體看，日據前在台灣的現代化的績效仍然相當可觀，使台灣成為全中國少數最先進的省分之一。說台灣人認識「理性」是拜日本殖民之賜，是妄自菲薄，是民族劣等主義，美化了日本帝國主義。

陳芳明基本上是強調殖民主義在最終之正面的、文明化作用。所謂「晚到的」現代化，「早熟的現代化」，歸根到底，還是「現代化」了。陳芳明一再強調日本對台灣的殖民使「現代化知識崛起」、使「資本主義」「擴張與再擴張」，說明了他的殖民主義有益論。

看待殖民統治和殖民地「現代化」之間的聯繫，應該依據世界史中長達五百年的殖民史，根據台灣殖民地歷史經驗，實事求是，講殖民主義的雙重作用，一分為二。

馬克思關於殖民主義一開始就看見其相互辯證的兩面性。他首先以憤怒之情，看見殖民主義的野蠻和破壞。他指出帝國主義以「自由貿易」，對殖民地進行不等價交換的「殘酷的、敲骨吸髓的過程」。總結西方漫長的殖民史，殖民統治為了在殖民地掠奪財富、繼續暴力統治，在經濟、政治和文化上用盡了最殘暴的犯罪手段。其歷史遺留的為害，今日前殖民地廣闊的第三世界之積弱、經濟依附化和不發達，社會發展畸形化、文化衰敗、教派與種族紛爭和內戰不息，相當程度上都是幾百年殖民統治的結果。作為曾經被殖民民族的知識分子，尤其要充分地、清醒地、批判地評價殖民地的野蠻性和破壞性。

在充分認識殖民主義的殘酷和破壞性基礎上，馬克思主義者也認識到殖民主義的、一定程度和意義上的「文明」與「建設」作用。為了遂行殖民地剝削，殖民主義必須先把被剝削者納入資本主義運作的體系，使之進入資本主義商品經濟領域，甚至有時還使殖民地取得一定程度上的資本主義改造，以利帝國主義的工業、商業和金融資本得以在殖民地順利運行，進行掠奪。另一方面，殖民統治在掠奪殖民地財富的機制中，伴隨著對殖民地人民人格的百般蹂躪，文化的破壞，血腥甚至滅族的屠殺，一方面又為了培養被其同化的、充當殖民統治下層職員幹部而推廣限於殖民地需要的現代教化。殖民者在殖民地社會中一切的變革，如鐵道的敷設，資本主義生產方式與商品的引入，現代教育和衛生施設，改革若干傳統習俗，甚至極有限的參議權，都是為了殖民統治和剝奪的效益，無不是為了鞏固殖民體制，為了殖民地剝削的最大化。殖民主義客觀上摧毀了殖民地傳統落後的生產方式，但這種對舊體制的破壞有一定的限界，例如保留殖民地半封建構造，和半封建勢力相溫存，使殖民主義帶來先進的生產力遭到扭曲，不能充分發展。馬克思在論及英國在印度的殖民時說，「(英國)殖民主義統治所能做的，只是為建立新社會(指資本主義社會)奠定物質基礎。」但「印度人民若要真正收穫殖民統治播種的新社會因素的果實，就要靠自己起來革命，推翻殖民統治」(馬克思〈不列顛在印度統治的未來結果〉)。殖民主義一切野蠻、破壞的作用都出於殖民者的自覺。而殖民主義造成的「文明化」、「建設性」作用，無不出於殖民者不自覺的結果，「充當了歷史的不自覺的工具」。

在上述殖民主義「雙重作用」的認識前提上去看陳芳明在〈面具〉中關於一八九五年到一九一五年間殖民地台灣的現代化論，就顯出其片面性的破綻。一八九五年到一九〇四年日帝推動的土地山林調查、幣制和度量衡統一化，外資驅逐和海關職權的獨占，只能算是為日本壟斷資本入侵台灣前的「基礎工程」。一九〇〇年日本三井系設立「台灣製糖」以後，新式製糖工業迅猛發展，在糖廠數、產量、生產能力上都有巨大發展。台灣「在來米」的蓬萊米改造，帶來米作生產的進步。但我們也應該看到「土地林野調查」的過程也是對台灣抗日游擊勢力的血腥鎮壓的過程。土地林野調查的「現代化基礎工程」，實際上是依照日本壟斷資本的需要對台灣殖民地社會經濟進行構造改革，以與日本帝國主義經濟的邏輯相磨合。新的資本主義糖業之發展，是日本製糖資本的排他性壟斷，台灣本地資本主義製糖資本被強權壓抑和排除，和消滅台灣本地傳統製糖資本(糖廍資本)的過程。而原料蔗與蓬萊米的農業栽培過程，是以半封建小農制地主佃農關係為其基礎，這就遏制了台灣農業的資本主義現代化，從而把半封建地主佃農制對廣泛農民的壓迫體制固定下來，與日帝對台統治相終始，使廣泛農民淪於貧困的深淵。這是經濟社會方面。

據統計，一九二二年台灣人小學以上程度的受教育者只占全人口的百分之二十九。一九一五年，上職業學校的台灣學生只有一六八人，一九〇〇年，接受師範教育的台灣人一九五人，一九〇五年，上中學的台灣學生一三六人。這是日本人把「理性」帶給台灣人的實際情況。當然，儘管殖民地台灣人接受新式教育者不多，但相對說，開始有人受現代教育，也是一個進步。但是，我們也不能不知道日帝殖民教育中存在著嚴重的民族歧視。一九二〇年，台灣學齡兒童就學率是百分之二十五點一（相對於日童的百分之九十八），一九二八年，就讀經濟專門學校的台生七十人（相對於日籍生的三百三十八人）。甚至到了一九四一年，台中農林學校的台籍生只有一人（相對於日籍生的一百六十人）。此外，小學校與「公學校」間師資、學制、課程、教材的雙軌歧視，日台籍教員在待遇、人格上的不平等十分普遍。這是在日帝據台的二十年中藉現代教育把「理性知識與進步文明傳播」到台灣的具體情形。日本藉現代糖業壟斷資本與半封建的地主佃農體制並存的殖民地台灣，是台共兩個綱領所科學地分析了的「先進資本主義和封建殘留結合起來的社會」，也就是通稱「殖民地半封建社會」，根本不是陳芳明所說接受了什麼「晚到的現代性」的「早熟現代化」社會。正如著名台灣經濟史學者劉進慶所說，日據時代的台灣，是「日本早熟的資本主義與充分成熟的台灣封建經濟」互相結合碰撞的結果。

於是順便說到偉大的台灣作家賴和的啟蒙論。

陳芳明說「賴和主張台灣人應該接觸現代知識以達到啟蒙的目的」。但賴和又「知道民眾接受現代知識之餘會被滲透殖民化思想」。因此賴和「在某種程度上」「不願見到台灣民眾接受日本人的現代教育」！對於畢生以文學創作、以時論和社會實踐從事反日啟蒙運動不遺餘力的賴和的關於啟蒙的思想，做出這樣離譜的概括，其不知其何所據而云然。

論及賴和關於殖民地下的啟蒙和現代教育的思想，不由得想起他的一篇具有十分重要的思想意義的隨筆〈無聊的回憶〉。

在指出新式教育中存在的相對合理性（學童較不受拘束，有遊戲時間），賴和敏銳地指出了殖民地教育的目的在養成中介於殖民者和本地人之間的下層幹部，即廣泛的「保甲長」和「位極巡查」、「世稱大人」的人物，以及「青年壯丁團」團員和「通譯」一類的人，而不是真正受「理性」與「現代知識」培育的現代人。賴和看到，所謂殖民地新教育的內容，無非是日本語和「修身」，皆日帝對學童的語言與思想強制同化教育。

賴和回到自己幼小時代的視角，表達了貧困庶民對殖民地下新式教育的階級歧視的忿怒。賴和借稚子之口詰問，既人皆應以讀書為要，但現實上窮人又上不了學，難道窮人就不是人了嗎？為什麼讀書要錢？難道錢比做人、比讀書還重要嗎？稍後，賴和又說，漠然地上學讀書，實不若在思想認識上真正的啟蒙。賴和談到日據下現代教育中台灣教師和學生遭受民族歧視。因此賴和不只對殖民地教育存在的民族矛盾有認識，也深刻認識到其中相伴隨的階級矛盾。

賴和指出了殖民地的貧困庶民對日本新式教育的民族反感。人民群眾痛感到殖民地新式教育製造出離脫自己民族，充當假日本人（「讀日本書做什麼，我們不要做日本仔，也沒有福氣做大人，我們用不著讀書。」）的反感。這種反感，具體地來自他們平時受到「保甲長」、「位極巡查」的「大人」、「青年壯丁團」團員和「通譯」等假日本人的威暴是分不開的。

賴和也清醒地看到殖民地的雙重作用。在談到廣大台籍學生因民族歧視被排除在現代教育門外之不幸時，賴和說，「時代進步了……但時代進步怎地轉(反)會使人陷到不幸的境地裡去？啊！時代的進步和人們的幸福原來是兩件事……」賴和看到殖民地現代化和人民的不幸是相互聯繫在一起的。

最後，賴和對日據下新教育提出了一個具有十分深刻的後殖民論的批評。在殖民機制下，大多數殖民地知識分子是為了充當介於殖民者和土著人之間的，「賺錢」比商人還多的保甲長、通譯、巡查和壯丁團員，所以和殖民地人民群眾間自然有對立性。因此受殖民地新式教育「出身」的人和「畢業生」，現實上和他的同民族人剝離了。同族人民視「出身」者和「畢業生」為必欲脫離本民族去「做日本仔」，做幫助日本人鎮壓同族人的「大人」的人。這些人於是在現實生活中受到人民嘲笑，高不成低不就，終日遊手在家。賴和以自己的體認道盡了殖民地知識分子一方面被從同族分離出去，一方面又絕難被殖民者平等接納的苦悶。法．范農所說「黑皮膚．白面具」的愴痛與尷尬類之。

但賴和不以分析殖民地知識分子的矛盾為已足。受到日本殖民地新式教育的他終於決心拋棄了殖民地新式教育給他戴上的「白面具」，即「出身」者、「畢業生」、候補「大人」的白面具，「還我本來」，回到同族的人民中去，甘於回到「農人子弟」、「戴上笠子挑著糞」的本來身分。

這如何能解讀為賴和「在某種程度上不願見到台灣民眾接受日本人的現代教育」，使他在「啟蒙與反啟蒙之間顯示了」「兩難心境」！

〈無聊的回憶〉是賴和揭發殖民地新式教育的帝國主義本質，分析新式教育的民族與階級歧視，分析新式教育造成殖民地精英與本族民眾分離，分析了殖民地民眾對殖民地教育的民族與階級忿懣，最後呼喚殖民地現代知識分子回到自己的民眾中去。在啟蒙問題上，賴和反對殖民地的制式的、漠然的讀書，而強調「人的認識」的啟蒙（「重要的是在用（的）這一邊，不是在讀的方面。所謂重要乃在人的認識，不是書的本身」）。賴和為反日反帝的啟蒙運動奉獻了畢生的精力，世所共知。揭破殖民地教育的帝國主義本質，強調形式知識之上的「人的認識」，號召回到人民中去！在殖民地下，世上有比這更為啟人心志，發人深省、強而有力的啟蒙嗎？陳芳明對賴和啟蒙論的詮解，不能不令人對他的台灣新文學史的「建構」與「書寫」揑一把冷汗。

關於語言問題

陳芳明和他那一派人總是喜歡強調殖民地台灣的文學，自始就白話文、日文和閩南語並用，藉以強調台灣殖民地化以後在語言與文化上與中國殊途，台灣自主性形成。但歷史事實不支持他們的說法。

一九二〇年，台人反日啟蒙雜誌《台灣青年》在東京的台灣留日學生中發行，語言是漢語白話和日語幾乎各半。在日本統治二十五年之後，一整代（雖然人數在人口中占很小比率）能讀寫日文的新知識分子出台的條件下，在宗主國的東京發刊的雜誌，一開始漢語白話就占一半篇幅，是有堅持民族種性的重大意義的。一九二二年改刊《台灣》，語言篇幅也日中各半。但到了一九二三年改刊《台灣民報》，自其一期至七期全部使用漢語白話，原因在「專用平易漢文，滿載民眾的知識，宗旨不外啟發我島文化，振起同胞民氣」。台灣陷日二十八年的當時，志士仁人為了「啟發我島文化」、「振起同胞民氣」，竟全面使用漢語白話，「漢文」使用是隨殖民支配時間而擴大，不是縮小。第八期以後，為了照顧在東京較年輕的讀者，把被迫休刊的《台灣》中日語部分併入民報，至一九二七年《台灣民報》遷台，仍維持中日語各半、漢語稍多的比率。一九三二年，日刊《台灣新民報》在台發刊，改以中文為主體（三分之二篇幅）日文為副（占三分一篇幅）的語言比率，迨一九三七年日本發動侵華戰爭，才被強迫全版改為日語，中文全面在出版物上被禁絕。自一九二〇年到一九三七年長達十七年間，即日本據台四十二年間，中文在殖民地台灣表現為印刷品上的文章（包括文學創作與評論）書寫語。今日翻閱舊帙，中文語言之流暢通達，令人印象極深。民族語文／國家語文的成立，一個重要條件，是能普遍使用於印刷傳播物而受到廣泛接受，其次是能產生文學（和論說）作品。台獨學者好以日據下日語使用來「稀釋」殖民地台灣文化的中國抵抗性，是行不通的。

至於賴和在作品中使用台灣土白和少數一些有漢字表現的日語，考慮到賴和完全有能力寫完整優美的白話文，他的採用台灣土白和漢字日語，應該理解為他實踐「大眾文學」路線的語言方針而不是另立「台灣主體」。賴和在〈一個同志的批信〉後停止了用台灣土白寫作，也很能說明事情。把台灣土白，中文白話、日本語分立並論，甚至還把台灣土白再分漳泉和四九年後來台的「外省」語紛立並陳，罔顧語言學知識（閩南語的漳、泉、廈語以及客語中的海豐陸豐，「外省人」語中廣泛的北方官話系、吳語系、閩語系、西南官話系等廣泛的語言，全是中國的方言，文字、文法相同，詞語也大率相同，只有語音因歷史變遷，有些部分甚至不能相通）。

對於國民黨的強權性語言政策，陳芳明抓不到問題的核心，卻呶呶不休。我們指出語言的強制本身不能據以區分異族殖民主義的語言，統治和民族國家建設國家語的強制的區別。十八世紀的法國對使用「不純正法語者」科以反革命極刑之罪。另一方面，也不是所有殖民者都一定強要被殖民者拋棄母語、強學殖民者的語言。在殖民主義早期階段（十八世紀），英國東印度公司統治者在殖民地印度的文明教化上幾乎沒有採取任何措施。英國統治印度的前半個世紀，沒有在印度設立任何一所英語學校。最早的印度買辦階級，是從傳教士那兒學到了破碎的英語。

荷蘭人也對在東南亞各殖民地教荷語毫無興趣。在一個時期，殖民者不把自己的語文教給被殖民者，避免殖民地人通過英語、葡語、荷語接觸現代知識，引發殖民地人的反叛。殖民地與非殖民地的判準，基本上在強大民族對弱小民族的帝國主義經濟社會支配構造。至於殖民地文化、語言、政治的迫害，是這個支配構造派生的結果。

關於國民黨推行國語時為眼前一般論所詬病的強橫，曾健民先生在他的最近的研究中有重要的發現，足以推翻不憑材料憑空臆想的論說。當年「國語推行委員會」指導者何容先生和當時省府機關報《台灣新生報》主張國語的推行與（台灣）方言的保存應並行不悖，並主張台灣話是中國方言之一種，保存了更多古漢語的要素，不可加以訕笑和歧視。學會國語是應該的，但不特別光榮，而沒學會國語，也並不可恥。重要的是要把台語從日語支配中解放出來，「恢復其作為中國方言的地位」。光復後國民黨的國府官僚認為，推行國語不應禁台語而應禁日語。因為鼓勵台語即所以推行國語。這樣的眼界和襟懷，自然為陳芳明們所不能理解了。

關於一些雞毛和蒜皮

陳芳明在面對他的所謂台灣「社會性質」和台灣新文學史的「建構」、「書寫」的本論上受到難以招架的批判之餘，喜歡轉移目標，節外生枝，扯上一些雞毛蒜皮，糾纏一番。

先說出版周明（古端雲）先生的《台中的風雷》（原名《在追隨謝雪紅的日子裡》）的經過。周明先生將書稿首先在我的朋友葉芸芸女士在美國出版的《台灣與世界》月刊上連載。連載後周先生表示希望能夠在台成書出版，葉女士來信問我的人間出版社有無出版機會，並將周先生已連載書稿寄給我看。當時我與周先生尚未認識，在葉女士受周先生之託代理洽商出版事宜情況下，葉女士全權代表了周先生商定由我在台出版。不料周先生又在上海與陳芳明洽商同書的版權，事先事後皆未與葉女士聯繫，葉女士對於這突然的變化也感到驚訝。本來出版協約既未簽定，作者自然可以改變出版社的選擇。無如當時我對於四〇年代末奔赴大陸的台籍前輩中部分人士間複雜的政治和歷史糾葛毫無所知，更不知現實上存在著擁謝（雪紅）與反謝的矛盾，連帶地對極「左」時代的中共也有一些切身的怨恚。周先生固然可以給任何別人出版，但我當時天真地擔心周先生在大陸不知道陳芳明人盡皆知的政治色彩，一旦出書，會使不知情的周先生在大陸為難，因此才請在上海的朋友轉告情況，不料引起周先生的誤會，以為我挾人事強迫他答應出版，其間周先生寫了幾封信給陳芳明，把由此事引起他對中共的不滿也和盤託出。及至陳芳明在〈冷戰體制下的告密文化——答出版商陳映真〉發表，我才對這幾件事實感到震驚：一是周明對陳芳明的深深的信賴，到可以將身在大陸的自己內心政治上的傾向幾無遮掩地透露的地步；二是這樣深受信賴的陳芳明居然為了打擊陳映真而不惜將周先生寫給他的私密信件在台灣公開披露，完全不必考慮到周先生的處境。手段狠毒，令人瞠目。至於周先生寫給陳芳明的書信內容，陳芳明在上揭文章中有不少引述，可以覆按。對這件事，後來周先生在來信中表示了遺憾，並和我簽定了出版協約，我兩次到上海的醫院去看望過療養中的周先生，親致微薄的版稅，相談甚歡。現在周明先生應該在台灣，其中種種，周先生最為清楚。但陳芳明決然不顧周先生的處境和周先生對陳芳明最深的信託和友誼，公開周先生不方便公開的私人信函，這是不是才是一種公開的告密呢？

關於余光中問題，本來就與陳芳明沒有直接關係。我長期隱而不發，主要是要恪遵今已物故的鄭學稼先生和一些長輩的好意勸諴。事隔多年，陳芳明把我對台灣現代主義的批評說成我與現代派一些個人私下的恩怨，說成當年現代派給鄉土文學派扣帽子，是因為我先愛說人家是「買辦知識分子」（事實上我從沒有這樣做過），刻意把鄉土文學論戰中，現代派裡一部分人依恃法西斯權力，對鄉土派施加反共法西斯的、必欲致人死命的打擊之在道德上和政治上的卑劣行徑，加以稀釋淡化。我長久以來知道當時深得余光中信賴的陳芳明握有余光中向他透露的最邪惡的毒計的私信，而陳芳明至今猶一副事不干己、若無其事的表情，而且一度為了在台獨派中洗清他和余光中的關係，陳芳明重施故技，把余光中的私信悍然公諸於世。余光中給陳芳明的那一封「長信」和「附寄」給他的「幾份」深文周內的「影印文件」聯繫起來的政治和道德意義，決定了收件人陳芳明與這件黑暗的陰謀的關係和責任。收到過余光中這駭人聽聞的密告信的陳芳明，至今還在說審美與政治應該分開。余光中的文學評價和「文學造詣」可以見仁見智。但歷史終將告發的是余光中的人格與人品，和為罪行刻意緩頰掩飾的共犯者。

陳芳明說我在台灣「享盡了台灣自由主義傳統的好處」，「享有島嶼內部的言論自由」卻利用這自由去「肯定中國毛氏的新民主主義」云云。這讓人想起戒嚴時代王昇將軍一類人對當時台灣自由主義者、黨外運動家之對時政批評所做忿怒的斥責與威嚇，不值一駁。但有兩點要說一說：其一，台灣的民主運動史不能只寫五〇年代末以後從「自由中國」運動以迄黨外運動的過程。一九四六年到一九四九年台灣學生、作家、知識分子、工農和大陸上反對國民黨統治下的帝國主義和封建主義的、民族民主鬥爭互相聯繫的民主運動，也應包括進去。在四〇年代台灣的民主主義鬥爭，表現為一九四七年元月台灣學生響應沈崇事件的反美運動，表現為二二八爭取和平建國、民主自治的鬥爭，表現為事變後蓬勃發展的地下黨的鬥爭，表現為一九四九年鎮壓台大和師院進步學生與進步作家（楊逵）和編輯人（歌雷）的「四六事件」。台灣的民主主義鬥爭，絕不是陳芳明台獨一派可以一手遮天，獨家包辦的。

一九六八年我的投獄、一九七九年十月我遭情治機關留置三十六小時，雖然在台灣新民主主義運動史上算是芝麻小事，但許我謙卑地說，對於反對台灣反法西斯的民主主義鬥爭，我是有綿薄貢獻的，至少比起機會主義地「流亡」在沒有警備總部的海外的「在地左派」和「革命家」們，貢獻應該大一些吧。有一點貢獻，我就有權利發言。雖然我們追求的民主自由並不止於資產階級票選制的民主自由，而是廣泛生產者討論和決定共同命運的那種民主與自由。

我一貫主張民族的分裂使民族殘缺化和畸形化。反對外國干涉，促進民族的統一和富強，是台灣左派為之鬥爭的歷史旗幟；增進民族團結，共同建設新的中國，是四〇年代楊逵先生以來台灣前進的知識分子的重責大任。對這主張，我至今沒有動搖過，沒有掩飾過。

至於我的「中華民族主義」立場，我自少及今，立場一貫，不曾動搖。有些人，到了三十多歲的一九七八年還在說：「第一，《龍族》同人能肯定地把握住此時此地的中國風格；第二，誠懇懇地運用中國文字表達自己的思想……」，還熱情洋溢地吶喊過：「龍，意味著一個深遠的傳說，一個永恆的生命，一個崇敬的形象。想起龍，總想起這個民族，想起中國的光榮和屈辱。如果以它作為我們的名字，不也象徵著我們任重道遠的使命嗎？」今日，當陳芳明回看在他而立之年的「中華沙文主義」的「病態民族主義」之「虛偽」、「落空」的話語，不知如何自處？在台灣新文學史上，有一條任何意識形態所不能抹殺的傳統，即偉大的中華民族主義傳統，表現為日據台灣新文學大部分堅持漢語白話作品和一部分以日語寫成的文學作品中光輝磅礴的反帝中華民族主義，表現為賴和、楊逵孜孜不倦，堅毅不拔的反日愛國主義鬥爭，表現為簡國賢、朱點人、呂赫若、藍明谷、徐淵琛的地下鬥爭和英雄的犧牲，表現為楊逵在戰後奮不顧身的合法鬥爭和長期投獄，表現為以中華民族認同批判外來現代主義文學要求建立民族和大眾文學的鄉土文學論爭。我自覺地以忝為台灣文學這愛國主義、民族民主鬥爭的偉大傳統中微小的一員，感到自豪。以戒嚴時代的、腐朽反動的辭語扣我通北京、通共產黨的帽子，隨著大陸崛起的不可遏止的形勢，隨著大陸發展的實相漸為反動派所不能遮天，陳芳明的反共煽動終竟是徒勞的。

一九八九年六月四日，北京發生了令親者深痛、仇者大快的「天安門事件」。全世界資產階級反動派自然要牢牢地抓住這絕好的機會，進駐北京，把事件細節二十四小時向全世界播送，製造全球性反共反華輿論，把事件定名為「天安門屠殺」，事後並對中共施加包括經濟制裁在內的國際性敵對措施。陳芳明和一些反共反華派從而對於我在九〇年春率「中國統一聯盟」訪問北京之事和天安門不幸事件聯繫在一起，說我「如此仇視（台灣）民主運動，如此憎惡台灣人民，為了中國民族主義，他完全站在北京統治者的立場」。

但陳芳明們的反共攀誣是禁不起檢驗的。從天安門事件開始階段的一九八九年五月四日，一直到令人沉痛的六月四日，我所主編的《人間》雜誌就派了三、四個記者在北京現場進行深入的採訪。可以驕傲地說，我們是唯一的媒體，不受任何反共國際大媒體的壟斷，自己深入北京現場和民眾中，透過自己的視景窗拍攝大量的現場照片，訪問過無數現場中的大陸人民，以自已的視角寫深度的報導，在事件的第二個月即八九年七月號上以特集方式發表。組織起來的文章有劉灝的〈黨中央為什麼怕群眾？〉，報導了八九年五月二十日人民向大陸官倒系統宣戰的「北京人民公社」的鬥爭與失敗；有洪湖寫的〈矛盾與矛盾的對話〉深入報導了在北京天安門事件和台北中正紀念堂的學生運動背後存在的矛盾的本質；還有我寫的評論〈等待總結的血漬——寫給天安門事件中已死和倖活的學生們〉嚴肅要求中共當局對「六四天安門事件」做出實事求是、公正客觀的調查，擺出具體事實，說出公平的道理，並正確處理之。另外，同年《人間》九月號，也刊載了歷史學者戴國煇先生的關於六四事件極具社會科學深度的評論〈嚴殺盡兮棄原野——為中國同胞之生命傲骨悲悼〉，引起有識者廣泛的好評。總字數三萬多字，現場拍攝選用照片近三十幀的獨立採訪，是當時一切中文媒體所不多見的歷史文獻，讀者自可覆按。陳芳明們的反共反華的法西斯帽子，我戴不上。我認為，天安門事件，不論如何，中國共產黨要負最後責任。但責任要實事求是地從事件調查中去評估，從而做具體處理。

陳芳明用台獨民粹主義編派我「不愛台灣」。光是《人間》四卷四十七期全卷所表現我對台灣生活人民最真切的顧念，豈陳芳明們空口的「台灣人」所能望我項背。正是八九年七月號這一期，《人間》以「各自唱各自的悲歌」為特集的題目，一共組織了七篇圖文並盛的特寫，報導了大陸天安門事件、台灣五月學運和遠東化纖工人大罷工事件。我們與陳芳明不同，關懷人民的民主主義運動，是不分大陸和台灣的。

一九九六年，我和台灣另一位著有學望的胡佛教授獲頒中國社會科學院榮譽高級研究員的稱號。對此，我深感名實不配，但也因中國社科院所團結的海內外上千位傑出的社會科學家，分享了光榮。陳芳明既然那樣憎惡和鄙視中國和中國人民，似乎就大可不必為我倖得的光榮嫉恨交加，頗失體統了。

關於當年一個美國記者在《亞洲周刊》上的歪曲報導，我不屑一辯。我一生不渝的政治選擇和實踐，皆足以充分說明訪問記錄的謊言。陳芳明說「刑餘之人」的「刑」指的是宮刑。《宋書．顏延之傳》載顏延之斥責權僧慧琳曰，「……此三台之坐，豈可使刑餘居之！」原來古時犯法受刑之人，常有髡髮黥面的懲處。僧人無髮，所以顏延之以「刑餘」刺慧琳。「刑餘」泛指受過法律制裁而受不同刑罰之人，這自然是陳芳明這種把中國歷史和學問當作外國史，當作東洋史和「漢學」，自外於中國的半調子「漢學家」所不懂得的。

六、結論

經過幾次有關台灣社會性質和台灣新文學問題的辯難，可以有幾點結論：

（一）陳芳明有關日據以降「殖民地」社會→「再殖民」社會→「後殖民」社會「三大社會性質」推移的「理論」，既完全不合乎陳芳明不懂而又硬裝懂得的，馬克思主義歷史唯物主義有關社會生產方式性質（＝社會性質）理論和原則，也禁不起一般理論對知識、方法論、邏輯等要素的即便是最鬆懈的考驗。因此，不能不說，陳芳明「歷史三大階段」論，所謂「後殖民史觀」不論從馬克思主義的生產方式論，或其他一般理論的基本要求看，都是破產的理論和史觀。

（二）因此以破產的、知識上站不住腳的「三階段」去「建構」和「書寫」的、他的「台灣新文學史」之破滅，也是必然之事。

（三）格於戰後台灣的思想歷史的極限，這次的論爭，從台灣馬克思主義思想發展歷程上看，大都只圍繞在馬克思主義最基本的政治經濟學概念上打轉，許多問題都是三、四〇年代一個用功的中學生可以解決的問題，層次不高。這當然是與爭議的一方陳芳明在馬克思主義和一般歷史社會科學知識理論水平之低下密切相聯繫的。

（四）因此爭論中由我們提出的比較重要的理論課題，尤其是台灣資本主義性質問題、日據以來台灣各階段生產方式的推移問題，以及與之相應的台灣新文學思潮、創作方法和文學作品的關係等亟須深入、反覆討論的問題，沒能產生更縱深的展開。這自然也和陳芳明的水平之低下有密切關係，只能期待後之俊秀起來接續這些台灣左派當面核心問題的討論。

（五）遺憾的是，這次爭議中還是時代錯誤地出現了企圖以反共反華的恫嚇、例如類似說我親共通共的手段，與戒嚴時代的幾次爭論中國民黨文特的技倆如出一轍，使爭論留下汙點。台獨式反華反共的民粹主義咒語，和戒嚴時代反共防諜的羅織，無論如何，是無法以之替代真理的。

（六）因此，從陳芳明對於我們的批判所做的全部回應，已經明白宣告了他的「歷史三階段論」的破產。為了不必使陳芳明硬撐的「歹戲」連連「拖棚」，浪費《聯合文學》珍貴的篇幅和我們的筆墨，今後陳芳明如果沒有提出相關的重要理論課題，如果還是喋喋不休地以無知夾纏不已，我們就把論爭的是非留給今世和後之歷史去公斷，不再回應了。當然，如果今後將陸續公刊的陳芳明的《台灣新文學史》中出現重大謬誤，不得已之下，還要討教商榷一番的。

初刊二〇〇〇年十二月《聯合文學》第一九四期
收入二〇〇二年九月人間出版社《台灣新文學史論叢刊3・反對言偽而

辯——陳芳明台灣文學論、後現代論、後殖民論的批判》（許南村編）

二〇〇〇年十二月

1 即本卷所收〈經濟全球化和文化的自主防禦〉一文，但下列引述段落，自「十分接近資本主義的生產體制」此句開始，已為《文藝理論與批評》初刊版刪節。

2 梅岩《清算改革開放20年：中國20年「改革開放」回顧與評說》，香港：夏菲爾國際出版公司，一九九九年。

3 一九六一年到一九六四年，鍾肇政陸續完成了「濁流三部曲」：《濁流》、《江山萬里》、《流雲》。

鼓舞

重新發現范泉先生（一九一六—二〇〇〇），是這世紀之交海峽兩岸文學界十分重大的收獲，也是包括台灣在內的中國當代文學史上一個重要事件。

早在艱苦的抗日戰爭的晚期，年輕的范泉就在孤島上海苦心收集了有關台灣文藝的日文資料，一面在敵偽的虎視下對侵略者進行果敢的文化鬥爭，一面又滿懷著對同胞親人的情感，研究祖國失喪之地台灣的文學。一九四六年元月到一九四七年間，范泉在大陸的文化刊物上陸續發表了一系列有關台灣文學的重要文章。今日回顧，范泉是當代中國大陸最早，而且很有見地地從事台灣新文學研究的人，是今日大陸自一九七九年後不斷繁榮起來的台灣文學研究事業的肇基人。

更重要的是，范泉有關台灣文學的研究在甫告光復的台灣文壇立即引起了很大的反響，起到深刻的影響。一九四六年元月，范泉在上海發表〈論台灣文學〉。二月，台灣重要的文學理論家賴明弘投稿到上海同一個雜誌(《新文學》)上做了熱情的回應，支持范泉的這些意見，即台灣文學是中國文學的一環；台灣光復後，台灣文學進入了將自己建設為新中國、新社會之組成部分的台灣文學的時代。

一年多以後的一九四七年十一月，僅僅與一九四七年三月初的二二八屠殺事件相隔七個多月後，歐陽明在台灣島內的《台灣新生報．橋》副刊上發表文章〈台灣新文學的建設〉，第一次在島內回應了范泉，從此在台灣引發了一場為期一年許的關於「如何建設台灣新文學」的爭鳴。參加爭鳴的省內外作家和評論家有二十六個人，計收穫了四十一篇論文，思想爭鳴的內容分為三個部分。第一個部分是圍繞在范泉〈論台灣文學〉所提出的四個焦點上：(一)台灣新文學是中國新文學的一環；(二)台灣新文學發軔於日本統治時代，備受壓抑，發展不足。光復後，台灣新文學迎來了一個重建的時期；(三)重建台灣新文學的目標，是要使台灣新文學與中國新文學匯合，與大陸新文學齊頭並進；(四)台灣新文學的重建工程，端賴本省本地作家的努力，才能建設有「台灣氣派」、有「台灣代表性」、有台灣風格與「台灣個性」的台灣新文學。第二個部分，是把三十年代中國左翼文學理論(現實主義和浪漫主義、個性與典型性、文學的統一戰線、台灣與大陸文學的特殊與一般的辯證法、繼承還是超越「五四」，等等)及其運用介紹到台灣。第三個部分則是當時台灣思想界面臨的具體問題(如「台灣文學」的概念，關於「奴化教育」，關於「奴才文學」，關於省內外知識分子、民眾之間的團結，等等），而在這論議的三大部分中，主要的論議則集中在范泉所提出的上述四個焦點。從台灣文學思想史看，范泉〈論台灣文學〉引起的這場關於建設台灣新文學的討論，影響深遠，意義重大，而且很有現實意義。

長期以來，在台獨派的宣傳下，造成這樣的刻板認識，即認為台灣光復後，由於中國普通話和台灣的閩語、殘留日語之間的隔閡，再加上國民黨惡政的威暴，島內的省外人士與本省人士之間、國內省外人士與本省人之間無法溝通，心有芥蒂，甚至相互疏隔。但范泉的台灣文學論在台灣引起重大思想、文化反響的事實，不但粉碎了這種政治歪曲，還進一步呈現出即便在二二八慘案之後，祖國兩岸人民之間在同一個歷史形勢下的熱切的互動。范泉在戰後台灣的重大思想影響，說明大陸的重要報章雜誌流傳於台灣，不少進步的大陸文化人來台，向大陸報導國民黨治下台灣的各方面，並與台灣當地進步文化人互相團結，初步形成了兩岸人民介於國家和家庭之間的「公共領域」(public sphere)。在國共內戰形勢迅速轉化的時局下，通過當時兩岸間的「公共領域」，凝結了一種政治的、文化的、文學的以及思想的共同體意識。而正是這個民族的、文化的共同體意識，使兩岸前進的知識分子能夠超越國民黨的屠殺、鎮壓與惡政，堅定地尋求民族的和平與團結，共同面向中國之新的未來。而歷史顯然選擇了范泉，讓他在那歷史的關鍵時刻，發揮了啟蒙與促進的作用。

在台灣文學的研究上，范泉能夠很敏銳地理解台灣文學作品中的審美要素——例如他以「豐厚的光采」來形容楊逵的作品，以「靜謐的抑鬱」概括龍瑛宗作品，並從而以楊雲萍為「兼備楊逵的豐厚與龍瑛宗的靜謐」，頗能把握作品審美的神髓。另一方面，范泉也具備深刻的政治理解力，他說楊逵「不曾被任何人所御用」，「從沒有為（日本）軍閥侵略政策宣傳」過，堅持鬥爭，有「很驕傲的直立著」的高大形象。寥寥數語，卻極其準確地概括了楊逵的文學道德與文學人格。當他說到台灣附日作家周金波時，說「周金波寫下了屈辱求榮的〈志願兵〉一類的小說而仍然毫不感到自慚」。去年去世的周金波確實是至死不悔其附日作品，至死不承認自己是中國人。此外，范泉在〈記台灣的憤怒〉這篇同情和聲援經受二二八事件殘暴鎮壓的台灣人民的文章中，有這樣一段話：

> 現在，台灣從異族的鐵蹄下重又歸返祖國的懷抱。對於這樣一塊有歷史意味和民族意識的土地，我們應當用怎樣的熱忱去處理呢？是不是我們要用統治殖民地的手法去統治台灣？是不是我們可以不顧台灣同胞的仇恨和憎恨，而拱手再把台灣送到第二個異族統治者的手裡呢？

今天台灣民族分離運動的興起有多端，其中國民黨對台「殖民地手法」的統治是原因之一。范泉五十三年前的這一段話所引起的歷史的回聲，在關於正確處理對台工作、面對台灣問題上，至今仍充滿了深刻的現實重要性。

這說明范泉的台灣研究帶有清醒而深刻的政治認識力。

其次，在二二八事變後不久，范泉寫〈記台灣的憤怒〉，表達了他對惡政下的台灣同胞的深切關懷與同情，楊逵在二二八事變中失蹤的消息訛傳到范泉的耳朵，他寫了充滿情感和理解力的〈記楊逵〉，深情地掛念從未謀面的楊逵。「現在，雖『二二八』事件已經有了半年之久，詢問了許多台灣的朋友，楊逵的消息卻依舊杳然無聞。」范泉寫道：「我每次用顫抖的手，翻閱著他親筆簽字贈送給我的遺著，一陣難堪的感受湧上了我的心頭……」范泉為楊逵憂煩焦慮的真情，今日讀之，依舊令人動容。

去年（一九九九年）十一月，范泉由於台灣幾個研究歷史的朋友錯誤的查證，將曾在《文藝春秋》刊出優秀小說〈沉醉〉的在台省外作家歐坦生，誤為在五十年代台灣肅共恐怖中殞命的藍明谷。事隔五十多年，初聽誤信藍明谷即歐坦生已遭國民黨殺害，時已身患末期癌症的范泉悲痛不已，在生命最終的時日，范泉強忍病痛，以顫抖僵直的手，寫了三千六百餘字的他一生中最後的文章〈哭台灣作家藍明谷〉。「我聽到這一噩耗，禁不住熱淚盈眶。我哭了！」他寫道，

「我無法控制住自己的感情，我哭了！」

據范泉夫人吳嶠女士說，范泉平生只流過三次眼淚。一次是在流放中聞母喪；一次是知自己重病行將與愛妻死別；第三次是聽說藍明谷的死訊。這說明范泉研究台灣和台灣文學，絕不只把研究當成漠然的職業與日課，而是投注了同胞、親人似的深切真摯的感情的。

對台工作和台灣研究，應該抱持清醒深刻的政治認識力，也應該對研究的客體——台灣、台灣人民和台灣文學，懷抱一份同胞、親人似的真摯深沉的感情。

這就是台灣研究的先覺者和肇基者范泉留給今日吾輩的一個發人深省的啟發。

一九九九年秋中，范泉來信，希望在台灣我的小出版社出版他抱重病自選、自編的散文集《遙念台灣》。十一月二十七日，他編好書稿，寫了一封信給我。在信末，他這樣寫：

> 我可能不會見到這本書的出版了。出書以後，請寄給我老伴吳嶠幾本，以便分寄幾個兒女，別的沒有什麼要求。
>
> 非常遺恨，我們剛通信認識，可能就要永別了……。

我記得讀完來信，已是滿面淚痕。我快馬加鞭地趕，但畢竟沒有趕得上讓他生前看見這本書在他早已「遙念」的祖國的島嶼台灣出版，更沒來得及和敬愛的范泉先生見上最後一面，至今思之，猶有餘痛。

經歷「反右」和十年「文革」極左風暴的摧殘，范泉流落到遙遠的青海，經受了不可置信的折磨。一九七九年他獲得解放，但還得等到一九八六年七十歲才調回上海。

經歷了這些在台灣的我所不能理解的苦難和坎坷回到上海的范泉，立刻投入他被剝奪了幾十年的文化工作。范泉那足以超越百劫後個人的怨悱，為祖國奮力工作，完好地保持了他絕不喪失對於人、對於生活的純真、深厚的感情的大智、勇氣和屹立不搖的人文與道德品質，使我對范泉那一代類如范泉的中國知識分子，滿懷由衷的景仰和愛敬。

今年夏天，我終於能在上海謁見了范泉生時的左右手吳嶠夫人，並得以到范泉的墓前參拜。每想到從五十多年前一直到他逝世前，范泉向台灣所投注的最真誠的關注、最溫暖的情感，對於我為祖國統一的跋涉，總是溫柔而堅定的鼓舞。

二〇〇〇年十二月八日於台北

初刊二〇〇〇年十二月中國三峽出版社（北京）《范泉紀念集》（欽鴻、藩頌德編）
另載二〇〇一年三月六日《文藝報》（北京）第四版，二〇〇三年五月《出版史料》（北京）第二期
收入二〇〇一年八月人間出版社《人間思想與創作叢刊4．那些年，我們在台灣……》（曾健民編）

二〇〇〇年十二月

天高地厚

讀高行健先生受獎辭的隨想[1]

現代主義

凡稍許知道西洋文學的人，讀高行健的作品和他的文學主張〈文學的理由〉，都很容易看到高行健明顯地受到五〇年代中期法國「新小說」(nouveau roman)和「荒謬劇場」運動的影響。被薩特說成「反小說」(anti-roman)的法國「新小說」一派的主張，概括地說，要反對傳統現實主義的創作方法。他們反對作家在小說中表現社會關懷，不主張小說要有完整、合邏輯的情節與結構，反對小說家以全知的觀點去刻畫和分析人物的心理面貌。他們要表現二次世界大戰以後荒廢紊亂的生活和世界。他們的小說沒有清晰的主題和意義。他們刻意破壞敘述的邏輯秩序。他們反對客觀、精確的、對於客體世界的描寫。「新小說」公開反對有意義、有道德的或價值判斷的主題。當然，他們也憎惡明確的政治或社會傾向。

反小說強調描寫和表現人的心靈的、心理的「內在世界」，因此不注重人物的外在的可辨認性。他們也不費心描寫人物的職業、地點背景和形容。他們專心於表現人物內心世界的意識的渾沌和片斷，只描寫人物在當下、即時的生存狀態。

然而，熟悉西方「現代主義」創作方法的人都知道，所謂「新小說」的這些主張，其實就是二十世紀初葉「現代主義」諸派的藝術主張的綜合。表現主義就反對描寫客觀世界的外部形貌，而主張表現晦澀的、心靈的、事物「內在的真實」。表現主義文學作品的人物，也沒有鮮明的個性與面目。未來主義也反對現實主義，主張表現人的潛意識。抽象、幻覺和想像是未來主義文藝的關鍵詞。超現實主義主張文學上極端的個人主義，主張文藝創作不受任何美學、道德、利害的羈絆。

只要理解西方現代主義的創作方法，理解法國「新小說」的主張，就容易看透高行健文學創作實踐和文學主張之所從來，就知道高行健的文學是二十世紀初到二十世紀五〇年代中期的、西方的文學思想，似新實舊，若有獨創的玄機，而實際上大部分是前人的老詞。

因此，高行健說文學「從來」「只能是個人的聲音」；而寫作是為了個人「排遣」其「寂寞」，「為自己而寫」；說「文學是人對自己的關注」。他說文學在作家拋棄「為什麼寫作」、「為誰寫作」的提問時，這寫作才成為「必要」，而文學於是誕生。象徵派的詩人馬拉美就說「文學完全是個人的」，說「詩人只是一個為自己掘墓的孤獨者」。事實上，現代主義文藝思想的共同特色，是否定文學的社會性，強調文學的極度的個人性。

各派別的現代主義都反對現實主義，反對作品有明確主題，反對故事性，反對情節與結構。高行健的小說和戲劇莫不如此。現代主義文學不強調人的社會和歷史脈絡，面貌模糊，不可辨識，而強調人的沒有社會與歷史邏輯的「當下性」和「現時性」。高行健也說「人活在當下」。他側重「此時此刻」和當下現時的「自我」。高行健的文學上極端個人主義，是和西方現代主義思想保持一致的。

反對文學表現現實中的生活與人，反對意義，反對敘事結構，也就是反對文學藝術作品的思想和感情的內容。而內容的消解，相對地造成形式的誇大化。因此形式和技巧上的「先鋒性」、「實驗性」成為現代主義文藝的共同特色。高行健的作品不憚於尋求語言、形式（小說和戲劇）的實驗，強調文學不外尋找「新鮮的表述」，強調作家的工作是去「發現」和「開拓語言蘊藏的潛能」。

現代主義各派不承認可知、可見、可感的客觀現實，而極力主張表現主觀的、心靈的、「內在的現實」。高行健反對「現實的摹寫」，主張要觸及「現實的底蘊」。文學作品之故事性、人物和情節的重要性，遠不如語言的藝術。高行健的文學思想，其實早在五〇年代到一九七〇年間風行於台灣，於今卻很少留下重要的作品。

深沉的愴痛與絕望

但是出身於中國大陸的高行健的現代主義精神本質，與二十世紀前半以降西方的現代主義精神頗有不同。

西方的現代主義文藝思潮，是西方的資本主義生產方式進一步發展到壟斷資本主義階段時的文化現象。由於資本主義生產力的進一步發展，人被捲入快速、無情、緊張和高度商品化、物化的社會運轉中，使人的精神和心靈受到深刻的創傷。人與人之間，人與自然之間，人與他自己之間，人和社會環境之間產生了深刻的異化和矛盾。這個精神與心靈的危機，正是壟斷資本主義階段的社會經濟危機的反射，使人們陷於彷徨、孤單、驚慌、恐懼、絕望和痛苦。人生失去了意義。生活中沒有理想，生命失去了展望和希望。生存顯得虛無而又荒謬。處在高度發達的資本主義下的現代人，對強大無情的生產體制產生強烈的忿懣、憎惡和無力感，但另一方面，由於種種原因，又對革命和改造也徹底失去了信心。現代人失去了一切的依恃、寄託與歸宿。異化、疏離、虛無、絕望，至深而又無法療癒的愴痛支配著現代人的靈魂。而各派別的現代主義文藝，正是這受創的現代人心靈的反映。

因此，西方現代派傑出作家如卡夫卡、喬伊思、艾略特和福克納，確實深刻地表現了現代人深沉的愴痛與絕望，震人心弦。

在高行健的精神思想中，八〇年代末期從發展中經濟「逃亡」到高度發達的法國，毋寧對於法國物質上的現代生活是欽羨、崇慕多於批判的。他移居法國的心情，毋寧是幸福感遠多於異化的愴痛。他在受獎辭中說「感謝法國接納了我。在這個以文學為榮的國家，我取得了自由創作的條件，擁有讀者與觀眾」。這雖然是高行健為個人「自由創作的條件」的頌謝，但應該可以理解成高行健對資本主義物質文明對人類心靈的戕害缺少或沒有體會。高行健的現代主義中，基本上沒有高度工業化下現代人深沉的苦痛與孤絕，沒有對現代資本主義的深刻批判的人文質素。

那麼，高行健的現代主義的根源在哪裡呢？

和台灣的現代主義根源不是在五〇年代的台灣尚未完全資本主義化的社會，而是根源於外來的文化意識形態一樣，高行健的現代主義來自一九七九年以後，大陸文化界對於其前幾十年極「左」思想和文化的反動，表現為八〇年代初，大陸知識分子向西方五花八門的文學創作方法張開了詫奇傾向的眼光，對馬克思主義以外的各種思潮發生了濃厚的興趣。現代主義的創作方式，以朦朧詩為代表，對中國青年的文壇發生了影響。可以估計高行健也在這個時期透過法國文學接近了現代主義。這外鑠的現代主義，缺少了西方現代主義中優秀作品的深沉的愴痛，無乃是極自然之事，但也不免失於既輕且薄。

意識形態和文學

現代主義對資本主義感到深惡痛絕，對社會主義(斯大林主義)的獨裁、集體主義也深所憎厭。高行健對現代主義的選擇，極大部分來自對大陸在一九七九年以前，尤其是十幾年極「左」路線的反感而來。中國在極「左」年月中的經驗與錯誤，不僅是中國的，也是全世界的無產階級運動中共同的經驗教訓，應該深刻、科學、深入地總結。但現實上，由於那一段極「左」路線的錯誤一直沒有清算和總結，馴至使正確的左翼——代表進步的、正義的、民主主義的、改造的思想與實踐，與極「左」的、錯誤的——唯心主義的、封建法西斯的、官僚主義的、絕對化的階級論的路線與實踐混淆不清，從而使真正進步、正義、民主和改造的思想和運動被塗黑，而資產階級的、個人主義的、反對改造的，甚至是腐朽的東西卻反而被披上了前進、新穎的外衣。在今日大陸社會科學、文藝批評等領域，資產階級的自由主義逐漸成為霸權性論述。知識分子無不敏感地避免自己的思想與研究同馬克思、同左派聯繫到一起。「左派」變成了罵人的髒話。在文學上，批判現實主義的創作方法，基本上被看成「保守」「過時」的創作方法。因此，高行健的選擇是完全可以理解的。

所以，儘管高行健不斷強調文學的個人性，強調文學的非政治性和脫意識形態性，他的現代主義選擇的根柢就不能不帶有顯明的政治性。他控訴政治和意識形態對文學的戕害，他反對「文學革命和革命文學」，他反對民族主義——反對文學的民族認同與民族忠誠。這樣的思想，占去了他的受獎辭的很大一部分。法國對他的受獎辭的反應恰恰是說其「政治性」很濃厚。

文學是社會意識形態中重要的組成部分。作家依其在社會存在中的不同地位，在他的文學作品中藝術地反映社會生活，形象地表現了作者對人與生活的態度——既反對、鞭撻、否定什麼，又支持、讚揚、宣傳和肯定什麼，從而集中表現了作者的思想和感情，即表現了作者的意識形態。

因此，主張「文學僅僅是個人的聲音」；「文學一旦成為國家的頌歌、民族的旗幟、階級或集團的代言，文學也就失去其本性」；主張當「政治主宰了文學」文學就被置於死地；「文學只為排遣寂寞，只為自己而寫」；說文學家強調作品的民族性是「可疑」的；文學超出國界、超出民族意識和意識形態；主張文學對大眾「不負有任何義務」；反對革命、反對烏托邦……這一切，本身其實就是一種鮮明昭著的意識形態，一種鮮明昭著的政治傾向。在文學問題上，高行健的受獎講話，充滿了這些具體的、贊否的主張，亦即充分地表現了他的意識形態和政治選擇。這與主張文學為被壓迫人民代言；主張文學應該干涉生活；主張文學應該揭露生活中所存在的矛盾，讓人民知道這矛盾的本質，從而鼓舞改造的意志；主張文學應該給被侮辱的人以雪恥的勇氣，給傷痛的人以安慰，給被壓迫的人以反抗的力量，給幸福的人以同心的喜樂……一樣地是一種意識形態，甚至也是一種政治傾向。而且即便是在現代主義內部，畢加索曾以他前衛的技法表現了對於韓戰中美軍集體屠殺良民的強烈抗議和對西班牙內戰中的左翼的同情與支援。詩人阿拉貢放棄了現代主義，參加了革命，回到現實主義。不少未來主義文藝家歌頌過法西斯和侵略戰爭。有些畫家或作家先參加了革命，後來因失望而又退出革命。公開主張文學為無產階級政治服務的布萊希特、蕭洛霍夫、法捷耶夫、奧斯特洛夫斯基、高爾基、魯迅、茅盾和音樂家蕭斯塔科維奇都留下西方所無法否定的偉大光輝的作品。因此，文學超出意識形態，文藝脫離政治的說法，只能是一種神話。

「逃亡」的不同姿勢

其次也說一說作家的「逃亡」。高行健說，當政治主宰文學，作家便陷於死地。為了獲得思想的自由，作家只能「沉默和逃亡」。而沉默又意味著「自殺」與「被封殺」。因此作家必須逃亡。逃亡是爭取思想自由的作家的命運。

獲得諾貝爾文學獎的作家卡繆在法國被法西斯占領的時代毅然參加由法共領導的地下抵抗

（resistance），沒有逃亡；獲得卻拒絕接受諾貝爾文學獎的薩特，也在二戰中參加了反法西斯的地下戰線，沒有逃亡。身處反法西斯抵抗的嚴峻處境的極限，對兩人的哲學與文學作品產生了深刻影響。在國民黨法西斯統治和日帝侵凌下的極限中，如果中國作家全都逃亡以換取「思想的自由」，中國三〇、四〇年代的文學就要空白一片，台灣也沒有賴和、楊逵等作家。馬奎茲和聶魯達都在軍事法西斯壓迫下被迫「逃亡」。但他們在逃亡中不斷地戰鬥。逃亡沒有使他們主張文學只是作家個人排遣寂寞的工具，是作家對自己的喃喃自語。

　　而高行健的反民族主義、他的某種「國際主義」，其實和他這個「逃亡」理論是有密切聯繫的。這突然使我想起另一種「逃亡」，另一種「流亡」。四百多年的殖民主義歷史，造成了幾代被殖民地人「流寓」（diaspora）於宗主國的狀況。他們之中有一部分人受到完整的宗主國精英教育，在宗主國文化環境中生活、成長。這些人當中曾有人極力要按照宗主國的文化改造自己，卻往往碰到無法超越的冷牆，無法為西方所接納。另一方面，其中也有人又從西方前宗主國的文化論述中，經過一番反省，看見大量的對於自己本民族——「東方」——的複雜、根深柢固的歧視和成見。從「東方」因殖民主義歷史過程而流寓漂泊於西方的東方知識分子，對這些歧視與成見、偏見的批判，成為薩伊德的《東方主義》，成為後殖民文化批評的骨幹思想，為尋求西方現代性而從殖民地母國向西方宗主國「逃亡」（流亡，流寓），經過一番反省和批判的思維，回頭去抵抗和批判西方對東方的、殖民主義的文化偏見，進一步批判當前西方對東方的文化帝國主義，是民族主義意識的辯證的復歸。這又與高行健的「逃亡」、他的放棄民族主體認同，他的文學的「國際主義」之缺少深刻的批判與自省，就很不一樣了。

當然，我們也斷不主張作家在苛烈的政治下一定要去坐牢殺頭。對於一些作家一定要「逃亡」，一定要變換原有的國籍，到外國去享受「思想的自由」，我們也絕不以為大惡。我們只是不明白逃亡有理論將置古往今來偉大的抵抗的作家於何地。

天高地厚

如前文所指出，現代主義的各派，基本上是極端個人主義和唯心主義的，因此，其各派在二、三〇年代發表的宣言，也充滿了非邏輯的、理性以外的思辯。如果人們把高行健的受獎宣言當作他的文學論、文學宣言，也同樣會發現不少相互矛盾之處。例如高行健既認為真相、真實難以知曉，又說真實是文學「顛撲不破的、最基本的性格」。既說文學不為誰、不為什麼而創作，又說文學表現「人類生存的基本困境」；說審美的標準因人而異，但也說這主觀的審美判斷又「確有普遍可以認同的標準」；既說文學只為排遣個人的寂寞，又說文學作品是「對於社會的挑戰」，如此等等，不一而足。但我以為作為高行健個人的文學主張的宣言，基本上還無傷大雅。

自高行健得諾貝爾文學獎之後，報章雜誌上不免有詮釋高行健、解讀高行健的文章，我也讀到了一些。我就覺得，任何作品，只要批評家、學者、知識分子讀者在主觀上都以同樣的專注、絞盡腦汁去品味一個特定作品的好處和微言奧義，則任何作品都能給予我們這樣那樣的啟發甚至感動。這使我想起了我第一次吃了狗肉的往事，吃完了一大碗狗肉，朋友問我，香也不香。那確實香。後來我問到狗肉的做法，朋友告訴我不但加了許多香料，而且烹煮手續和過程無不講究。那時我心中就想，烹煮任何肉要都這麼講究，則無肉不香了。

從五〇年代起台灣現代主義文藝大大氾濫的時代，當我面對一首現代主義詩，面對一幅現代主義繪畫，聽現代派音樂演奏，我就覺得，如果這些作品引不起我們審美的感動和歡悅，我們就應該誠實地、充滿自信地說這不是好作品。懾於一些思想空白的現代派作品之不可理解，以強辭曲說來壓制我們審美素養的排拒情感，這是對於自己審美素養和本能的屈辱。對待高行健的作品，我也持這種比較誠實客觀的態度。特別是有一定審美訓練和素養的人，一定要勇於對一些威名在外的，卻事實上並非傑作的作品直率地說個「不好」。

黃春明兄說過一句很有啟發的話。他說，一個作家最大的榮耀與喜悅，首先是自己民族廣泛人民的讚賞與愛讀。「國際」的肯定是其次的。

雖然有眾所周知的政治的、歷史的極限性，應該說，諾貝爾文學獎是一個相對有威望的文學獎，選擇過舉世欽仰的文學泰斗。但是諾貝爾文學獎畢竟無法加添原所沒有的光榮，許許多多獲獎的文學家並不曾因獲獎而特別閃亮，得獎後一仍無藉藉之名；諾貝爾文學獎也無法剝奪一個大作家原有的光榮。托爾斯泰、魯迅、高爾基等世所公認的大文豪沒有得獎，卻無損於他們的成就。

很有一段時期，海峽兩岸的文壇都為了中國作家何時獲得諾貝爾獎，熱情議論。據說魯迅先生在世時，曾有一度盛傳要推薦他得諾貝爾文學獎。聽了這風聲的魯迅先生，卻期期以為不可，理由是「中國人要得了諾貝爾文學獎，會讓中國人從此不知天高地厚」。

初讀這一軼話，我還只以為這是典型「魯迅式」的諷喻。今天想來，卻似乎更深地體會了箇中神髓，而對這位在我出生前一年逝世的偉大作家又增添了一份敬畏。

二〇〇〇年十二月二十日

初刊二〇〇一年一月《海峽評論》第一二一期

另載二〇〇一年一月十二、十三日《聯合報．副刊》第三十七版，二〇〇一年三月《文藝理論與批評》（北京）第二期

1 本篇《海峽評論》版出版在前，與同月另載的《聯合報．副刊》版文字略有不同。

台獨派·皇民遺老和日本右派的構圖

《中國時報》十二月二十五日的特別報導，披露了日本極右派漫畫家小林吉則[1]在日本大暢銷的漫畫政論《台灣論》的有關內容。從中，我們知道了「中華民國總統」李登輝在任中任後曾先後三度接見了年僅四十多歲，一般日本正派的文化界、言論界和政界都不會加以理睬的，右翼偏執的漫畫家小林吉則，而且談話長達三小時，推心置腹，若見心腹晚輩。從中，我們也知道外交部、新聞局、國防部都出人接待小林吉則的出入和參訪，台灣駐日代表羅福全出面宴請，現任總統陳水扁也予以接見，在日本大媒體鼓吹台灣獨立的金美齡（現任總統府資政）、台獨派財界名流蔡焜燦、許文龍和李登輝親信何既明，都親切、隆重地接待了小林吉則。

小林吉則的書，是以漫畫為形式的政論書，和一般愚蠢、淫亂、淺薄的日本漫畫書不同。他的「漫畫」密密麻麻都是文字，無忌諱地宣傳日本極右派意識形態。這些極右意識形態，歸結起來，不外這幾條：肯定天皇神論，堅持天皇國體；認為日本十五年對外擴張的戰爭是正當、有益的，日本的殖民統治是有良心、有建樹的殖民統治（以台灣為例證）；而所謂「南京大屠殺」、「七三一」部隊活體實驗、慰安婦制度等等都是謊言和反日宣傳；不承認日本的戰爭犯罪責任。此外，日本右派歌頌侵略戰爭期間宣傳的「日本精神」，歌頌大和民族的光榮，崇尚「玉碎」、「切腹」的武士道精神。對過去和現在的中國懷抱深刻的憎惡與蔑視，至今猶以「支那」、「支那人」稱中國與中國人。面對戰後日本，日本右派斥責「日本精神」的淪喪，斥責日本自由派和左派思想，悲憤日本在戰後從屬於美國，等等。

小林的漫畫所宣傳的，也無非是這些日本軍國主義夢囈。不同的是，他來台灣訪問了一批被日本皇民主義同化了的老一代台灣名人，藉這些皇民遺老之口，宣傳日本殖民台灣之美好，宣傳日本歷史之光榮，宣傳日本話仍然活在台灣，宣傳戰時日本軍歌、皇國神話在台灣深植人心，用以印證日本右派意識形態與史觀的正確性。台灣的皇民遺老被用來以偏概全地宣傳台灣人親日、對日本在台殖民統治充滿了鄉愁和感念，對「日本精神」充滿孺慕之情，對今日日本不再尊敬皇國歷史及精神，表示惋惜！

值得注意的是，這種親日媚日的思想，突出了與中國人認同相對的「台灣認同」；突出了與中國民族主義相對立的「台灣民族主義」；突出了和祖國中國相對立的「台灣國家」的誕生！而這一切之根源，就在於日本對台統治的現代性。日本的殖民地統治的「良心」性、無私及進步，使台灣現代化而脫出了「中華秩序」。這是在深愛日本文化、日本精神薰陶的「偉大的總統李登輝」帶領下，台灣全面民主化而與「中華秩序」剝離的根源所在！在小林的書中，到處是這種荒唐的邏輯。

然而這又絕不僅僅止於言說的邏輯，小林吉則所採訪的台灣人，從北到南，是一些年紀在七十以上的「日本語世代」，看到日本人會像看到親人一樣高興，「操流利的日本語，渾然忘記了自己是台灣人」的人們。他們唱今天的日本人都不唱的日本軍歌給小林聽，講神國日本開國的神話給小林聽，在他面前滿懷鄉愁地哼唱古老的日本童謠。當然，來頭很大的日本皇民餘孽李登輝、許文龍、蔡焜燦、金美齡都出現在小林的書中，講了許多叫人驚心動魄的諂媚日本、醜詆中國和在「中華秩序」下的台灣的話。對於小林，台灣人的親日，是和反華獨立分不開的。在陳水扁總統接見小林的時候，小林百般要陳水扁在統獨問題上表態。政治外交處境艱難的陳水扁卻不肯明確表台獨的態。為此小林還在書中表示扼腕。小林的傲慢與猖狂竟一至於此。而今日台灣獨立論和日本右翼的新自由主義史觀的互為奧援，狼狽勾結因台灣的新老親日皇民派的抬頭而益為猖獗了。

台灣皇民餘孽的抬頭，和冷戰歷史的展開是分不開的。韓戰爆發之後，美國為了反共戰略的需要，改變瓦解日本戰爭勢力，對日本進行民主改革的政策，轉而扶持日本的反共戰爭右派，打擊日本民主勢力，使日本戰時的戰爭勢力不但得以延命，而且得以長期在日本執政，與美國在遠東冷戰戰略相配合。在台灣，日本右派為了反對社會主義新中國，在美國封鎖中國的戰略中與蔣氏國民黨政權相勾結，從「白團」的結成，一直到與國民政府親日系長期勾連，台灣自日據以來的反日、抗日勢力遭到長期迫害和鎮壓，而日據時代的漢奸皇民一派中的精英，在反共的共同點上與國民黨權力相溫存，至今榮華富貴。及李登輝篡政，台灣的皇民餘孽的發達到了頂點。於是蔡焜燦、張榮發、何曉明、許文龍、金美齡一代人扶搖直上，至今日為李、陳政權核心的紅人。李登輝政權以後的台灣權力中心，已經成為台灣皇民精英和日本反動極右派肆意苟合的眠床，而日本對台殖民有功、台灣和台灣人脫離「中華秩序」而獨立之論，配合「美日安保新指針」、周邊「有事立法」和TMD戰爭體系，生動地說明了這一嚴峻的現實：五〇年代以降，在美日帝國主義共同制霸下，亞洲人民遭受白色恐怖、美國經濟和文化侵略、受裹脅於戰爭機器，民族分裂、同族相仇、自主的民主與進步力量被壓抑的總的構造，至於今日而猶統治著美日勢力範圍下遼闊的亞洲。

冷戰尚未過去。美日帝國主義在亞洲的統治至今仍然是尖銳的問題。反對美日帝國主義，於自主、民主和民族統一的鬥爭，依然是當務之急。然而今日在台灣的進步圈中，卻明顯地缺乏反對和批判美國與日本帝國主義的思想認識。他們對於反帝、民族解放的課題表現得漠不關心，他們說民族主義狹隘、保守，他們吝於討論反對台灣獨立，他們憚於主張民族的民主與自主統一。這是七〇年代《夏潮》運動以來在台「左派」的離奇而嚴重的傾向。他們對於小林吉則《台灣論》的冷淡，便是這一傾向的現實的例證。

小林吉則的《台灣論》將在不久之後漢譯，堂堂在台灣公開刊行。號稱在日本狂銷六十萬冊的《台灣論》將在台灣青少年、學生等「漫畫人口」中起什麼樣的影響，很值得關注。而「台灣左派」對於《台灣論》的批判意識和他們的思想責任感，更加引起人們的關切。

初刊二〇〇〇年十二月《左翼》第十四號，署名石家駒
另載二〇〇一年三月《文藝理論與批評》(北京)

1 即小林善紀。小林吉則、小林良則為作者著文當時二種常見譯名。

《台灣論》之暴言及其共犯構造[1]

《台灣論》的目的

日本極右派漫畫家小林良則[2]，以漫畫這個通俗文化形式，在日本發表其右翼的新軍國主義的言論。最近出版的《台灣論》，已經引起了日、台文化界的關切。

讀了在台北SOGO百貨公司樓上日本「紀伊國書屋」公開展售的《台灣論》，觸動很大，感慨極深。

小林寫《台灣論》的目的，主要針對不屑於跟日本右派同調的日本國內民主派、和平主義者、開明學界、輿論界和日本左派之視戰時日本對外侵略及殖民歷史如汙穢者。他切齒抨擊今日日本民主開明派喪失和汙衊皇民運動時代的「日本精神」，且又攻擊天皇神論，反對日本自衛國防。小林也指責日本社會有識之士對日本戰爭責任的負疚感，從事到處向人家「謝罪」的外交，責為「自虐」。

因此，在《台灣論》中，小林良則在台灣找到了權重財粗的日本統治台灣期間台灣人皇民精英知識分子、總統、財界，從他們的媚日漢奸言論，向日本開明派反證日本極右派史觀與言論的正當性。小林大量引用台灣皇民遺老的話，說明今日日本所摒棄的「日本精神」（熱愛日本、擁護天皇國體、日本殖民有貢獻論、廉潔負責的「切腹」精神……）還鮮活地活在台灣。台灣人至今日猶感念日本對台殖民，對日本人充滿善意與感謝。這些被採訪的皇民精英有前台灣總統李登輝，工商界的許文龍和蔡焜燦，以及據說李登輝長期來的親信何既明和彭榮次，以及今日儼然擔當新政府資政的、旅日台獨派宣傳家金美齡（早早向日本人宣傳台灣的「日本精神」者是她）。而這些皇民精英遺老，毫不隱晦他們在政治上鮮明昭著的親日反華的台獨主張。

最後，小林良則急迫、頤指氣使地表現了他對中國、中華思想和中國人深重的憎惡，全書以「支那」稱中國。他反對「支那」中國，讚揚台灣在「偉大的」李登輝指導下，正在脫離「中華秩序」，逐漸要建立台灣獨自的認同，創建新的、民主的台灣國家。他甚至幾近訓斥地要李登輝和陳水扁應明確宣布台灣獨立的「本心」，不必言辭閃爍，不必至今還在說大陸和台灣人民同族同血緣，企望中台統一於未來。他公開指示：台灣應該脫中國而獨立！

台灣皇民精英的漢奸思想

韓戰爆發後，東西冷戰體制達於頂點，美國急速改變了對日政策（瓦解舊軍部及戰爭財閥、日本民主化與和平化、扶植戰時反戰民主勢力……），改而全面支持二戰時期的侵略內閣殘餘，提攜戰時官僚和舊軍部關係人物，及支援戰爭、利用戰爭擴大積累的財閥，在反蘇反共的戰略目標下，美帝乃與日本的在戰時就反共反動的戰爭勢力結合，以保守政黨長期統治日本，為配合美國遠東反共戰略當工具而延命。因此，日本戰後在不曾對戰爭責任做徹底清理條件下，在美國提攜下，儼然成為一股至今猖獗的保守、反共、新軍國主義的右翼勢力，遍布於日本政界、財界、自衛隊、文化人、知識分子和言論（大眾傳播）人之中。而這小林良則，只不過是這個右翼陣營中一個以漫畫為形式的、小小的日本新軍國主義宣傳員。

日本右派人物在日本搞宣傳煽動，要恢復天皇國體，擴充自衛隊，要日本人相信日本過去的侵略和殖民政策是有益、正當的。這和被日本蹂躪過的各族人民當然有密切關係。日本右派歷次新軍國主義暴論引起前被侵略、殖民的各族人民的憤怒。然而，《台灣論》卻在這些暴論之外，全面揭露了前日本殖民地台灣的皇民精英的、嚴重傷害了我民族尊嚴與利益的漢奸思想和言論。剛剛去世的著名台灣史學家戴國煇曾深刻指出，在清算和批判被殖民歷史時，不能忘記反躬自省，也應徹底清算殖民地時代台灣人協贊日帝支配台灣的「共犯結構」。讀《台灣論》，益覺戴氏卓見之重大意義。

在《台灣論》中，小林說李登輝受日本式養成教育，涵養了「日本精神」和武士道精神。他堅百忍以潛入國民黨，徹底斷行由上而下的「民主改革」，使國民黨發生「自爆」，帶來有別於中國人的獨自的「台灣人」的誕生。

從小林的引述，對於初光復後的歷史，李登輝的認識和今日台獨派無異：即台人先是仰望國軍之來，及破落、橫暴、無紀律之國軍入台，皆大失所望，皆曰「狗（日本）去豬（中國）來」。

李登輝批評一些開明日本知識分子論及日本統治台灣的歷史時淨說壞話。他說實際上日本治台是「成就了大事」。「苟非日本殖民，今日台灣可能不如今日之海南」！

媚日思想比較突出者，從《台灣論》看，有一個李登輝的摯友、台南奇美集團的首腦許文龍。

許文龍對小林說，一八九五年後台灣人武裝抗日分子，根本不是什麼抗日英雄，而是地方豪強盜匪。他們是為了保護其地方上壟斷利益而反日。台灣老百姓只關心過安全、稅輕、穩定的生活，所以支持日本人討「匪」，建立治安良好的社會，是歡迎日本人來統治的。許文龍讚揚日本人為台灣掃除盜匪、鴉片、疫病、陋習等「四害」。他對在士林芝山岩教日語、被台灣抗日農民殺害的「六先生」（六位日籍來台灣教日語的教師）表示崇敬，揄揚日本人建設了嘉南大圳、改造培養了蓬萊米。總之，台灣之有今日，完全拜日本殖民統治之賜，台灣人應該給日本殖民政績以「公平的評價」。而日本治台，是「良心的事業」！

許文龍還對小林說，因日本治台卓有治績，於是大陸閩粵沿海之人聞治績而紛紛渡台來歸。他說據他朋友告訴過他，日本支持的「滿洲國」也吸引了大量華北中國人投奔。他說戰前來台參訪過台灣的陳儀在一九三七年發表文章，也嘆服日人治台的成績……許文龍的意思是向小林證實日本侵占和統治台灣和東北是有貢獻的受歡迎的，日本人不必要為此自責！

許文龍更加駭人聽聞的漢奸言論是說蘆溝橋事變的肇端是中國人編造的。是中國軍隊先幾次向日方砲擊尋釁，造成日軍死傷，日軍還手造成的！他還說慰安婦問題也是反日宣傳，實際上是台灣窮人家有女兒到十三、四歲就賣給人家當養女。日本人出於人權之心，介紹到南洋服務，這些少女莫不欣喜，以為出世之路。她們也因此存了錢。至於她們生病後請她們離開是「理所當然」。他建議小林，日本人應該詳細調查，及時強力反駁！

也是李登輝身旁的友人彭榮次說，日本統治為台灣帶來（有別於中國意識的）「台灣人意識」和「戰爭的傳奇」，台灣人為之激動不已。但日本人戰敗後，卻來說台灣人不是中國人。「日本在台灣留下了（潔身自愛、知恥負責的）切腹精神，但中國人則不論自己幹了多少醜事，也要賴著活下去。」受日本切腹價值影響的台灣人，和賴活價值的中國人形如水火，這就引發了二二八事變！這種種族主義的媚日蔑華思想，台獨派和日本右派一直有共同語言。

李登輝一個從事高科技產業的富商朋友蔡焜燦，被訪問他的小林良則譽為「比日本人還知日」的人。蔡焜燦也亟言讚嘆日本統治為台灣帶來社會秩序、公共衛生、守時的習慣、教育普及和掃除陋習。所以「今日年在六十以上的台灣人大多感念日本人」。對於台灣婦女慰安婦問題，蔡焜燦也有驚人的說法。他對小林說，早在日本打中國之前，妓女都以外國和戰地為賺錢的地方。在戰地，軍部對軍妓進行衛生管理，「向戰地輸送女人」，是「理所當然的」。蔡焜燦說，如果台灣及其他地方的日軍慰安婦要索賠，那麼，戰後被日本當局要求一些日本婦女當進駐美軍的慰安婦也應該索賠！

被歪曲的歷史

這些媚日的漢奸思想，和日本新軍國主義極右派的思想言論互相應和，互為奥援，形成固定的、刻板的、歪曲史實的說法。

首先是日本治台有功、有貢獻論。

作為前殖民地的知識分子，看待被殖民歷史，要善於「一分為二」，既要看到殖民制度由殖民者蓄意、自覺施加的殘暴、壓迫、剝削與社會人格的殘害等野蠻、破壞作用，也要批判地評價殖民者出於提高統治和剝削效果的、基本上不出於自覺與蓄意的「建設作用」。片面、誇大殖民體制的「建設」和「文明」作用，是為帝國主義張目、美飾的宣傳。

事實上台灣的現代化並不自日本殖民開始。鴉片戰爭戰敗後，清朝中國深刻理解到帝國主義列強環伺下建設「東南七省之門戶」、「南北洋之關鍵」的台灣之重要，先後派遣了具有改革變法思想經驗的官僚沈葆楨、丁日昌、劉銘傳等來台建設現代化國防、建設現代的交通電訊（敷鐵路、設水陸電線、廣設電報局、發行郵票）、發展現代化工礦企業、開採硫磺和煤炭、發展糖與樟腦的手工機械生產、對外展開國際貿易，並發展現代化教育。說日本人開始台灣現代化建設，歪曲事實。

帝國主義的殖民地經營，是把殖民地經濟納入宗主國資本主義再生產體制，抑壓殖民地經濟的自然發展，使其庸屬屈從於宗主國經濟中的剝削和依附體制。因此，殖民者對處於前資本主義階段的殖民地社會，必須加以進行一定的改造，才能納入宗主國殖民經濟體系，有效剝奪殖民地的經濟剩餘。貨幣統一、度量衡的一體化、海關的獨占、山林田野的丈量，都是日本帝國主義壟斷資本深入台灣所不可少的前置工程。至於「守時」的強制，是出於時間乃是資本主義生產計算勞動剩餘的關鍵，現代時間的管理，成為資本主義體制的核心。

所謂公共衛生的普及，也是出於資本制生產和殖民統治的需要。清除熱帶疫病，首先是為了不慣溫熱帶氣候的日本殖民官民。上下水道的施設，也以日人居住社區優先。此外，日本在台壟斷資本也需要健康的本土勞動力。

但在這個總過程中，也要看到日本在一八九五年登陸後幾次規模龐大的屠殺；看到日本以總督府權力壓抑台灣人本土資本主義的自然發展；看到日本當局和台灣大地主的結盟下保存半封建的地主佃農體制，而使廣泛台灣農民陷於貧困絕境，群起反抗。

日本人在台實施現代教育，當然帶著殖民主義的極限性。教育目的是為了把台灣子弟同化為日本人，並且只為培養極少數充當日本人統治台灣工具的精英。到了一九三五年，相對於日本學童的百分之九十五以上，台灣人小學(以上)教育程度者只有百分之四十一；一九四四年，為了侵略戰爭中亟須進一步同化，廣設速成的「國語講習所」，合併統計，才有百分之六十五。此外，殖民地台灣教育的民族歧視是眾所周知的。在學制、師資、教材、預算、高教中的學科選擇，中學以上入學錄取率的極端民族歧視(中學錄取率日生百分之五十以上，台生百分之五以下)。日本在台現代教育，基本上是以台灣人的血稅去培養在台日本人統治後備軍。

許文龍說武裝抗日是少數匪類，台灣人大多歡迎日本的綏靖政策。現在且來看日本的歷史學家大江志乃夫的研究。在日軍登陸占領台灣的戰爭中，台灣人被殺了一萬七千人。在肅清占領後蜂起的台灣人武裝游擊勢力時，日本人殺了一萬九千人。一八九七年到一九一〇年間，以許文龍和日本人所說的「匪徒」罪名而被「死刑」、「殺戮」者，推測有一萬二千人。在引發國際抗議的斗六虐殺事件（一八九六），日本雲林支廳在斗六周邊進行瘋狂虐殺，附近村莊五十五社計三千八百九十九戶，被無分別地集體殺害，盡情燒殺，具體死亡人數至今不詳。此外，對山地原住民的討伐、殺戮還不算在內。這些資料說明，正因為農民百姓平時支持、掩護、協助抗日武裝，日本人完全無法區別游擊隊和百姓，大為激怒，必然狂屠亂殺。這與美國侵略軍在韓戰、越戰中的四面楚歌處境引發美軍殘暴地集體屠殺良民事件是一樣的。許文龍的說法，比當年日本憲兵隊的說法還冷血。

許文龍們所津津樂道的日本司法下台灣能「夜不閉戶」，「日本官警廉潔自愛」云云。這和在日據下台灣文學中所描寫的全不一樣。在這些文學作品中，日本警察和其所代表的「法治」，實際上是地主和警察威暴農民百姓的苛酷的工具。而日警索賄、索酒肉不成而伺機加害的故事也很不少。在殖民地法制下，台灣人在社會、經濟、人權、政治上的不平等，是眾所周知的，無如一些媚日皇民遺老硬生生要為日帝粉飾。

日本右派和許文龍這些台獨媚日精英最喜歡說，光復後國民黨軍隊和接收人員來了，台灣人才看到軍容破落，接收人員文化水平低下，橫暴貪汙，大嘆「狗去豬來」，益為感念日本。但光復後報刊雜誌上有不少文章，表現台灣知識分子看見國民黨軍深受感動、肅然起敬的激動心情。這當然和主觀上渴慕祖國、渴望解放、憎恨異族統治的思想感情有關。但是說台灣人看到國民黨軍都反而懷思日本帝國軍隊的威武和日本人的文明開化，並非全面的事實。當然不稍多久，這些傾向祖國的知識分子就非常敏銳地看到國民黨反動封建的性質。但他們絕不以「狗去豬來」、「還是日本人強」的觀點看問題，而是學會了在全中國新舊勢力、革命與反革命的對立鬥爭的陣痛中分娩著新中國時不可免的胎血與陣痛，來看待眼前的問題，甚至積極地投身到革命而殞命！

黑暗的同盟

在《台灣論》中，小林良則露骨地表現出他反中國、鼓動親日和台灣獨立。他對於李登輝只說「特殊兩國」而不明言獨立，說台灣人與中國皆為同一民族，冀民族統一於來日的門面話都感到迷惑甚至不滿。他對陳水扁絕口不提獨立的「本心」，幾近訓誡。小林和台獨派一樣，抨擊一九九七年國中歷史教科書推出之前的台灣歷史教育，只教中國史，不教台灣史，強行灌輸「中華思想」和反日思想。他也讚賞一九九七年推出的新版國中教科書歷史篇對日本表現的「善意」，

「公平」對待了日本對台統治。他警告台灣人再也不能說自己是民族血緣上的中國人。他大聲疾呼「台灣人已經是台灣人，不是中國人！」他說，「只要台灣人不被中華思想吸收，台灣就能創造自己的歷史」。

當然，小林也大肆宣傳日本治台的德政，採訪了一些民間台灣人供祀少數幾個對台灣人施仁政、有恩德的日本人的廟，說明台灣庶民至今對日本人的感恩之情。其實個別的、有良心的日本人豈止是書中所舉被祀奉的日本中下級警官。日本著名的民主律師布施辰治和古屋貞雄，以及為組建台灣共產黨而被日本當局暗殺的渡邊政之輔，就一直和台灣農民組合、台灣共產黨並肩奮鬥。日本進步的民主的人士，在日治下的台灣協助台灣文學界、社會運動界協同鬥爭的人很不少。但這些個別的、良心的日本人的存在，絕不能抵銷作為野蠻、殘暴的制度化的殖民主義所造成的巨大而難以補償的損害。

小林說《波茨坦宣言》無效，因為三國不曾簽字。他也說台灣在日治以後，從未由中共統治過一天，台灣從來是自主獨立的。日本不應該只看中共的臉色，需公開和親日、有「日本精神」的台灣相提攜，協助這「新興的、民主主義的」、「正在掙脫中華秩序而獨立的台灣」！

日本的右派向來推崇蔣介石國民黨，說蔣以德報怨，免去了日本對華戰爭賠償。但新一代的日本右派如小林就不一樣了。他以切齒之憎恨，說蔣介石國民黨對台灣人施加法西斯暴政，比不上日人統治，說蔣從來沒有說過要以德報怨。國民黨和中共分別在台灣和大陸沒收了龐大的日產，比戰爭賠償還多，當然不能再要賠償。日本打中國，打的是後來威壓台灣人的國民黨和支持國民黨並對日開戰的美國，所以「大東亞戰爭」是正義之戰！

日本治台使台灣現代化。日本治台使台灣人產生了有別於中國人認同的「台灣人民族主義」和「台灣認同」。日本治台使台灣人文明開化，以致光復時初接大陸人就感到對「文化低下」的中國人的矛盾，感覺到台灣與大陸的距離。台灣人早已不是中國人。要嚴肅看待在有「日本精神」的台灣李總統領導下「民主化」和脫中國化的台灣！

這些說詞，乍看非常熟悉，耳熟能詳。原來台獨派的政客、基本教義者、台獨學者、作家甚至台獨資產階級精英也莫不這樣想，這樣說，這樣寫的。台獨派讚美日本治台，為日本新軍國主義一向美化和正當化其侵略戰爭與殖民主義提供了佐證。台獨派的反華媚日，使日本右派得以宣傳日本應積極介入美國以TMD圍堵中共和分離台灣的戰略。而這些刻板化（stereotyped）、歪曲的台灣論和中國觀，不僅僅在一撮子日本右派言論中發酵，隨著日本思潮的全面右傾化，也在日本的台灣研究界、日本的大眾傳播、日本的台灣文學研究界擴散。台灣獨立運動和日本新軍國主義終竟在反共、反華的接點上，結成了黑暗的同盟，曾經一時包圍了李登輝的總統府。

一個畫漫畫的小林數度訪台，不但兩次受到李登輝親自接見、長談、宴請，還見到新選的陳水扁。他受許文龍極盡逢迎媚好的招待，也被蔡焜燦待若貴賓。為了小林的參觀訪問，政府動員了外交部、國防部、新聞局和總統府。而簇擁著小小一個小林良則的一夥人有羅福全(現駐日代表)、黃昭堂、許文龍、何既明、蔡焜燦和金美齡(總統府資政)等人，而他們竟無一不是在思想上和政治上的狂熱台獨派。所以小林興奮地呼喊：「台灣有李登輝，有經歷千錘百鍊的獨立派，以及受到新的歷史教科書教育的明日的台灣人」，感到無窮的希望！

「日本的軍國主義在過去以殖民地化把台灣從中國分離出去，今天他們似乎要以台灣獨立來分裂中國。」這是一位可敬的日本朋友談到小林暴論問題的一封來信中的儆語。台獨派和日本新帝國主義的黑暗的同盟，豈能等閒視之？

結語

小林良則的暴論引起我們的忿懣，也應引起我們痛切的反思。我們不能只一味譴責日本右派，我們也要反省到台灣內部存在著嚴重媚日的總統、外交官、資政和財閥，為新日本帝國主義作倀。我們更不能把所有的帳全算在全部的「台灣人」和「李登輝」一派人的頭上。不要忘記，自一九五〇年起，國民黨蔣介石就為了反共對立，走親日路線，和日本岸信介等侵華官僚等新軍國主義政客名流——所謂「對台友好」的日本政界與財界勾勾搭搭，長年不講抗日，不紀念七七抗日紀念，甚至將台灣的抗日派視為共黨，橫加迫害。據說楊逵光復後獲罪的一條，竟是他「抗日過激」！而一些日治時賣身投靠，當漢奸發財的不肖台人，反而成為國民黨的親侍，富貴雙全。過去的國民黨親日反共政策，和今日李登輝台獨派的親日、反共、反華，都是嚴重助長日本右翼暴論的「共犯結構」。

而除非徹底清算這共犯構造，我們就無法打敗日本新軍國主義和台灣分離主義所結成的黑暗的同盟。

其次，我們應該看到美國帝國主義和日本新軍國主義都在台灣內部豢養自己的走狗和代理人，充分利用國共對立、兩岸民族分裂結構來攫取自己最大的利益。五〇年代以來，日本追隨美國支持其分裂中國、圍堵中國的政策，從而支持蔣介石的戒嚴統治，以維持日本在台經濟和政治利益。美國也在台支持獨裁統治，獲取其巨大的戰略、外交和經濟利益，從軍火交易中得到龐大的利益，從而把台灣長期置於同族相敵的巨大戰禍威脅之下。徹底反對台灣分離主義，恢復民族和平與團結，才是粉碎日帝與美帝對包括台灣人民在內的中國人民的野心的不二法門。

最後，五十年來，在國民黨反共體制下，反對美國或日本帝國主義常常被看成「左傾」或

「共產黨」，從而招來破家亡身之禍。因此，即使在反國民黨民主運動中或甚至自命左派的知識界，在台灣長期不講反帝，不講美帝國主義對台灣的支配，不講日本新軍國主義在台灣與國民黨、民進黨權力的苟合。舊的殖民帝國主義雖然過去，但新的文化的、思想的、政治的、經濟的帝國主義覬覦台灣之勢，反而是越來越嚴峻了。

《台灣論》據說就要經由台獨系出版社「前衛」漢譯公刊。這本媚事日本、反民族的漫畫毒草將如何荼毒台灣的青年學生，很值得嚴肅關注。

二〇〇一年元月

初刊二〇〇一年二月《海峽評論》第一二二期

1 本篇為「皇民化批判」專輯文章。

2 即小林善紀。小林良則、小林吉則為作者著文當時二種常見譯名。

一個台灣人的軌跡・序

近二十年來，台灣的分離運動發展了一種反民族的台灣史論，把眼界局限在台灣一島的、狹小的視域裡。在這種史論中，台灣史的現代和當代完全失去了與中國現當代史，乃至世界現當代史的聯繫及其宏偉的襯景，從而把台灣史庸俗化和猥小化了。

一八九五年台灣的殖民地化，並不是一個自來獨立民族的殖民地化。台灣在日帝下的殖民地化，是中國在帝國主義時代全面半殖民地・半封建化的總過程中的殖民地化。因此，殖民地台灣的反日民族・民主鬥爭的歷史，便和全中國反對帝國主義和反對封建主義的全鬥爭的歷史，有著千絲萬縷的深刻聯繫，從而也和一九一七年蘇俄成立之後國際反帝民族解放運動有著極為密切的關係。而離開這深刻的聯繫和密切的關係，深入地、科學地認識台灣史的現代和當代，從而展望台灣史的未來，就不可能了。

鴉片戰爭以後，中華民族歷盡了各種無告的侮辱、痛苦和混亂。令人惋惜地新近去世的台灣籍著名歷史學家戴國煇教授有這樣的看法：十九世紀中後以降，中國歷史上殖民體制和民族解放的鬥爭、革命與反革命的鬥爭、內戰與反內戰的鬥爭、侵略與反侵略的鬥爭等所帶來的全民族深重的苦難，無非是我們民族在危亡中力爭新生的胎痛和胎血。

而一九二〇年代以後，台灣一波接著一波的現代反帝民族民主革命運動，也正是這中華民族力爭新生於危亡之中的胎痛和胎血的一部分，呼喚了一代又一代台灣出身的青年、學生、知識分子和民眾，投身到包括台灣在內的、祖國新生運動的潮流裡。

而台灣桃園龍潭鄉人楊春松先生（和他兄弟一家）為反抗帝國主義、解放台灣、振興中國，推動人類進步事業的革命的一生，尤有典型的意義。

受到日本帝國主義下苛酷的台灣生活所教育，年輕的楊春松從台灣奔赴革命的廣州，旋即以中共黨員的身分回台參加了台灣農民組合的反日鬥爭。同李友邦、簡吉和趙港一代年輕的台灣革命家一樣，楊春松深信欲解救台灣，必先解救中國；欲致力於台灣革命，應先致力於解放全中國的革命。他們也深信只有中國的解放與強大，台灣才有從日帝下光復之日。在當時，台灣雖是「不折不扣的殖民地」，而「大陸是一個半殖民地半封建社會，鬥爭的環境各有不同」，但對於楊春松和他的同志們，兩地「仍是不可分割的整體」。正是在這「不可分割的整體」中，楊春松從廣州的革命的國民黨參加了中共。一九二八年，台灣共產黨創建，楊春松又以台共黨員身分出任台灣的黨在台灣農民組合的黨組的工作。同年，楊春松奔赴上海，參加由中共支持的台灣反帝同盟支部的工作。一九三二年，楊春松在上海被補，被遣送回台受審入獄。

一九三八年，楊春松出獄，不久舉家遷往日本，並在一九四五年於東京迎來中國抗日戰爭的勝利和台灣的光復。同年底，楊春松西渡祖國大陸。翌年，楊春松又回到東京，開始團結廣泛的愛國旅日台籍華僑，展開卓有成效的、進步的僑務工作，並且在日本迎接了新中國的誕生。

一九五〇年六月爆發的韓戰，把世界冷戰形勢推向了頂峰。美帝國主義把它軍管支配下的日本轉變為遠東反共軍事基地，並以大艦隊封斷台灣海峽，蠻橫地干涉中國的內政。在這形勢下，日共和其他日本進步勢力被美軍占領當局非法化，並展開了肅共運動。楊春松隨日共核心轉入地下。然後於一九五〇年底離開日本，回到大陸。

楊春松在一時分裂的祖國的、故鄉對岸的大陸，度過了他生涯的最後十年，在廖承志先生的麾下，從事新中國的僑務工作。

作為出身台灣的革命者，楊春松首先深切關懷故鄉台灣和台灣人民的解放，並以在台灣的實踐作為他革命的一生的起點。作為推翻半殖民地・半封建社會、打造新生祖國的革命家，他忠心、勇敢地投向中國新民主主義變革的洪流。而作為國際無產階級運動的戰士，他以國際主義的實踐，為日本和人類的進步事業做出了貢獻。他畢生壯美的足跡遍歷了日據下的台灣、舊時代的廣州、上海及戰爭前後的日本和祖國大陸，把一生只許開花一次的青春，真摯、深情而忠誠地獻給了故鄉台灣的光復，獻給了祖國的解放與新生，也獻給了人類追求進步與幸福的偉大事業。楊春松波瀾壯闊的一生，對於只知道把眼光逡巡於台灣一島，習慣於在喪失中國和世界現當代史的架空中思索台灣的歷史和命運的時流而言，無疑是振聾發聵的啟發。人間出版社能有機會把這本珍貴的書在楊春松先生夢魂縈繞的故鄉台灣出版，深覺意義重大，無限光榮。

本書作者楊國光先生是本書傳主楊春松先生的哲嗣。人們不僅僅能從這書中讀到楊國光先生對先人的崇敬與孺慕之情，更能清晰地讀到楊國光先生對於楊春松先生一代台灣人革命先行者的革命理想、志氣和節操的理解、繼承、信賴和堅持。當革命在全球範圍內退潮；當商品崇拜、保守主義和犬儒主義氾濫於知識思想界的今日，作者楊國光先生真摯而磊落，不屑於媚俗的洪亮的聲音，令人肅然動容！

出版之際，不禁緬懷鄭重將本書日文版介紹給我的著名台灣史學者戴國煇先生。他抱病校訂了本書的前五節，不幸於元月十日謝世。

當然，我們更要特別感謝承蒙作者楊國光先生不棄，慨然惠允以大量的勞動，重新將日文版譯寫擴大，成為漢語版定本，供人間出版社在台刊行。在祖國仍然分斷的今日，這本書尚得以順利在台公刊，也是一件很值得珍惜、值得高興的事。

承作者楊國光先生囑咐，不敢違命，是敬以為序。

二〇〇一年　春節

初刊二〇〇一年六月人間出版社《一個台灣人的軌跡》（楊國光著）

「台灣論」或「皇民論」?

評《台灣論》漫畫的軍國主義[1]

陳映真：日本的右派和台灣的台獨派都認為日本對台殖民統治為台灣帶來現代化，是有貢獻，幹了有「良心」的「大事」。這不是事實。

事實是：為了建設中國「東南七省之門戶」台灣，清廷先後派遣了改革派官僚沈葆楨、丁日昌、劉銘傳來台，建設現代化國防設施，建設鐵路、電報、郵政、水陸電線電纜等現代交通、通訊和郵政，設立現代學堂，培養現代技術人才，開辦現代化煤礦，發展國際貿易，建設國貿船隊。

此外，殖民統治的目的，是使殖民地成為宗主國資本積累的工具，其目的在使殖民地經濟成為宗主國經濟的附庸，供其剝削，這就首先必須將殖民地社會組織到現代資本主義軌道中，從而進行為了使宗主國資本主義得以肆行擴張的「構造改革」。清理地籍為了增進土地的資本主義私產制之確立，掠奪土地供日本獨占資本使用。度量衡及幣制改革，是在台灣擴張日本資本之所必須。發展製糖工業，卻以強權排除台灣本地製糖資本，壓殺傳統製糖作坊為代價。施行現代化教育，卻處處以民族歧視排除台灣子弟，以台灣人民的血稅去培養在台日本人子弟。推展公共衛生，首先為了保障日本殖民官民的健康，而現代資本主義也需要基本「健康」的勞動力供其壓榨。至於日本人強力教會台灣人「守時」的習慣，應知勞動過程、勞動時間是資本主義剝削制度的關鍵。

總之，殖民主義為殖民地帶來的「現代化」，首先是為宗主國剝削、統治之所需，是非自覺的、派生的結果，而有很大極限性。例如，先進的日本資本蓄意在台灣維持半封建的、小農制地主佃農體制，壓抑本土資本主義萌芽，挫折台灣人資本的自然發展。而宗主國在殖民地的苛烈剝削、暴力統治、民族歧視，對土著文化、傳統、語言、精神的戕害卻是殖民者蓄意、自覺的行為之結果。批判地認識殖民主義有限的「文明」作用，科學地認識殖民主義野蠻殘暴的破壞作用，是揭破殖民有功、殖民有益論的不二法門。

許文龍說日本占領台灣後二十年農民武裝游擊抗日運動是台灣的土匪，根本不是什麼抗日英雄。因為日本的現代統治危及這些土匪的地方利益，所以和日本人對抗。台灣老百姓擁護日本人打土匪，因為台灣人只要社會安定、政治清明，誰來統治都歡迎。這是十足汙辱先人的漢奸思想。

日本治台到二十世紀初，假借「土地林野調查」之名大量沒入所謂沒有現代資本主義民法上產權的農地，驅逐幾萬農民離開世耕的土地，無以為生，其中就有一部分農民忿而走入深山從事武裝抗日。另外，日本占台後，原有地方豪強，不願受日本人的統治，糾集義民，據險抗日。他們都有明確的、素樸的民族主義，表現在他們討日檄文中。這些抗日宣言，指責日本治台的殘暴，要在「中國南陵」台灣興抗日之師。羅福星起義是為了「將日本人由台灣逐出，仍舊歸為中國領土」。這些抗日暴動，無不帶有素樸的政治號召，除了日本警憲當局，我人豈可以尋常「盜匪」目之！

又查日本據台之後，動輒大規模屠殺。柯鐵控訴日本占領者「任意肆虐」，「唯嗜殺戮」；余清芳指控日本人「苦害生靈，刻剝膏脂」，著名的雲林斗六虐殺事件和噍吧哖事件，日本人集體、大量屠殺良民無數，說明平時台灣農民支持、掩護抗日武裝，日本人無法分辨抗日軍抑良民，焦慮、忿怒加上野蠻成性，遂以集體屠殺良民威懾洩忿。日本人在「征伐」台灣原住民族時，早就在部落中施行「三光政策」了。因此說台灣農民支持日軍鎮壓抗日義軍，是為虎作倀的無恥謊言。

台獨派和日本右派把日據時代的台灣描寫成現代化、文明化的天堂。但日據時代台灣文學家所描寫的台灣遠非如此。

在日據下的台灣文學，許多作家都描寫日本警察的腐敗刻毒，魚肉台民，如賴和〈一桿秤仔〉和〈惹事〉、陳虛谷的〈他發了財〉和〈無處伸冤〉；寫日帝苛酷的剝削下，台灣的農工不斷窮困化，如賴和〈豐作〉、楊華〈一個勞動者之死〉、楊守愚的〈一群失業的人〉；諷刺漢奸分子之作品，如陳虛谷〈榮歸〉、楊雲萍的〈光臨〉、賴和〈善訟的人的故事〉；寫台灣婦女悲苦的命運，如楊守愚〈誰害了她〉、陳虛谷〈無處伸冤〉。一九三〇年以後台灣作家寫生活的絕望與貧困化（朱點人〈島都〉、愁桐〈四兩仔〉、翁鬧〈戇伯仔〉），諷刺買辦漢奸分子（如愁桐的〈興兄〉、〈保正伯〉）和台灣人民的抵抗（如楊逵〈送報伕〉、〈鵝媽媽出嫁〉）。

日本新帝國主義和台灣右派互相勾結，互相應援，在小林這本書中表現得淋漓盡致。

在「理論」宣傳上，台獨派和日本右派都說日本治台使台灣社會從後進社會變身為現代社會，所以和前現代的中國社會剝離而出。他們也說，日本治台，造成獨立於中國的「台灣認同」和「台灣民族主義」，要求從中國分離出去。因日本統治而文明進步化的台灣人，與來自後進、落後中國的「中國人」（即「外省人」）格格不入，這是二二八事件以及至今台灣「族群」矛盾的根源。台灣、台灣人已難於同中國、中國人復合。台獨派和日本右派都鄙視中國，仇視中國，對中國人抱持種族主義的偏見，認為中國人道德低下，「不論做了多少醜事都賴著活下來」。他們無不以中國為他們心目中的敵人與惡魔。

日本右派和台獨派必欲將台灣從中國分裂出去。日本右派以台獨派的反華媚日言論合理化自己的殖民地反動政治（美化侵略戰爭、美化殖民統治、反對中國、振興日本精神……），而台獨派則依仗日本右派為分離主義撐腰（台灣獨立有理、台灣非中國……），台灣與右傾化的日本結盟，互相唱和，互為應援。而台灣獨立派的反動本質也從而暴露無疑了。

對小林《台灣論》的暴言忿怒聲討之餘，《台灣論》所透露出來的是台灣內部皇民殘餘勢力的存在。前總統李登輝、一個財團的首腦許文龍、一個大電子企業的老闆蔡焜燦，李登輝長期來身邊寵信何既明、彭榮次，和旅居日本台獨運動宣傳家（今總統府資政）金美齡，都是小林數度來台集中採訪的對象。而這些人極端反華反動的漢奸言論，正是在小林面前侃侃無保留地披露出來的。他們的漢奸言論，使千萬台灣人喪盡顏面。

親日漢奸分子　永遠的「主流派」

「物必自腐而後蟲生」。台灣人民不能只怪日本反動漫畫家小林。小林對台灣的侮辱，是經由上述這些親日反華分子放大後，以更大的力道打擊了台灣的尊嚴。李登輝、蔡焜燦、許文龍、金美齡、何既明、彭榮次這一批人，正是故戴國煇先生所說，日本反動右派在台灣的「共犯」！反省、批判這個黑暗的「共犯結構」，才能徹底打倒以小林為象徵的日本右派帝國主義者。

但這些台灣人／台獨派分子，絕不是唯一的共犯。一九五〇年後，在冷戰、民族對立的架構上，國民黨蔣介石也和日本「白團」、日本右翼政客、日本的「台灣遊說團」保有千絲萬縷的關係，在歷史教育中，長期不強調抗日歷史、不紀念七七抗日紀念，尤有進者，國民黨蔣介石殘酷鎮壓和迫害日據時代抗日運動家，把抗日人士視為左派、共黨人士而橫加迫害，對日帝下親日漢奸分子卻反而與之相溫存，至今榮華富貴。這種因冷戰形勢而對殖民地時代的歷史未加清理，反而與日本的戰爭官僚及台灣的親日分子苟合的台灣戰後史，促使這「共犯結構」坐大，終至使李登輝、許文龍、蔡焜燦之流肥大囂張，得意忘形，不可一世。

對於區區一個漫畫匠小林，李登輝以「總統」之尊，兩度接見，款宴於官邸，促膝長談。這是李氏政權中的權臣都不可得的寵愛，為了小林的通關和參訪，「中華民國」動員了總統府、外交部、國防部、駐日代表的資源。許文龍親自率音樂團迎宴小林於私宅，皆極盡奴顏軟骨、脅肩諂笑之能事。《台灣論》所揭露的台灣舊皇民精英的醜態出盡，也使全體台灣人蒙千古未有的奇恥大辱。

退一萬步說，即便是主張「台灣民族」論的人，也不應該將日本殖民歷史當作「台灣民族史」中光榮、驕傲的一章，沾沾自喜。奴才而猶以為奴自得，世界上找不到這種前殖民地的知識分子以被外人統治歷史為榮來作賤自己的。台灣「獨立」派可以休矣！

二〇〇一年二月

初刊二〇〇一年三月《海峽評論》第一二三期

1 本篇為「『台灣論』或『皇民論』？——評《台灣論》漫畫的軍國主義」座談紀錄，全文初刊於《海峽評論》「特載」欄目，本文僅摘錄陳映真發言部分，原刊提供相關信息如後。座談時間：二〇〇一年二月十日；地點：台大鹿鳴堂一樓會議室；主持人：王曉波（台大哲學系教授）；引言人：黃俊傑（台大歷史系教授）、陳映真（名作家）、藤井志津枝（政大教授）、陳純真（留日名導演）、曾健民（台灣社會科學研究會會長）、張麟徵（台大政治系教授）、陳卓（台大物理系教授）、郭承敏（沖繩大學教授）、劉彩品（旅日教授，前南京天文台台長）、魏鏞（交通大學教授）；記錄：夏華海。

宿命的寂寞

悼念戴國煇先生

元月初，我在一個開會的場合，從電話中妻的哽咽裡，知道了戴國煇先生病倒、送進加護病房的消息。雖然這之前的一年許，幾次和戴先生見面，已經憂愁地看見他因肝病瘦了一大圈，但聽說他倒下了，還是感到極為意外和震驚。

及至承蒙戴先生家屬的好意，把探訪加護病房的極有限的時間分給我到床邊看他時，又是一驚。戴先生已沉落到最深的昏睡裡，表情固然安詳，無如令人痛感到戴先生確實正在一步步離去，不禁熱淚盈眶。我在床邊枯立片刻，突然想到據說昏迷中的人仍然心智靈明，便俯身向戴先生說，「戴先生，請加油撐下去。朋友們都等您回來……」。

元月九日，戴先生終竟與世長辭了。

一貫做事周詳、認真的戴先生，對於病況猝然的惡化，想必也完全不曾料想到的罷。匆促間，留下多少事不曾交代、處理和安排，留下多少未竟的著述計畫，留下終竟不能眼見民族重新和解與團結的缺憾，戴先生一定走得滿懷遺恨、走得驚惶和不甘心。

一九七五年我遠行回來，飢餓一般地蒐讀各種資料，其中就有戴國煇先生以日語發表的一篇文章。文章中說，十九世紀中後以降，中國在從歷史的前現代向著歷史的現代掙扎中，一切侵略與反侵略，內戰與反內戰的煎熬和痛苦，無非是中華民族迎向她的新生的胎血與胎痛（大意）。戴先生文章的題目，甚至文章的其他部分，於今竟已不復記憶。但惟獨這一段話卻極震動了我的思想。七五年，我為自己的小說集作序〈試論陳映真〉，便依了這一段話，以中國從前現代向著現代蛻變的陣痛，說明百年來中國的渾沌和苦難。

一直到一九八三年秋末，我才能在美國的愛荷華市，第一次見到了心儀已久的戴先生。戴先生以他一貫的、對於後學的提攜，找我做了一次對談，刊在葉芸芸女士所主宰的《台灣與世界》上。

一九八七年晚夏，我因雜誌《人間》的編務，去了東京。戴先生約我在一家日本餐廳見面。一大盤炸蝦端出來後，戴先生一面抱怨我不會喝酒，一面給自己斟上一大杯冰啤酒。我們先是拉了一陣子家常，遂談起《人間》雜誌。

「編這樣一本雜誌，很辛苦吧。」

戴教授微笑著說。他於是問起那年七月號刊出的、有關仆倒在五〇年代白色肅清刑場上的革命家郭琇琮的報導。

「寫得很不錯。」

他沉吟著說。不料語聲方落，戴先生猛然抓住了我的右手腕，低下頭來，開始十分費力地吞嚥著他突如其來的哭泣。我在他強力的握力和顫抖，在他於公共場合也無法抑壓的至深的悲慟中，沉默地坐著，一任他抓著我的手腕，守候著他從別人無從知道的心靈的風暴中恢復平靜。

一分鐘後，紅著眼眶、擤過鼻涕的戴先生和我，都若無其事地說起別的事，吃完了一餐飯。

一直到今天，我從來不問，他也從來不說起那一場錐心的慟哭的緣由。但我卻從戴先生那一次無法自抑的男兒之哭，無來由地、切膚地感覺到了他與郭琇琮那一代人與歷史的、刻骨的聯繫。

一九九二年，戴先生在他為與葉芸芸女士共著的《愛憎二二八》寫的序文中，說到了在建中讀書時，少年戴國煇在今日台北泰順街「各路英傑」學長「聚合的『梁山泊』」裡，聽他們議論風發、受到強烈的「薰陶」；說到在二二八風暴中，這些「梁山泊」的學長對於事變的科學性分析，如何折服了年少的戴國煇；說到在一九四九年「四．六」逮捕學生事件中，他的「同學、學長、老師或被捕，或逃逸大陸，一時風聲鶴唳」；說到韓戰爆發後「白色恐怖」鋪天蓋地而來時，他的「許多學識超卓、愛國、正直的同學、朋友、師長紛遭繫獄、槍斃」，也說到他為「免遭無端牽連」，不在台北上大學，避禍到台中度過四年農學院的生活，終於在一九五五年悄然負笈於東瀛。

而根據調查資料，郭琇琮正是當時那「梁山泊」中熱血青年所仰望的一顆明星。

對於我而言，戴國煇先生彷彿是從一個人們長期不被允許敘說和回憶的，遭到滅族血洗而徹底覆亡的、傳說中的國度裡倖活下來、變裝逃脫，而又易服行走於今日市廛中的人。長年以來，我以尊敬默默地注視他的行止，傾聽他的言說，閱讀他的書。我於是看到，當台灣現當代史被機械地劃分為加害者與被害者，戴先生卻力言俗稱的「被害者」中的「共犯構造」，促人反思。對於一時甚囂塵世上的「台灣民族論」和台灣「建國」論，他迭次提出科學性的、不媚俗世的反論；當日本殖民統治有理、有益之論盈耳，戴先生最早提出尖銳的批判；而當人們在煽動「台灣人」和「中國人」之間的對立與仇恨，戴先生卻呼喚台灣漢族人在台灣開發史中對少數民族犯過的滔天「原罪」意識，並且在自己的生活實踐中，深情地關懷原住民朋友和他們的運動……。

一九九六年，戴先生任職於「總統府」，在一些朋友中招來一陣訝異和議論。一九九九年他辭職不久，我們相見於一茶室。

「別人說我『晚節不保』，為什麼獨獨你對我不曾置疑？」戴先生以日本語問我。

我笑而不答。及至去年，戴先生最後一趟到日本，有日本朋友告訴我戴先生在日本說我「最能了解」他。每想到一個從昔日的災禍中倖活下來而彳亍於今日市廛之人的徹底的孤獨，不禁悵然。

如今戴國煇先生猝然走了。我不能不感到痛徹心肺的損失和悲哀。家族決定把戴先生的骨灰撒在祖國的海峽，歸於大化，連墓碑都不留下來。

戴夫人林彩美女史和家族的這樣的決定，不但體現了對於戴先生朗朗錚錚的一生的理解，彷彿也深刻地理解了戴先生那宿命的寂寞的長途。

初刊二〇〇一年二月十日《中國時報・人間副刊》第二十三版
收入二〇〇四年九月洪範書店《陳映真散文集1・父親》

沒有「幽靈」，只有心中之鬼1

《左翼》第十五號何六九〈當幽靈徘徊不去的時候〉（以下略稱〈徘徊〉），理論知識淺陋，立論邏輯錯亂，文章本身不值得討論。但作為反面教材，〈徘徊〉提出了漫性地苦惱著台灣相對進步的思想界的一些問題，值得一談。

一、「不問民族」的問題本質

〈徘徊〉以為，有人主張台灣的變革運動應該超越統獨的論爭，即越過台灣獨立論和中國統一論，進行一島的變革運動。無如〈徘徊〉咬牙切齒地以為此「不問民族」論，其實就是為「漢族民族主義」開綠燈。為「漢族民族主義」「護短」，藉以「痛恨的態度」去「苛責」「台灣民族認同」。這其實是台獨派皮相的詛咒。

一九七〇年，北美的台港留學生為美國片面將釣魚台列嶼行政權劃歸日本而崛起，發展為保衛中國領土釣魚台、反對日本軍國主義和美帝國主義的運動。一九七一年，運動向左迴旋，發展為中國民族統一運動。由於正值文革期間，毛澤東主義的中國社會主義成為一代海外知識分子改造自己的思想、自己的世界觀和生活實踐的標竿。以人民共和國為中國唯一合法的代表，反對兩個中國、一中一台和台灣獨立，主張兩岸最終的統一……成為「保釣」運動左翼共同的政治選擇。文革結束之後，一方面文革的暗部逐漸呈現，一方面中共的路線方針從激進的不斷革命論向著集中發展經濟的方針移行。毛主義被束之高閣，文革道路遭到清算，市場經濟論煽動了全社會對商品和物質的飢餓……在「釣運」左翼中以社會主義和毛澤東主義改變了自己和人生道路的人們，開始深刻地懷疑一九七八年以後中共的社會主義道路，從而使原本理所當然地以大陸社會主義統一台灣、變革台灣的思想陷於苦惱。他們開始思考台灣的社會主義變革道路的另外可能的選擇。左翼統一論逐漸變成了左翼的統一躊躇派。

一九九二年以後，隨著大陸的國家資本主義與私有經濟綜合經濟迅猛發展，這些毛派人士眼見中共對台政策逐步非革命化，及至九七年香港回歸，他們眼見了紳商階級主導的、妥協的民族統一模式，加深了毛派人士的失望。在另一方面，對中共黨的性質、其對台政策和港澳模式統一的深刻懷疑，並沒有使他們轉而選擇既有的右翼和「左」翼台獨，因為他們的理論知識遠遠超過了各派台獨。

而凡此，都促使毛派人士逐漸趨向於某種「一島社會主義」變革論。九〇年代中，這些毛派朋友陸續回台，首先找台灣在地左翼統一派——主要是五〇年代肅清中倖活下來的前政治犯和七〇年代在地保釣左翼，即《夏潮》雜誌周圍的年輕世代——尋求同盟。但後者對於民族統一的近於「黨性」的堅持，使他們至今無法走到一起。

在「台灣民族論」、「台灣意識論」自八〇年代後在台灣形成一世霸權意識形態的環境中，上述台灣毛派把工作之難以展開，歸咎於滲透到台灣生活之方方面面的「統獨糾葛」，遂有「不問統獨」、「不問民族」的主張。

台灣在地左翼一直把毛派的朋友當作一時尚不能完全契合的朋友。但〈徘徊〉卻不明究理，無端指責這些朋友是在背後陰助「漢族民族主義」，打擊了「台灣民族派」的罪魁，咬牙切齒，破口大罵，突出地表現了它的幼稚與粗暴。

二、民族主義

民族主義分成古典的民族主義和現代的民族主義。

少數幾個具有悠久歷史，創造過輝煌的文明或宗教的民族，如中國、羅馬和希臘等，很早就有「華」、「夏」、「漢」的意識和認同；有羅馬人、希尼利人、希伯來人的意識。這些我族認同，已不同於單純的血統認同，而在血族之上摻合著對自己的歷史、文化和宗教的強烈尊榮感。

現代的民族主義又應該一分為二。第一種是和資本主義發展過程有密切關係的、西方資產階級的民族主義。隨著商業資本主義向工業資本主義發展，新興的資產階級市民登上歷史的舞台。資本主義需要廣闊統一的市場，這就需要打破一民族中封建小邦的壁壘，建設一個強有力的中央政府，保障資本的自由流動，為資本的擴張做後盾。於是資產階級市民起來革命，打倒封建國家，建設現代統一的資產階級民族國家。資產階級民族國家形成過程中，不列顛、法蘭西、德意志的光榮意識和民族統一意識和「民主」、「自由」的口號，成為資產階級革命的鮮明旗幟。這便是西方資本主義現代國家的民族主義。

自由競爭的資本主義發展為壟斷資本主義，為了爭奪原料和市場向外擴張，爭相分割世界，於是世界進入了帝國主義的時代。世界劃分為兩大部分。一部分是少數的、富有的、資本主義的、強大的、剝奪和壓迫者的民族與國家，而另一部分是占世界大多數的、貧困的、前資本主義的、弱小的、被剝奪和被壓迫民族與國家。強大的、壓迫與掠奪性國家的民族主義發展為帝國主義的民族主義——藉口傳布基督教化、傳播現代文明，散播「民主」與「自由」，擔負起「白人的負擔」，把自己的「生命線」隨意推到別人的庭院，主張霸權利益，而以殖民地、租界、勢力範圍，保護國等形式宰制弱小的、被壓迫和被掠奪的民族和人民。小林善紀的「日本精神論」、「台灣獨立」和「日台聯合」反對中國，都是日本的民族主義，拒絕承認慰安婦和其他戰爭犯罪，和美化日本在台殖民歷史莫不是日本民族主義。美國藉口「民主」、「人權」到處干預他國事務，以「安全」之名分裂別人的民族，堅持發展NMD以「防範『流氓國家』」、「保護美國及其同盟國」，也莫不是霸強國的、帝國主義的民族主義。

另外一種現代民族主義是弱小的、被侵略、被掠奪和壓迫的國家及民族的民族主義。這些弱小、被壓迫國家的社會都處於形形色色的前資本主義社會——處在半封建、封建，甚至是部族共同體階級的社會，因此尚未發展出伴隨資本主義充分發展而來的現代民族主義。但是列強殘酷的侵凌，使全民族面臨滅亡的危機時，在這些前現代社會中最先出現的是農民的、前現代的、帶有封建迷信色彩的、武力與帝國主義懸殊的、以血族認同為基礎的抵抗，如義和團、太平天國起義，如一八九五年後台灣反占領鬥爭中農民的前現代武裝游擊抗日行動。胡阿錦起義，宣稱要「誅滅倭奴」就是一種血族論的反帝思想。柯鐵說日本人「大非人類……為嗜殺戮」；噍吧哖事件首謀余清芳強調「古今中華主國，四夷臣欽」。而日本「倭賊」來侵，使「中原大國變為夷狄之邦」所以要反抗日本。這分明是〈徘徊〉所不憚於咒罵的「漢族民族主義」，充滿了對漢族認同的自尊與驕傲感。而在前現代社會面接帝國主義強盜時第一階段的反帝圖存運動的思想，世界各地都不能不是〈徘徊〉所百般鄙視的「種族民族主義」，只可惜〈徘徊〉的作者的先祖也無從例外。

及至農民的反帝運動失敗，淪為殖民地或半殖民地。殖民主義終竟帶來了帶有各種極限性的資本主義生產方式，使社會發生重大變化，在通商口岸興起了現代商工城市，出現了資產階級市民和現代工資勞動階級，出現了帶有舊地主根源的民族資產階級。這些和現代世界體系有了聯繫，感受到帝國主義對自己的資本主義發展帶來重大阻礙的資產階級，在殖民地或半殖民地發動資產階級的改良運動（例如康梁改革運動和林獻堂等人的改良主義）。其中之激進者則走上資產階級民主革命（如台灣蔣渭水等和孫文的辛亥革命）的道路。這是殖民地．半殖民地反帝運動的第二階段，即殖民地．半殖民地的資產階級民主革命階段。這個階段又一分為二。它的初階段往往也脫離不開血族論（如排滿運動）。及至在通商口岸成長的現代無產階級作為社會力量增長，在一九一七年蘇聯革命後，才逐步發展為在血族論之上豐富了階級論和國際主義的、(半)殖民地現代民族主義。

論民族主義，應該聯繫到不同的社會發展階段(即不同的生產方式)，善於認識到西方現代資產階級民族主義與自由競爭資本主義的生產方式的關係，善於認識帝國主義的民族主義與壟斷階級的資本主義之間的聯繫，也要善於認識後進殖民地．半殖民地社會不同階段、不同階級的民族主義。似〈徘徊〉那樣歷史唯心主義的乾嚎，只能暴露其以「左」派裝扮自己，卻敗絮其中的面目。

由此可見，從民族認同而種族認同而現代的民族認同，有一個歷史唯物論的發展(即與社會生產方式的不同階段相適應的發展)，更有一個辯證法的發展，即民族、種族到民主的辯證的，互為嫖見的關係[2]。種族意識發源於民族認同，現代民族認同中內包著種族意識。日本帝國主義離不開大和民族主義；德國的法西斯擴張離不開日耳曼亞利安種族優秀論。八年抗戰中發達起來的中國民族主義中，到處可見中華民族認同的歷史驕傲感。歷史唯心主義地把民族主義同種族認同機械地斷絕，說明了〈徘徊〉的非科學性。再說〈徘徊〉疾言抨擊的「種族主義」所造成的種族相殘，也要考慮到這些條件：(一)帝國主義的世界割占，把許多還處在氏族共同體階段的民族硬生生地編入資本主義掠奪體制，並利用和挑撥部族仇恨與殘殺來進行殘酷統治；（二）廣大第三世界地區，在被帝國主義割占之前，從來沒有現代國家的疆界，各氏族、各部族、各種族或宗教共同體依自然的發展而犬牙交錯地生活。但帝國主義為割占的方便，硬生生劃下了疆界，留下大量的社會、經濟、宗教和種族糾紛。二次大戰後，帝國主義策略性地讓殖民地「獨立」，使「獨立」之後社會即刻面臨帝國主義支配所長年積累的種族矛盾的爆發。帝國主義的「學者」和「理論家」以嫌惡的口吻談獨立後社會的種族矛盾，實無非在掩飾殖民體制的罪惡，美化殖民地歷史。〈徘徊〉對所謂「種族主義」的咒罵，其實是帝國主義老爺的論調。

三、階級主義和民族主義

〈徘徊〉齜牙咧嘴地詛咒「漢族民族主義」，其目的是宣傳他的「台灣民族主義」。他說「漢族民族主義」會「麻痺」台灣工人的「階級意識」。這是人云亦云地把階級主義和民族主義對立起來，以「工人階級」的「國際主義」標榜。但這不是馬克思、恩格斯的意見。《左翼》第十到十二期李崇人的文章〈統獨左右問題的上下求索〉對這個問題做了極為精闢的分析。恩格斯以為，為了波蘭社會的進步與發展，就要優先解決把波蘭從外族壓迫和統治狀況下解放的問題。因為一個民族如果不能從外族支配下得自由，那個民族就無法專注於其他目標（例如階級解放）的達成。恩格斯說國際工人運動，只能是已經獲得自由與解放的工人之間和諧的關係。在帝國主義壓迫下，民族解放的鬥爭是階級解放的條件。

再從亞洲尤其是中國的歷史看，無產階級的社會主義鬥爭，與反帝民族解放往往是合二為一而不是對立的。社會主義的目標是獲得解放、自由和獨立的諸民族自由的聯合所形成的大家族。對於殖民地壓迫下的諸民族，反帝民族主義驅動廣大民眾爭取民族的解放，斯而後才有獨立的工農無產階級致力於自己的解放。社會主義和民族主義的結合，在亞洲，尤其是中國帶來人民的勝利。列寧這樣讚嘆：亞洲反對帝國主義的民族民主革命帶來社會主義的勝利。在二戰期間，蘇聯以愛國主義動員蘇聯農民贏取反法西斯、捍衛社會主義鬥爭的勝利。把階級運動和民族運動對立起來，是膚淺的看法。

四、「台灣民族主義」的欺罔

當然，〈徘徊〉反對的只是作祟於其作者腦袋裡的「漢族民族主義幽靈」，卻極力宣傳他的台灣民族主義。左派又怎樣科學地看待「台灣民族主義」，成為理論課題。

「台灣民族主義」的成立，首先要看有沒有一個「台灣民族」的存在。歷史上，「台灣人」從來不曾獨立建國過。她也沒有經過各階段生產方式嬗變的歷程。台灣的原始社會是非漢人（也即非「台灣人」）的原住民社會。由於漢族移住民和荷蘭、西班牙等重商主義殖民主義的干擾，這些原住民的氏族共同體社會的自然發展受到阻害，沒能自然地推演到奴隸社會階段。明鄭以後至於清代，漢族人從大陸帶來成熟的、封建的生產方式與生產關係，台灣的社會性質一變。在台灣的地方社會史上，於是就缺少了奴隸社會階段，這也說明了台灣社會不是一個自來自然發展的社會，而是封建時代漢族移民的社會，是中國本部漢族社會發展史的一個組成部分。

很多「台灣民族論」者都以為自盤古開天，就有一個昌盛的「台灣人民族」存在。這苦難的民族陸續受到荷、明、清、日、國民黨「外來」「殖民政權」的統治。

這種刻板說法有兩個問題。明鄭、清廷和中華民國之治台，可不可以和荷蘭、日本的對台統治，在性質上都目為「外來政權」的「殖民統治」。因為〈徘徊〉的作者自詡為一個「左」派，他就應當知道列寧對帝國主義的界說。列寧說，帝國主義有五個特徵：「（一）生產和資本的集中發展到這樣的高度，以致造成了在經濟生活中起決定作用的壟斷組織；（二）銀行資本和工業資本已經融合起來，在這金融資本基礎上形成了金融寡頭；（三）與商品輸出不同的資本輸出有了特別重要的意義；（四）瓜分世界的資本家國際壟斷同盟形成；（五）最大資本主義列強已將世界上的領土劃分完畢……」明鄭對台灣統治，是一種豪族藩鎮封建統治；在鴉片戰爭之前，清朝對台灣的統治是封建的統治。鴉片戰爭之後，台灣連同全中國淪為半殖民地半封建社會，受到帝國主義資本、買辦資產階級、官僚資產階級和大地主階級的統治。因此不論是明鄭、鴉片戰爭前後的清代，都不符合列寧的五個條件，把明鄭、清代治台與荷蘭殖民主義，日本帝國主義對台支配等量齊觀，是烏龍「左」派的爛言。

再從人口學觀點看台灣漢族系移民社會的形成過程。

從一六四〇年代末至五〇年，在荷蘭當局治下的原住民六萬人。鄭芝龍和荷蘭統治當局從大陸沿海運貧困農民移民來台從事半農奴勞動，自一六四〇至六一年間，漢族移民從五千增至三萬五千，分別居住在打狗、下淡水、笨港、二林、大員等地。

鄭氏治台期間，大批漢族的軍事移民使台灣的人口大增。一六六一年先後來台士兵、隨從、眷屬等共計三萬多人。一六六四年，沿海島上鄭軍眷口、宗室、豪紳七千人來台。一六七四年，鄭軍俘清兵二千餘人來台囤墾。八〇年，鄭軍又從福建沿海撤軍員數千人來台。因漢族移民大量湧入，至鄭氏末期，台灣漢族人口已經超過十萬人。明鄭不是對原居台灣的「台灣人」和「台灣民族」的統治。鄭王朝統治的是自己從大陸帶來的兵員和農民。

一六八三年，明鄭敗亡，清朝中國統一了台灣。次年開放海禁，「流民歸者如市」、「內地入籍者眾」。但不久施行海禁，但對岸冒禁偷渡來台者每年以十數萬人計。據統計，從一七六三年到一八一一年間，台灣的人口從六十六萬人增加到將近兩百萬人。這種高人口增加率當然不是自然的一代代生養出生的增加率，而是移民性的增加率。在清朝治台前期，其所統治的根本不是原住台灣千百年的「台灣人」或「台灣民族」，而是陸續累年來自對岸大陸的漢族「中國人」！

一八五〇年到六〇年間，台灣作為移民社會的特徵逐漸消失，進入了世代定居的社會。到一八九三年，台灣人口才增加到二百五十幾萬人，人口增加率下降，呈現人口的移民增長向自然增長轉變。一個自我存在的，有別於中國人的「台灣人」、「台灣民族」的形成說，只能是彌天的謊言。

四〇年代末露出苗頭、五六〇年代發展於日本、七〇年代發展於美國、八〇年代猖獗於島內的民族分裂主義，從其發展歷程看，表現出世界戰後冷戰史的反動烙印。

一九四三年，即二戰結束前夕，美帝國主義(若柯喬治之流)早已開始占有台灣的陰謀。一九四六年，國共內戰爆發，四七年發生二月事件，內戰形勢開始逆轉。眼見人民革命力量的壯大，在美蘇冷戰態勢不斷升高情勢下，美帝主義企圖以「託管」、「自決」甚至「獨立」將台灣從新中國分離出去，培植一個反共、親美、獨立於中國的台灣，成為美國至今奉行的台灣政策的基調。而形形色色的獨立論，連同兩蔣政權時代的「反共統一」、「勝共統一」，及今日的「和平演變統一」論，其實都是為執行美國干預中國內政，分裂中國的帝國主義政策服務，是冷戰時代反共、反中、親美的總的意識形態之一環。最近，日本右派漫畫家小林在他的《台灣論》中熱烈讚揚台灣的台獨派精英之反華、親日和反共，叫囂台灣獨立，日本提攜台灣共同敵對中國，生動說明了「台灣民族主義」無非是美日帝國主義意識形態。

五、台灣變革論中存在著民族解放的問題

簡單概括當面台灣社會的性質，台灣是一個「新殖民地．壟斷資本主義」的社會。台灣作為美國的新殖民地，表現為歷屆政權對美帝國主義政治、外交、軍事和冷戰戰略利益的庸從；表現為經濟上對美依附；表現為一九七九年前台灣成為美國冷戰前線；表現為台灣學識、文化、思想、意識形態壓倒性的對美扈從；表現為依《台灣關係法》的台灣之美國附屬化。但在這一切之中，尤其表現為自一九五〇年以後美國干涉中國內政、長期分裂中國，最近則表現為布置ＴＭＤ，把台灣組織到《美日安保條約》新指針及所謂「有事立法」中，使兩岸民族

對峙激化。台海的分裂對立，是美帝國主義干涉台灣人參與過，並為之付出大量犧牲的中國革命鮮明昭著的事證！

因此，高舉反對美帝國主義的旗幟，反對美帝干預中國內政，反對美帝對台灣的新殖民地支配，克服民族分裂的矛盾，不同於「黃帝子孫」一類的封建國粹主義，而是從台灣社會之新殖民地性質規定出發的。台灣的變革運動，存在著反對美（日）帝國主義新殖民支配的民族解放的課題。而民族統一正是在台灣的民族解放鬥爭的核心。

台灣變革運動不但不能「不問民族」，而且要旗幟鮮明地反對美（日）新殖民主義，反對甘為帝國主義工具，以民族對峙結構為統治工具的歷屆反共反動政權和形形色色的台灣分離主義，最終克服民族分裂的矛盾。

當然，從台灣新殖民地性推演出來的反美帝民族解放的任務，和從台灣壟斷資本主義性質推演出來的、以社會主義變革為目標的「人民民主主義」的方針，有待更深入的討論，但這已不在〈徘徊〉提出的問題範圍，限於篇幅，就留待高明了。

初刊二〇〇一年二月《左翼》第十六號，署名樊梅地

1 本篇為「野風與星火」專欄文章。

2 原文如此。

《台灣論》和「共犯結構」

日前與曾經多年追隨過丘念台先生的林憲老先生晤談，不免說到《台灣論》事件。日據時畢業於日本中央大學的林老先生，對許文龍媚日自辱的言論深為不齒。但是他也讀到一些評論，把與許文龍同一代的台灣老一輩人全都看成不能免於親媚日本的一輩，而忿忿不平。「這使我回想到光復初期陳儀當局常常無區別地把台灣同胞一律看成被日本教育『奴化』的人。」林老先生說：「這引起當時廣泛反日台灣知識分子的反感。這種說法，不是事實。是偏見。」

事隔五十多年，「台灣老一輩人多親日」成為一種刻板的印象，流傳於即使對台灣史恆抱著善意的人們中間，嚴重抹殺了那一代人的大多數對自己在殖民地下所受的壓迫和侮辱的難忘的痛苦；抹殺了那一代人明中暗中、直接間接反抗過日本，有人甚至奔赴大陸參加抗戰的事實。「日本人的同化教育絕沒有成功。在高壓之下，把名字改成日本氏名的台灣人也很少。」林老先生說：「除了極少數御用紳士和極少數皇國青年，我們都反對日本人。」

這使我想起光復初有關「台灣人受日本教育的奴化」問題的激烈爭論。

根據一位日本民間學者橫地剛先生收集的資料，抗日戰爭勝利前夕的一九四五年三月，國府的「台灣接管計畫綱要」所列對台文化政策中，就有一條主張加強民族意識、掃除「奴化」思想、普及教育機會、提高文化水準……但這條原則到了陳儀長官公署宣傳機關，就發展成為全面批判「奴化」的運動，概括地宣傳台灣同胞在政治、文化上被日本「奴化」過，所以要強化「中國化」的心理建設。然而，陳儀當局竟而逐漸以台灣同胞受到日本統治造成思想精神上的「奴化」為藉口，要排除台灣同胞的參政權利，達到陳儀集團獨擅台灣政治的目的。這就引起當時廣泛台灣知識分子批判的怒聲。作家吳濁流就說，這種說詞「太侮辱台灣同胞」，是陳儀當局為了維護政權的「愚論」。台灣著名文字評論家王白淵說，台灣人民雖然被日本的奴化政策統治了五十年，但「絕對沒有被奴化」過。吳濁流也說，日本在台灣的所謂的奴化教育，「不但沒有成功，甚至是破產了的」。著名作家楊逵說得最深刻。他說，自從有階級社會和階級統治，就有為階級統治服務的「奴化教育」。「所有的帝國主義、所有的封建社會、封建國家都大規模地從事奴化教育。」「但，奴化了沒有，是另一個問題。」就台灣歷史看，楊逵認為，台灣「大多數的人民」「未曾被奴化」。台灣現代史中許多農民起義和日據下「反日反封建鬥爭得到大多數人民的支持，就是明證」。

陳儀當局以「奴化論」為藉口排除台灣同胞在光復後民主參政時，台灣文化人除了上述直接反駁之外，便是響應吹遍一九四六年到一九四九年的中國的、全國性高舉了民主自治、和平建國、反對內戰的民主運動，提出台灣高度民主自治的要求，來回應所謂的「奴化」論。四七年二月事件提出的三十二條和四九年初楊逵《和平宣言》之所揭舉，和當時「政治協商會議」的公開決議基本上是一致的。在我周遭，半生從事反日社會運動，光復前後幾度入獄的台灣籍老人，就有周合源先生、伍金地先生和許月里女士。認為老一輩台灣人一律「親日」的先入之見，應該糾正過來。

這次《台灣論》引來批評，集中在有關「慰安婦」的問題上。其實，《台灣論》有關台灣史的暴論還有很多。說日本殖民統治帶來現代化，是一項「偉大的事功」，就是一例。其實日本據台之前，清朝治台官吏如沈葆楨、林則徐、劉永福等就在台灣敷設鐵道、辦電信電話、開辦現代採礦事業、發展對外貿易。關於日本治台的「德政」，日據下台灣文學作品早已做過評價。在這些作品中，除了極少數四〇年代的「皇民文學」作品，都是控訴日本警察刻毒台民，索賄不成挾嫌報復；都描寫台灣農民在異族統治下受盡盤剝，淪落貧困的深淵；描寫苛政下台灣女性身受多重壓迫；描寫反抗的意志，也描寫了在強大暴力前的絕望與頹廢，卻絕沒有人謳歌日本統治的文明開化。日據下台灣作家知道，壓迫、歧視、剝奪和侮辱才是殖民統治的本質，而日本人一些現代基礎建設、醫療、公衛、現代教育等等，是使日本現代資本主義得以在台順利啟動，使台灣經濟附屬於日本經濟必不可少的前置工程而已。日本人在台推行現代教育，存在十分嚴重的民族歧視，是眾所皆知的。有一位抗日老人就說得很形象。他說，一個老鴇買來貧苦人家的女兒當妓女。為了搖錢，老鴇也許讓妓女基本上吃上三餐白飯，買胭脂水粉、買絲綢細軟裝扮這妓女。但對可憐的妓女而言，失去人身人格的自由，不分晝夜接客的痛苦以及被斷送摧殘的一生，才是她的命運的本質。這妓女絕沒有任何理由去感謝和歌頌胭脂水粉、三餐白飯和絲綢細軟。看待殖民統治的功過類此。

許文龍還說，一八九五年到一九一五年台灣農民反對日軍占領台灣的、無數前仆後繼的游擊武裝是「土匪」，不是什麼抗日英雄。許文龍說台灣老百姓支持日本人剿殺「土匪」，不擁護抗日武裝。

但日本歷史學家大江志乃夫有過統計。馬關割台，台民不從，日本乃派兵征服。從澳底登陸到台南占領，一共殺害了一萬七千多個人。第二年，以台北為起點，爆發了一直連續到一九〇三年的農民抗日游擊鬥爭，估計又殺了一萬兩千人。而這些殺戮中，包含著大量無甄別的良民大屠殺。據大江的調查，一八九六年四月到十二月，查不到具體殺伐台灣人民的數字資料。一八九六年六月，日本人在雲林大屠，只說當地三九六戶及周近五十五個村莊凡三千九百戶皆被屠殺，具體人數不詳，據官署說，原因是「無法甄別良民和匪徒」。一九一五年噍吧哖事件，日本人大肆屠殺，也至今沒有具體的數字。

為什麼無法甄別良民和「匪徒」？顯然是這些抗日武裝平素受到廣泛台灣貧困農民的支援和掩護，致日軍疑草木皆兵，大開殺戒。這與美軍在韓戰及越戰戰場上所犯、對良民大屠殺案件性質完全一樣。許文龍說台灣抗日軍是「土匪」，台灣農民支持日人剿「匪」，這是日本憲兵司令部的邏輯，是對台灣抗日史的大侮辱。

此外，《台灣論》充滿了毫不遮掩的、對中國人和民族的仇恨與侮蔑，說日本人人格道德高尚，而「支那人」則「無論幹了多少醜事，都能賴著活下去」。這是法西斯的種族主義。當年侵華戰爭中日軍屠殺幾十萬中國人，就是以這種中國人劣等論作為基礎的。

所謂「物必自腐而後蟲生」。剛剛過世的戴國煇教授就提出過「共犯結構」的概念。《台灣論》一書中的暴論，絕大部分出自台灣前總統、企業領袖、總統府資政親口所說。《台灣論》對台灣、台灣人民所加的侮辱之深和造成的傷害之巨，與其說來自小林，其實是來自這些台灣人皇民「精英」。而書中透露了一個小小漫畫家居然受當時總統兩次宴請長談，動員了外交部、國防部、總統府、新聞局協助小林在台灣的參訪活動。因此，在怒責小林的同時，也應反省台灣內部的這些「共犯結構」。而耐人尋味的是，這些台灣人皇民精英，一律是獨派人士，殆無例外。

人們不能明白，即便要宣傳台灣是一個新生民族，在他們的「台灣民族史」中，也不能崇揚日本統治台灣的歷史吧。

但是如果因而有人說台灣人果然「親日」，也是缺少自我反省的說法。不能諱言，自一九五〇年兩岸對峙以來，台灣兩蔣政府為了自己的「戰略利益」，長期採取親媚日本右派的政策，換取其對台支持，共同反共、反大陸，沖淡抗日歷史，不紀念七七抗日，甚至有系統地迫害日據時代台灣抗日前輩，同時又與日據時代媚日事敵的台灣人豪紳階級相溫存，讓他們至今榮華富貴。今天「外省人」國民黨人士出來譴責小林侮辱台灣阿嬤是正義的行動。但是也要深刻反省在民族分裂架構上國府過去錯誤政策的歷史責任。

《台灣論》事件猶自沸沸揚揚，小林擺出暫不來台的姿勢。日本回來的「資政」說，對《台灣論》的批判是統派、親共人士的陰謀。有人在大街上贈送《台灣論》，有人大談民主、人權和「言論自由」……依我看，這都不一定是壞事。我一直以為《台灣論》是一本極好的反面教材。我絕不相信台灣人民就沒有起碼的自尊心和自我驕傲，為小林的暴言所惑。這是怎樣看待人，怎樣看待歷史中的自己，和怎樣看待暴力的問題。台灣人民遭受過長達五十年的殖民地統治，如何自己評價這五十年的歷史、生活和價值，《台灣論》事件已經把一切在台灣的中國人都推向答卷的桌子前了。

二〇〇一年三月三日

義芝兄：可用與否，任兄卓裁。

陳映真 2001 3/5

本文依據手稿校訂

李友邦先生紀念文集・序文

《李友邦先生紀念文集》，是收錄一九九二年海峽兩岸同時紀念台灣籍著名抗日革命家李友邦將軍犧牲四十週年的三十八篇追思紀念文章及一九九九年紀念台灣義勇隊六十週年的二十五篇紀念文章（其中台灣三十一篇、大陸三十二篇）而成的文集。由於複雜的歷史和政治原因，李友邦將軍的歷史和功業，被湮沒長達半個多世紀之久。然而歷史的公義畢竟沒有遺棄李友邦將軍。本書收錄的六十三篇見證和評述，終究初步還了李友邦將軍那令人緬懷和尊敬的本來面貌。

不論是回顧李將軍親手創建的「台灣義勇隊」或「台灣少年團」，很多文章都提到抗戰期間在福建崇安的台灣人集中營。中日戰爭爆發之後，主持福建省政的陳儀當局，竟將當時避秦西渡福建閩南一帶的台灣人（三、四百人）強行押送閩北崇安集中，防止殖民地台民在大陸「通日」。這些被集中起來三、四百名的台灣人，其中有不少是醫師、教師和商人，還有他們的眷屬幼兒——在墾荒的重勞動、飢餓、疾病和幾乎衣不蔽體的悲慘處境中，過著絕望的日子。日本的殖民統治，使台灣同胞和大陸同胞之間產生嚴重誤解與猜忌。而陳儀當局的顢頇粗暴，在抗日戰爭的背景下，使崇安「集中營」中的台灣人在自己的祖國和同胞中竟成了異國、敵國的人，受到密告的冤謗和沉重的傷害。

就在這時，李將軍在一九三八年為這些陷入絕境的台灣同胞請命，風馳火急地趕到偏遠的崇安，解救這些台胞，並且號召他們加入甫成立的台灣義勇隊，為「保衛祖國．收復台灣」做貢獻。

許多回憶文章都說到，自崇安集中營解放，參加台灣義勇隊，是改變生命、改變命運的轉捩點。他們從絕望的囚人變成了有明確、火熱的生命目標和生存意義的人。在嗣後的歲月中，他們追隨李將軍投入偉大的抗日民族解放鬥爭，做對敵策反、情報蒐集、抗日宣傳、醫療服務、勞動生產等艱難而又富有人生意義的工作。在艱苦卓絕的工作和貢獻中，他們受到大陸抗日人民的讚賞與接納，證明了絕大多數日帝統治下的台灣同胞一仍熱愛祖國，反抗日本。一直到今天，這些台灣人老義勇隊員和當年的台灣少年團員，對李將軍都充滿無限崇敬、愛戴和孺慕的真情實意，對於追隨李將軍抗日的歲月和事業，也充滿了驕傲和光榮之感。這些真情流露的文章，從感性上為讀者賦活了李將軍和義勇隊及少年團為抗日復台而輾轉、艱難地戰鬥在祖國東南戰區的一頁頁生動的歷史，感人至深。

二〇〇一年四月

這些紀念文集幾乎都異口同聲地描繪了李友邦將軍作為偉大領袖人物的、天生的人格魅力。這種人格魅力，顯然來自李將軍熱愛祖國、熱愛台灣和真誠關愛凡追隨他的人——包括才十幾歲的少年團團員的人格特質。對於這些少年團員，在遠離父母的艱苦歲月中，李將軍是他們深所信賴和依恃的慈父，對於成年的義勇隊員，李將軍為他們找到了生存的莊嚴意義，找到了終生奮鬥的理想，為他們的人生開啟了新而光明的道路。他們在李將軍周圍，在接踵而至的鬥爭與數次戰鬥中學習、進步、成長和改變。他們在李將軍艱苦樸實，誠懇認真，堅忍奮鬥，愛人如己的品質和風格中受到觸及靈魂的薰陶，改造了自己的生命，改變了自己的人生道路。當人們讀了這數十篇文章中，散居海峽兩岸的老隊、團員不約而同地，對於李將軍深切懷思、感念、呼喚和傾慕，我們第一次在迢隔半個世紀之後，和作為鮮活的人的李友邦將軍相逢，心中不禁激動。

如果考慮到李將軍自二〇年代以來浮沉在複雜的中國政治形勢的歷史經驗這一背景，對於李將軍這種處於亂世汙泥而猶保持其真人赤子的品質，敬佩尤深。作為來自殖民地台灣的台灣人，他親炙過國父孫文先生，和廖仲愷有師生之誼，親歷了國民黨左右對峙的險惡，在第二次國共合作中再起，在險峻的監視和派閥惡鬥中堅持生存鬥爭和發展。而這一切絕不曾使李友邦將軍變成一個見風轉舵的政客，一個剝削和役使所部以達成一己的野心的軍閥。正相反，尤其當他面向和他一起一路同甘共苦的隊友，不論老少，總以真人赤子的面貌相見，即使到義勇隊被迫解散，糧餉斷絕，亦猶如此，讀之動容。

抗日戰爭勃發之後，日帝在台灣的殖民統治倍為森嚴。台灣的抗日政治社會運動早在日帝發動「九一八」事變時的一九三一年就遭全面鎮壓。一九三七年後，日帝在台全面施行「皇民化」以配合其侵略政策，在全面軍事統治下，台灣人民已無法公開發展抗日鬥爭。這一時期中台灣人民的抗日活動，只能表現在早年旅居大陸的台灣人反日愛國組織的鬥爭。而李友邦將軍領導的「台灣義勇隊」、「台灣少年團」和「台灣醫院」，是在大陸台灣人抗日組織與抗日革命實踐規模較大，政治綱領方針較明確，抗日行動較卓有成效、較具體的一支隊伍。因此，台灣義勇隊和當時在抗戰中國的「朝鮮義勇隊」以及「日本反戰同盟」形成了日帝殖民地台灣和朝鮮，以及反對日本法西斯鬥爭日本反戰進步的共同戰線，為國際所矚目。而這也表現出李將軍的政治和國際視野的深刻與開闊，從而也使他成為一九三七年以後台灣人民抗日復台鬥爭的傑出代表。

很多昔日隊、團員的回憶中，都說李將軍十分注重抗日革命理論的教育，但對於其具體的理論本身，著墨不多。實際上，李將軍的革命理論素養之深刻，恐怕至今不為研究者所充分注意。一九四〇年，李將軍寫了《日本在台灣之殖民政策》，以歷史唯物論的方法，以比較詳實的實證資料，分析了日本帝國主義對台殖民統治的機序和秘密，這是自三〇年代末台共兩個綱領以來比較系統地分析了殖民地台灣社會的文獻，十分重要。李將軍的歷史、社會科學素養和獨特的革命實踐，使他和同時代同在大陸的台灣人國民黨「半山」官僚政客截然分開。也正因為他有比較深刻的科學理論涵養，他才能提出「保衛祖國．收復台灣」、「台灣先獨立，後統一」的口號，也才能遠遠在波茨坦、開羅兩宣言發表之前，他就率先提出台灣復省的主張，也才能在二戰末期，他就能及早發現、揭發和嚴詞批判美國戰後意欲占台灣為己有的陰謀。今日思之，對李將軍的遠見，倍為折服。

這本書由散居海峽兩岸的、李將軍的舊部、親人所寫的紀念、緬懷文章。正因為這些文章不是刻板冷凝的「學術論文」，反而鮮活地為我們再塑了人間的李友邦將軍，讓我們在五十九年後與這位偉大的台灣人愛國者、革命家和理論家相見，使李將軍栩栩若生地活在廣大讀者的心中。為此，我們感謝數十篇回憶文章的每一位作者。

承李友邦將軍夫人嚴秀峰女士之命，敬以小文為序。

二〇〇一年四月

初刊二〇〇三年一月世界綜合出版社《李友邦先生紀念文集》（台灣義勇隊、台灣少年團編）
收入二〇〇三年十二月成信文化《李友邦先生紀念文集》（嚴秀峰編）

「文學台獨」面面觀・序[1]

從我個人感性經驗體會，以一九七九年底高雄市美麗島事件的勃發、鎮壓、公開審判和判決的全事件過程為分水嶺，台灣的政治思潮和文藝思潮發生了鮮明深刻的變化。我眼看著原本毫無民族分離主義思想，甚至原本抱有自然自在的中華民族主義思想感情的台灣文學界朋友，和全社會、全知識界思想氛圍，以美麗島事件為界，逐漸從反國民黨的義憤，向著反民族和分裂主義轉向。其中，一直到一九七八年鄉土文學論爭時猶在國民黨鎮壓鄉土文學的法西斯高壓下，挺身出來主張台灣新文學屬性的作家、詩人和評論家，也紛紛改宗轉向，令人瞠目。

關於台灣從磅薄昂揚的中華民族反帝愛國思想傳統向著反共、反華、靠攏外國帝國主義轉變，終至奔向民族分裂主義的問題，目前似乎還缺少科學性的、體系性的分析。一九四二年到一九五〇年間，美國帝國主義為了它國家利益和冷戰布置，迭次計畫要把台灣變造成一個與中國分離的、親美、反共的傀儡。這個陰謀，早為台灣革命家謝雪紅和她的「台盟」同志們、李友邦將軍和著名作家楊逵所洞悉，迭次公開揭露和強烈批判。一九五〇年韓戰爆發，美帝國主義悍然以大艦隊分斷海峽，干涉中國內政，企圖使台海分裂固定化。一九五〇年開始，台灣經濟在美國軍經援助和美資推動下，發展了和中國民族經濟失去聯繫的、台灣獨自的「國民經濟」，達成了對美依附及獨裁政治下的資本主義發展。在思想意識形態上，從一九五〇年至今，國民黨推動極端化的反共宣傳，把大陸中國和大陸中國同胞徹底妖魔化。在另一方面，美國冷戰意識形態——政治、經濟、文化、文藝和其他學術思想，藉著美援體系和留學機制全面統治台灣。

從一九四六年開始到一九四九年，全中國大陸反內戰、反獨裁、要求和平建國的民主運動向台灣浸漫。學生、市民、作家熱情參與了這個全國性民主運動。一九四七年元月抗議美軍在華暴行運動、二二八事變、一九四七年下半開始的關於建設台灣新文學的議論、一九四九年四六事件和楊逵的《和平宣言》事件，都必須擺在同時期全中國的民主運動背景下才能有科學性的理解。然而，不幸的是，這在台灣的中國民主運動，於一九五〇至五四年國民黨發動的慘絕的「白色恐怖」中被連根剷除。在美國全面支配下，五〇年代以《自由中國》運動為起點的、由撤退台灣的中國右派民主人士和台灣資產階級聯手發動的反蔣民主鬥爭，先天上帶有「反共、反蔣、親美」的局限性。這個右傾的戰後民主主義發展到了八〇年代之所以和同樣反蔣、反共（連帶反中國）、親美的台灣民族分裂主義合流，毋寧是自然的歸趨。

在政治上還不能公開叫喊「台灣獨立」的八〇年代初，台獨派挑選了台灣文學領域的論壇，有戰略、有方針、有部署地鋪開了民族分離主義的台灣文學論述。今日回顧，依然怵目驚心。但對於此一反民族傾向的、相應的鬥爭，檢討起來，有這困難：美麗島事件後，「台獨」運動和以「夏潮」為中心的左派統一派，都同受國民黨法西斯嚴重的虎視。在那條件下，左派在道德上、在政治上不能開展對民族分離派的批判。面對自八〇年代初鋪天蓋地的文學台獨運動，首先覺得其台灣史的、文藝批評的，乃至哲學社會科學的水準粗疏，要一一批駁，費時、費力而無意義，終而產生輕敵、不加理睬的態度。此外，到外國學文學理論回來的學者，對台灣史、台灣文學沒有充足把握，對文學台獨問題沒有興趣而縱之任之。久而久之，這些學術和知識水準粗劣的文學台獨論終於取得了支配地位。二〇〇〇年後在台獨派攫取了政權和高教領導權後，文學台獨論勢將藉著獨占台灣文學系所的廣設，變本加厲，成為台獨派在台文化戰線上的有力推手，為害嚴重，成為我們民族史上堅持民族解放和團結統一的力量與反動、反民族的民族分離主義逆流在意識形態領域中一場嚴峻的鬥爭。

現在，大陸學者趙遐秋先生和曾慶瑞先生，第一次比較全面、比較系統地概括和整理了從一九七〇年代末，歷經整個八〇年代以迄於今日的文學台獨諸論，掌握其源流、分析其派別、掌握其頭面人物，分別就文學分離主義和民族分離運動的關係、文學台獨論的政治、社會和歷史根源，提出了分析和說明。兩位先生並就針對中國文學的台灣文學「本土論」和「主體論」，就歪曲和沖淡中國新文學對台灣新文學的歷史影響、美化台灣皇民文學逆流、將在台灣的閩南語當作獨立的民族語處理台灣文學的語言問題，和全面為文學分離主義炮製台獨觀點的台灣新文學史等各方面，提出了深入、尖銳的批判。歷史已經說明，反對文學台獨的鬥爭，是我們民族自鴉片戰爭以來，爭取民族解放與團結和國家獨立與統一的偉大鬥爭中未竟之業。從這個高度來看待，這本《「文學台獨」面面觀》就極有助於廓清文學台獨的脈絡和真相，有助於認識今日台灣文學研究領域中反文學台獨的具體形勢，也有助於統一認識和思想以便在個別複雜情況下面對文學台獨謬論時，有充分的思想和知識準備。因此，本書的出版，是及時的，有現實意義的貢獻。

不論是二〇年代台灣新文學的發韌，三〇年代關於大眾文學中大眾語的建設，或四〇年代後半關於建設戰後台灣新文學及推動左翼文論的事業中，大陸和台灣的知識分子總是親愛精誠，熱情洋溢地為克服權力的壓制，力爭為推動和發展台灣新文學而團結奮鬥。繼承這個寶貴的民族文學史的傳統，兩位先生的《「文學台獨」面面觀》的出版，更彰顯了它在我民族文學史、在政治和思想文化史上的重大而深刻的意義。

是敬以為序。

二〇〇一年五月

二〇〇一年五月十七日　台北

初刊二〇〇一年十二月九州出版社（北京）《「文學台獨」面面觀》（曾慶瑞、趙遐秋著）

收入二〇〇三年七月人間出版社《台灣新文學史論叢刊6・台獨派的台灣文學論批判》（曾慶瑞、趙遐秋著）

本文依據手稿校訂

1 由於初刊版多有刪修，本文依據手稿校訂。

台灣新文學思潮史綱・序言[1]

台灣作為中國的一部分，在一八四〇年鴉片戰爭後和全中國一道，從封建社會淪為半殖民地半封建社會。一八九五年，馬關戰敗，台灣在中國向半殖民地半封建社會淪落的總過程中割讓出去，成為日帝統治下的殖民地半封建社會。

台灣在日據時期殖民地半封建社會的不能調和的民族矛盾與社會矛盾下，引發了二〇年代以降台灣人民反對日帝統治的民族民主運動。台灣新文學，在文學語言、文學理論和創作範式上受到中國新文學深刻影響而誕生。進入三〇年代，受到中國和世界無產階級文學運動風潮的影響，台灣新文學界也討論了文學為大眾的問題，提出了建設日常大眾生活語言並以之創作的問題，並且在文學作品中廣泛表現了反帝、反封建的鮮明主題。

一九三七年，日帝發動全面侵華戰爭，在台灣禁止漢語，並以文學和思想的法西斯統治，給台灣新文學造成窒息性傷害。

一九四五年抗日戰爭勝利，台灣從殖民地桎梏中解放，在政治經濟上復歸於當時中國的半殖民地半封建社會。兩岸在隔斷五十年之後，在政治、經濟、思想和文化上重新形成一個民族共同體中的公共領域。一九四六年初全國性民主運動，連帶其「反內戰」、「反獨裁」、「和平建國」的響亮的口號，浸染到台灣。一九四七年到一九四九年一場以《台灣新生報．橋》副刊為論壇的，關於重建台灣回歸祖國後的台灣新文學的論議，便在中國戰後民主運動的大背景下，克服國民黨的抑壓，省內外作家和評論家在力爭團結、力爭進步的決志下展開，重新呼應了三〇年代日據下台灣左翼文學的召喚。

一九五〇年六月，朝鮮戰爭爆發。在美帝國主義默許之下，台灣統治當局掀起了延續到一九五四年的白色恐怖政策。中國戰後民主運動在台灣的根苗被徹底摧折。在台灣進步的、民主主義的、愛國主義的作家、組織、文藝理論、哲學與社會科學，都遭到致命的打擊，台灣左翼文學傳統受到毀滅性的破壞。

也就在一九五〇年，在白色恐怖劫後荒蕪的野地上，一時在權力的播種下，遍生了反共的、法西斯主義的文學和戰鬥文藝。但權力、刺刀、重利引誘都不能阻止反共口號和宣傳文學的萎頹。

也在五〇年代，台灣納入了美國冷戰戰略的政治、經濟、軍事和思想意識形態網路中。「現代主義」作為美國反共反蘇、反戰後第三世界民族民主鬥爭的文學藝術理論，在戰後從美國校園、中央情報局、駐在各國的美國新聞處向廣泛的美國影響下各扈從國家的文藝界和學術界輻射出去。

終五〇年代和六〇年代，台灣的現代主義帶著與台灣當局的反共文藝既相成又相剋的複雜關係，支配台灣文壇長達二十年之久。四〇年代下半葉台灣的左翼文藝思潮至此而全面顛倒。

一九七〇年，一方面是台灣進一步發展的資本主義所造成的社會矛盾叢生；一方面是台灣在國際外交上的合法性受到新中國在國際生活中崛起的挑戰而陷於危機；再一方面是港台在美留學的知識分子，在保釣愛國運動中左傾，和六〇年代末七〇年代初西方校園及學界左傾化的影響，重新認識中國革命，重新認識中國三〇年代文學，重新思考民族和國家認同，改造自己的人生觀的運動，波及於台灣知識界和文學界。一九七〇年到一九七三年的現代詩批判提出了詩以什麼語言寫、寫誰、寫什麼、為什麼寫和如何寫的問題；提出了語言的大眾性，提出了民族風格與形式的問題。關傑明甚至批評現代詩淪為「文學的殖民地」問題。一九七七年到一九七八年的鄉土文學論爭，比較深入地又提出大眾文學和民族文學的問題，提出了台灣社會的「殖民經濟」性，提出了對文學史的歷史唯物主義分析。論爭突破了自五〇年代以降文學上的內戰和冷戰框架，有重要意義。而現代派在爭論中與鄉土派在政治上、文學思想上尖銳對立，也從一個方面說明了台灣現代主義的反共保守特質。

以一九七九年，台灣戰後新興資產階級對於因喪失國際外交合法性而搖搖欲墜的國民黨進攻的「美麗島事件」為界線，一九八〇年以後，帶著反蔣、反共、親美的極限性的資產階級民主運動，與先天上帶著強烈反蔣－反華、反共和親美性質的、以海外為根據地的台灣民族分裂主義匯合，逐漸形成氣候。由於八〇年代初尚不能公開倡言「台灣獨立」，「台獨派」選擇了關於台灣史、台灣新文學的論壇，進行對於台灣史、台灣新文學的積極、廣泛、不擇手段的篡改、湮滅、歪曲和變造的工程，以此為台灣分離運動的政治服務。二十年來，「文學台獨」派移花接木、斷章取義、歪曲史實，刻意炮製了一套分離主義的台灣新文學（史）論，積非成是，終至隨著一九八七年後「台獨」論述自由化，及二〇〇〇年主張分離主義的政權出台，而成為霸權論述，情況相當嚴重。而反對「文學台獨」論的一方，二十年來於茲，沒有放棄對「台獨」文論的揭露和批判，形成台灣新文學思想史上時間跨度最長、涉及問題最廣泛的一次針鋒相對的理論意識形態鬥爭，至今猶方興未艾。近來，由於少數「台獨」文論家長期獨占高校中的台灣新文學教育，妄言使中國文學系在台灣成為「外國文學系」，妄言徹底斬斷台灣新文學與中國新文學間的歷史聯繫性，並且在現實上以政權的力量在高教領域中廣設台灣文學系所，廣泛安置「台獨」派台灣新文學的教育陣地，「文學台獨」的勢力正在頑固地挺進。

面對這一形勢，對台灣新文學史的嚴謹、科學性研究及研究成果的出版，是抵抗台灣新文學陣地遭到「台獨」派排他性獨占局面的一個重要陣仗。這次，海峽兩岸的台灣新文學研究界，即台灣的呂正惠教授和曾健民先生與大陸的趙遐秋教授、曾慶瑞教授、斯欽研究員和樊洛平教授組成了研究和寫作團隊，初步完成了這本《台灣新文學思潮史綱》並在兩岸出版，回應了我們民族文學史提出來的召喚。

回顧歷史，二〇年代台灣新文學發軔時期，三〇年代的左翼文學運動期間，四〇年代後半關於重建戰後台灣新文學的論議，以及七〇年代(第二次)鄉土文學論戰，海峽兩岸和台灣內部的省內外作家、理論家和思想家，莫不都為台灣新文學的健全發展、為建設台灣新文學為中國新文學的結構部分而熱情團結，批判反民族和反民主傾向，克服權力和逆流的抑壓而協同鬥爭、熱誠團結，取得了不同階段中的勝利。而秉承這一動人而深具意義的傳統，一時分斷中的祖國兩岸學者，為了捍衛台灣新文學的中國屬性，以科學性的研究為基礎，繼一九四七年迄一九四九年的建設台灣新文學論議，重新走到了一起，在共同勞動中，收穫了初熟的果子。在包括台灣新文學在內的中國新文學史上，這是一項十分及時而有現實意義的貢獻。

人間出版社為了能取得這本書在台灣出版發行之權，深感榮幸。我們也深深地感謝兩岸學者辛勤的勞動。

二〇〇一年五月

是敬以為序。

二〇〇一年五月十八日
台北

初刊二〇〇二年一月崑崙出版社（北京）《台灣新文學思潮史綱》（呂正惠、趙遐秋編）
另載二〇〇二年三月《世界華文文學論壇》（南京）第一期
收入二〇〇二年七月人間出版社《台灣新文學思潮史綱》（趙遐秋、呂正惠編）

1 本篇刊於《世界華文文學論壇》時，為「《台灣新文學思潮史綱》出版座談」特輯文章。

消失在歷史迷霧中的作家身影・序

十多年來，一般的台灣文學論中，存在著很多沒有經過嚴格檢證的刻板論述。例如，說一九四五年台灣光復，國民黨政權代日帝統治台灣，於是日據時代養成的台灣知識分子和作家遭逢了噩運：語言的急速轉換，使台灣知識分子失語失聰，作家被迫退出文壇；台灣知識分子對祖國中國因國民黨惡政而幻滅，對中國的認同受到重挫；來台外省人趾高氣揚，在文化、文學上居支配地位、歧視台灣知識分子和作家。藍博洲的新書《消失在歷史迷霧中的作家身影》證明這些「刻板論說」的欺罔。

五十年的異族統治，最終剝奪了被殖民民族一定世代的母語，是無庸辯說的傷害。但光復後被權力禁絕的日語，究竟不是台灣知識分子自己的民族母語，而是異族統治者以暴力收奪母語基礎上強加的異族語。光復一年後禁用日語，固然給日帝下養成的知識分子一定程度的不便與苦惱，但也絕不應忽視當時具有高度中國意識的知識分子自覺、主動、奮力學習漢語白話的意志和實踐。作家呂赫若在日據時就耽讀類如《紅樓夢》、《浮生六記》和《駱駝祥子》，光復後不久就投入著名台灣革命運動家蘇新領導的新聞報導工作，並且早在「二二八事變」前夕，陸續發表了白話文寫成的四個短篇小說，深刻表現了對皇民主義辛辣的諷刺、和對於光復後劣政下兩岸同胞接觸時發生的陰暗的生活強烈的批判。同時代的蘇新、周青、吳克泰、林曙光、賴明弘等人當時漢語白話水平之高，超出我們的想像。

留日的年輕劇作家簡國賢起初也確實無法寫流暢的白話文，所以他戰後唯一的戲劇力作《壁》是先用日語寫成，再逐句譯成中文，準備刊行的。但到了一九五〇年代初，簡國賢被白色恐怖殺害前在獄中與夫人理子通信時，簡國賢已能深刻、準確地用白話文表達他的熾熱的思想與深情。

簡國賢的《壁》雖以日語寫成，但演出時，是以優秀的台灣大眾語——閩南語文學家宋非我譯成的「台語」腳本排演的。三〇年代初，台灣的左翼文學運動圈進行了大眾文學中大眾語問題的爭論。其中有一派主張在台灣全面推廣白話文，使白話文成為大眾通用語，以白話文為宣傳、創作的語言。另一派人則有不同意見。他們認為漢語白話與人民大眾日常生活勞動使用的大眾語——閩南語之間有一定距離，所以主張整理台灣的大眾語「台灣話文」來作為宣傳鼓動和文藝創作的語言。後來由於日本當局政策上禁絕漢語，這個爭論也就不了了之，沒有具體結果。

一九四六年，台灣第一位才華橫溢的大眾語講說和演劇藝術家宋非我，把簡國賢日語劇本《壁》「譯」成台灣大眾話，以漢語文完整表記為可以朗讀排演的劇本。作為光復初「台廣」的台語播音員，宋非我也寫了大量以漢字表記的方言廣播劇。宋非我也以台語寫了劇本《羅漢赴會》和諷刺時政的廣播故事《土地公遊台灣》。他和簡國賢成為光復當初台灣進步戲劇運動的重要推手。一九四八年，為躲避二二八事變後的鎮壓，宋非我脫逃東渡大陸，在新中國時期長期從事對台廣播，而留下大量的台語講誦文學作品。其中《墓壙窟》、《蓬萊仙島》和《夜游淡水河》都是長篇力作，以台灣話(中國閩南系方言)大眾語從事長篇、有思想內容又有藝術形象的文藝創作，實踐了三〇年代「台灣話文」的理想。光復後禁絕日語，不但沒有使宋非我噤啞，反而造就了中國閩南系方言大眾語文學家宋非我。

本書中另一位早折的文學家藍明谷，因為愛國主義，在日本戰敗前幾年經由日本奔赴大陸，在抗戰勝利前夕就以白話文發表了短篇〈一個少女的死〉。一九四六年回台以後，他陸續發表了流暢地評議時政的雜文和散文，文筆熟達，思想深刻。吳濁流也是以日語為主要創作語言的重要台灣作家，但他的古漢詩的素養與創作，在他同時代台灣作家中難出其右。

藍博洲的調查研究為我們說明：光復後由於禁絕日語，台灣知識分子和作家都成了文盲、都得退出文壇之說大不足信。

其次，說到光復後台灣知識分子（包括作家）對中國的幻滅和對於中國認同的挫折。

宋非我、簡國賢、呂赫若和藍明谷，無不歷經了光復後國民黨在台統治的惡政，也無不經受「二二八事變」的衝擊。但是經受了這體驗和衝擊之後的這些人所做的選擇，不但看不到他們對於中國的幻滅與認同的挫折，正相反，他們，以及許多同時代的台灣知識分子，對中國懷抱了新的希望，尋找到新的中國認同，從而投身於火熱的革命實踐。劇作家簡國賢不但在事變後成為中共地下黨人，據藍博洲的調查，他甚且和台灣著名革命家張志忠共同領導十三份地方的根據地，並且在地下黨中央潰壞之後，負起了組織重建的大任。小說家呂赫若，以他為眾所欽佩的、多姿多采的才華與甚於小康的家世，他不但毅然潛行地下，甚至負起了籌辦印刷廠為地下機關、負責超乎想像之沉重的深山中的發報工作，孤獨地死於蛇吻。而藍明谷則在二月事變後不久參加地下黨，負責「基隆中學支部」的部分領導工作和地下報《光明報》的編輯。組織破壞後逃亡經年，藍明谷在一九五一年犧牲。

台灣新文學發展的歷史，和左翼文學運動有密切的關聯。三〇年代第一次鄉土文學——台灣話文論爭，如上所述，是台灣大眾（人民）文學運動語文方針的爭論。戰後一九四七年迄一九四九年間一場關於如何建設台灣新文學的論爭，也基本上是一場在台灣中國左翼文學運動內部的議論，討論了台灣文學的大眾性、文學的指導思想（即歷史唯物論）、新現實主義、革命浪漫主義、台灣新文學的屬性、台灣新文學運動的統一戰線等問題。而恰恰是在這同一時期中，宋非我脫逃投向革命的中國，簡國賢、呂赫若和藍明谷潛行地下，終至被殺。尤其是簡國賢、呂赫若、藍明谷三個作家，並不僅僅是對於進步和改造抱有思想與情感上的傾向性，而是自覺地投身到至極險惡、艱苦的革命實踐。這在台灣新文學史上，就絕不能只看成個別的、巧合與偶然的文學現象。

說光復後省內知識分子備受迫害，省外知識分子享有政治、文化特權，夥同權力壓迫本省知識分子，也經不起歷史的檢證。

藍博洲詳細報告了省外作家雷石榆被強制驅逐離台之始末。史料告訴我們，《台灣新生報·橋》副刊主編歌雷、台大文藝青年孫達人、福建系作家姚勇來、鄭天宇等多人都被捕入獄。文藝理論家羅鐵鷹被迫逃亡離台。福建籍作家歐坦生被迫隱名改姓。本省作家除上述被殺害者，還有著名作家楊逵被捕下獄。在光復後苛烈政治的被害文學家中，絕無省內和省外的差別。

不僅如此，光復後在台灣包括省外和省內知識分子在內的知識界、文學界，甚至在慘痛的二二八事變之後，一直存在著不分省籍，力求克服惡劣政治造成的民族裂痕，力爭民族團結，也力爭進步的公共領域。藍博洲對雷石榆事蹟的調查，說明了這事實。

早在一九三五年，負笈東京的雷石榆就和當時台灣進步文壇結緣，嗣後多次在台灣發表進步文學理論，策動台灣文學界的進步和發展，並與台灣文學界賴明弘、吳坤煌等人有親切交往。一九四六年來台灣之後，雷石榆參加言論工作，以關心台灣、「為台灣人民的民主與生存權利而陳詞說理」。二二八事變之後，猶「在沉悶、徬徨和戰慄中，為鼓勵台灣作家奮勇前進」而參與了關於建設台灣新文學的論爭，在引介和提高台灣進步文論上，做出了很大的貢獻。

像雷石榆那樣，力爭省內外知識分子和作家的團結，堅持深入民眾，為民眾寫作的文學路線，堅持將台灣文學重建為中國文學的一部分的思想，是一九四六年到四九年這一場論爭的共識。本省作家楊逵、賴明弘、林曙光，省外作家羅鐵鷹、雷石榆、孫達人等人（加上美術界的黃榮燦），共同建設了一個省內外知識分子共同追求民族團結、和平與進步的論壇。這個珍貴的論壇，雖不幸在以四九年「四．六」事件為起點的白色恐怖中破壞，但今天主流思想宣稱光復後台灣知識和文化界中，省外與省內形成「官方」與「民間」的矛盾衝突，是沒有事實根據的。

和宋非我、簡國賢、呂赫若、雷石榆和藍明谷相較，吳濁流的存在就較為特殊。他在光復前日據期嚴苛的政治下，冒著危險寫下了名作《胡志明》（《亞細亞的孤兒》），在光復後，也寫了批評戰後國民黨不良政治的《無花果》和《台灣連翹》，是台灣新文學的「光復前後史」中絕不可忽視的作家。有趣的是，藍博洲細緻深入的調查卻告訴我們，這位具有強烈反日愛國思想，敢於冒死寫長篇抗日作品，勇於在二二八事變後的非理中發言的吳濁流的另一個身影，日據下則安居偏遠寒村中的小學，過著自我隱遁的、「無聊、寂寞、憂悒」的年月，自覺地離開抗日文化運動，滿足於「平凡的幸福」。藍博洲沒有告訴我們戰後迄四六事件到白色恐怖時期，再到《胡志明》中譯出版前的吳濁流的「身影」，留下了耐人尋思的空間。

藍博洲為我們再現了簡國賢、呂赫若和藍明谷在面對死亡前高潔的人性品質，使人們對於他們英年殞折，感到加倍的痛惜。但懷抱壯志東渡大陸的、重要的台灣大眾語的文學家宋非我徘徊逡巡兩岸三地的崎嶇、寂寞的一生，也引人傷悲。被迫分離半生而猶鶼鰈情深，至死不渝的雷石榆和蔡瑞月半世生離，引人三嘆。而這一切令人顫慄的悲劇中人，正是中國當代歷史上國共內戰和國際冷戰雙重結構下陰暗、暴戾的權力的犧牲者。而在這陰暗、暴戾的權力統治下，民眾受害歷史被長期以抹殺、謠言、醜詆和謊言長期湮滅、沉冤不雪。

權力總是千方百計地要湮滅它加害於民眾的慘絕的罪行史。民眾的歷史，包括他們勝利、挫折和被害的歷史，只有透過民眾自身的調查、研究、揭發和控訴，方能把被封禁的歷史解放出來，把被顛倒的歷史再次顛倒過來。而藍博洲從八〇年代中期以來長期的、民眾史的傑出調查、研究和報告，為台灣五〇年代白色恐怖下民眾嚴重被害歷史真相之揭發和控訴的事業，以他卓絕的勞動，科學的調查研究，鉅細不遺的查證，做出了動人而厚重的成績，感人至深。

然而，一九八七年的「解嚴」和「民主化」，並沒有袪除冷戰與內戰意識形態和政治的邪魔，甚至使它變本加厲地遊蕩在這受祟的島上。藍博洲的調查和報告，依然為當前主流思想所嫌忌。以藍博洲為代表的台灣民眾史的鬥爭仍未止息。但越來越廣泛的民眾和讀者對藍博洲調查報告系列的支持，讓我們預見了民眾史的事業的勝利。是喜以為序。

二〇〇一年六月十八日

初刊二〇〇一年八月聯合文學出版社《消失在歷史迷霧中的作家身影》（藍博洲著）
收入二〇〇五年八月台海出版社（北京）《消失在歷史迷霧中的台灣作家》（藍博洲著）

忠孝公園

1

馬正濤站在廚房裡的流理檯邊，看著在小白鐵鍋裡慢火燜著的肉。他喜歡番茄燉梅花排骨，隔兩、三天就燉上一小鍋，以又鮮又帶著果酸的肉湯泡白飯，就著燜爛的肉吃。抽風機嗡嗡地哼著。他時而拿著乾淨的抹布，在火爐邊不鏽鋼的流理檯上抹來抹去。馬正濤愛乾淨。人都說東北人不愛洗澡，但馬正濤這東北老漢卻格外喜歡洗澡。民國六十八年他因糖尿病提早從機關退下來，託關係到銀行貸了一筆不算多的錢，在和鎮的一條老街上買了一幢老舊平房。那時的房齡都快二十年了。加強磚造，又薄又舊。但馬正濤看上它獨門獨院，可以不必與左右鄰舍拉扯，可以一個人過日子。然而即使這麼老舊的房子，馬正濤除了請人徹底打掃、重新粉刷過之外，基本上沒怎麼裝整。但唯獨不惜把舊浴間敲了，改成較大的、一律進口瓷磚和衛浴設備的新浴室。

馬正濤北人北相。年已八十了，但老齡並沒有使他明顯頹萎。來台灣之後，打了幾十年光桿兒，總是習慣一個人吃飯。他有一張方形的、舊的桃花木餐桌。他把那一小鍋肉端在飯桌中間，一個人開始默默地吃飯。他的個頭大，龐然地占著飯桌的一方，以故雖然還空著三個位子，在垂掛在飯桌上的、暖人的電燈光下，卻絕不嫌空蕩寂寥。

馬正濤愛吃。他時常歎息，來台灣之後，再也沒有往日在東北時的講究了。收拾沖洗碗筷的時候，他漠然地想起日本打敗的那一年。那時整個東北固然萬眾騰歡，但也是遍地的生靈苦哀。然而就有一撮商人和滿洲國時代的官紳特務，成天忙著賄攏從四川的中央來的方面命官，日日大宴。烤乳豬、酥脆石榴大蝦、生扣鵝掌等打仗時期在東北連日本人也不曾見過的佳餚美味，那些紳豪官商就能變戲法兒似地張羅了來。馬正濤在回憶中笑了起來，無聲地詛咒了。日本人馳騁全中國的時候，全都躲到後方的再後方去的中央大員，一說收復，兵都沒到，這些將軍、委員、督察早全到齊了，紙醉金迷、燈紅酒綠。

「呵，他媽的……」

馬正濤輕搖著頭咧開嘴對自己笑、對自己說。馬正濤天生的一張笑臉。他說話的時候帶笑，聽別人說話的時候也帶笑。甚至於跟人爭執起來，也能看到他一張大國字臉上的陰氣的笑意。在路上走，一個人在家裡，想起了什麼即使不是開心的事，他也總是咧著嘴巴笑。在東北，他有個諢名，叫「笑面虎」。

事實上，馬正濤方才吃飯的時候，因為想到了一個林老頭兒，就一邊啃著嫩骨，一邊無聲地笑著。現在他坐在他的小客廳裡一張藤搖椅上，輕輕地搖著蒲扇，想著早上看到的林老頭的模樣。

馬正濤在住家附近的一個社區小公園裡認識了他自己私底下叫成「林老頭兒」的林標老人。這個因為座落在忠孝路上而命名為「忠孝公園」的小公園說小也不小，種著十六株老樟樹和六株木棉樹。樟樹的樹幹不直，樹皮上的裂紋疙瘩乍見彷如青松樹，但那枝葉婆娑，葉色在春天新嫩時和在夏天最蔥悒時都很好看。木棉樹在夏天開花的時候，竟能在亞熱帶的台灣，當眾樹正茂時，把樹葉搖落淨盡，卻在槎枒光禿的樹枝上盛開著橘紅色的、大朵大朵的花，像是人在一棵假樹上紮上紙做的假花似的。馬正濤每回在五、六月間看見裸露著枝梢的木棉，就會想起遍地雪封的東北農村裡，一排排枯索無葉、在飄雪的北風中顫動著枝枒直如枯樹的白楊來。忠孝公園裡一直有早起的老人打拳、做體操。但這五、六年來，停在忠孝公園旁的私人轎車越發多了，終竟把一個小公園團團圍住，連出入口都堵著了。來公園活動手腳的老的和半老的人於是逐漸地少了，兩年前，就只剩下來甩手的馬正濤、每每一板一眼地做完一大套柔軟體操才走的林老頭兒，和一個小小的太極拳班子。總共只十個人還不到，天天見面招呼，自然就認得了。

就是今天早上，馬正濤甩了近一個鐘頭的手，手心發熱，身上也出汗。他走出了忠孝公園，照例走過一條小巷時，卻一眼就看見馬路對過的公車站牌上，站著一身日本海軍戰鬥服、頭上戴著戰鬥帽的林老頭。白色的戰鬥帽上圈著藍色的帶子。白短袖襯衫，白短褲。兩條瘦削的、發黃的腿下，白色的棉襪規規矩矩地翻在一雙滿是灰塵的老皮鞋上。

馬正濤躲在一棵路樹茄冬的背後，張大了眼睛，看著在馬路對過往右張望著公車的林老頭兒。馬正濤想起來，頭一回看見一身日本海軍戰鬥服的林老頭，是十多年前的事了。馬正濤正好上高市辦事，猛一抬頭，就在高市東區的大馬路上，看到林老頭和三幾個也穿著日本海軍戰鬥服的老人，在斑馬線上擋著來車過馬路。馬正濤看呆了。這是那一宗事兒？馬正濤對自己說。要是滿洲國垮了之後，還有人穿著滿洲國軍的服裝在瀋陽街頭瞎逛，包準被打出人命。他想。

今天早上，馬正濤在茄冬樹背後看著公車來了又走，但林老頭兒卻依舊站在站牌邊張望。但下車的人們，卻很少人注意到林老頭的打扮。和十五年前在高市區看到的，林老頭真老了不少。那時候，林老頭還不見這麼佝僂，兩條腿也沒那麼削瘦無力。馬正濤在日本人治統下的東北那幾年，即使到了戰爭末期，日本兵源枯竭，調來很多日本老農民來充當關東軍的時節，全東北街上也看不見像林老頭那樣衰老、萎弱甚至滑稽的日本兵。沒多久，連續有三部不同路線的公車進了站。當三部車都開走，站牌邊的林老頭就不見了。估計是又上高市去的，馬正濤想。

現在馬正濤坐在那不大的客廳裡。天色漸晚，他卻把客廳、飯廳甚至廚房的燈全都開著。馬正濤喜歡燈火通明，甚至睡覺時都留著一盞小燈。

他記起來，十來年前在高市東區看到日本兵打扮的林老頭以後，對林老頭起了極大的詫奇心，無法釋懷。第二天、第三天馬正濤看見林老頭在清晨的忠孝公園裡若無其事地做柔軟體操。他突然記起來，在舊滿洲時代，他就經常看見日本人組織的「協和青年團」的東北青年，在清冷欲雪的操場上，也這樣一板一眼地做完一整套柔軟體操。

第三天，馬正濤有些捺不住越積越強的好奇心，在那小小的忠孝公園裡，老遠堆著笑臉，走到正在做彎腰運動的林老頭跟前，不經意地用日本語說：

「你早。」

林老頭霎時觸電似地停下體操動作，目瞪口呆地看著馬正濤。

「你，為什麼，日本語，懂得？」林老頭用日本話說著，臉上漾開了最真摯的笑顏。「外省人，為什麼，日本語……」

林老頭的容光像是一盞油燈似地、被馬正濤的日本話挑亮了起來。馬正濤說他在「舊滿洲」

長大，讀過日本書。

「啊，舊滿洲。」林老頭快活地說。

「是的。舊滿洲。」馬正濤微笑著說。

「小名林標。標是標準的標。」林老頭用日語說，熱情洋溢地伸出手讓馬正濤握住。還沒有等待馬正濤回過神來，林老頭忽然以肅穆的立姿，以朗誦古日語的腔調吟哦起來……

「……賴天照大神之神庥，天皇陛下之庇佑……庶幾國本奠於唯神之道，而國綱張於忠孝之教……」

馬正濤臉上笑著，心中更為詫異。事隔四十多年，馬正濤竟然在台灣的一個小公園裡，乍然重又聽到舊滿洲國皇帝溥儀在昭和十五年——民國二十九年東渡「親邦日本」、去紀念日本開國「紀元兩千六百年」回滿後，頒布了《國本奠定御詔書》上的語文！

「還記得吧？」林老頭得意地用日本話笑著說，「一定記得的。」

「哦。那記得的。」

馬正濤喟歎似地說。那一年，他從日本人在滿培養精英的「建國大學」法律學部畢業。溥儀的《國本奠定御詔書》，在寒冷遼闊的東北的機關、學校普遍背誦吟讀。馬正濤記起來，在紅、黃、綠、白，黑五色滿洲國旗下，懸掛著溥儀御像的大禮堂，近千師生齊聲哄哄地誦讀的聲音至今猶在耳際。如今，馬正濤還能清晰地記得溥儀的模樣。斯文的臉上，戴著金絲眼鏡。清瘦的身上掛滿了各種勳章。披在胸前的綬帶訴說著寄生皇帝的榮華。他左手叉腰撫劍，衣領、肩上和袖口全是華麗、繁複的繡金圖案，兩肩上戴著輝煌的肩章。

林標老人問馬正濤，在「舊滿洲」做什麼營生。「做點小生意吧。」馬正濤用流利的日本話說，雖然笑著臉，卻逐漸對林老頭的喋喋不休、半生不熟的殖民地日本話感到惱怒。「大豆生意。」他細聲說。

馬正濤的腦子裡，在瞬時間浮起了日本人把持的「興農組合(合作社)」。在「舊滿洲」，一切農產物的買賣，一律只能經由那個日本人大會社把持的「興農合作社」直轄下交易。農民把大包大包黃橙橙的大豆用拖車、驢車、挑擔蜂湧著運送到日本人和親日的東北紳商把持的交易場。在春寒雪後的、用土磚圍起來的偌大的「入荷場」中，到處都是用藤蓆、蔴袋圍成房子高的、貯存大豆的堆子。場子裡清冽的空氣中，飄浮著農民的體臭、驢糞和傾倒大豆時揚起的灰塵的味道。而馬正濤的父親馬碩傑——人稱馬三爺，就是這交易場的二把手。那些穿著滿是補丁的棉褂棉褲的農民拉來的一車車大豆，先經交易場盜斤偷兩，再經壓低收購價格，才經由馬三爺和他一幫親日豪商僱用工人精細篩選過，供應日本商社輸出到日本。而其時馬正濤才只是個放蕩、胡為的十八歲上的小夥子，一個人仗著父親在東北的財勢，在北平住在一家鹿鳴飯店，交結一幫紈褲惡少，聲色犬馬。

第二年盛夏，日本軍突然開砲占領了北平近郊的蘆溝橋。過不到一個月後的早上，在鹿鳴飯店二樓的馬正濤的房門被叫開了。馬三爺穿著一身薄絹長衫，頭上帶著西式氈帽，出現在房門口。馬碩傑看見房子裡還睡著一個赤條條的女子、兩盞鴉片煙燈和散落一地的酒瓶和賭具。馬正濤在回憶中歎息了。

林老頭和馬正濤在忠孝公園裡繞著圈子走。林老頭嘰嘰呱呱地說日本話。馬正濤聽出來，林老頭的日本話太蹩腳，難免用錯的助詞全用錯了，而不該用錯的助詞也錯誤百出。馬正濤聽得煩心了。「幾天前，我看見你穿日本軍服……」馬正濤笑著說。

馬正濤開始一逕用普通話說話。那時林老頭才說他在戰時被日本人徵調到南洋。事隔多年，當年的台灣人日本兵要問日本人要賠償。「去高市，組一個戰友會，交涉補償……」林標說。

窗外不知在什麼時候全暗下來了。馬正濤覺著嘴饞，開了一個挪威進口的螃蟹肉罐頭，就著冰過的德國啤酒吃。馬正濤想，林老頭那個狗×的。馬正濤自從知道了他穿日本海軍戰鬥服去申請賠償，就再也懶得理他了。那時候，林老頭話很多。他說少年時代聽說了滿洲國的「王道禮教、民族協和」，馬正濤只是笑而不答，又開了話題。林老頭……這狗×的，他無聲地說。他給自己又斟上啤酒，想起那鹿鳴飯店。那時候，全身近於赤裸的少年的馬正濤站住馬碩傑跟前，全身顫抖不已，看著都站不穩了，他的臉上全沒了血色。「你這沒出息的畜牲。」馬碩傑不疾不徐地說。馬三爺不怒而威。馬正濤太知道他父親陰狠凶殘的個性。第二天，他還清了賭債，砸了煙燈，踹走了女人，付了房錢，乖乖地回到東北去。

回到家裡，馬三爺一句也沒問他在北平鹿鳴飯店的胡天胡地，也沒問一聲像流水樣花掉的大把大把銀子。中秋過後，馬碩傑把兒子叫到了跟前。

「天要變了。」馬碩傑若有所思地說，「日本人都打了上海了。」

馬正濤想起電影院放映的宣傳新聞片。日本兵仗著日本國旗騎馬進上海城。夾道的中國人，零落地拿著日本旗，神情滯木地看著日軍壯盛的行軍。

「日本人要在中國坐天下，還得中國人幫襯。」馬碩傑說，「溥儀就任『執政』那年，兩旁有多少長袍馬褂，戴著墨鏡，留著鬍子的東北大紳商在一邊兒，跟全副軍裝的日本人挨著站。」

「……………」

「要發家，光在日本人鼻息下做生意，不行。」

馬碩傑說著就沉默了一會，移目正視著在眼前垂手而立的馬正濤。

「那還得混進日本機關，當日本官兒。」馬碩傑說。

沒幾天，馬碩傑就請來了一個冷面圓臉的大夫來為馬正濤把脈，連針灸帶煎藥，住在馬碩傑大院裡，為馬正濤戒煙毒。馬碩傑也請來一個每見了馬三爺就哈腰請安的、朝陽大學畢業的中學教師，給馬正濤補課，再請來一個日本小商人的兒子來教日本話。不久，馬碩傑動用了幾個日本人關係，賄送了一把條子，硬把馬正濤送進了建國大學法律學部。

馬正濤大學畢業的那年，共產黨領導的游擊武裝東北抗日同盟軍第一軍軍長楊靖宇，在長白山的一場戰鬥中戰死。報上刊出醒目的照片，滿臉森黑的鬍子，穿著臃腫的棉大衣，身材頎長的楊軍長的屍體邊，簇立著幾個穿著軍大衣，腰裡掛著長長的日本刀的日本軍官。馬正濤人長得粗壯，卻天生口齒靈活，在建大幾年，他把日本話學得特別溜轉。加上馬碩傑是個著名的親日紳縉，馬正濤畢業後還不到秋天，日本憲兵隊的武藤少佐就傳他去談話，第二天就編到憲兵隊偵緝組裡負責調查和通譯。從此，馬正濤現學現練，不幾年就學會了拷訊、綁票、緝捕和刑殺的各種本領。

「而你狗×的林老頭……」馬正濤咧著嘴對著空寂的客廳詛咒起來。

而你狗×的林老頭。馬正濤噤著聲冷笑了。你也只不過是個小小的日本「軍伕」，連個正規的日本小兵都不是。跟在關東軍屁股後的台灣人軍伕、軍屬，我在東北可看得多了。馬正濤對自己說。而你林老頭卻還大白天穿著日本海軍戰鬥服到處招搖現眼，還哇啦哇啦講著破日本話。這是怎麼回事，馬正濤想著。他回想起自己在日本憲兵隊時，連日本人小兵對他都得立正敬禮，那就不用說那些由東北軍閥雜牌軍混編起來的滿洲國國軍和警察了。而今一個日本小軍伕倒是比日本憲兵隊神氣了。嘿，這狗×的。馬正濤一個人啞然地笑了。

在東北的時候，馬正濤豈只是「神氣」。日本憲兵手持上了刺刀的步槍，在路口、城內遍設崗哨，檢查過往的中國人時，他總是站在一邊，擺著一張不喜而笑的臉，看來格外陰狠。崗哨的日本憲警和「協和治警」查看每一個過往的中國市民和農人的文件，時而動手搜身，打開簍簍箱箱。而馬正濤只以笑臉上一雙梟眼去咬住每一個淒惶不安的過路人。「這個人。」當馬正濤用日本話這樣輕輕地說一聲，十之八九，總能在那個人身上查出東西，讓憲警立刻把人押上笨重的警備車，疾馳而去，留下飛揚的、黃色的塵土和籠罩在街路上的沉重的恐怖。

民國的三十一、二年那年月，憲兵隊的警備大卡車在全東北嗚嗚地奔馳，搜捕那些就不知道從哪裡不斷滋生的抗日反滿分子。馬正濤終日在偵訊室裡，看見在他的指揮下，人被滾燙的開水澆爛，被拷打得像是剔了骨頭的一攤子血肉。有人討饒作供，就立刻循供再去抓人進來，敲敲打打，鬼哭神嚎，血肉模糊，但往往到頭來證實只是半真半假的供辭。有些人至死不供，終至嚴刑猝死，往往也不是什麼抗日英烈，而是破產的農民一心要往死裡奔來罷了。但馬正濤卻越來越感覺到，在沉默、遼闊、冰寒的東北大地上，到處潛伏著越來越多「不祥」的意志，幢幢作祟，向他緩慢地包抄而來。

一直到現在，只要馬正濤肯讓那被自己牢牢密封的記憶之門稍微鬆開，一些長年被他牢牢抑壓的回憶，就會從那黑暗的記憶的洞窟中，帶著屍臭，漂流出來。在睡夢中，他看見被棄置在為防共而把農民遷徙淨盡的「無人地區」的殘廢老人凍死在破爛的農舍，看見家破人亡的一群孤兒穿著一身襤樓，在火車站的鐵道旁流連，等待撿拾過站軍用車廂上日本兵丟下來的殘食充飢。

像這樣的惡夢，在近五年中顯然開始越來越困擾著年已八十的馬正濤。在燠熱的屋子裡，當馬正濤搖著發黃的大蒲扇枯坐時，他的記憶就會像走馬燈似地在他的眼前流轉。由日本軍隊和憲兵隊押送下，上百個東北農民和他們的驢馬、推車、扁擔被強迫徵集來搬運日軍的糧食和彈藥，跋涉在被寒冬凍得像石頭一樣堅硬的栗色的土地上。那時候，押隊的馬正濤聽到隊伍的末端起了一陣騷動後，一聲槍響，日本兵開槍打死了一個奮力要奔逃的、不堪勞役的農民。馬正濤走過去探看。一個頭上裹著汗巾的、臉色鐵灰的農民仰躺在地上，兩眼圓睜，張著大口，露出黃色的牙齒，狀若極其詫異。棗紅色的血，從他腦口上的兩個窟窿，浸染髒得滲油的棉衣，汩汩地流淌。

就是那時候，馬正濤身穿毛呢軍大衣，右臂上圈著寫上「憲兵」的白布，和一個班的武裝軍警押送抗日槍決犯到刑場去。刑場是一片杳無人煙的空曠的野地。每一個死犯都雙手反綁，脖子上掛著各自的名牌：「反日趙善璽」；「重慶分子周啟」；「憲兵抵抗楊樹德」；「共產分子劉驥馳」。他們被推上日製軍用卡車，車肚兩邊拉著白布條幅，寫著「槍決」兩個稚拙斗大的字。車子颼颼地開過大街。兩邊的行人不免佇足，以細心掩藏著仇恨與悲哀的茫漠的表情，目送著囚車。馬正濤在囚車上觀察著路人。幾趟來回之後，就發現那無數遲滯的東北農民的眼睛，只聚焦於死囚和他們項下的名牌。對於車上軍服和便裝的憲警，卻彷如視而不見。

刑場的空曠和遼闊，使氣溫降得更低。朔風利刃一般地颳著。日本憲兵們把戰鬥帽上的毛護耳拉下扣好。然則被反扣著雙手的死囚，卻只能讓北風一頂頂揭去他們頭上的破氈帽。小隊長給這十八個滿臉粗鬍子的死囚遞菸，有三個人大膽地伸長脖子用嘴唇去銜住香菸。憲兵為他們點上火。他們也就木然地抽起香菸來。有好幾個人在寒風中抖索。有人低頭。有人無目的的看著沉沉的灰暗的天空。

一支菸的時間過後，他們被帶到一處較低的平地。有幾個配著刀、穿著馬靴的日本軍官遠遠地站著觀看，軍刀會偶爾隨著長長的軍呢大衣於朔風中在腰間晃動。待決反滿抗日囚人坐成一排。每一個人後面兩步地方，都站著一個滿洲國憲兵，用手槍瞄準著每人的後腦。一聲令下，應著畢竟不能不參差的手槍聲，被反綁的人都像是被縱放的田蛙似地、向前衝躍了出去，極不舒適地趴在嚴冬的野地上。

接著，滿洲憲警在日本憲兵班長指揮下，把每一具屍體仰翻過來，整齊地排成一列，讓執刑官河合少尉「檢證」。馬正濤跟在河合少尉後面檢視每一具屍身。大部分都閉目如安睡，但總有那麼幾個瞠目結舌，有的半張著眼睛，似是將醒不醒。血從他們的鼻孔、嘴巴和破碎的下巴潸潸地流下。在大雪的時候，馬正濤記得真切，那血就在白雪地上迅速凝固、變黑。

馬正濤不喜歡這些記憶。一點兒也不喜歡。要不是他老了，那密封著記憶的栓塞就不許有一丁點鬆動，讓那些黑色的、總是帶著屍臭和血腥的記憶，乘馬正濤之不備，而恣情作祟。

然而只不過是一個日本「軍伕」——就像在戰地後方跟著關東軍幹伙伕，種菜開墾，修築工事，開車開船、運搬運輸的軍事勞工的林標林老頭，今天早上可為什麼又穿上那一身海軍戰鬥服上高市去？馬正濤靜靜地想著。在他記憶中橫行過全東北的、穿著毛呢軍裝，束緊腰帶，斜掛著肩帶，腳穿長統皮靴，戴著白手套、手把著右腰上的日本刀的日本軍官的形象，不時和早上那衰老、佝僂、悲傷而又滑稽的林老頭兒的形象互相重疊。而馬正濤對自己殺人絕不眨眼睛的過去，幾十年來，都絕對地守口如瓶，密不透風。然而那狗×的林老頭……馬正濤嘲笑似地詛咒著，就著挪威蟹肉，喝光他的第二罐啤酒。

2

林標老人從高市回來，繞過忠孝公園走到他家，已經接近下午五點。他流了一天的汗，真切地覺得體力大大不如從前了。他脫下日本海軍戰鬥服，把戰鬥帽掛到臥室的牆上。他到浴室沖洗，看見自己衰老、乾枯的身體，想到如果這次在陳炎雷委員帶頭下爭取日本政府賠償未付軍餉和軍中郵政貯(儲)金再被駁回，他怕再也等不到及身而領取那一筆渴想了將近二十年的日本錢。

他換了一身乾淨的衣褲，坐在客廳的假皮沙發上，才發現了門縫裡塞著郵差送來的信。光是看信封上的字，就知道是孫女林月枝的來信。「祖父大人：久未通信，常以大人安康為禱。」信上說。月枝說她打算下週中回家探望，「可能帶一個朋友回去」。

十多年前，一向溫婉、孝順的孫女兒月枝，在她的十七歲上，突然跟著一個外地來的理髮師傅私奔的時候，林標老人像是身上被剜了一塊血淋淋的肉那麼傷痛。

那時候，林標正三天兩頭瘋了一樣和周近幾個從華南和南洋戰場活著回來的台灣人前日本兵往高市跑。南洋戰場上的宮崎小隊長，竟在三十多年之後，突然就來了台北，由住在台北的曾金海四處聯絡，居然在分散台灣各地、幾十年來無人聞問的台灣人原日本老兵中引起了一陣騷動。原來曾金海在民國六十年代初蓋成屋賣，發了財，民國六十八年左右到日本旅行，找到了一個也是當年被徵用到大陸東北當日本「軍伕」、日本打敗後被蘇聯軍押到西伯利亞拘留勞動、一九五〇年代又被遣返到日本，之後就一直再沒回台灣的小學同學，透過他和一個由日本當年馳騁縱橫於南太平洋戰場的舊軍人官士兵組成的「戰友會」搭上線，卻不意碰到了舊連隊上的宮崎小隊長。優有資財的曾金海慨然答允出資將在日本舊連隊上的年邁潦倒的宮崎小隊長迎來台灣。

在台北一家著名的日本料理店的一個大榻榻米房間，曾金海從各地約來的六、七個當年同一連隊、但其實並不屬同一小隊的台灣人原日本兵老人，在宮崎小隊長面前排成了橫隊。曾金海看到隊列站齊，一聲「立正」，幾個老人以肅然的表情挺胸而立。曾金海用力向前跨出一步，對穿著西裝、卻端正地戴著黃星標誌的戰鬥帽的宮崎老人，大聲爭吵似地，用日本話從他的丹田喊著：

「〇〇連隊、第三小隊、曾金海、報告……」

老宮崎的眼眶紅潤起來了，回禮的手不住地顫動。待到大家都日本式地坐在榻榻米上享用料理時，宮崎已經涕淚横流了。「在南方、戰爭中，真辛苦了大家……」宮崎坐著向大家深深地欠身。曾金海用比較流利的日本話搶著說，「大家都很懷念在南方的日子呢」。有幾個老人於是忙著附和。「那時，也許對大家太嚴厲了。」宮崎帶著幾分慚色，又向大家欠了欠身，那時刻，林標老人想起當時充當駕駛員的自己，有一回出任務晚歸，早已過了開晚飯時間，就溜到廚房找剩飯殘羹吃，恰恰就被宮崎小隊長撞見。宮崎小隊長脫下軍靴，用靴跟打掉了林標的兩顆血牙，臉上嘴裡腫了四、五天，粒米不能進。

可是，在台北這家日本料理店裡的、充滿了懷舊和歡快的重逢，看來老宮崎和其他的原台灣人日本老兵都把林標的兩顆血牙全忘得一乾一淨了。酒過三巡，大家仗著酒精的興奮，開口講起遺忘得差不多了的日本話的膽子也大了，使一個小房間裡嘰嘰咕咕地漂流著破碎的、台灣土腔的日本話。但聽在宮崎的耳朵，這些破碎的、不正確的日本語何等動聽，恰恰表現了殖民地台灣對母國日本深情的孺慕和嚮往。宮崎受到了感動。霎時間，宮崎不再只是個戰後吃國家「恩給俸」的潦倒老人，而又復是當年帝國軍隊小隊長了。宮崎於是漸漸失去了開頭時的矜持，開始肆情喝酒，把一個發皺的、鼻子下長著一撮髫子的臉喝得通紅，越發襯出了稀疏的頭髮和鬍髭的枯白。

「喂，曾君！」老宮崎的舌頭有些打結了。

「是！」曾金海坐直了身子說。

「告訴他們：日本……絕沒有忘記，在台灣的日本忠良的臣民！」宮崎以軍人腔的日本話說，他的紅臉在燈光下因滲著汗水和油漬而發亮。「這難道不是我宮崎小隊長，來台灣的目的嗎……」

「是。」曾金海說。

曾金海於是鄭重其事地以比較流利的日本話做了介紹。就在戰爭結束都快三十年的「昭和四十九年」，從菲律賓摩洛泰島深山裡跑出來一個當年的台灣高砂義勇隊，日本名叫中村輝夫的阿美族原日本軍伕，曾金海說。因此在第二年，日本的「有識之士」，組織了一個「研究（思考）台灣人原日本兵士補償問題會」，曾金海說。

曾金海接著說，日本政府終於被迫表示了態度。「日本對大戰中因戰死、戰傷所訂定的《援護法》和《恩給法》，只適用於有日本國籍者」。這就是日本政府的立場。曾金海說。

女侍者在這時候端來用一隻玩具似的大木船，上面盛滿了各色好吃的生魚片。從隔壁房間裡，突然傳來台灣酒拳的呼喝。曾金海以堅定的語氣，用日本話說：

「諸君！在南方戰場上，我們，每一個人，不都是作為一個日本人、一個忠勇的帝國兵士，而戰鬥的嗎？」

舉座開始騷動起來。「是的，是的。」老人們帶著日本燒酒的興奮喃喃地說。「諸君，我『比島（菲律賓）派遣軍戰友會』正在發動一個視台灣兵士如日本人的、為台灣戰友爭取正當補償的運動。」宮崎說。

「只有在那個戰場上一起浴血戰鬥過的戰友，才能體會台灣戰友，是日本皇軍無愧的一員，曾經為天皇陛下盡忠效死。」曾金海說，聲調激越，「小隊長來的目的，是要我們快快組成戰友會分會，為了在台灣的帝國兵士爭取正當的補償，一起奮鬥。」

曾金海說，爭取補償的意義，不是金錢的問題。「補償運動，是爭取我輩為日本人、為天皇赤子的運動……」曾金海說。當時，幾個老人逐漸如夢初醒：他們即將得到日本國家的一筆大得無法想像的「恩給」，安度夕陽餘年，因為他們原是像三十多年前出征當初日本人就說過的，是日本皇軍無愧的一員！

不沉的、鋼鐵的城堡
守衛、進攻皆所依仗
不沉的城堡

捍衛日本的疆土四方
真鋼的城堡
擊滅日本的敵國……

不知什麼人開的頭，老人們以日語唱起了〈軍艦進行曲〉。女侍笑嘻嘻地推開紙門，又送來一瓶一升裝的、溫過的日本清酒。老人們擊掌而歌。

從此之後，一大筆巨額日圓「恩給」金，在老人們的思想中發出激動人心的耀眼光芒。在曾金海的指揮下，老人們成了台灣戰友會的骨幹，到全島各地去聯繫下過南洋、為日本當過軍伕、軍屬的「戰友」。林標開始穿起他的日本海軍戰鬥服，三天兩頭跑高市、跑南市、嘉市甚至台北，往往幾日不歸。正是這時候，孫女月枝竟悄悄地與一個外鄉來的小理髮匠私奔，不知所之。

組織台灣的「戰友會」，爭取日本政府比照日本軍人發給優渥的「恩給」和「年金」，像高燒不退的熱病，使林標失去孫女月枝的忿恨和羞恥混成的苦痛，變得麻木了。現在坐在假皮沙發上的老人林標，把月枝孫女的信丟在電視檯上。他於是想起月枝的父親、自己的兒子林欣木。十九歲那年的一天，林標和春天才進了門的新媳婦阿女，息了盛夏炙人的田間重活，一道回家，一身淋漓的汗水。他看見他的父親老佃農林火炎坐在陰暗的土磚草房裡發呆。「阿爸。」林標喚著老火炎，才看到老人的手裡抓著一張日本人來徵兵的紅色的單子。剛剛懷上了孩子的新妻阿女開始哭泣。

春天過完未久，火炎伯的兒子阿標就穿上配下來的「國防服」，戴著戰鬥帽，紮好綁腿，由哭紅眼睛的媳婦阿女陪伴著，到兩里外的村役所報到。「祝林標君出征」白布黑字的幡旗和寫著別的人名的白布幡旗在村役所前的廣場上，迎著熱風招展。林標漠然地望著村役所鋪著黑色的日本式煉瓦的屋頂上，簇飛著兩百隻不止的黃色的蜻蜓，但心中滿是因為不知道如何與懷著孩子的新妻道別，覺得焦慮憂苦。

「諸君的家屬，國家一定會照顧周全，所以不必有後顧之憂。」穿著黑色警官服，佩著短劍的日本上官，以像是誦讀祭文似的腔調訓話，「諸君要作為忠良的日本國民，作為大日本皇軍的一員，做天皇陛下堅強神聖的盾甲……」

通譯用閩南話轉譯。林標和村莊七、八個青年，就這樣「志願」被送到一個軍營接受短期訓練，又復輾轉送到炎炎赤日的南洋前線。

回想起來，十多年前的宮崎小隊長說得在理。「……你們是、大日本帝國皇軍的、無愧的一員！」林標彷彿又聽見宮崎帶著酒意的、軍人腔的日本話。台灣軍屬和軍伕確實被美軍、被菲律賓人游擊隊當作他們所仇恨的日本人，用炸彈炸爛四肢，用子彈轟開腦袋。當台灣兵走在大街上，開店的華僑表面上堆著諂笑，但眼中深處卻透露著把台灣人日本兵當作真日本人的恐懼、憎恨和嫌惡。林標想起了日本戰敗後被俘遣返之前被美軍用火車送到一個大集中營去的那個夏日。日本人和台灣人日本兵衣衫襤褸，滿臉鬍子，羸弱疲乏地堆在四個沒有篷頂的破舊的貨車廂。火車在熱帶的山巒腳下喘著大氣急馳。他記得鐵道的兩邊都是層層疊疊的椰子和雜生的檳榔樹，和高大、茂盛的各種熱帶樹林。急馳中的火車帶來陣陣強風，使車廂上的日軍俘虜在不斷晃動和吱嘰作響的貨車廂中張口流涎地沉沉睡去。

突然間，幾聲巨響，從山坡上砸下來了成排巨大堅硬的大石頭，鐵路邊也突然竄出成群的菲律賓農人，用力地向車廂上扔石頭，嘴中憤怒地咒罵著。一時間各車廂砸出了轟轟尖銳的巨響，傳出一片哀號與呻吟。押車的美國兵嗶、嗶地吹著哨子，朝天上開槍，阻止土人的襲擊。後來一加清點，一共即時砸死了九人，輕重傷四十九人。那些憤恨的石頭就不分日本人、台灣人，林標常常想：土人把台灣兵也當成了日本人。石頭也把林標的胳臂打傷了，鮮血漿漬了整個右臂。

然而在實際上，即使需要台灣兵在南洋的戰場上為日本拚命的時候，日本人也會不時地提醒台灣人其實並不是真正的日本人。林標想到，被小隊長宮崎用皮鞋打掉兩顆血牙的那一回，就聽見宮崎暴跳如雷地對他叫罵「清國奴」。有一個據說在日本讀過中學的客家人也被調來菲律賓當軍屬。他白皙美目，滿腦子不打折扣的「日本精神」。「我是真正報名的志願兵。」有一回，他因為送文書到幾里外的團部，坐了林標的車，在車上細聲說。他說沒想到他雖然取了一個日本名梅村，當軍方知道他是台灣人，就硬是不讓他當「光榮的皇軍兵士」，而派他在大隊部管非機密性文書的第一種軍屬。「我一定要奮力煉成，證明我是個優秀的日本人。」梅村說著下車走進團部的時候，林標才發現梅村有一點淡淡的女兒態。但沒過多久，林標就聽說了梅村被一個喝醉的日本兵雞姦後，連摑帶踹，連聲喝罵「清國奴，畜牲」。台灣人的梅村終於用皮帶上吊死了。他的屍身靜靜地掛在一株橫向槎出的老椰子樹上，在酷暑的熱帶林中蒸曝了兩天，才被人掩住鼻子找到。

到菲律賓戰場的第二年，軍郵為林標送來一封家裡央人用日本語寫的短信。信上說，他的女人阿女為他生了一個男嬰，而「家中一切安好。希望你一心為國奉仕」。就是那翌年一月，戰局全面逆轉，美軍反攻登陸菲律賓各島。美國炸彈、砲彈和槍彈像狂風暴雨似地從空中、從艦砲上把各線日本軍隊打得落花流水。林標所屬的兵團打散了。兩個連隊湊在一起逃入了深山，一群日僑婦孺也跟著隊伍在熱帶莽林中跋涉。

在林中行軍，人人心中漸漸明瞭，這是一場絕望的、死亡的行軍。深山歲月，逐漸沒有了時、日的計算。這時，從事戰地農耕的台灣軍伕起了重要作用。他們在山野中採掘野山芋、山薯、野生豆、野椒，用陷阱捕捉野味。莽莽的熱帶雨林的世界裡，開始逐漸沒有了國家機關的威權，軍政軍令系統自然崩潰。也不知什麼時候起，對上官事事行軍禮的紀律蕩然不存。行軍隊伍逐漸打散，各自帶著一批人選擇料想會更安全的方向脫隊自去。幾千個逃入深山雨林的日本官兵員，變成為了日復一日的生存和覓食充飢、四處艱難地、飢腸轆轆地漫遊於山巒野澗的野生動物。

在逃竄的途中，林標常常想著他自己在台灣的、未曾謀面的兒子。對自己骨血男嬰的不可思議的愛念，在他的內心燃起了強烈的求生意志的火焰，使他逃竄的腳步更加堅決和謹慎。在林標估算著自己的男嬰應該有二歲多的一個季節雨季，滂沱的大雨傾盆而下。整個森林籠罩在震耳的、大雨打在莽林寬闊的熱帶樹葉上的刷刷啦啦的聲音裡。雨水很快溼透了流亡的兵員的衣服、槍械和髒亂的髮鬚。

就在那大雨的密林裡，蹉跎行進在崎嶇中的隊伍逐漸停止了腳步。他們來到了深山中一個荒廢了的日軍的防線據點。幾個坑道口上都留著美軍火焰槍留下來的黑色煙薰的遺跡。坑道到處是裹在燒焦的日本軍衣下的骸骨，任大雨浸泡。日本兵的鋼盔不整齊地扣著一個個頭骨。槍械散落。在一具屍骸旁還遺落著一把初鏽的日本刀。

百來個襤褸的官兵員都沉默地圍立在戰壕的岸上，在豪雨中靜靜地看著狼藉著戰死經年的屍體的舊戰場。為了辨識成為群鬼的部隊番號，眼眶深陷、沉默不語的小泉大隊長叫身邊的林標去挑衣服完整的屍體的口袋找文件。百幾雙眼睛默默地注視著台灣人軍伕林標翻找屍身上的口袋和背包，然後走向小泉大隊長，在泥濘中立正，舉手敬禮。

「算了。」

小泉大隊長憂悒地、輕聲說，伸手從林標接下搜出來的文件。

雨嚎嚎地下著。小泉大隊長在雨中無語地檢視著文件，把看過的東西隨意丟到地上，卻在幾張有顏色的單張上久久端詳。

雨聲已經近於咆哮，卻越發顯出百來人屏息的、死亡一般的沉靜。不知過了多久，小泉以冷漠的聲音說：

「日本早已戰敗了。」

沒有人立刻明白小泉大隊長的話。但林標卻立刻想到了自己竟然可以活著回去看到朝暮思念的孩子和他的女人阿女。

「大隊長！您在說什麼？」有人叫喊。

「日本早已戰敗了。」沉默了一會，小泉說，聲音顫動，「傳單上都說了。」他高舉了他手上的、白色、淺紅和黃色的、美軍空飄的傳單，在雨中晃了一下。

「騙人的！」另一個絕望的叫喊聲，「那是謊言！」

小泉低下了頭。雨水順著他低著頭的鬍子一串串地滴下。

「你是在說天皇陛下的御詔書、國防省的命令都是謊言……」他沉靜地說，「傳單上都有。」

大隊長小泉孤單地站在密林的大雨中。日本刀在他的腰間穩當地下垂。開始有日本官兵的哭聲從四處傳來。有人開始在身邊的屍體口袋上找傳單。那是千真萬確了。林標看著手上的傳單想。無條件投降御詔書、國防省對各戰區日軍的通令。但對於林標最大的震動，是戰後處置的決定。「朝鮮脫離日本恢復獨立。台灣、澎湖列島，返還中國」。

日本戰敗了。包括林標在內的台灣人日本兵卻幾乎沒有一個幸災樂禍的人。「為什麼就打敗了？不甘心！」有一個台灣人軍屬陪著日本人吞聲。但看了傳單以後，台灣兵的心情混亂蕪雜。小泉大隊長下令隊伍在這個被棄置的據點休整，清理骸骨，把寬大的連隊指揮山洞打理成臨時營房。當時，小泉召集了二十幾個台灣人日本軍屬和軍伕，就著烘乾衣服的篝火，和藹地說：

「從此，你們都變成中國人了。」

包括林標在內的十來個台灣兵都沒有說話。小泉提出從此台灣兵和日本兵分開生活，廢除一切台灣兵對日本兵的軍事禮節。「你們都是戰勝國的國民了。下山去吧。」小泉說，「那不是投降。那是向你們戰勝國的同盟軍報到。」

第二天雨停了。殘留在寬闊的熱帶樹葉上的雨水聚成的水珠滴滴答答地落下。一國的人究竟要怎樣在一夕間「變成」另一國的人呢？林標苦想著這無法回答的問題。開始有日本軍官躲到坑道背後的樹林去自殺。刺刀插進了他自己的胸膛，鮮血使落葉凝成一團。隨軍流亡的日僑有舉家大小「全員自決」的。茫然、悲傷和痛苦浸染著不肯離隊的台灣兵。但一旦被以「戰勝國國民」之名和日本人分開，林標覺得一時失去了與日本人一起為敗戰同聲慟哭的立場。而無緣無故、憑空而來的「戰勝國國民」的身分，又一點也不能帶來「勝利」的歡欣和驕傲。

第四天，連日緘默不語的小泉大隊長也自殺了。銳利的日本刀貫穿了他的肚子。樹林中開始悶熱起來。林標和其他幾個台灣兵商量好，靜靜地結伴走出了莽林，一路上為了不知道在小泉大隊長死後應該向誰辭行，而終於不告而沉默地離開了隊伍，感到苦惱和不妥。

下山後的林標和其他的台灣人日本兵被收容到由美軍和菲律賓游擊隊荷槍看守的俘虜集中營，和日本戰俘一道，在烈日曝晒下從事修整軍事機場的沉重勞動。兩個月後，台灣兵才被美軍甄別出來，集中到另一個小軍營等侯遣返。營房的五十公尺外，有一間小教堂改成的拘留所，舊教堂的門口站著兩個面貌黧黑、個子矮小、穿著寬鬆的美軍迷彩戰鬥服，佩帶手槍和水壺的菲律賓軍人。林標不久就聽說拘留所裡竟關著一些被當作戰犯、為日本監管過美軍俘虜而殘暴虐待過美軍戰俘的台灣人日本兵。在日本俘虜和甄別出來的台灣兵遣返時日還遙遙無期的時候，有一天傍晚，那小教堂的門打開了。二十幾個被反銬的、穿著日本戰鬥服的台灣兵，在美國憲兵的戒備下，押上一輛大軍車。林標想起了有一天夜裡，從小教堂飄來輕聲吟唱的日本軍歌：

替天行道打擊寇仇
我兵士忠勇無雙

「×你的娘。你窮唱個什麼×！」小教堂裡有人用台灣話咒罵了。

歡呼聲中送征途……

那軍歌像是獨語，在熱帶的夜中帶著一絲幽怨傳來，歌聲已經沒有了當年為征人入伍壯行時唱在村役所廣場上的勇壯。

「叫你不要唱了……」

歌聲停止了。唱歌的人用台灣話說：

「日本人說台灣人是日本人，要跟著他們去打美國人……」

「……」

「現在美國人也當我們是日本人，看時看日，要送咱去判罪、去當槍靶子。」

林標傾聽著夜空中傳來的對話，靜靜地抽著美國人發下來的香菸。他想起他當駕駛軍伕時，幾次到集中了美國俘虜的集中營去搬運美國人的屍體。屍體被監管俘虜營的台灣兵一具具排好了。菲律賓的烈日使屍體迅速腫脹、變黑、發臭。深陷的眼眶裡的、長著各色睫毛的眼睛，或緊閉、或瞠目。極度的削瘦使他們的肘關節、腿關節和雙手掌顯得特別碩大。林標早已聽說這些美國和加拿大戰俘被管監俘虜營的日本人和台灣人用棍棒、槍托毆打，甚至開槍打死。林標把屍體運到森林裡挖好的大坑，連同早已扔進大坑裡的、其他的俘虜集中營運來的一堆白種人的屍身，一鏟一鏟往大坑裡堆著摻雜著腐敗的落葉的黑色的泥土，掩埋起來。而在日本槍兵護衛下抬屍、埋屍、穿著短褲、頭戴日本戰鬥帽的那些人，正是在各俘虜集中營工作的台灣人日本軍伕。

出乎林標意外的是，遠遠在成批成批的背著背包，提著大小包袱的日本戰敗兵員被美軍優先用軍艦送回日本之後好幾個月，才輪到台灣兵搭著破舊的運煤船回到台灣。當林標和其他倖活下來的同袍在高雄港碼頭上岸，沒有歡迎，沒有來慰問的人；沒有歡迎的行列，甚至家屬也沒有接到通知來碼頭接人。那是「昭和二十三年」的民國三十七年秋天，林標回到了家鄉，發現妻子阿女在前一年貧病而死，四歲的兒子欣木怯生生地躲在林標的一位滿臉皺紋和老淚的姨父身後迎接了他。

林標向一個東攀西扯後勉強也算是遠親長輩的地主，帶著兩隻閹雞，懇求還讓他續佃在戰時被日本人逼著改種蓖麻的一甲多地，帶著幼小的兒子，拚著命把蓖麻田翻耕成水田。欣木九歲、農地改革使林標變成了一個小自耕農的那一年，林標心喜得不知所措，就在屋後種下兩棵龍眼樹苗。早早晚晚，林標用一個破鋁盆澆水。龍眼樹長得慢，卻經常看見不斷地生出土黃色的嫩芽長成了綠色的成葉，往上抽長。等到龍眼樹長過了屋簷的時候，蔥翠如蓋，每到夏天，不但能擋日晒的西牆，還能蔽蓋出一片蔭涼。當其中的一棵龍眼樹忽然開出黃色的碎花的那個夏天，年已過了二十的欣木從湳寮那邊娶來了一房親。第二年，吃過第二次收穫的龍眼，就生下了孫女月枝。

林標在回想中歎了一口氣，起身從冰箱裡端出肉湯在廚房熱過，泡著一大碗白飯，打開了電視，坐在原先的假皮沙發上，大口扒著飯吃。七十好幾了的林標，飯量依舊不減。他漠然地看著電視新聞時，突然間被螢光幕上出現的影像大吃了一驚。

那是早上在屏市舉行的「南洋戰歿台灣兵慰靈碑」落成揭幕儀式。一個用帆布拉成頂篷的觀禮臺，坐滿了年紀都在六十、七十的，衣著整齊的紳士淑女。觀禮臺前，站著分成三排的、穿著漿燙過的日本海軍戰鬥服、頭戴戰鬥帽的老人。最前一排最右一個瘦高老兵，在前胸雙手掌著一面日本海軍軍旗。

偶然的一陣輕風，撩起了巨幅軍旗。每當血紅的、向著四面八方放射著旭日光輝的日本海軍軍旗飄動時，瘦高的掌旗老人身體不免搖晃。

三排衰老、有幾個已經顯得佝僂的原台灣人日本兵們，在特寫鏡頭中板著臉孔。陽光照著他們頭上的日本海軍戰鬥帽下的面孔。在迅速流動的鏡頭中，林標瞥見了一張張眼袋凸出，緊抿著嘴唇的、認真嚴肅、卻又力竭失神的表情。

俄頃，由一班小鎮上送葬儀隊湊成的樂隊，突如其來地吹奏起日本人的〈軍艦進行曲〉。也是一身海軍戰鬥服、手上戴著白手套的曾金海，陪著西裝革履的陳炎雷委員進入式場。

霎時間，瘦高老人「嘩！」地把日本海軍旗扳向前下方致敬。老人們在高昂的敬禮令下，不免其參差地仰首抬手，敬以軍禮了。

近景：陳炎雷委員的講話。
特寫：觀禮棚中的仕女向正前方的慰靈碑行軍禮，表情驕矜、光榮。
中景：日本海軍軍旗飄揚，旗上血紅的旭日突兀而奪目。
特寫：慰靈紀念碑上幾個鐫刻楷書：「南洋戰歿台灣兵慰靈碑」

林標屏息凝神地看著電視。他首先想，總共只有一、兩分鐘的電視報導，除了他自己，再不會有人認出被人擋住大半個臉的他來。他頭一次看到鏡頭中老態龍鍾、疲乏不堪的「軍容」，不禁吃驚。慢慢地感覺到他自己和那些老人彷如受著不堪的嘲笑和愚弄。今天一大早趕火車到屏市的路上，林標想起了這三、四個月來忽然恢復了要求日本補賠償之熱勁的曾金海。月枝與人私奔後，推算她都二十五、六歲那年，日本東京地方法院第二次駁回了台灣兵補償的要求，理由根本上也是說老人們「已喪失日本國民的身分」。「日本人無血無眼淚，」到東京聆判的曾金海回來後說。曾金海也說包括他在內的、各索賠團體代表想直接訴諸日本國民，臨時在東京當地印製了傳單，說明他們曾「作為忠良的日本人轉戰華南和南洋……」。他們曾想：接到傳單的一般日本人，一定會報以熱情的握手、慰問、感謝和支持。不料偌大一個東京市，過往如織的東京火車站口，居然沒有一個日本人、不論老少，肯接過傳單，而用冷冷的、嫌煩的面孔，拒絕了老人們伸到他們鼻子跟前的傳單。「×他的娘。日本人，無血無眼淚！」曾金海說。

就是這曾金海，在這半年來竟又活動起來了。「從前台灣人去日本索賠，國民黨的政府不出面。」曾金海說，「委員陳炎雷說了，咱們幫過日本人打中國人，能指望這個政府為你出面做主嗎？」而又據曾金海說，如今就會有機會「換一個台灣人自己的政府」，換成了，台灣人向日本政府索賠，就有人做主。曾金海帶著體體面面的陳委員到處找台灣人日本老兵為「換一個政府」拉票，馬不停蹄。

而在明年三月間，如果真就換了一個政府，陳炎雷的官就會做得更大些。這次就是陳委員發動豎慰靈碑，「設法請幾個日本參議員和自衛隊校佐來參加慰靈碑落成，先和日本政軍界拉好關係。」曾金海來說過，動員林標一定要軍服整齊地參加落成式。

人趕到落成式場，林標見到了許多舊知和新識的原日本台灣老兵。慰靈碑落成式場上的仕女和老兵中間，漂流著流利和生硬的日本話。落成式結束後，曾金海一邊脫下白手套，一邊納悶似地對林標老人說，「陳委員說請了幾個日本人……怎地一個也沒到……。」

停在落成式場旁邊的、擦洗光鮮得能在車窗玻璃上照映出周圍的樹影的幾部黑色轎車，一輛輛帶著那些能說和不能說日本話的仕女紳士們離去。林標看著草地上的車都走光，只剩兩部因為兩個車主人還在車旁邊談話沒有開走。林標聽見站在一旁的曾金海說，「我們一年一年老了。下回能不能召集起來，就不知道了。」曾金海還說，希望將來新政府果真能為台灣兵做主。「你看東西南北，這些老人還得自己趕回家去，連發個便當，陳委員都沒安排。」曾金海埋怨了。

從屏市回去和鎮的火車上，林標想著兒子欣木。欣木是個勤勉的小伙子，幹起田裡的活來，從來不知疲累。林標從他身上看到了自己還是個貧窮佃農時的意氣和模樣，心裡歡喜。但欣木有一樣跟自己不同：他老想有一天離農發家。林標時常告訴他兒子，往日當農民如何的苦和窮。「人要知足，要守本分。」林標說。

媳婦寶貴在枕頭邊慫恿，估計也有關連。林標坐在火車上想。欣木二十四歲上下的那些年，種稻子的收入已經遠遠追不上肥料、農藥和日用品的開銷，村鎮上的年輕人逐漸到城市裡去打工。但欣木不一樣。「阿爸，我想到外頭去，跟著人開個鐵工廠。」欣木說。他的朋友坤源在台北三重一家不鏽鋼加工廠當了幾年工人。「貿易公司來訂貨外銷。賺錢快。」欣木說。林標沉著臉，不肯答應。直到光是種稻實在已經打不開生活開銷時，有人來牽線，林標把地賣給了台北來的一個「李董」去蓋房子。欣木拿了地價的三分一，帶著女人和三歲大的小月枝遠走台北三重……

3

第二天早上，馬正濤起得早些，先到忠孝公園裡兩棵樟樹間，站好了馬步，閉著眼睛甩了一回手。這天早上，馬正濤準備了要出門上北市，甩過了手，就拎著小包走出公園。他在馬路上等著一輛老舊的軍車通過後，左顧右盼，小心地走過馬路，再沿著馬路上的公車站牌走。忽然間，他聽見了一聲尖銳的剎車聲。馬正濤循聲望去，聽見駕駛兵高聲咒罵：「我×你的娘，尋死來的是嗎？」馬正濤的老花了的眼睛，看見一個人影在車下和駕駛兵對罵。看著軍車開走，沒有發生車禍，馬正濤拐過一個彎，走進了一家豆漿店。

馬正濤喜歡這家台灣人開的豆漿鋪。它烤出來的燒餅不像別家的那麼脆得吃起來一桌子都是半焦不焦的餅皮。這家的燒餅很有咬勁，這就叫人嚼出了麵餅皮和著油條的香味。馬正濤叫了一套燒餅油條，一碗打了蛋的熱豆漿，突然聽出來隔桌有幾個外省人老兵模樣的人，似乎在議論昨晚電視新聞的一景。

「都穿著日本兵服裝呀，」一個穿藍格子襯衫的瘦小老人說，「手裡還舉著一面很大的日本海軍軍旗。嘿！」

「都是一群漢奸。」一個四川口音的人憤慨地說。馬正濤認得他。他常常看見那瘦老頭在忠孝公園裡打拳，不到一套拳打完，他就不張開他那緊閉的眼睛。

「我一看到那日本海軍旗，就覺得心頭絞痛。」穿藍格子襯衫的瘦子說，「那年呀，日本海軍陸戰隊，就是舉著那面海軍軍旗進了上海。我親眼見到的。」他說在日本旗飄揚下，日本人在上海和全中國燒殺擄掠。「我忘不了！」瘦子老人說。

「都是一群漢奸呀。」四川老頭說。他說他老了。要是十幾二十年前，讓他在場，先殺個精光自己再去見官。

「看不得呀，」藍格子襯衫的瘦老頭說，「血一般的太陽旗，染著多少中國人的鮮血……」

「跟你說吧，都是一群他媽的漢奸。就不知道哪裡冒出來的、一群漢奸！」四川人說。

馬正濤默默地吃完了早餐，搭公車到火車站趕上了北上的快車。「都是一群漢奸。」四川人的咒詛在火車飛馳的嘈雜聲中縈繞不去。他看著窗外。一輛灰色的轎車在田間小路上奔跑著。馬正濤想起了南滿洲的鐵道。

日本宣布戰敗前一個星期，李漢笙先生打電話到憲兵部隊要他立刻去瀋陽看他。「有急事，你來一趟。」李漢笙先生簡捷地說。就那一回，馬正濤坐在火車上奔馳於遼闊的東北的平原。他看見為了不使反帝抗日游擊隊「抗聯」藏身以攻擊火車，日本人把鐵路兩邊種得密密實實的高粱田，像是用日本人的理髮器推掉的那樣，在鐵道的兩邊各剷掉了十五步寬的高粱稈，裸露出灰黃色的泥土。那時候，日本軍已經在廣大的華北、華南和遼闊的南洋陷入了致死的泥沼。太平洋戰爭中呈現出來美英龐大的戰力，和日本戰力的窘迫、招架無功，形成了強烈的對比。而曾經沉寂一時的抗聯的游擊破壞則有增無已。才是三個多月之前，李漢笙先生坐著黑色轎車到憲兵隊部來開會。車子在大院裡剛停下，就有日本憲兵趨前去打開車門，向頭戴灰色呢帽、身穿羊羔毛襯裡的皮長褂，臉上戴著深黑的墨鏡的李漢笙先生敬禮。開過了一上午的會，在隊部內高官餐廳用過飯，李漢笙先生傳他去說話。「抗聯的活動，不但壓不下去，火勢倒越是旺猛了。」馬正濤壓低了嗓子說。李漢笙先生沒說話。他的深黑色的眼鏡使馬正濤感到局促不安。馬正濤說，憲兵隊把稍有「容疑」的市民、農民，略有抗日反滿傾向的青年和學生，能逮的逮了，要殺的殺了。「逮了、殺了這麼多年，這麼多人，倒使他們變得更加機靈狡猾了。」馬正濤說。李漢笙先生依然沉默地抽著套在菸嘴上的菸。「我要他們把你調離偵緝部了。」他說，「調到總務部去吧。部、局裡很大的家當，你去管起來。」李漢笙先生望著窗外說。窗外的兩棵銀杏樹，在冬陽下，映照得滿樹通亮。

李漢笙先生原是個留學日本的青年，早時跟在馬正濤的父親馬碩傑的身邊幫著掌管買賣大豆的生意，周旋在日本商人、軍部和東北當地親日商紳之間。李漢笙先生熟練的日本語和處事的精明圓融，受到日本軍部、特務和權商的賞識。何等狡慧的馬碩傑順勢慨然把李漢笙舉薦給了日本人。十年不到，李漢笙先生就深受滿洲日本當局的信賴，出任滿洲國警察署的「囑託」（咨議），成為滿洲特務系統中權位很高的中國人之一。

那時候，馬正濤看見那奔向瀋陽的頭等車廂的車門開處，進來了一個列車長、一個日本憲兵和一個滿洲國警察，查驗旅客的身分和車票。隨著游擊抗日活動的活躍化，車船旅客的安全檢查也越發嚴厲了。馬正濤想起來，在近日的一份治安報告中說，「抗日不祥活動」正隨著局勢不安的擴大，提出了「打擊漢奸」的口號。親日派官僚、文化人和紳商遭到暗殺的案例雖然還不多，卻漸有所聞了。車窗外是一望無際的高粱田。誰能想到日本人在中國的天年會這麼短促呢？馬正濤想著。

李漢笙先生住在一幢德國商人留下的大花園洋房。圍牆內外，站著公服和便衣的警戒。當馬正濤從大鐵門旁邊的一扇小門進入李漢笙先生的邸院，三隻被鐵絲網圈住的大狼犬即刻以後腿站起，趴在鐵絲網上向他極其凶惡地露著尖銳的牙齒狂吠起來。佩著手槍的門房一邊並不很當真地斥責猛吠的畜牲，一邊把馬正濤讓進了一間壁爐裡燒著熊熊之火的大客廳。

李漢笙先生走進客廳的時候，馬正濤在他的臉上看到了整個滿洲國上下都在焦慮、徬徨的時節所不能一見的氣定神閒。李漢笙先生仔細問了馬正濤在總務部的工作情況，問憲兵隊的財庫、資產、武器、房舍、土地各項細節。

「重慶來聯繫了。」李漢笙先生輕聲說。馬正濤大吃一驚，啞然地坐著。

「重慶離開東北太遠了。他們一時無力阻止蘇聯軍和八路軍在戰爭結束時從日滿手中接收東北。」李漢笙先生板著臉孔說，「他們求到我們了。」

馬正濤依舊瞠目啞然。戰爭結束……「到了這田地了嗎？」他茫然無措地想著。

「把日本憲兵隊部一切財產和資源都緊緊抓到手中。」李漢笙先生命令似地說，「我早算了幾步，及早把你調開殺人放火的偵緝處。」

馬正濤一時全懂得了。日本正式宣布投降之後不久，重慶就派人把正式蓋有中央關防的任命書送到了李漢笙先生手裡。當日本戰敗，萬民騰歡，李漢笙先生居然就以重慶潛伏在東北的國民黨地工身分，搖身一變，正式發表為「華北宣撫使署」首長，交換的條件是確保日滿在東北一切財產、武裝、情報特務及警憲體系，和資源、安全檔案及繼續羈押獄中的共產黨系反滿抗日分子名冊資料，等候移交給國民政府。而當一些「附日附逆」的小小文人和官警被扣上漢奸的帽子，受眾人唾罵、遭新權力逮捕、審判甚至於下獄處決的時候，馬正濤仗著李漢笙先生的關係，也就搖身一變，突然成為長期潛伏東北敵區的「愛國」地工，並且參加了「軍統局東北辦」的工作。這以後，李漢笙先生還密集賄買國民黨先遣人員，把已經被肅奸行動下在監中的重大附日官紳重新挖出來，發給證明文件，以潛入東北國民黨特工身分，從階下囚變成座上賓。「就中國的大勢言，幾十年來，反共一貫是頭等大事。」李漢笙先生有一回在宴請舊滿洲國留用下來的新的特情班子時這樣說，「我們在……就說在舊滿洲時代吧，所做所為，主要也是反共防共。今天，黨國要反共防共，也得依仗各位無名英雄。」坐在末座的馬正濤還記得，那宴會大廳滿室輝煌的燈光，佳餚美酒，興高采烈。牆上原先巨幅的溥儀肖像，早已經換成了委員長的肖像了。臉長的是兩個人兩個樣。但是一身勳章綬帶和肩章袖紋，兩人就幾乎沒有兩樣。那時的馬正濤這樣想。

透過了李漢笙先生，重慶得以在戰後迅速和日本關東軍部有了暢通無阻的管道通氣。幾百萬關東軍和憲兵隊受命只認國民政府一家去投降，也受命中央軍政機關未到之前，堅守崗位，不許將一槍一彈繳給蘇聯二毛子占領軍和八路軍，還受命在國民政府先遣人員指揮下，與在旅大的美國軍方合作，抵制蘇軍南下全面占領東北。李漢笙先生告訴馬正濤，重慶最高當局是把戰略眼光放在未來美蘇衝突引發的第三次世界大戰的高度上的。「委員長看到美中兩國聯合反蘇抗共於來日的大局了。高瞻遠矚，這叫作。這就要講化敵為友。」李漢笙先生說。據他說，國民政府已經委由他向日本關東軍高層傳了話。「日本在戰後東北的防共反共上和我們合作，我們就保證第一不辦岡村寧次以下幾個戰犯；第二保證兩百幾十萬關東軍和日本僑民安全遣返。」李漢笙先生說。書桌上的大燈檯照著他的左臉，使他的右眼在陰暗的右臉頰中炯然有光。「連岡村寧次都能用，我們，還怕什麼……」李漢笙先生近於微笑地說。

坐在馳往北台灣的快車上，馬正濤兀自冷著面孔微笑著。車窗外的稻田正是稻子開花的時節。從急馳的火車窗口看去，開著花的稻田像是罩著一層淡淡輕紗似的霧氣。「都是一群漢奸！」馬正濤想起了早上在豆漿店裡的一場議論。都幾十年了吧，再沒聽人以「漢奸」罵過人了，馬正濤想：天下的事，要都像那些粗人想的，就簡單了。他記得那年八月日本人打敗，滿洲國垮了。十月初，美國人幫著把重慶的大員和少數軍警從天上、陸上和海上送到廣闊的東北來。李漢笙先生人家真是胸有成竹，帶著馬正濤和一些幹員，為中央大員找氣派的臨時辦公室，幫著地方上過去附日的大官豪紳和商人安排連日連月、三餐不斷的宴請，夜夜不停的笙歌舞會，去巴結、討好重慶來的新主子。「山珍海味、醇酒美人，無日無之。」李漢笙先生說。他很快地獲得了中央先遣大員的寵信。因為在他授權下，機靈的馬正濤能從日本人遺留下來的龐大「敵偽財產」中，為接收大員依其官職大小而張羅不同大小和規格的華邸豪宅及汽車。而舊滿時代附敵致富的豪紳巨賈也沒閒著。他們忙著用金絲銀線織成了天羅地網，透過馬正濤穿的針、引的線，以配分走私鴉片的厚利、賄贈黃金和美妾歌妓，去換得在宣撫使署或先遣軍司令部謀個專門委員、參謀、秘書之類的名銜，一夕間變身為愛國紳士。他們在戰後一片衰疲的華北大地上，「經營了一個封閉的城堡，過著紙醉金迷、酒池肉林的生活」。大膽的報紙雜誌開始這樣批評。

那城堡穩妥牢固，即連那年春天，南京突然傳來戴笠撞機身死了的消息時，也沒有撼動過那隱密的堡壘。李漢笙先生通令東北各省市為「戴先生」舉行告別禮，一時政軍特各界，不論真心假意，全都送了輓帳，親臨致祭。到了夏天，當軍統局摘下了招牌時，李漢笙先生照樣在全面接收軍統局的中央保密局下出任長春督察支局當局長。

再過一個月，國軍突然向全國幾個重要的中共根據地開打了。在督察處一次幹員會議上，李漢笙先生把手放在厚厚的公文夾上說，上海、南京的學生、工人和野心家都鬧起來了，唯獨東北還能平靜。「上面很稱讚。」他說，「這自然不是偶然。」李漢笙先生站起來，用他的手掌蓋住了掛在牆上的全國地圖上大半個東三省。「東北遠離內地，自有天地。內地的風雨打不到東北來。」他說，「再講，日滿時代我們早就逮了、殺了多少奸匪？今日東北的平靜，日滿時代的工作有貢獻！」

但是李漢笙先生畢竟說早了，並沒說對，馬正濤想。冬天，大雪把整個長春市封住的時候，東北南沿的北平，就突然地鬧出從北京大學哄起來的「沈崇事件」，還叫囂著要美國軍隊撤出中國。督察局的神經緊張起來了，不斷給北平的處裡搖電話，才漸漸知道了沈崇事件竟而能像興安嶺上大森林的野火，捲著熱風和滔天的煙火，向全中國延燒燎開來。

督察局連連開會，燈火通明。凌晨或入夜，日本人留下的笨重的幾輛軍用車和美式新型吉普車在督察局的大院匆匆進出，抓進來一批又一批「奸匪嫌疑」和民盟分子。許多日本人留下來的花園官邸，掛上了類如「靜園」、「雨園」和「怡園」之類的小石牌，都變成鐵門深鎖、警衛森嚴的秘密看守所和偵訊所。馬正濤夜以繼日地指揮秘密逮捕、誘捕、拷打和審訊。他驚訝地看到他認識的、日滿時代、曾經和政府「弘報處」合作無間，時而在半官方的《滿洲公論》和《大同報》的副刊「夜哨」上寫些親日應景文章、出席過日本人主宰的「大東亞文學會議」的評論家周恕竟也抓進來了。「別問我怎麼回事。你不也是從日本憲兵變成軍統局嗎？」周恕用腫成半個饅頭似的、破裂的嘴唇對拷訊室中的馬正濤說。周恕一點也沒有充英雄好漢。他一身都是瘀血和挫傷。他痛苦地呻吟，恐懼使他發抖，唯獨不論強灌椒水、吊起來毆打，都不能逼他從那滿是血水的、破碎的嘴裡說出一個名字，一個地址，一個機關。馬正濤的職業性的眼睛突然看出了周恕休克致死的危險，走上前去察看。周恕忽然在馬正濤身上嘔了半身鮮血，緊閉著眼睛死了。馬正濤變得越來越愛洗澡，就是從那以後開始的。

但是馬正濤的心底深處，逐漸感到揮之不去的淡淡的不安和憂悒。特警布建的縝密比日滿時代只有過之而無不及，拷訊的技術，比起日滿時代只有更硬、更狠。然而，這久戰疲憊的民族，渴想著和平與安順的日子，看來早已經到了憤怒的地步。夏秋以後，反對內戰，要求和平建國和民主改革的吶喊，隨著東北局勢的逆轉，在全國崛起了罷課、罷工、罷市的風潮，震動中國大地。

第二年夏天，中央保密局指揮的全國性一次最為雷厲的逮捕令下，長春督察處無日無夜地抓進來大批的教師、大學生、編輯、工會分子和民主人士，塞滿了整個東北的秘密監獄、看守所和偵訊室。東北的形勢嚴重。當千千萬萬的人敢於起來赤手空拳地向手槍和皮鞭逼近，馬正濤第一次理解到，一貫令人顫慄的特務權力，也會像烈日下的堅冰那樣融解和蒸發。拘留所和偵訊房裡幾千個新抓進來的「匪嫌」還來不及拷訊，在樹葉搖落日甚一日、關外吹來的秋風一天比一天蕭索冷洌的八月底，國共間的大兵團殊死決戰，就在廣袤的東北大地上的遼瀋、淮海和平津三個地區開打了。九月，長春被共軍團團包圍，李漢笙先生早一日專車逃脫，馬正濤化裝突圍，半路上被解放軍和民兵攔截下來，和一批國民黨官警送到吉林集中起來。

火車過了中市已有好幾個站了。台北已經不遠。今天是李漢笙先生的忌日。李漢笙先生比他早了將近一年到台灣。來台以後，保密局雖然還在，但全國五湖四海各省各市的嫡系保密局老幹部全都水淹似地來到了台灣，僧多粥少，何況像李漢笙這種從「偽滿」投靠的特務。李漢笙先生深識時務，早早從工作上退了下來，過了好幾年才因老衰死在榮民總醫院的頭等病房裡。每年此時，馬正濤總要上台北來，到草山一個舊墓園去給李漢笙先生上個香。「陸軍少將李漢笙之墓」。馬正濤想起那一方孤單的墓碑。墓碑上的字還是毛局長親自題的。李漢笙先生對馬正濤半生的提攜、指點和影響太大了……馬正濤在回憶中回到了落在吉林公安部專門集中國民黨軍政警特的「解放團」的圍牆裡了。

解放團設在吉林市郊一個年久荒廢的古菴裡，正殿上的泥塑觀音身上滿是厚厚的灰塵。但這妙音草菴的占地，連一片菜圃算起來，總共也有一畝多。菴中禪房靜舍、飯廳廚灶俱全。草菴的泥土牆不高，新架了並不緊密的鐵蒺藜。解放團的管理鬆懈，不沒收身上的鈔票細軟，不搜查行李包裹。馬正濤心中詫奇，總覺得其中必詐，而忐忑不安。所好的是菴裡集中的絕大多數是被俘的國軍軍官——有不少人還大剌剌地穿著熨線還很新鮮的美式毛呢軍裝晃來晃去——但很少有人認得馬正濤。

一個十月天的早上，馬正濤在盥洗臺上洗臉，有一個微胖、禿了前額的人在馬正濤身邊低著頭忙著刷牙。「馬老師，馬站長，您也到了。」他頭也不抬地說。馬正濤認出那是長春市警察局保安隊裡的一個小組長。馬正濤在臨時的特訓班上過課。「別叫站長了。」馬正濤咧著嘴笑，把毛巾蓋在臉上抹。「我現在叫劉安。第五軍一個後勤連隊的少尉排長。」他小聲說，「在這兒之前，我們不認得。」

「知道了。」小組長用力漱口，把水吐到水槽裡。「您好。」他提高聲音對馬正濤說。笑著。

「天冷了。」馬正濤擰乾毛巾說。

「可不是。聽說錦州都解放了。」組長說。

「噢。」馬正濤說，「再聊吧。」他向組長擺出十分客氣、和善的笑臉，使了一個眼神走開。

錦州這麼快就丟了呀。馬正濤想著，大吃一驚。錦州陷落了，瀋陽的國軍就叫作「甕中之鱉」。他想：長春再一解放，共產黨把打長春的解放軍再開赴瀋陽……馬正濤心焦如焚。「不要說現在人陷在吉林的解放團，就算共產黨讓我馬上出去，戰爭的形勢垮得比我逃跑還快。」馬正濤對自己嘀咕起來，「我這不是走投無路？」

第三天早上，草菴圍牆裡的人三三兩兩走在一塊，繞著院子打圈。馬正濤想起了過去被他關在看守所的政治犯也一樣在監獄圍牆下的一塊泥土地上打轉放封。草菴裡種著一排白楊樹，樹葉都快落盡了。馬正濤一個人用稍快的步子走著，眼角餘光看見了那想起來叫趙大剛的小組長。馬正濤老遠就向趙大剛揚手。「你早。」馬正濤說。趙大剛也向他揮了揮手，果然像是初認識的兩個人。趙大剛放緩了步子，馬正濤趕了上去。

「昨天發了登記表。」馬正濤說，「該怎麼填？」

「這煩人。」趙大剛說。

趙大剛說，大多數的人，除了那些沒什麼好瞞的、除了那些大剌剌穿著美式軍服晃來晃去、垂頭喪氣的國軍校尉，都得仔細推算，編一套也真也假的經歷，揣在身上。「往後填什麼表格，寫自傳……就按照編好的寫。」他說。

「免得前後矛盾。」馬正濤說。

「其實，有時先後不一致，他們也不怎麼問你。」趙大剛歎了一口氣說，「他們像是料定了天羅地網，我們再怎麼也終於無處隱遁。」

馬正濤沉默了。「你還是放老實的好。我們對你們，清楚得很。」他想起自己曾在偵訊室中幾次對著充滿著焦慮、無助和恐懼的大學生說過的威嚇的話。「我還是照你的辦法。先打好一個草稿。」他對趙大剛說。

「那樣保險。」趙大剛說，「你以後還得填別的表，寫經歷概況什麼的。」

「哦。」

「表遞出去了，政治保衛幹事往往還會找去談話。」

馬正濤皺眉頭了，「那還得背稿兒？」

「也沒那麼嚴重。」趙大剛說，在寒風中，哈著輕白色的霧氣。「不過，我們這種身分的人，不能不仔細，有備無患。」

當天晚上，馬正濤挑亮油燈編稿子。化名、化裝、假身分、編製假經歷都難不倒他這個在日本憲兵隊和軍統待過的人。但是編著編著，卻老是心虛駭怕。馬正濤想起了那些落在他手裡的青年。當他們用被打腫的手指吃力地編寫好的口供，被馬正濤看出了破綻而咆哮著撕碎時，他們那蒼白、恐懼和絕望的眼色，這時一一浮現在油燈的光暈裡。他太明白：他一個人絞盡腦汁寫的，逃不過一個小組人的仔細檢查。馬正濤寫了撕、撕了再寫，心焦慮亂，不知所措。

就在這時，馬正濤忽就想起了李漢笙先生。解放軍重兵圍城的前夕，一部小車在深夜的李漢笙公館院子裡熄著燈等候。李漢笙先生親自燒完了重要文件，準備登車脫逃。在只有馬正濤和李漢笙先生在場的偌大的客廳裡，李漢笙先生忽然對馬正濤說：

「人落在國民黨手裡，即使坦白招供，也八成活不成。」他說，「人要落在共產黨手裡，真坦白交代了，可能有八成死罪換緩刑的機會。」

馬正濤把李漢笙先生送上熄了燈熱著引擎的轎車上。公館的大門靜悄悄地打開。這時車燈忽然大亮，照見了院子裡幾棵修剪過的柏樹和幾個便服警衛的幢幢黑影。車子在院子裡靜靜地轉彎掉頭，迅速地馳出大門，開進了滿地細碎的霜華的黑夜。

像是得到了神諭，馬正濤突然決定了自首投降。他從來沒有在意過押進解放團時發給每一個人油印好的「寬大政策」說明書。但他想到瀋陽危在旦夕，東北易幟，整個華北就會陷落。他想起李漢笙先生的話，不知何以竟就確信自首投降是唯一可能求活的路……

說明了來意，解放團裡立刻派了專車把馬正濤送到吉林公安處。一個穿著半舊的解放軍裝，滿腮斑駁的鬍子碴的劉處長對馬正濤說他做對了決定。「我們是知道你的。」他說，「你自己走出來，對你自己好，主要還是對人民有很大好處。」馬正濤想起了李漢笙先生帶著他從日本憲兵隊投入軍統局。要是李漢笙先生也落到八路軍手裡，他會怎麼做？他想著。他開始向劉處長交代。他從建國大學、日本憲兵隊講起。「這些材料，以後慢慢寫還等得及。」劉處長遞給他一支菸，自己也點上了一支。

「那就說說我在長春督察處下瀋陽站的工作。」馬正濤說。他說在他指揮下，估計殺了百七、八十個人。「其中你們的地下人員應該占了多數。」馬正濤說，低下了頭：「這是大罪。」「這也可以慢慢再交代。」沉默了一會，劉處長說，「你知道我們急著要什麼材料。你放膽說，不要有顧忌。」

整個下半天，馬正濤巨細不遺地說了保密局在瀋陽布署好的潛伏小組，說了埋起來的地下電報臺機組，說了沿瀋陽到長春一路上沒有撤離、潛身在商界、文化界的舊軍統分子，連埋藏起來的軍械子彈都交了。

過了兩個禮拜，劉處長找他談話。「你交代的，沒有半點假的。」劉處長懇切地說，「該抓的都抓起來了。」那是十一月初的早上。「順便跟你說，瀋陽解放了，湧進吉林的難民很多，」劉處長說，「說不定你會碰到幾個熟人。」

馬正濤一下就明白了。「兵荒馬亂，還沒有人知道我已經被捕投降，」馬正濤想：「要把我當魚餌了。」他想起了自己在軍統時代的故技。他太清楚：他已經無法回頭了。

馬正濤走到吉林市上人多的地方，三個公安在他前後十來步也充當行人走著。馬正濤碰到了長春警察署督察長。

「馬站長，怎麼聽說你在瀋陽抓起來了？」督察長壓低嗓子說。

「謠言。你哪時走？」馬正濤說。

「這幾天。」他說，「我住的人家複雜，想找個乾淨地方。」

「我那兒穩妥，但只能住一、兩天，久了也不方便。」

馬正濤說著，給了一個地址。那天晚上，那個人帶著行李來找，就被抓了起來。馬正濤在街上碰人，他給人家地址，也要問人家地址。幾天下來就抓上了十幾個人。馬正濤決心把自己交代到底，果然得到公安局極大的信賴。

「瀋陽解放了。那一頭有些工作想請你去一趟。」有一天，劉處長和馬正濤吃兩菜一葷的晚飯時說。馬正濤說瀋陽他熟、長春更熟。「明天就走。」馬正濤說。

第二天，一個沉默的年輕幹部陪著他去瀋陽。在走到吉林火車站的路上，馬正濤想和穿著半舊的灰色的解放軍裝的青年搭幾句話，但回答馬正濤的卻總是一堵牆壁似的沉默。在人聲嘈雜的火車站等著慢了點的火車時，馬正濤不由得想起了保密局偵訊室裡的年輕的、在沉默中包裹著仇恨的共產黨地工。「我終究還是他們說的階級敵人啊。」他突有所悟地想著。

「我去廁所。」青年遲疑地說。

「我陪你去。」馬正濤立刻說，「我在廁所門口等。」

青年如釋重負。廁所裡擠得都是人。排隊踏上排尿溝。青年幹部幾次回頭來看站在門口的馬正濤。馬正濤朝他笑時，青年也報以靦腆的笑容。當青年開始低頭解手，馬正濤幾乎本能一般地脫逃，很快地隱沒在萬頭鑽動的難民潮裡了。

4

昨天深夜，林標被一陣電話鈴聲驚醒。是一個稱呼他「表叔公」的親戚，從高市鹽埕地區掛來的電話。電話裡說，他找到了林標的兒子林欣木。「我注意著他，好幾天了。雖然他滿臉的鬍子，我認得阿木表叔的一雙眼睛。」欣木的眼睛自小就有些凸腫，但卻能張開一雙雙眼皮如刀刻一般明顯的大眼睛，看來堅定而又憂悒。就為了這。就快七十四歲的林標一早就先在忠孝公園做了一套柔軟體操，才走到公路總局車站準備去高市。

在路上，林標想著那晚輩親戚的話。形容瘦削，滿臉鬍子的林欣木，每隔兩天就到一家馬來西亞餐廳去清理廚房的陰溝，得一點工錢，順便帶一些餐桌上剩下來的飯菜。「我表叔不愛說話。身上衣服也不像其他流浪的『街友』那麼髒得出油。」電話裡說，「我看他的手腳也不像別的『街友』那麼骯髒。」林標聽著，沉默了一會說，「找他多少年了，這不孝子。」那晚輩親戚說，他終於跟到了欣木睡覺的地方。「是高師專隔壁巷子裡一個高壓電線座下。你來，我就帶你去。」

林標心中淒苦。他記得欣木夫妻兩人在離家北上的前夜，媳婦寶貴做了一桌酒菜。「咱們林家這塊田產，雖然是『三七五』得來的，我跟著阿爸一起在地上拖磨、流汗，也好幾年了。」欣木說著，用微顫的雙手把一盞小酒杯向著林標捧到齊眉，「賣了地，就像也割了我一塊肉。」林標沒說話。他看見從不喝酒的欣木，凸腫的眼瞼已經抹上了酡紅，睜著大眼，流露著決意。「生意沒做好，不把這筆土地公錢完好、加碼捧回家來，我就回不來家鄉。」欣木說。

林標還是沉默著，仰首喝乾了杯中的黃酒。他一百個不想賣地給那個「李董」。但是何止是自己家的欣木，眼看村中的青壯人力就像挖了開口的田埂，讓田水汩汩地往外流去。「我何曾要硬攔著你。不賣地就留地，賣了地就留錢，全都為了使你將來有個萬一，要記得回來還有個退路。」林標在心中對著欣木說。現在他真悔恨當時沒有把這些話明明白白說出來，否則這樣一個負責、勤勉的青年，也不會落到眼下這步田地。

第二天，林欣木把阿爸交給他的一大包現鈔，用報紙包實了，再把舊被單撕成條條，用來把那一大包鈔票緊密地包紮在自己的腰上，再穿上衣服，一清早帶著女人和孩子，紅著眼眶走了。來到了蝟聚著小型地下工廠的、空氣汙濁、卻沸騰著對於成功發家的強烈慾望的三重市，林欣木和劉坤源在穢亂的巷弄中找廠地，到處打聽，買下關廠倒閉流出來的中古機械，開始了壓製不鏽鋼調羹、西餐刀叉、耳鼻喉科專用的壓舌匙和小湯碗的生產工作。三個人油黑著臉孔、衣服和雙手，沒日沒夜地趕工。欣木覺得整個地下工廠區就像混亂、黑暗、窒息而骯髒的礦區，千萬人在這礦區裡瞎淘胡洗。很多人都淘不到像樣的金沙，但總有幾個人淘出了幾斤重的金塊。擲盡僅有的小額資金的人，悵悵地從流淌著黑水的礦區退出，卻有更多帶著小資本從鄉下趕來的人，不顧一切，噗通噗通地往黑色的泥沼裡跳。他們互相以讓價廝殺，一任冷血的貿易公司肆情剝削。他們以烈酒、女人甚至賭博來緩解筋疲力盡的競爭和過勞造成的疲乏和緊張。但在這競逐求活的修羅地獄中，欣木他們三人都集生產、外務、記帳於一身，加上長久沉重的勞動，總算撐持了下來。

布袋戲棚下常聽說「天有不測風雲」的戲詞。那年平地颳起了國際石油漲價的大波浪時，林欣木才愕然地理解了這句戲詞的意思。像病害突然連片掃過廣闊的田野，在怔忡間，稻穗乾了，黑了，噴灑農藥的速度也趕不上病害擴散的步伐。貿易公司接不到訂單，這就像斷了上游的田水使下游的田地乾涸一樣，地下工廠接不到轉包下來的訂單，開始像土崩那樣，連片地倒塌。林欣木他們終於也逃避不了倒閉的噩運。

那時候，離農出鄉的青年都因為失業，像鱒魚一般溯河回流，回到自耕的老家。林標天天盼著林欣木一家人回來，半年過去，卻仍是音信渺然。林標突然想起欣木辭別時的話：「……不把這筆土地公錢捧回家，我就回不來家鄉。」林標皺起稀疏的眉頭，開始心焦慮煩，坐立不安。他於是更加抱怨自己當時怎地就沒把心底那句最要緊的話說出口：「將來有個萬一，要記得回來還有一個退路！」

就在這時候，一輛大卡車發出尖銳的、至急剎車的刺耳的聲音，在他身邊停下。

「我×你的娘哩，尋死來的是嗎？」

駕駛臺上一個穿著軍服的駕駛兵憤怒地用台灣話叫罵。

「瞎了眼睛，也找個人拉著。」駕駛兵嚷著說，「明明是紅燈，偏偏只顧衝著去投胎！」

林標還沒回過神來，只顧說「失禮。對不起。」但氣急敗壞的駕駛兵卻還是連連罵娘。林標生氣了。

「我會開軍車時，你人還不曾出生哩。」林標說，「你神氣？×你娘……」

軍卡車吐出一陣黑煙開走了。林標看見車上都是蔬菜魚肉，兩個押車的阿兵哥衝著他笑。林標聞到了魚肉的腥膻和排煙的臭味。這是山腳下一個軍營的採買車了，林標想。

林標坐上開往高市的公路車。車子往回頭繞過了忠孝公園外的馬路，開出了和鎮，雖是秋深，一路上卻豔陽高照。自從兩年前白內障開了刀，林標的眼睛就開始有些畏光。車窗外是白花花的日光，使他感到刺目，車內的冷氣卻從頭上的冷氣口直接吹在他那白髮早已稀疏的頭頂上。「真的。我在菲律賓開日本軍車時，他還不知道在哪裡呢。」林標想到了方才軍車上的小駕駛兵，冷笑起來。

他「出征」到菲律賓時，日本軍剛剛把美軍打敗，浩浩蕩蕩地進了馬尼拉市後未久，乘勝登上巴丹半島追擊美、菲軍隊，勢若破竹，擄獲了美菲敗軍約七萬人。日軍把有限的軍用陸上運輸工具全部調來輸送軍火和武器到挺進中的前線。林標一到了馬尼拉，就被調赴巴丹，編入一個運輸連當駕駛軍伕，日夜循環，跟著漫長的車隊奔馳在煙塵瀰漫、暑氣蒸人的黃土路上。由於沒有多餘的軍車載送，日軍強迫這七萬個美菲俘虜在巴丹半島上的炎天赤日下，徒步解送到一百公里之外的聖菲南多集中營。在運輸車隊裡的林標，就在這時從駕駛座上看見過那數萬人的行列，在酷暑下顛蹈而行，在路邊處處留下被押解的日軍用棍棒打死、用手槍格殺、用刺刀砍死的路倒、掉隊、甚至企圖脫逃的俘虜的屍體，都像斷了線的傀儡一般，癱倒在骯髒的血漬中，任炎日煎曝。

自從得知他的親兒子欣木也成了那些情願和現代社會的生活脫勾、流浪露宿在茫茫城市街角的「街友」，林標就會時而想起巴丹半島上瀕死的和已死的俘虜。白人俘虜多半還能戴上布盔，看來像是默片裡的白人探險家，只是形容枯槁，滿臉于思，奄奄一息了。菲律賓俘虜則服裝不整，只有少數幾個能戴上草帽，其他的人則只能以手帕、破布蓋住頭部，在烈日下搖搖晃晃地跋涉。炎天使很多患了痢疾的俘虜拉在褲襠裡的穢物變乾，卻發出更令人窒息的臭味。林標曾經到台北大稻埕、台北大橋下「街友」蝟居的地方去逐一探問。

「我怎麼會知道？」一個胖子街友望著別處說，「在我們這兒生活的人，誰也不知道誰的來歷。」

林標問到一個滿頭密密的灰髮的瘦高個子。林標看到那人在一點也不冷的秋日，卻把毛衣、毛呢襯衫和毛料破西裝全套在身上，露出滿是油垢的細瘦的脖子。他盤腿而坐，身體卻在輕輕晃動。在他跟前坐著的一瓶喝去大半瓶的紅標米酒，使他的臉冒汗發紅。他神情愉快。

「你找人找多久了？」灰頭髮閉著雙目說。

林標歎氣了。「都十……十二年了。」

灰頭髮這時忽然睜開了眼睛。「十多年了，還有人來找。」他語聲詫異地說，「通常，家人頭一、兩年還找，過了三年，再沒人來找了。」

林標心情憂悒。他徐步走過這首善都城的一個完全被摒棄的、晦暗的角落。他看見有幾個人鋪開撿來的大紙箱當床鋪，蜷曲著腰身熟睡。這看起來太像那些半路仆死的俘虜了。林標的卡車就運過那些俘虜的死屍。破舊的皮鞋被活著的人剝下。菲律賓人的屍體張著黑色的、浮腫的腳丫，白種人的腳丫卻顯得特別蒼白，因長途行軍破皮糜爛的傷口滲出血水。菲律賓人的鬍子像山羊鬍子。白人的鬍子卻像蔓藤，密密麻麻地爬在灰黃色、眼窩深陷、鼻子高而峻削的臉上，任熱帶的蒼蠅營營地在屍體上飛來飛去。

公路車在高速路上馳走。林標突然瞌睡了。不知過了多久，他忽然聽見左前座上有人用一連串單音節的外國話有說有笑。林標驚醒，坐直了身子往左前座看，才看到上車時低埋著頭沉睡的一男一女早已醒過來了，看著竟而是膚色栗黑的、一看就知道是菲律賓來台的工人。這時他們從提包裡拿出大包小包的零嘴，配著可口可樂吃著，笑語歡欣。林標當然聽不懂那些話，但他太熟悉那短促、單音節的菲律賓塔加羅語的語音。但在他記憶的深處，塔加羅語的語調卻充滿著死亡的恐懼、絕望、和為了求得活命的淒厲的哀求。

日本人攻下馬尼拉不久，就拉出一個荷西．勞瑞爾組織了傀儡政權，和日本軍部連結，肆行法西斯軍事統治。平素和善懶散的菲律賓人，終竟也在法西斯恐怖統治下崛起。林標記得叫作「虎克」的抗日人民軍，逐漸在菲律賓許多小島上活躍起來。在柯雷希瑞爾島上，就發生了游擊隊伏擊日本軍車隊的事件，鐵橋被炸斷了一大截，車子被破壞了五十輛。日本人氣極敗壞，派林標的車子載了十四個武裝的日本憲兵，把周近三處草房聚落起來的小村子裡的男性一、兩百人，全拉到一個茂密的竹林裡，集體屠殺了，隨後還派了兩個槍兵對著還沒有死透的人體戳刺刀。林標記得村莊裡那熱帶種的竹叢，長得比台灣鄉下的竹叢還要高出許多，在南洋的熱風中婆娑搖曳。但竹叢下卻是一大片殷紅的血泊。就是在村子裡的青壯男子被拉出來強迫蹲在地上等候處決時，在一旁的老人婦孺就開始大聲哀號，以那短音節的土語，發出林標所從來不曾聽見過的、表達最大的驚惶、恐懼和絕望的人的語音。

但那短促、快速的單音節的語言，也表達過憤怒與無畏的意志。菲律賓游擊隊的反日破壞事件，像是鑼捶用多大力氣去擂，銅鑼就回報多響亮的鑼聲那樣，隨著日本軍政當局困獸似的瘋狂濫殺，而不能阻遏地向菲律賓各島燎燒開來。林標的軍卡車，就載運過一批又一批被反綁的菲律賓游擊隊，由日本憲兵押解到市郊的一條溪流邊。男子們大都沉默地被推下了卡車，不無茫漠地在一個預先挖好的大坑的岸上站隊。然而，每次也總是有幾個人，用那單音節的塔加羅語，以高亢、憤恨、堅定的語氣，呼喊著口號，然而也總是在語音未落之前，就被日本憲兵從身後一槍打下土坑去，留下凝結在河邊夜空中的那鏗鏘的、單音節的語言，在林標的心中繞縈不去。

左前座上的兩個菲律賓人還在吃著零嘴，並且笑語春風。兩個人都穿著淺藍色的牛仔褲和夾克，狀頗親暱。林標望著車窗外急速後退的風景，想到當年美軍反攻登陸馬尼拉市區時，日本步兵第十七連隊在巷戰中對菲律賓市民所進行無甄別的狂屠濫殺，姦淫燒掠。但幾十年之後，從那屠刀下倖活下來的種族，而今竟也生氣勃勃地到世界各地打工賺錢，直有隔世之歎。林標記得，在那些年，日本人即使在戰地上，也不給台灣軍伕配備任何武器。然而，也因為身上沒有了武器，才使林標和其他台灣人軍伕只成了殺人煉獄的旁觀者。這又絕不能說在天皇軍隊中的台灣人的雙手就能不沾上日本軍隊獸行的血跡。從大陸廣州灣、雷州半島調來巴丹半島的台灣人軍伕，就傳來在大陸的少數台灣志願兵，和日本兵一樣，對中國百姓燒殺姦淫。「你沒見過，就不知道。」有一個從廣州灣調來菲律賓、癩了半個頭的台灣人駕駛軍伕對林標說，「因為知道都是台灣人，你跟那些台灣人志願兵講台灣話，未料他一個巴掌打得你的鼻血雙管齊流。巴格鴉羅！他還罵。我×他娘。」

癩痢頭接著說，就是這些「志願的」，還真以為自己是日本人了。「有一個押糧船的台灣人小軍曹，在廣州市大街上，大白天裡強姦了一個女人，還用刺刀挑開女陰。」癩子抓著頭皮說，「台灣人拿到人家的武器，就變成了畜牲。×他的娘。」

那時候，林標默默地抽著日本軍菸。他想起了在馬尼拉市郊一間狹小、陰暗甚而有些穢亂的小雜貨鋪。雜貨鋪的老闆是個姓葉的泉州人華僑。林標第一次到小雜貨鋪買土酒時，那老闆滿臉諂笑。林標當他是菲律賓人，向他比手劃腳時，姓葉的泉州人以試探的語氣用閩南話說：

「買燒酒嗎？」

林標大吃了一驚。「你講台灣話？」他驚喜地說。「我跟你們台灣人一款，都說福建話哩。」泉州仔說著，堆著滿臉的笑紋。後來，林標問泉州人，怎能知道他就不是日本人？「台灣人的日本兵不配槍。連刺刀都沒得佩。」泉州人說。

從此，「福建話」像是這惡山惡水的戰地裡唯一的一泓汨汨甘泉，開始執拗地引誘著林標藉口買些日用，去照顧雜貨鋪寒傖的生意。有一天，坐在雜貨鋪門口的木椅上，林標和那泉州仔互相交換著菸抽，說著閒話。林標一抬頭，突然看見了雜貨鋪裡微暗的內室，閃過一個十五、六歲的少女的身影。她眼睛大而明亮，微張的嘴唇流露著少女獨有的嫵媚。「我的女兒。」泉州人慌張地說，臉上的笑容顯得更其諂媚。但林標卻突然明白了泉州仔這一向的諂笑中，包藏著多少恐懼、猜疑甚至憎惡。在這姦淫搶掠直如日常茶飯的亂世中，把蓓蕾初綻的女兒深藏在內室的這老泉州人，是在以他那絕望的卑屈和表面的巴結去奮力保護著他的家小。當身穿日本軍服的林標瞥見了內室的少女，泉州人的笑容看來就是絕望、討饒的懇求。林標明白了穿著日本軍衣的自己，從來就是這泉州人可怕的敵人和仇家。林標沉默地抽完一支菸。「我走了。」他低聲對局促不安的泉州人說，蹬上他的軍卡車，揚起燠熱的土塵走了。這以後，林標感到孤單，心中疼痛。幾次想去那家寒微的雜貨鋪子，但想到那泉州小商人驚惶、儆惕而又卑屈的笑臉，林標寧可坐在車隊調度室的臺階上，一個人抽菸。

戰爭結束的前一年，即使是連一個駕駛軍伕林標，也感受得到戰局在嚴重逆轉。日本對菲律賓的海空支援已經瀕臨癱瘓。菲律賓抗日人民武裝更為活躍了，反日破壞事件此起彼落，無日無之。而一向表面上看來鄉愿怕事的在菲華僑暗通菲共，偷偷地為游擊隊供應糧食，又捐款支援大陸中國抗日的跡象日益昭著，日本憲兵隊於是暗中發出了「肅正敵性華僑」的密令，開始從馬尼拉市中心展開對華僑紳商抄店抄家，逮捕殺害，後來很快地發展成為對華人的幾乎無差別的瘋狂逮捕、拷問和殺戮。有一日，林標在隊部晚飯桌上無意中得悉，就在次日凌晨，憲兵隊要調用軍車把「肅正」推向市郊。林標放下碗筷，胡亂編了派車理由，跳上他的卡車，直直奔向馬尼拉市郊區那小小的雜貨鋪。泉州人葉老闆那美麗的女兒的大而澄澈的眼睛，透露著驚惶和無助的美目，一路上在林標的腦海裡明滅。林標把車子停在雜貨鋪前，正走向站在店口以疑惑的笑臉凝望著他的老泉州人時，忽然就看見一個日本憲兵帶著兩個日本槍兵的巡邏隊突然從一排椰子樹邊出現了。林標悚然一驚，但隨即用皮鞋猛踢了一隻在腳邊拱著泥土的瘦小的、泉州人飼養在地上隨地亂竄的土豬。土豬尖聲嚎叫。林標滿臉怒容，氣沖沖地向那可憐的泉州人高聲用「福建話」咆哮：

「暗暝時，日本人就來剿村！你們趕緊收拾好！全家人緊走！」林標揮動拳頭，怒聲說，「趕緊！聽明白！」

泉州人瞠著死魚似的大眼睛。連連哈腰鞠躬。「是啦，是啦。」泉州人說。林標看著日本兵走近，一個箭步衝了上去，用全部的力氣甩了泉州人一記響亮的耳光。泉州人踉蹌地跌倒在地上。

「全家走！緊走！」林標用閩南話咆哮，然後改日本話罵人「巴格鴉羅！」他然後回身向走近的日本兵立正敬禮。「什麼事？」憲兵問。「他騙了我的錢。」林標用生硬的日本話說，又回過頭去對泉州人發出惡聲，「巴格鴉羅！」三個日本人笑著坐上了林標的軍車，揚著土塵開走。「巴格鴉羅！」林標兇惡地說。他在雜貨鋪前調轉車頭時又用閩南話叫罵似地說，「日頭落山就走！」

泉州人一家連夜逃入山林，終於保住了性命。但林標就從此再也沒有了他們的消息。

公路車滑下進入高市的交流道，天色已經黃昏。車子到站前，林標就為了一個一路上不時困擾著他的難題發愁。他這個七十五、六的老人，要怎樣面對一個流浪了十多年的、五十好幾的兒子？「阿木，我們回去吧，什麼話都不用說。」林標準備這樣對欣木說。也許欣木不願意，覺得再沒有臉回去，林標憂心地想，那麼林標就想說，「阿木，月枝也三十多了。她一直要找到她爸，經了多少風霜苦楚，你知道嗎？」車子終於駛進了高市總站。林標在心裡對著兒子阿木說，「何況，人若要死，我這把年紀，說不定就是今暝明早的事。總得有個人把我裝進棺材，送我上山……」林標老人在心裡向阿木說，不覺熱淚盈眶。林標用手背拭著淚，下了公路車。他站著，看見一個霓虹燈光閃閃爍爍，人車喧嚷的夜的城市，不覺茫然了。

5

馬正濤出了台北火車站，打了一個電話給祝大貴的兒子祝景，告訴他人已到了站，隨即轉搭前往市郊那個大公墓去的公車。一個中學生模樣的小伙子站起來讓坐。「謝謝你呀。」馬正濤說。他坐在座椅上，開始感覺到從裡到外的疲倦。畢竟是年逾八十的老人了。李漢笙先生過世的時候，有十幾個私服的將校都到靈堂去燒了香。但是等到人一落了土壙，清明、忌日、冥誕去上墳的學生部屬就只剩幾個人，後來很快地就只剩下馬正濤、李漢笙先生的貼身侍從祝大貴、和李漢笙先生的上校秘書趙松岩。十多年前，祝大貴胃癌拖了三年，死了。翌年，趙松岩忽就老痴了，看不緊，一溜出門，就認不得路回家。這以後十年來，想起來了、或者來了台北順便上這公墓舊區來探李漢笙先生的，一直就只剩馬正濤一個人了。馬正濤去年沒能來，至於今而墓草蔓生，幾乎就要蓋過了墓石。年事日以老，體力衰退得一年比一年快。所好祝大貴那個兒子祝景，每次都願意和馬正濤配合，否則馬正濤無論如何一個人是沒辦法整這些恕生的荒草的。

馬正濤在墳邊的石板上坐了下來。墓場裡空無一人，遠遠地只看見一個把臉包在一塊舊花布裡以防日曝的女工，在墓場西邊新區有錢人家的墓園裡打掃，為花木澆水。馬正濤於是想到了保定清河邊上的亂葬崗。

那年，他從吉林火車站的廁所門口脫出，沒有向開往瀋陽、升火待發的、人山人海的火車月臺竄去，反而疾步走出了車站，隱沒在往南方逃亡的鼎沸的人潮車流裡去。走了數日，來到了風聲鶴唳的保定市。

「馬處長，果真是你呢。」

馬正濤慌忙回頭，看見一個農民模樣的人挑著小包，細看就認出來是長春保密局一個科長劉立德。馬正濤迅速地往前後左右瞟了一眼，心裡想著他自己在吉林給公安局當魚餌的事。

「如果不是路上有共產黨在查問您的下落，看著您這一身幹部服裝，我準得離您遠遠的。」劉立德笑著說。

「我跟著你走了。」馬正濤說，「閉著眼睛跟人潮走，心裡不踏實。」

劉立德說沿著這條路走到明天晌午，就碰到清河了。「在那兒，應該可以找到咱們的人。」他說。馬正濤心裡又是一驚。「我餓了。」馬正濤說。

「馬處長，你別再猜忌我了。」劉立德笑著說。「我也沒放心您呢。早聽說您被共產黨抓進去了。跟在您一旁走了半天，看見您臉上都餓瘦了，黃了，我才確定：真給共產黨在難民中當眼線的人，就不該餓著。」

劉立德在包袱裡摸出了半個麵餅交給了馬正濤。「沒有水就著吃，要細嚼慢嚥，不要嗆著了。」他說。馬正濤覺得自己接過那半個硬餅的手有些發抖了。

「你說的對。我這一身幹部服太搶眼了。」馬正濤啃著餅說。他想問劉立德有沒有多帶衣物，卻說不出口。「穿幹部服有不便，也有好處。」劉立德說，「看情況，是吧？到了清河邊兒，設法弄一套舊棉褲和棉褂子。」

「清河邊兒」有什麼方面的人等著？馬正濤不由地想，感到災禍在不斷地逼近的恐懼。「我跟著你走對了。」馬正濤討好地笑著說。劉立德說起幾年前在長春時犯過局裡的家規，是馬處長為他開脫的。「我都忘了。」馬正濤說。其實他記得。當時劉立德睡了一個抓在他手裡的政治犯的妻子，被告到總局去。半個硬麵餅像是給汽車添了汽油，馬正濤的步履長了力氣了。

天黑以後，他們找到一處乾旱小溪上的斷橋下，張羅著睡下。入晚以後吹來的風，逐漸變冷了。馬正濤在黑夜中睜大了眼睛，聽著風聲。等待劉立德很快睡沉之後，馬正濤悄悄地起身，掄起扁擔，使了全力往劉立德的腦袋上打。劉立德輕輕地哼唷了兩聲，這兵馬荒亂的深夜仍歸一片寂靜。馬正濤伸手去摸兩個布包。一包硬，一包軟。馬正濤抓著軟的一包，頭也不回地往大路邊的山崗上疾走。

不知道在黑暗中橫衝直撞地跑了多久，天上撥雲見月，瀉下一片清冷的月色。馬正濤這才知道自己竟已闖到一個遍生著枯草的亂葬崗。他一邊喘著大氣，一邊打開布包。就著月光，他在布包裡找到三綑當時日日水瀉一般貶值的大面額鈔票，五、六根條子、一些金飾和乾糧。除此之外，就是幾件摺好的農民衣服了。「殺錯了人了。」馬正濤木然地想著。他坐在一塊墓石上，漸漸地從這山崗上看到了黑夜極目之處，有一抹水光，在月色下忽隱忽現。那裡該是清河了。他想。他知道這清河一路東流，從渤海出海。出了渤海，海闊天空，自由自在。但他卻被牢牢地困在步步艱難的逃亡潮裡。「是錯殺了劉立德了。」他默默地坐看天色由暗而明時，緊抿著嘴唇，無可如何地想著。清晨的天色像舞臺上逐漸轉亮起來的燈光，照出了山崗下的沒有炊煙的村莊，照見趕早上路的難民潮，看見在遠處發出並不刺眼的白光的清河。

比起從清河邊的亂葬崗看下去的殘破的、聽不見雞鳴和狗吠的村落，眼下從這台北市郊山坡上的公墓瞭望的北市，卻是櫛比鱗次的高樓大廈。「馬伯伯。」馬正濤循聲望去，祝大貴的兒子祝景來了。他高頭大馬，戴著鏡框嫌小的墨鏡。

「你看著又胖了。」馬正濤笑著說。

「我，喝水都長肉。」祝景歎氣說，「您一個人想事兒？」

祝景穿著長袖黑襯衫。手上套著棉手套，右手抓著小束白菊花，左手的塑膠袋裡裝著兩把舊鐮刀。

「休息一下，喘口氣。」馬正濤說。他歎息了。他說他在想他馬正濤當年竟然從保定一路披星戴月，逃到北平，再從天津奔了上海，從上海跑到雲南。知道四川就要解放，才設法過了邊界，到泰北游擊隊上待了近一年，「找到你爹和李漢笙先生具了保，才到台灣。你爹早一年跟李先生來了台灣。」馬正濤說，「如今他走了也多少年了？」

「十二年了。」祝景說。他從塑膠袋裡拿出一把半鏽的鐮刀和一瓶礦泉水。他把礦泉水給了馬正濤。

「你爹來台灣結婚得晚。四十才結婚的吧。」馬正濤說，他把礦泉水打開，對著嘴大口喝水。祝景開始捲起袖子割草。馬正濤記起祝大貴結婚時，在眷村小房子裡只請兩桌酒，李漢笙先生主婚。那時李漢笙先生看來又比馬正濤在民國四十一年春間來到台灣重逢時更老弱了一些。來台灣以後，馬正濤找到了住在士林保密局小宿舍裡的李漢笙先生。李漢笙先生為他關窗閉戶，讓馬正濤把自己在吉林投降、又「為敵所用」的全部經緯，一五一十和盤托出。李漢笙沉默了很久。「我來台灣時想過了。如若留在大陸是死路，而回台灣也是一死，我寧可死在國民黨的手裡。」馬正濤對李漢笙先生說，「今後該怎麼走，全聽局長的。」

「被你牽了進去的人，將來被共產黨殺了，算是滅了口。活著關起來的，十幾二十年也還出不來。」李漢笙先生沉吟著說。過了一個月，在李漢笙先生的保薦下，馬正濤到當時承擔著全島風風火火的「肅防」工作的保密局大樓去報到了。具有從軍統到保密局長期資歷的馬正濤，現在已不進偵訊室去直接拷訊從台灣四處夜以繼日地抓進來的「匪嫌」，而在幕後不斷地開會，判讀堆積如山的供狀，指出供狀的破綻，揭示偵問的方向。成千上萬的台灣和外省青年被送到馬場町刑場，被推進長期徒刑的監獄。

祝景把墓塚周邊的亂草割得差不多了。馬正濤看見他微喘著氣，一邊用衣袖揩去臉上的汗。「歇會兒吧。」馬正濤笑著說。祝景解開胸前的鈕扣，迎著山風抽菸。

「你爹你娘結婚，就是這李漢笙先生主的婚。」馬正濤說。

「聽說了。」

「你的名字祝景，也是李先生取的。」

祝景抬起頭來，「這倒沒聽說。我還時常想，我爹用這景字，有什麼學問在。」他說。

「景，是宏大的意思。」

馬正濤說，古人說了「景行行止」。「景行，走大路，康莊大道吧。」馬正濤說，「景行行止，是說走路得走正大之路，不走到底不休止。這是李先生對你的期許。」

「哦。」

那是民國五十二年了，馬正濤記得。祝大貴請吃嬰兒的滿月酒，李先生就在席上為嬰兒當場親自取了名。酒席散了。「正濤你送我回去。」李漢笙先生說。馬正濤叫了一部計程車。李漢笙先生上了車，望著車窗外面。「到植物園去看看吧。」他說。

馬正濤扶著明顯衰老了的李漢笙先生，走進了植物園。李漢笙先生走得很慢。「您累了。」馬正濤不安地說。李漢笙先生沒有說話，在一個有林蔭的便椅上坐了下來，微微地喘著氣。坐在一傍的馬正濤看見他臉色陰暗而蒼白。

「我看到資料了。」默默地枯坐了一會，李漢笙先生說，「共產黨特赦了幾批戰犯。」

李漢笙說共產黨在民國四十八年底特赦了第一批「戰犯」。「全是我們國民黨政、軍、特高層人員。」李漢笙先生說，「天津警備司令陳長捷你記得吧。」

「記得。」

「他就是第一批出來的。」李漢笙先生說，「去年又赦了一大批。軍統少將沈醉也出來了……今年又赦了一批。」

植物園裡的蟬鳴益發聒噪。馬正濤感到心頭長了一塊沉重的石頭。

「依我看，到現在，放出來的還都是被俘國民黨裡最高階人物。」李漢笙微喘著氣說，「軍統裡和戴先生齊名的康澤，今年就放了。」

馬正濤說，萬一這些人公開透露他曾投降、替共產黨抓人，他就一個人承擔。「將來問到您了，我什麼也沒對您說，您什麼也不如道。」馬正濤低下頭說。

李漢笙輕輕地歎了一口氣。不遠處有幾個男女學生架著畫架寫生。「那一年你幫共產黨牽進去的，全都是芝麻綠豆大的人物，一時怕還出不來。」他說，「再說，我這病身，棺材都鑽進一半了。他們還沒牽扯到我，我行許就走了。」他笑了起來，「正相反，你得把事兒全部往我身上推。」

「李局長！」馬正濤說，眼眶紅了。「我絕不能這樣做。」那年的下半年，馬正濤聽從李漢笙安排，從警備總部退下來，自動外調到地方外縣的政府裡去擔任管保密安全的小官，以他那一副天生的笑臉，遠離了中心，在小縣外地裡逍遙養晦。民國六十四年共產黨釋放了所有的「內戰戰犯」。馬正濤在地方上得知這機密資料時，事情早已過了三年，這期間也沒什麼動靜。他還知道有幾個釋放出來的舊國民黨特務申請入台，人都到了香港，卻全被台灣方面硬是截住不讓來台。馬正濤偷偷地舒了一口氣。

祝景把雜草割得很乾淨，卻已滿身是汗了。現在李漢笙先生的墓座，看來就像是一個剛剛理過頭髮的人，光鮮乾淨。祝景開始把雜草堆集起來，用打火機點火。

「忘了帶舊報紙引火了。」幾次都沒把火點成，祝景帶笑著說。馬正濤在自己的口袋裡摸出兩張發票和一撮面紙。祝景小心翼翼地引上火。一股青白色的煙向風尾飄去。祝景專注地看著火苗。「下個月我想到蘇州看看去。」祝景說。祝大貴是蘇州人。馬正濤沒說話。潮溼的雜草顯然不能完全燃燒，發出濃濃的白煙。有白頭翁的鳴聲從遠處傳來。祝景說他知道他爹到了病重了，才開口說他想念在蘇州的老家。「每次說，就流著淚花兒。」祝景說，望著遠處塵煙中的台北市抽菸。

馬正濤當然聽得懂這世侄祝景的話。歸結起來，就是問馬正濤沒想過回家嗎？馬正濤想，他跟共產黨結的怨太深了。李漢笙先生從東北脫走以前，在馬正濤指揮下抓的、殺的地工嫌疑，少說都有兩百上下。現在殺人放火比他凶的人都給放了，他對自己說。放了也不行。他又對自己說，他在大陸上結的民怨更深。再說，人到了大陸，怎麼好跟自己在吉林牽出去的老同志見面呢？馬正濤對自己無聲地自言自語，跟自己爭辯著。

雜草的溼度大，火苗拉出一陣白煙就熄滅了。祝景忽然如獲至寶地想到包著白菊花束的舊報紙。這回火燒得旺了。祝景用鐮刀尖把草堆撩鬆，使更多的氧氣和悶燒的火種接觸，吐出橘黃色的火舌。在嗶嗶啵啵的火燒聲中，濃煙把祝景嗆出了眼淚。

「馬伯伯，我想了好久了。」祝景說，「現在台灣人都把我們當外人了。你怎麼裝孫子，你還是個外人。」他說如果外省人也把自己當成大陸的外人，路的兩頭就全叫堵著了。「我爹在台灣過了半輩子，一死百了。」祝景說，「但我們這一代還有多少長日子要過……」

馬正濤站起來躲著一陣逆風吹來的濃煙。他不說話。他知道不說祝景也明白。他們其實為這爭執過。馬正濤說，許多外省人和共產黨有很深的過節。「只要國民黨在台灣當著家一天，我就緊跟、緊靠著國民黨一天。再沒有別的路。」馬正濤這麼說過。「可是現當今國民黨到哪兒去了？打換了人家上來當總統那天起，國民黨就亡了呀。」祝景漲紅了臉說。「那不能這麼說。政治、權力、財經、安全體系、還有軍隊——這你別忘了——還是在我們國民黨手裡。青天白日旗還在飄……」馬正濤似笑非笑地說。

「反正先回蘇州看看，」祝景說，「看看合適，下回把我爹的骨灰也送回去……了他老人家一個心願。」

「也是。」馬正濤說。李漢笙先生、祝大貴和他自己，注定了永遠回不了家鄉，不能給大陸的親朋寫信，注定了終生只能背對那一片早已長在血肉裡的山野河川……馬正濤想著，不覺有些淒清。

割下來的野草燒成了殷紅的餘燼。馬正濤把白菊花束擺在墓前的石檯上。他站了起來。他的右手拉著祝景的左手，佇立在李漢笙先生的墓前，一連鞠了三個躬。

「漢笙先生是我同您爹的再生父母。」馬正濤凝視著墓碑，沉思也似地說。

兩人在暮色中離開了墓園。祝景讓馬正濤坐進他停在小坡邊的中古喜美車。車子沿著山路下滑。馬正濤從皮夾裡掏出了三張千元鈔。

「馬伯伯，您這是……」

「這不是給你的。」馬正濤說，「每次你都為我對漢笙先生盡一份心意。我還能來幾次，也難說了。」

「馬伯伯……」

「漢笙先生若知道你的孝心，不知道有多麼高興。」

馬正濤望著窗外，咧著嘴說。

「馬伯伯，什麼時候我真該去看看您。」祝景收下錢，望著後視鏡說。

「你來呀。」馬正濤開心地說。

「馬伯伯您住的地方還不好找呢。」祝景說。

「你先找到忠孝路上的忠孝公園就找到了。」馬正濤說，「忠孝公園門口右首一條巷子就是。」

「哦，明白。」祝景說。

6

林標想：常說「論輩不論歲」，那稱呼林標為表叔公的周明火，其實只比欣木小了四、五歲，現在五十了。林標從南洋回來，租得一塊蓖麻田改種了稻子，咬著牙種地種到了三七五、田竟變成了自己的田的那年，欣木九歲才過。那時欣木就經常帶著四歲大的阿火在田裡抓泥鰍、釣田雞。明火的父親是個窮苦的僱農，三七五也沒能使他變成一個小康的自耕農。欣木常常帶流著鼻涕的阿火回來吃晚飯。林標為兩個小孩各盛一大碗白飯，泡上豬油炒香的絲瓜湯，兩個孩子就坐在門檻上呼嚕嚕地扒飯吃。小了欣木四歲多的阿火，吃的和欣木一樣快，一樣多。窮人疼窮人，這些周明火全都記得，一直到今天，還總是依鄉下規矩叫林標「表叔公」，在林標跟前提起林欣木，不敢直呼阿木，還是照舊慣叫「表叔」。

周明火接到了林標，天色將晚，帶了林標上小館吃過，就領著林標到師專隔壁巷弄的一座高高聳立的高壓電線塔。鐵塔的基座，是十分厚實的水泥砌成的，看來像是四個腳的橋墩，可容一個人在裡頭立臥。

「我表叔就在這兒睡。」

周明火指著四個墩柱框起來的，彷彿沒有砌上牆壁，光有厚實屋頂的「屋子」說。林標和周明火走進了欣木的「屋子」。老林標覺得心中苦楚，看見水泥地板上有幾片不知從哪個院子裡飄來的枯葉。在靠內側的墩腳下，堆著幾個空罐和空瓶，壓著一張昨日的晚報。林標四下望了望，「怎麼沒看到他的被鋪？」林標鎖著眉心說。「這裡有幾個大紙箱呢。」阿火指著靠在另一個墩腳上的、土色的大厚紙箱說。林標在台北橋大稻埕那兒看過。他的腦中浮現了睡在鋪平的厚紙箱上，再用兩個大紙箱摺合成擋風的屏風的流浪漢，覺得眼熱喉梗。「我認清楚了，那是我欣木表叔不會錯。」周明火說，「這回一定苦勸他回家。」林標出神地望著墩腳旁的瓶瓶罐罐。「這不孝的、不孝子。」他喃喃地說。這巷弄是一排人家的後院。有人在後院裡種著開黃花的絲瓜，有好幾盆花草因為沒有人澆水，早就枯萎了。天色逐漸黑暗到林標和周明火都要互相看不清對方的臉孔了。周明火抬起手來，藉著人家的廚房漏出來的燈光看錶。八點過十五分。「九點左右，我表叔就應該會回來了。」周明火說。開始有蚊子向他們嗡嗡地攻擊。蚊子這麼多，欣木要怎麼睡？林標抓著胳臂上的癢處，默然地想著。

然而兩個人等到九點四十五了，巷弄裡還是沒有人進來的動靜。在夜色中，一棟棟黑黑的樓房的窗口，透露出黃色的溫藹的燈光。

「表叔公，欣木表叔他一定會來睡的。我跟蹤他都幾天了。」周明火懇切地說，但我得去上十點的大夜班了。」阿火在電話中提過，他在一個塑膠射出廠裡管生產線。「你去，你去。」林標說。「找到我表叔，在車站打電話來。」周明火說，「也許我能抽空去車站看看欣木表叔。他小時候就疼我。」林標說那是一定的。阿火匆匆走了。但是，林標心裡想，如果真見到了欣木，而欣木真願意回家，他就要花一把錢僱個計程車，再遠也直奔到和鎮去。

過不多久，巷弄那頭有人跑來了。林標站起來張望，看見竟又是周明火張羅了蚊香和便利商店弄來的茶水和零吃。「見了面，你可千萬不要對我欣木表叔說重話。」阿火說，「過去的，放水流去。無論如何也要勸他回家。」周明火說完又匆匆離去。「我去上工了。」他說。「你去吧。」林標說。

十點過半，仍然沒有人走進來的聲影。林標站著乏了，索性就坐到高壓電纜鐵架下的「屋子」裡去。他點燃了蚊香。帶著某種藥味的青煙，從一小點殷紅的火光向四面飄散。林標睜著眼睛盯著這黑暗的弄巷的唯一的入口。他開始一個人對欣木訴說著從心底泉湧的話。

欣木，你聽我說，如果這次果真是你，如果這次你心願和阿爸回家去，我們一家就團圓了。你女兒月枝，你自己算算也知道，如今都是三十出頭的人。她就在下星期回來看我，說是也帶一個朋友回來玩。你果真回來，我們一家三個人就團圓了。也沒有戰爭，也沒有天災地變，怎樣我們一家就這樣四四散散？講這是命，我信不下。當年賣了土地，剩下的錢都還在，也不是沒有家讓你回來，欣木你何苦來流浪，乞丐一樣？

那年你一家子搬出去，月枝才兩、三歲大。等到你把月枝送回來，她十二歲。你帶她回到我們和鎮，你竟不肯踩進我們家，在公路站下車，畫一張地圖，寫上地址，叫阿枝一個人摸路回來。怎樣你心肝這樣梟狠。

可是阿枝這個孩子也特別。兩、三歲被你們帶出門，十二、三歲回來，卻像才出門兩、三天回家似的。她轉來那天，我還記得。阿公，我是林月枝啦。我傻了半天。我說，我的孫是嗎？她笑紋紋地說，是啦。阿木，你這女兒長得好不說，生性也乖巧。一進了門就知道親，叮叮咚咚地和她阿公說話。我這才知道你把工廠收起來的那年，她都小學五年級了。第二年，你和你女人寶貴開始到台北大橋頭、萬華龍山寺邊去等人來叫零工，以日工算工錢。阿枝說你們在窮人住的水門下租了一個小房子。日子過得辛苦。阿枝說她升六年級的時候，你女人就拋下家，走了。問她為什麼，她也笑紋紋地說，生活太累，太苦，我媽過不下去吧。那你怎麼不怕苦？你女兒說了，我要是也怕苦，我阿爸誰來照顧？阿木，你聽一聽，十幾歲的女孩講的話。

聽說了你女人寶貴丟下你父女逕自去，我也氣，也捨不得。寶貴是滴寮你阿嬤那邊的親戚。當年，人家沒嫌咱家窮，親上加親，最好了。入了我們的門，只差不愛說話，好女德呀。

月枝說她母親怕苦，走了，我自是不信。湳寮人種地作穡吃重，這是出名的。男男女女都從死裡做回頭。進了我們家，寶貴和你兩人透早出門，暗暝入門，看她做得也歡喜甘願。寶貴會走，必有緣故。你要給我講個明白。你沒有小妹，寶貴就像我女兒。說她不能喫苦走了，欣木，我信不下去。

咱們這個月枝，十二歲出頭，煮飯做菜，打掃、洗衫，樣樣都會，幫我把一個豬欄樣的家，沒有幾天就打理乾淨了。你們白天上工，照這麼看，你們家事輕重全是我這孫料理的。月枝來我這兒升國中，成績也差不多。這麼乖巧的孫，未滿十七歲那年、正說要去讀商業高中，她跟了一個外地來的理髮師傅跑了。

阿木，這些你都不知道了。你怎麼會知道？你四界到處去流浪、當羅漢腳，我們公孫倆有個三長兩短，你也不會知道的……呵，我氣呀！那個剃頭師真在我面前，真叫我碰到了，我非把他打死不可。我跑到火車站，跑到公路站去追人。今日坐車這麼方便，到哪裡去找人？明月理髮室的老闆罵那個理髮師給每一個去理髮的人聽，說是理髮師帶走了幾件理髮傢俬工具。明月理髮室有三張椅子，兩張給女人家洗頭髮、做頭髮，一張就專理男人的頭。後來才知道，我們月枝時常去看女人洗頭、做頭，還半說笑說要到明月學工夫，但是從來也沒有人看過我們阿枝跟那理髮師講過話。我氣呀，阿木，一個家好好的，你不回來，才出這種事。

不過，實在講啦，我才有責任。那時候，我和五路南北去過南洋做過日本兵的人，正在發瘋哦，瘋著想問日本政府討補償，把日本敗戰後該當發給的恩給，補發給我們。如果我當時不是那麼瘋想、癲想，想要那一筆據說很大一筆日本錢，時常五路南北奔走，兩、三天不回來睡是經常的事，否則我也不會讓月枝偷偷跑了我還不曉得。

一個十六、七歲的女孩，跟著一個有路無厝的剃頭師走了。另外一頭咧，日本東京地方裁判所，在那一年就把我們的上訴駁回來了。阿木，說是我們已沒有了日本國籍，沒有資格領日本國家的「恩給」。彼當時，日本發紅單子來調人，誰能不去？日本人發下軍服讓我們穿上了，就說日本天皇多麼恩典，讓台灣人能做日本人。「內台一如」。我講這日本話，你就聽不懂了。就是說內地日本人和我們台灣人平等，都是天皇的好兒子。要我們歡喜甘願，為日本國、為天皇陛下拚生死。但是今天要他們比照日本復員軍人發年金，卻又翻面不認人了。

一個乖孫走了。日本人又明說他們不給錢了。阿木你又天涯海角，不知道生死下落。但我總想，你欣木父女，死了也得讓我見屍，活著我要見到人，這我林標死了才瞑目。這樣再經過了七、八年，有一天半夜，有人在敲門。打開門，看見一個年輕女子，雙腳落地，跪著你了。那年輕女子說，阿公，我是月枝。阿木，你女兒月枝回來了。我牽她起來，月枝坐在廚房飯桌邊哭個不停。我的心也痛。這八年風霜，一個十六歲的女孩在社會上滾攪，怎麼能不遭人糟踢、拐騙、欺負。我倒了一杯水給她。回家了，應該讓她哭個夠。在外頭，要哭都不容易。

但我沒料到，阿木，從頭到尾，她哭的都是為了她阿爸你。

她說，十三歲那年，你把她帶到我們和鎮的公路車站，要她一個人摸路回來跟我住。她說欣木你在車上、在車站裡，三番兩次賭咒兼發誓，等到月枝國中畢業那年，一定回來帶她上台北讀高中，但要她絕不向她阿公透露你的計畫。這我才記起來，月枝國中讀完那一年，扭著不願意去考高中。欣木你害了月枝盼你盼了快兩年，都沒有你的消息。十六歲那年，月枝跟人家跑了，一大半是因為那理髮師傅答應帶她到台北找她阿爸。這是月枝說的。

你女兒和明發，那個剃頭師，去了台北，先包下人家一個機關的福利社理髮部，後來兩人也自己出來在街巷開一個小理髮美容院。初到台北的幾個月，你女兒每有空閒，就和明發到台北大橋頭、萬華龍山寺口去找、去問你的下落，竟然都沒有消息。月枝說，經過三、四年，在台北大橋頭、龍山寺口等人來叫工的人，都換了一批了，再沒有人記得我阿爸了。我問你女兒，為什麼這許多年也不給她阿公一個消息。你女兒說了，當初時，跟著明發到台北，阿公一定氣得饒不了她。她以為除非有一天她能找到你欣木，一道回家，她阿公才會饒過她。她這樣講，就不知道你們父女個性這麼相像。

直到有一天落著大雨，你女兒說，都快大半夜了。雨下得像大盆水從天上倒下來。月枝雖然撐著小傘，衣服裙子都打溼了。月枝說她半跑半走，躲到一家早已關門的銀行的騎樓躲雨。這時她就在身邊看見一個流浪漢抱著自己的一捲被鋪，蹲在走廊上，躲著濺進來的雨花，望著街上疾馳的車子。

即使是黑暗的雨夜，月枝藉著街燈，幾乎一眼就認出了改變了模樣的你。月枝說她叫你一聲，阿爸，我是女兒月枝，你們這就相認了。就在那雨夜的走廊下，月枝說你們父女哭一回，說一回。你告訴她日傭工不好做。年齡大了，沒人要你。你只剩下粗重、工資便宜的工可以做。公司搬家去當搬運工，到工廠清洗油槽，再不就是當長途運貨卡車的捆工。到後來，終於再也沒人來找你當零工了。阿枝說，她問你，這麼多年怎麼就沒想回去找她阿公。你沒說話。月枝說她想到你吃了多少苦，就哭個沒停。你沉默地望著雨勢漸歇的馬路。你忽然對阿枝說，阿枝，你帶我回去你阿公家。月枝大哭。你說月枝不要哭。天色濛濛亮起來了。你先回去準備好，我等你回來帶我去剪頭髮、洗澡、換衫褲。我照實說，欣木你的心肝也太梟狠了。月枝翻過頭，搭計程車回家，抓了一把錢，和她男人明發趕到，前後不到一個小時，走廊下只剩下你的鋪蓋和一個大紙袋裡骯髒的換洗衣物，卻已看不見你的蹤影。

欣木，現在天也快亮了。一整晚，這巷弄除了有一個醉漢走進來嘔吐，吐完了還撒了一泡長尿，一直就沒有你的蹤影。我照實說，阿火帶我來這兒，一看是空空蕩蕩，特別是沒看見你的鋪蓋，我就想，你一定是又走了。你不可能知道今天我會找來才躲著我。我只能說，一定是我們歹命的父子還沒有緣分。你又走了。天涯海角，明明有一個家，你偏偏要這樣流浪。你女兒找不到你，幾天都不言不語。這是後來她男人告訴我的。她突然向他男人要離緣。不論怎麼說，非離不可。阿發，我對不住你。你女兒對她男人說，我再不能守在美髮廳過日。我得到處去把我阿爸找回來。她離開了明發，北、中、南都去拉保險，賣健康食品、做美容師，當餐廳領班……每到一個地方，打探哪裡有街友，她就到那裡找人。

一般人都說，流浪的「街友」都是只要吃、不幹活的懶漢。別人我不知道。我兒欣木就絕不是這樣。把媳婦寶貴娶進我們家門的前後，你早起晚歸。下田作穡，村子裡哪個小伙子能跟你比評？那時候，我看著你出力做、甘願做，我就會想起在南洋的叢林裡接到軍郵，報知你娘為我生下了一個男孩的事。欣木，你不會知道的。一個人在凶險的戰地，即使在二線的軍伕軍屬，只有每天還活著的一分一秒才算還活著的。下一分、下一秒，是死是活，沒有人能算到。因此，你和你的親人、家族、故鄉……全斷了線。算不到能不能活著回去相見的親人和故鄉，其實已經和你沒有了關係。可是那一封軍郵卻頓時在我和嬰兒的你、連帶是嬰兒的媽，嬰兒他阿公，拉上了一條又粗又韌的牽線。活著回去，突然就變得極為重要了，而且無來由地相信我一定要回去，一定能回去，只因為我有了自己的骨肉。我把那封軍郵揣在口袋，不時拿出來讀。阿木，那信紙都讓我讀爛了，但每一處模糊、消褪的字跡，我都能清楚記得，一直到在森林中逃美國兵時遇到的那幾天大雨，終竟把那封信淋成口袋裡的一團紙漿了。又有一回，在深山林內，確實知道了日本戰敗。日本人哭，日本人自殺。不少台灣人也跟著哭，感覺到自己前途茫茫。怪奇的是，日本打輸我也沒有欣喜若狂，但我的內心卻篤定得很，篤定我終於真能活著回家看到我兒，並且在別人垂頭喪氣的時候，不住地推算你有幾歲了，捉摸著你應當長得多高。

從菲律賓坐土（煤）炭船回來台灣，在高雄港下船，東張西望，沒看見你娘抱著你來接人，心臟突突地跳個沒停。辦公的一個外省人和一個台灣人接了我們，發給一點路費，叫我們自己回家。我到家那天，家裡來了左鄰右舍和幾個窮親戚。你姨婆說你阿母前一年才過世。窮病不治呀，你姨婆哭嚎著說。阿標轉來了，是喜事，不要嚎。一個鄰居說。在那一霎時，我看見躲在姨父身後的一個小孩。他長得多麼好呀，我的兒。我想。你長了一雙略突的大眼，雙眼皮刀刻一樣。我一看就知道是我兒。你的眼睛不像我，但太像你阿母的了。太親像了。我那滿臉皺紋和淚痕的姨父把你推給我。「叫阿爸。」我姨母說。你嚇哭了。我這才放聲大哭……

欣木，你要回家來。是什麼苦情呀，讓你流浪喫苦，你總得講明白。我老了。別日我不能起來穿前夜上床時脫在床腳下的鞋子，我還得要有個人把我洗好、穿妥，裝進棺材，點幾枝香送我上山去。現在天已經亮了。人家的廚房裡飄出了煎蛋的香味。上一回，月枝讓你跑了。這一回，老父又沒有見到你。但是生要見人、死要見屍，我一定要找到你才瞑目。你回家來吧。

林標拎著表侄孫阿火為他買的一小塑膠袋零嘴，拖著疲倦的身子，走出了巷弄。巷弄外是人車逐漸熙攘起來的大馬路。欣木，你這戇兒，你這不孝兒。林標對著這逐次甦醒的城市無聲地說，眼中閃著淚花。

林標在返回和鎮的公路車上睡著了，夢見聽說是滿臉鬍子的兒子欣木就睡在忠孝公園的角落上的小涼亭裡……

7

馬正濤到台北給李漢笙上墳回來不久，身體卻忽然無來由地感到虛弱。現在他已經很少到忠孝公園去甩手了。過完陽曆年，原本難得有冷天的、這偏於南台灣的和鎮，突然襲來了打從蒙古草原匯流而來的強大的寒流。然而大選的熱度卻在全島各地節節升溫。許多幾年不通音問的老同志從各地打電話給他，咒罵台獨。「老馬，真要叫他們上了台，我們外省人，死無葬身之地呀。」一個山西籍的、退休了的曹廳長說。「不會的了。」馬正濤說，「國民黨玩選舉，進攻不足，守衛政權有餘。當年我們幫著黨搞選舉，是怎麼組織動員的，你都記得。」曹廳長說馬正濤躲到鄉下十幾年，早已經不知道形勢大變了。曹廳長極力叮嚀馬正濤，一定要選「宋先生」。祝景幾次來電話也是一樣。「我投我的國民黨。」馬正濤說。「要是你爹還在，也會跟我一樣。沒有國民黨就沒有了馬正濤，沒有了祝大貴。」祝景隔著南北電話，大著膽子罵國民黨總統：「國民黨早沒了，馬伯伯，早被人搞垮了。」祝景懇求似地說。祝景接著說，現在外省人過日子，表面上從從容容，骨子裡駭怕呀。只要有台灣人在場，就絕不敢說出肚子裡的話，還結結巴巴地學閩南話。「馬伯伯你……你年歲大了。我和我媳婦兒子沒有能力搬到美國、加拿大去住，一走了之。」祝景說，「但我們不能每天每天一家子過擔心受怕的日子。」馬正濤沉默了半晌，說，「離開了國民黨，宋先生就連他自己也保不了，他還能保護誰？」馬正濤沒想到祝景生氣了。「好。馬伯伯，您繼續睡覺做夢。」祝景冷著聲音說，「到時候，怎麼死的，您自己還不知道。」

馬正濤一驚，用力掛掉了電話。

「這孩子放肆了。」馬正濤一個人嘟噥著說。

大選揭曉，國民黨果真失去了在台灣的江山。馬正濤一個人在家裡發了幾天傻，不能理解這對他而言是天翻地覆的大變故。接連半個月，他在電視螢光幕上看到了成千個揮舞著青天白日滿地紅旗的外省老人，嘯聚在台北總統府的廣場上。馬正濤在大陸上看過多少被「奸匪」利用的學生、新聞記者、教授和民主人士鼓動成千上萬的群眾，要打倒國民黨的示威和遊行，但他從來也沒有見過成千累萬、像他一樣把國民黨當作歸宿，當作親娘，當作庇蔭的人都聚集起來，在博愛特區上國民黨五十年權力的象徵——總統府前鼓噪，表達他們對國民黨喪失了政權的絕望、忿怒、恐懼和悲傷。第一次，馬正濤從螢屏上的吶喊、老淚和忿怒中，明白了祝景在電話中透露的，深深的徬徨、不安與恐懼。

頃刻間，馬正濤感覺到彷彿他半生的紀錄都成了白紙；他的戶口簿上的一切記載消失了，他的存款簿剩下一片空白，他的身分證上的註記不見了，他的黨證、退役官兵證件上的記載全都褪色，無法辨讀。他那從舊滿洲憲兵隊、而軍統局、而保密局、終而警備總部這半生的綁架、逮捕、拷問、審判和處刑，都曾經因屹立不搖的國民黨而顯得理所當然，理直氣壯，而沒有自我咎罪的夢魘。自今而後，那密密地封存在各個機關裡的，附有他親筆簽註的無數殺人的檔案，難保沒有曝光公開的一日。他成了墜落在無盡的空無中的人。他沒有了前去的路途，也沒有了安居的處所。他彷如忽然被一個巨大的騙局所拋棄，向著沒有底的、永久的虛空與黑暗下墜。

馬正濤變瘦了，變得足不出戶。他開始整理櫥櫃抽屜，把一些文件和證件集中起來。他從一個箱子的箱底摸出一副銅手銬。這副銅鐵合金的手銬，從舊滿洲時代就在他的箱子裡跟著他半輩子。這幾日間，每天晚上，馬正濤在燈下聚精會神地以擦銅油逐漸把被時間長期鏽蝕而變成暗赭色的手銬，擦得像黃金般閃亮。馬正濤再給手銬上機油，只要輕一碰觸，那帶著齒牙的銅手銬就立即潤滑地打了半個圓圈銬上。在東北的時光，他在多少青年的手腕上輕輕地用經常上足機油的這把手銬一敲，手銬就輕巧敏捷地咬住了青年們的手踝，越是掙扎，越是咬緊。馬正濤總是感到樂趣。

約莫一個月之後，人們循著異味，在馬正濤那家孤獨舊屋裡，發現馬正濤在睡床上被一把金黃的手銬反銬著的屍體。他的整個頭被密實地套進一個大塑膠袋裡。地上有一小堆燒過的文件。一把同樣金光閃爍的手銬鑰匙被遠遠地丟在臥室的門邊。馬正濤那不喜自笑的嘴角，掛在他那半睜著眼睛的臉上，顯出無法讀透的深深的悲愁。

「房內絲毫沒有打鬥掙扎的痕跡，但警方認為尚不能完全摒除他殺的可能。全案正在進一步調查中。」

在隔日報紙地方版社會新聞的一小角，刊登了這樣一則並不顯目的消息。

8

林標從高市回來以後，在信箱裡看到月枝的另一封信。她說年底結算，工作很忙，怕要忙過完了年才能帶朋友回家。這時大選的形勢逐漸沸揚起來了，幾乎牽動著各地男婦老小的心。每天早上，忠孝公園裡的早起的人們，無不談論著大選，而曾金海就尤其的熱心了。他說陳炎雷委員對那一次閱兵十分滿意；說他雖然趕不上當日本兵，但他父親卻是死在南洋的台灣人日本兵；說那天他看到日本海軍旗迎風招展，「眼淚都要掉下來」。

曾金海坐車、坐飛機，全島北、中、南部奔波，把去了南洋和華南的「戰友」全動員起來了。曾金海說，現在不談復員軍人的恩給了。「他們日本人不承認我們是日本人，那也可以。我們現在只談你日本人敗戰時拖欠到今天的未付軍餉、沒有結算的軍郵儲金……」曾金海說。

「日本精神，講的是信義。」林標說，「欠錢還債，這就是信義。」

曾金海說，看來日本人是要還錢的。只是五十年前的日本錢，拖欠到今天，要怎麼折算？為了選舉拉票，曾金海特地在南市叫齊了南市周近的十幾個台灣人原日本兵吃日本菜。

「最先，日本人說乘一百二十倍計算來計算補償。」曾金海說。「我們不肯。最後說兩百倍。再說也不讓。我們也沒有答應。」

日本菜館裡的老人不平不滿地議論著。當時幾千日圓的儲金，按照一百二十倍折算下來，也不過幾十萬。「台灣人的命，就這麼不值錢嗎？」一個把頭髮染成很刺目的黑色的老人說，「我們只要求依照這五十年物價比率算。我們也不想占日本人的便宜。欠錢還錢，他日本人也要講一點公道。」

「豈有此理。」有人用日本話說。

曾金海說，他和陳炎雷委員依據各種指數，算出來這五十年間，連本帶利，帶物價指數，應該以一千七百倍算。舉座於是有喜悅的、片時的沉默。「將來換成了我們自己的政府，陳委員和日本政軍界人脈強，代替台灣人交涉爭取。」曾金海說。「其實，日本人是疼惜台灣人的。」最後這一句話，曾金海是用了日本語說的。

「為了勝選，戰友諸君，勝選萬歲！」染了黑頭髮的老人站起來用日語喊著。而舉座的老人都很日本風地三呼萬歲。

三月，果真就換了一個政府了。「台灣人的天年了。」曾金海興奮地在電話裡說。

兩個月後，林標聽說了那個會說日本話的、舊滿洲來的外省人馬桑，突然死在他那獨門獨院的、舊的獨孤房子裡。救護車嗚嗚地繞過忠孝公園到馬正濤的獨孤房屋，把蓋上白布的屍體運走了。

五月，陳炎雷委員當了資政。但日本交流協會已經很長一段時間直接在各大報上刊登大幅廣告，越過各種索償組織——包括陳炎雷的「戰友會」——要台灣人原日本兵或其遺屬直接去找日本人洽領兩百倍的補償金。

「這就是說，兩百倍計算，你要領不領。」染了黑頭髮的老頭在電話裡連聲罵娘，「日本人明明要等我們這些人全死光了，這筆帳就消了。惡毒，他娘！」

經不住各地戰友們的催問，陳炎雷資政叫曾金海逐一打了電話。

「新政府是我們自己的了。我們的新政府特別需要外交支持，需要日本支持不能為難日本，因小失大。這是陳資政說的。」曾金海在電話中誠懇地對林標說。「為了咱自己的政府，請大家無論如何要體諒。兩百倍就兩百倍吧。」

曾金海是用日本話強調了「為了國家」這句話的。

「日本人當時不就是以『為了國家』、『為了天皇陛下』，騙了多少人死在南洋沒有回來……」

林標提高了嗓門對著電話筒嚷起來。

門鈴響過後，開門處是三番兩次推遲了回家日期的月枝和一個灰白了頭髮的男子。

「曾金海你是圖了誰的什麼東西，這樣騙死一片老人？」林標怒聲說，「這些老人沒有被美國炸彈炸死，倒要被曾金海你們騙到死了才甘心。」

林標重重地掛了電話。月枝睜大了眼睛，不明所以地看著林標。「阿公。」月枝說。林標氣沖沖地走進廚房倒水喝。月枝跟了進來。「阿公什麼事生氣？」她說，「客廳那個朋友叫阪本桑。」「怎麼是個日本人？」林標說，從廚房裡看了看客廳裡那個兩手提著大包小包的見面禮的中年的日本人。「你是想嫁給人家做女兒是嗎？」林標悻悻地說。

「阿公！」月枝說。

林標走到客廳。月枝也三十出頭了，他想，可是她朋友怎麼是個日本人？

月枝跟了出來。

「這是我祖父。」月枝用普通話說。「林先生您好。」阪本以濃重的日本腔調的普通話說。月枝把阪本兩隻手上的禮物都接了過去。

「中國話講得好呢，阪本桑。」林標用日本話說。

「我在台灣做小生意，住了十多年了。」阪本還是用日本腔的普通話說，「講得不好。中國話，很不容易呀。」

「講日本話吧。」林標笑著說。

「啊，是這樣嗎？」阪本如釋重負地笑著用日本話說，「林桑的日本話說得好啊。」

林標愉快地笑了起來。說不出什麼原因，林標自己也常常納悶，一看見日本人，不管怎樣，就油然地感到親愛，心情暢快，一聽見日本話，就自然地調轉舌頭，即使結結巴巴，也充滿熱情地講起日本話。這時的林標早已把日本在補償問題上的鐵石心腸引起的忿恨，拋到九霄雲外了。

月枝開始在廚房裡忙著做幾樣酒菜。猜想她阿公林標正在談著南洋的戰場，看來進門時她阿公的某種怒氣已經煙消雲散了，她想。她端上第一道菜，也擺上兩瓶冰過的啤酒，回到廚房繼續做菜。

阪本把啤酒喝得滿臉通紅，林標的臉卻越喝越蒼白。

「我曾做為一個日本人，為了日本，出去打了仗。」林標說。

「敗戰時，我才五歲。日本人幾乎都成了一無所有的乞丐。」阪本說，「戰爭很可怕，是吧？」

「那是很可怕。」林標的舌頭有些打結了，「可是，那時候，日本人告訴我，為了國家，為了天皇陛下，要像一個真日本人那樣戰死。」

阪本不安地、漲紅著臉笑著。「可是現在的日本人，已經很少人去理會國家呀，天皇呀……」

「那麼你是說，我們受騙了。」林標臉上笑著，逼視著有些局促不安的阪本。月枝看到她阿公有些激動起來了。

「阿公，不要喝多了。」月枝聽不懂所有的日本語對話，擔心地用閩南語溫婉地說。

「沒關係，再給我倒一杯。」林標也用閩南話對月枝斥責似地說，蒼白的臉上滲著汗珠。

「那時候，日本人，要我們以一個無愧的、日本戰士、去赴死。」林標的舌頭變得更加遲鈍了。「可是，碰到補償問題，日本人就當著你的面，明明白白地說，什麼呀，你們，不是日本人！」

「啊，對不起，是什麼賠償呢？」阪本怯怯地笑著說。

「哈。日本人甚至還不知道要對台灣兵補償。」林標狀若愉快地笑著說，但眼色透露著忿怒。

「真是對不起。」阪本感覺到氣氛在僵硬著。他不知所措了。

「打仗的時候，你們要我們以『天皇之赤子』去送死……」

阪本紅著臉，不安地看著坐在一旁的月枝。

「阿公，有客人在，聲音不要那麼大。」不明就裡的月枝憂心地微笑著說。

「實在對不起。」阪本滿頭大汗，怯怯地在座位上欠身說。

「現在你們又說，我們又不是日本人了，不給錢！這不是……不是對不起的問題。」林標睜大眼睛說，「我問你，我，到底是誰？我是誰呀！」

林標咆哮了。他開始抽泣。

「林桑……」阪本吃驚地說。

「日本人騙了我。」林標哭著說，「巴不得我們這些人早些死光，吞吃我們的軍餉和軍郵儲金。」

「阿公，你是怎麼了？」月枝皺著眉頭說。

「現在，又輪到我們自己的人，說，為了國家……要聽日本人的。巴格鴉羅，騙來騙去呀，騙死一片可憐的老人呀……」

月枝的臉上有一陣怒意。

「阿公，論日本人，你這輩子見得還少了嗎？」月枝用閩南語說，聲音有些顫抖了，「你怎麼這樣鬧酒，這樣削我們的體面！」

她站了起來，隨手拿了自己的手提包，走出了家門離去。

「我是誰呀——」林標用日語哭嚎著，「我到底，是誰呀——」

「林先生，林桑……」

阪本手足無措地說。

忠孝公園已經暗得只見幢幢黑色的樹影了。林月枝繞過了忠孝公園。阿爸，我要找你回家。阿公老痴了，你一定要回來。她想著。她在忠孝公園對面的路口，攔住計程車走了。

二〇〇一年六月六日寫竟，六月十九日定稿

初刊二〇〇一年七月《聯合文學》第二〇一期
初收二〇〇一年八月人間出版社《人間思想與創作叢刊4．那些年，我們在台灣……》（曾健民編）
收入二〇〇一年十月洪範書店《陳映真小說集6．忠孝公園》

論「文學台獨」[1]

文化、思想、意識形態的鬥爭，是政治和社會革命的先聲。政治和社會的反革命，也同樣以文化、思想和意識形態開路。

在美國最大的「台獨」組織「台灣獨立聯盟」正式公開遷回台灣、公開變身進入「民主進步黨」，是一九八八年。民進黨將台獨綱領正式、公開納入黨綱，是在一九九一年。但是民族分離主義的文化、思想和意識形態的滲透與鬥爭，則早在七〇年代中晚期就開始了。

「台獨」運動假借台灣文學論中的諸問題、「族群」問題、台灣史論中的各種問題、「命運共同體」問題、民族定義問題和歷史教科書問題等等，千方百計，要得出這些結論：台灣與中國大陸長期隔離的現實下，台灣已經發展出一個在民族認同、文學特質、自我意識上和中國完全不同的「自主性」和「獨立性」，宣稱遠在台灣達成政治獨立之前，在文學、文化上早已獨立。

在這樣一個反民族逆流下，「台獨」派以雄厚資源擁有好幾家日報、一家全島性的電視台，幾家週刊新聞雜誌。「台獨」勢力並且以「鄉土教育」之名，減少中國歷史、地理甚至語文課程，加強母語（實為漢語閩南系與客家系方言以及少數民族語）的教學。政府以各種「基金」和預算，支持各種「鄉土文史調研工作」和「社區重建」，其中就頗有人用來強化社區意識和地方意識。當然，一九九八年由教育當局強行修改國民中學歷史及社會科教科書，是明目張膽地經由台灣正規教科書宣傳和中國相針對的、台灣的「國家」史觀和「公民」意識，引人側目。也必須指出：一九八八年李登輝登台以後，不惜以國家政策推行縱容和包庇「台獨」的各種措施。二〇〇〇年民進黨政權登台後，「台獨」系文化人、文學家、教授、新聞言論人紛紛上台，占據學術和文化機關的要津。思想、文化和意識形態領域中的「台獨」攻勢益形嚴峻。

「文學台獨」及其發展形勢

如果在大眾傳播、教育陣地、社區組織等領域中的「台獨」運動稱為「文化台獨」，那麼在台灣文學論壇中長期以來的「台獨」論，就是「文學台獨」了。

歷史地看來，「文學台獨」論和「文化台獨」論的發展形影相隨。但「文化台獨」最早在台灣出現的面貌，卻以台灣文學論的形式提出。早在一九七七年，「文學台獨」論的「宗師」人物葉石濤發表了〈台灣鄉土文學史導論〉，雖然在戒嚴時期還有一些偽裝，但卻第一次提出台灣文學的「台灣立場」和「台灣意識」問題，第一次提出了台灣在日據下「現代化」歷程中產生了「台灣意識」問題（當然，這種提法都源於「左」派台獨「理論家」史明在一九六二年出版的《台灣人四百年史》）。

一九八一年，評論家詹宏志發表〈兩種文學心靈：評兩篇聯合報小說獎得獎作品〉，指出若將台灣放在全中國的視野考察，台灣文學如果沒有深厚的作品，則只能淪為聊備一格的「相對於中國中心的『邊疆文學』」。詹宏志的文章立刻招來「台獨」派蜂擁而至的反論。今日成為「文學台獨」的重要理論家彭瑞金、高天生和李喬等人，紛紛為文強調台灣文學自有「獨特的歷史性格」，抨擊詹宏志以中國為中心去觀察台灣文學。這是台灣文學思潮中第一次強調了台灣文學的「本土性」、「自主性」和「去中國性」的論說。

一九八二年，葉石濤在雜誌《文學界》中表示，台灣作家要反映「台灣這塊土地」的「真實形象」，「不要執著於過去的亡靈，以忘恩負義的心態來輕視」台灣的「土地與人民」，並指責「那些站在空洞神話架構上來號令叱吒的文學」是「毒素」，是「公害」。葉石濤說的是台灣作家要有「台灣意識」和「台灣立場」，放棄「空洞」、「神話」般的中華民族主義「亡靈」……而秉持中華民族立場的文學作品是「毒素」，是「公害」。

一九八三年，陳芳明在「台獨」化後的《台灣文藝》上發表文章，熱烈讚賞葉石濤《文學界》的上述理論中肯定了台灣文學的「本土性」和「自主性」，並預言「台灣民族文學」的「孕育」和「誕生」。同年，葉石濤發表〈再論台灣文學的提升與淨化〉，林梵發表〈從迷惘到自主——第一代到第四代的文學旅程〉，都強調台灣文學的「自主性」，強調台灣久已與大陸分隔殊途，而台灣文學自日據以來一貫自己發展，從而產生了獨自的「本土性」和「自主性」。

一九八六年，葉石濤為自己的書《台灣文學史綱》寫序，強調自日據以來台灣文學在與中國大陸完全隔絕條件下，吸收了歐美和日本文學的「精華」，形成「鮮明的自主性格」，發展出「強烈的自主意識」。葉石濤還說，台灣文學家應以「台灣為中心」寫作，要「站在台灣的立場」……。

一九八七年以後，「文學台灣論」有了新的發展。隨著解嚴後對「台獨」較為寬鬆的環境的形成，「文學台獨」運動逐漸與「政治台獨」糾結起來。一九八七年，在德國一場「中國文學的大同世界」國際研討會後，在台灣引發了「台灣作家定位」的論爭，在抗議國際場合中台灣作家（文學）被「定位」為中國作家（文學）之餘，提出台灣作家定位應與台灣前途定位併同思考，主張台灣文學只反映「台灣經濟生活共同體」，台灣文學中的中國是一種「虛構」與「虛偽」。有人疾呼，台灣文學早已先台灣政治取得了「獨立」，台灣文學應與政治及社會的「台灣人解放運動」相結合。提出這些主張的人有李敏勇、向陽、羊子喬、劉天風和林宗源等。

到了一九八八年，「文學台獨論」又進一步提出「台灣新民族文學」的主張。林央敏和宋澤萊分別寫文章以「台灣（新）民族文學」和中國文學「劃清界限」，建立台灣優良的「新民族文化」，並最終為台灣「獨立建國」服務。

到了九〇年代，葉石濤和陳芳明等人迭次發表文章，思想內容不外乎一再強調台灣文學的「獨立自主性」，不隸屬於中國文學。一九九九年開始，陳芳明發表了野心勃勃的書稿《台灣新文學史》，企圖全面依照「台獨」史觀和「文學台獨論」全面炮製合於「台獨」尺碼的「台灣新文學史」。

台灣文學論領域中的統獨鬥爭

如前所述，「文學台獨論」的發展，其實是「文化台獨論」、「台灣自主論」、「台灣主體論」發展的一個組成部分。但「台獨」陣營有自己的廣闊的言論陣地（如早期黨外週刊、月刊如《前進》、《深耕》、《台灣時代》、《八十年代》，報紙副刊如《台灣新聞》副刊、《自由時報》副刊，文學雜誌如《文學界》、《台灣文藝》和《文藝台灣》等等），而相形之下，反對和批判「文學台獨」的陣營只有《夏潮論壇》和後來的《文季》（不久停刊）及當前的《人間思想與創作叢刊》，勢力懸殊，但是台灣文學問題上的統獨鬥爭卻一直不曾間斷。

一九七七年，針對葉石濤〈台灣鄉土文學史導論〉，陳映真發表了〈「鄉土文學」的盲點〉，進行了針鋒相對的討論。一九七九年，旅日台獨派學者張良澤發表〈苦悶的台灣文學——蘊含「三腳仔」心聲的譜系·濃郁地反映迂迴曲折的歷史〉於日本，主張日據台灣塑造出既非日本人又非中國人的「三腳仔」台灣人。而台灣文學就是這些「三腳仔」的「心聲」。一九八一年，陳映真寫〈思想的荒蕪——讀《苦悶的台灣文學》敬質於張良澤先生〉，加以批判。一九八四年，陳芳明發表〈現階段台灣本土化問題〉後，吳德山（杜繼平）則寫〈走出「台灣意識」的陰影——宋東陽（陳芳明）台灣意識文學論的批判〉，加以駁論。針對張良澤分別在一九七九年和一九八三年發表的〈戰前在台灣的日本文學——以西川滿為例〉和〈西川滿書誌〉，陳映真在一九八四年發表了〈西川滿與台灣文學〉，批評西川滿「有台灣意識」和「熱愛台灣」的謬論。統獨雙方對日據下台灣「皇民文學」的截然不同的評價，也表現在張良澤在一九九八年〈正視台灣文學史上的難題——關於台灣「皇民文學」作品拾遺〉，力言在日據戰時下的台灣，寫「皇民文學」既普遍又不得已，後人不宜妄加評論，而應加以諒解。兩個月後，陳映真寫〈精神的荒廢——張良澤皇民文學論的批評〉加以駁斥。又不久，彭歌寫〈醒悟吧！——回應陳映真〈精神的荒廢〉一文〉。三個月後，陳映真寫〈近親憎惡與皇民主義——答覆彭歌先生〉，加以反論。

一九九八年，《人間思想與創作叢刊》（冬季號）組織了陳映真、曾健民和劉孝春、陳建忠等人的文章，編了「台灣皇民文學合理論的批判」和「不許新的『台灣文奉會』復辟」的專輯（《人間思想與創作叢刊》，一九九九年秋季號，收曾健民〈台灣「皇民文學」的總清算〉、劉孝春〈試論「皇民文學」〉及陳映真〈精神的荒廢——張良澤皇民文學論的批評〉）[2]，進行了系統的批判，也特別針對同情台獨的台灣文學專業的日本學者垂水千惠、中島利郎的謬論，加以批駁。

還必須特別提到，一九九七年（七〇年代）鄉土文學論爭二十週年之際，統獨兩派各自組織了研討會。陳映真和曾健民分別發表了〈向內戰‧冷戰意識形態挑戰——七〇年代台灣文學論爭在台灣文藝思潮史上劃時代的意義〉和〈民眾的和民族的：七〇年代精神的再確認——從台灣社會結構性質的觀點，探討七〇年代鄉土文學思潮與社會思潮的形成與特質〉，前者從戰後冷戰與內戰意識形態的顛覆來認識七〇年代的鄉土文學論爭，從而批評「台獨」派文論亟欲篡奪鄉土文學論戰的果實。另曾健民的〈反鄉土派的嫡傳——七批陳芳明的〈歷史的歧見與回歸的歧路〉一文〉則直接批判陳芳明的論文〈歷史的歧見與回歸的歧路〉。

一九九九年八月，陳芳明開始在《聯合文學》連載他企圖雄霸台灣文學史論的書稿《台灣新文學史》，並刊出其緒論性的首章〈台灣新文學史的建構與分期〉，號稱要根據自日據期迄於今日的台灣「社會性質」來「建構」台灣新文學史，從而炮製了日據「殖民地社會」階段（一八九五—一九四五）、「再殖民社會」階段（一九四五—一九八八）以及「後殖民社會」階段（一九八八迄於今日）。二〇〇〇年七月，陳映真在同雜誌發表〈以意識形態代替科學知識的災難〉，依據科學性的社會生產方式及其推移的理論，徹底論破了陳芳明自己杜撰的台灣「社會性質論」。此後，雙方來回交鋒了三回，至二〇〇〇年十二月，陳映真發表〈陳芳明歷史三階段論和台灣新文學史論可以休矣！〉，而爭論中止。

可以看到，早自一九七七年葉石濤和陳映真關於「台灣鄉土文學」性質的爭論開始，一直到二〇〇〇年陳芳明與陳映真關於台灣新文學史分期問題的爭論，在關於台灣新文學史論領域中諸問題的統獨爭論與鬥爭，一直都沒有間斷，而且交鋒激烈。這顯示了「台獨」運動向來重視台灣文學領域中的思想、意識形態鬥爭，有其理論隊伍，有其言論陣地，有權力的掖護，更有思想政治鬥爭的長久之計，絕不可小覷。

「文學台獨論」的內容

概括起來說，「文學台獨派」關於台灣新文學論中具體問題的論說，有這幾個方面：

(一)台灣新文學的發軔是多元的，否認台灣新文學之發生與中國五四新文學之間的血脈關係，亟言在與中國社會隔絕條件下，台灣新文學的發展也吸收了歐西與日本文學的影響，而形成有別於中國新文學的、自主的台灣新文學。

(二)因此，台灣新文學在屬性上，絕不是中國新文學的一部分。台灣新文學是在與中國新文學隔絕近一個世紀的條件下，獨自發展出有台灣主體性和自主性的文學。

（三）三〇年代台灣（第一次）鄉土文學（＝台灣話文）論爭，說明台灣文學中「自主性」和「主體性」意識的甦醒，是第一次台灣文學範疇中「併吞派」、「漢族沙文主義」一派（主張將白話文推廣為大眾語、從事宣傳和文藝創作的語言的一派）和台灣「本土派」、「自主派」（主張先整理日常語、以閩南方言為宣傳與創作語的一派）之間的鬥爭，否認白話文派與台灣話文派之爭，其實是當時台灣左翼文學陣營內部關於不同語文策略的爭論，以及「立即共同語派」和「民眾語派」之間的爭論。

（四）關於日據下「皇民文學」作家及作品的評價，不能用「漢沙文主義」的標尺來評價，要有從「台灣立場」出發的獨自的評價。主張皇民文學是台灣人對日據帶來的「現代化」的反應，主張皇民文學和當時在台日籍殖民作家有「台灣意識」，且「熱愛台灣」。

（五）一九四七年到一九四九年間一場有關建設台灣新文學的論爭，也是外省人「併吞派」、「漢沙文主義」（主張台灣文學是中國文學的一部分）和「本土派」（主張台灣文學有其獨特性）之間的鬥爭，企圖獨占和歪曲史料，抹殺這次爭論的團結、進步的深刻意義。

（六）認為一九七〇年代（第二次）鄉土文學論爭，是台灣文學「主體意識」和「自主意識」的發露，否認和抹殺論戰中反帝文學、（中華）民族文學、大眾文學等思想內容，企圖竊掠和變造七〇年代鄉土文學論爭的果實與歷史。

（七）當前有關台灣新文學史分期的爭論，主張台灣現當代史中「社會性質」分期是所謂「殖民地社會」、「再殖民社會」和「後殖民社會」，罔顧台灣社會史的科學性知識。

這些「理論」的學術理論品質固然極為粗疏、不堪一擊，但是長年以來，卻也自成「體系」，由「台獨」派教師在講壇上不斷宣傳，帶碩、博士研究生，逐年增加「文學台獨」傾向的論文，增加「文學台獨」理論隊伍中的新兵，不能不說情況是頗為嚴重的。

因此，有關台灣文學論領域中統獨鬥爭的形勢，就「文學台獨論」的批判而言，我們以為統派有這些問題與機會：

（一）問題方面

（1）資源單薄、力量懸殊。獨派占有高教領域，陳政權上台後，擁有更豐富有力的資源。統派勢單力薄，理論隊伍、言論陣地與獨派相較，懸殊較大。

（2）現政權積極在高教院校中擴張、廣設台灣文學系所。在當前台灣文學教員絕大多數傾向「台獨」的條件下，不能不使人擔憂。

（3）由於獨派擁有雄厚文化和教育資源，有能力推動國際性台灣文學研究活動，擴大「文學台獨論」在「國際」學界中的誤導和影響。

（二）機會方面

（1）「文學台獨論」的學術和知識品質一般而論頗為粗陋，容易徹底論破。

（2）可以團結大陸台灣文學研究界共同進行研究，共同進行對於「文學台獨論」的科學性的、系統的廓清與批評擺事實、講道理，以理、以科學知識服人。

（3）台灣新文學史的新的資料的發掘與整理，有助於揭發「文學台獨論」的各種破綻。最近我們整理、出版了有關一九四七年至一九四九年間關於建設台灣新文學的論爭的原始資料，對同時期台灣文化思潮的史料也做了初步整理，並與研究界分享，希望將資料公開化、透明化，使「文學台獨論」接受實證性資料的檢驗。

結論

「台獨」運動長期重視文化、思想和意識形態的鬥爭，處心積慮，有長久之計。最近，在政權的推動下，有急迫性地廣設台灣文學系所，強化中國文學與台灣文學的分殊意識，把中國文學擠壓為「外國文學」，並且以台灣文學系所為「文學台獨」的基地。到目前，真理大學設立了台灣文學系，成功大學設立了台灣文學研究所，正進一步籌設台灣文學系。中興大學據說也設立了台灣文學研究所，而清華大學也在積極籌設台灣文學研究所。凡此，都說明「台獨」運動在文化、思想意識形態鬥爭中高昂的企圖心。

面對「文學台獨」的攻勢，個人以為，在台灣文學研究工作上，應該學習楊逵精神和范泉精神。楊逵在一九四七年至一九四九年間關於建設台灣文學論爭中表現了這些精神：（一）熟練地掌握了辯證唯物主義的科學方法；（二）堅持台灣文學的中國屬性；（三）堅持台灣新文學的特殊性以及其與中國新文學之一般性的辯證統一；（四）堅持省內外作家和知識分子之間的相互理解與團結；（五）重視文學運動的實踐——文學組織與文學領域中的統一戰線的展開；（六）具有對政治的敏銳的認識力，明確、堅定地反對為「台灣獨立」、「台灣託管」、為美國和日本外來勢力服務的文學。

范泉是從來沒有來過台灣的大陸著名編輯、文藝評論家和散文家，對於上述重建台灣新文學的論爭起到敲定了主旋律的作用，即：（一）他主張「台灣文學始終是中國文學的一個支流；台灣文學是中國文學不可分的一環」；（二）作為一個大陸的文學評論家，他對台灣、台灣人民和台灣文學抱著真摯、深情的關注，並且帶著這樣的關注去研究台灣文學；（三）在主張將台灣新文學重建為中國新文學的一個組織部分的同時，又堅持台灣新文學發展的主體是台灣本土作家，只有台灣本土作家才足以建設有「台灣氣派」、「代表台灣本身」、有「台灣作風與個性」的台灣新文學。這是把台灣新文學的特殊性與中國新文學的一般性的矛盾統一起來；（四）在思想感情上和具體實踐上，和台灣作家、知識分子維持真誠、深刻的感情聯繫，建立了堅強的相互信賴和團結。

楊逵和范泉都是一九四七年到一九四九年間，兩岸省內外文學家、評論家共同討論重建台灣新文學時最有領導性、最突出也最最傑出的典範。今後，在面對批判「文學台獨」以重建台灣新文學時，楊逵先生和范泉先生的品格與工作、思想作風，無疑是極為重要的啟發。

宣傳和批判「文學台獨」的鬥爭的新回合，正在蓄勢待發。海峽兩岸捍衛台灣新文學的中國屬性的作家和學者，勢須建立清醒的認識，準備好面向新的鬥爭。

二〇〇一年六月二十日

初刊二〇〇一年十月九日《文藝報》（北京）第二版
收入二〇〇八年一月人間出版社《人間思想與創作叢刊16・左翼傳統的復歸——鄉土文學論戰三十年》（人間出版社編委會編）
本文依據手稿校訂

1 本篇為《人間思想與創作叢刊16．左翼傳統的復歸——鄉土文學論戰三十年》「鄉土文學論戰三十年」專題文章，由於初刊《文藝報》版及人間版均有刪修，本文依據手稿校訂。

2 「台灣皇民文學合理論的批判」為《人間思想與創作叢刊1．清理與批判》（一九九八年冬季號）之特輯，刊載曾健民〈台灣「皇民文學」的總清算——從台灣文學的尊嚴出發〉、劉孝春〈試論「皇民文學」〉及陳映真〈精神的荒廢——張良澤皇民文學論的批評〉等文章；「不許新的『台灣文奉會』復辟」為《人間思想與創作叢刊2．噤啞的論爭》（一九九九年秋季號）之專題，刊載陳建忠〈徘徊不去的殖民主義幽靈〉和曾健民〈一個日本「自虐史觀批判」者的皇民文學論〉兩篇文章。

國家圖書館出版品預行編目(CIP)資料

陳映真全集/陳映真作. -- 初版. -- 臺北市:
人間, 2017.11
23冊; 14.8 ×21 公分

ISBN 978-986-95141-3-2(全套:精裝)

848.6　　106017100

陳映真全集(卷十九)

THE COMPLETE WRITINGS OF CHEN YINGZHEN (VOLUME 19)

作者　陳映真
全集策畫　亞際書院・亞太/文化研究室
策畫主持人　陳光興、林麗雲
執行主編　宋玉雯
執行編輯　陳冉涌
小說校訂　張立本
版型設計　黃瑪琍
排版/印刷　中原造像股份有限公司

初版一刷　二〇一七年十一月
定價　一萬二千元(全套不分售)
ISBN　978-986-95141-3-2

出版者　人間出版社
發行人　呂正惠
社長　陳麗娜
總編輯　林一明
地址　108台北市萬華區長泰街五十九巷七號
電話　886-2-2337-0566
傳真　886-2-2337-7447
郵政劃撥　11746473・人間出版社
電郵　renjianpublic@gmail.com